欠落ある写本

欠落ある写本

――デデ・コルクトの失われた書

カマル・アブドゥッラ　伊東一郎訳

Kamal Abdulla（1950-）

フィクションの楽しみ

目次

前書き、あるいは欠落あるものの円満具足

国立写本研究所、中世部門の蔵書目録第三部で、A－21／733という番号に分類されている新しい写本が私の関心を引いたのは、まず図書館の司書によれば、このような種類の稀覯本はふつうその内容はきわめて明瞭で、歴史的背景からはいわば分かりやすいものなので、注意を向ける人はあまりいない、というまさにその点によってだった。私が訝っているのを察知したその女性は、辛抱強く説明に取り掛かった。「つまりこの写本は他の写本と違うところは全くない、ということなんです。確かにそのテキストは、今のところまだ詳細には研究されていません。しかしこの写本は十二世紀のものと考えられます。それは内容として、歴史研究においては誰もが周知のガンジャの地震〔ガンジャは五―六世紀に創建されたアゼルバイジャン北西部の都市。ギャンジャとも。ガンジャの地震は一一三九年に起きた犠牲者の数において史上最大級の地震の一つ。マグニチュードは六・七。二十三万人が死亡し、山の崩落により八つの湖が形成された〕についての情報を含んでいます。作者の叙述の言語と文体は明晰で、込み入っておらず理解しやすいものです。けれど……それにもかかわらずひとつ『けれど』があります。それは

この写本が完本ではない、ということです。写本には最初と最後が欠落しているのです。ありそうなことですが、おそらく写本は地震の際に損傷を受け、おそらくは手から手へとわたり、火事で焼け、堆積の中に埋もれ……一言で言えば、今の写本の状態は問題が多く、それほど読みやすいものではない、ということです。それだけでなく、写本のある頁は端からちぎれ、多くの頁は途中が破れ、部分的には全く抜け落ちており、ある頁には焼け焦げた跡が見えます。この写本はあなたにとって特段興味深いものではないでしょう」

我々は並んだ本棚の列の前を通り過ぎた。埃をかぶったその棚には雑然と新旧の写本の山が積みあがっていた。そして大理石の階段を出口に向かって降りてゆきながら、私はまた再び自分の質問を繰り返したが、返って来た返事は同じものだった。「この写本はあなたには特段興味深いものではないでしょう」

女性研究員は私の前を歩いていた。だが私の顔の訝しげな表情を感じ取ったかのように、これといって気乗りもしない様子で続けた。

「この写本はこの研究所の蔵書にごく最近入ったもので、最近誰かが当直の机の上に置いて、名前も告げずに立ち去ったものなんです。私たちはすぐに『五二五新聞』に広告を出しました。『ご返事をいただきたいのです。あなたが誰か、職業は何か、それに対して報酬が支払われるべきこの写本をどこで発見されたのか』。ご存知でしょうが、古い写本を発見し、蔵書として寄贈した方には賞金が支払われることになっているのです。だがこの発見者からは何の音沙汰もありません。当直はといえば、彼はただの当直で大した責任もないし、何も覚えていない、というのです」

「その写本を見ることはできますか？」私は自分の質問を繰り返した。

「そこまで見たいなら、もちろん見られますよ。写本は今、修復の最後の段階にあります。実際のところ、どうやら写本はガンジャで起きた地震のある種の詳細な記述のようです」女性研究員はちょっと黙ってから、再び何かのためらいのようなものを振り切るように続けた。「ガンジャの地震の記述は、ある研究者たちの考えでは、装飾の綾のように後で付け加えられたもので、その底に全く別のものを隠している、というのですが……あなたはどう思われますか?」

正直なところ最後の問いは、私にはかなり奇妙なものに思われた。「あなたはどう思われますか?」とは何だろう。沈黙を選んで私は何も答えなかった。だがその問いは、奇妙なだけに心に残った。

また何日かが経った。何かの力に背を押されるように、私は収納された写本にまた向かった。今度は、訪問の目的ははっきりとしており、明瞭だった。それを実現するために、私は具体的な助けを必要としていた。私は、古代の写本にはそれを読み解く秘訣があることを知っていた。正しくそれを解読することは、完璧にアラビア文字を学んだものにも、成しとげがたい課題なのだ。

……彼女は痩せぎすで風采のあがらない娘だった。その表情からは、私を助けたいとは特に思っていないことが読み取れた。その態度はとりわけ気に染まない仕事を割り当てられた者にありがちのものだった。私の所長殿への請願と、彼のそれに対する答え――もちろんきみの都合のよい時にいつでも来たまえ、きみに経験のある者を補助につけてあげよう、解読してくれるだろう――はこの娘の無言の抵抗にはそぐわなかった。そして今も彼女を見やりながら、さして勇気付けられるわけでもなく、私は仕事にとりかかった。

まず私たちには小部屋が割り当てられた。東洋学の教育を受けたらしい娘は、申請書に必要事項を書き入れた。写本番号A-21/733は段ボール箱に入れられて出てきた。その頁は完全に真正の、古い手稿に相応しいものだった。それらはとうの昔に最初の輝きを失い、黄ばみ色褪せていた。ある箇所では、写本の頁は実際に破れており、またある箇所では、明らかに火に焼かれた跡があった。私に一瞥もくれずに、この風采の上がらぬ娘は、顔に張り付いたような無言の不満の表情を浮かべ、時を移さず早速仕事に掛かった。

そして諸君はどう思う？　彼女は三日間でテキストのすべてを読み終えたのだ！　その上完読したのみならず、私に全く思いがけない提案をしたのだ。「もしもご希望でしたら、あなたにテキストをアラビア文字からラテン文字に翻字して……三、四日後に見せてさしあげられます」これ以上私が何を望めたというのだ？

結局、私は定められた日々をラテン文字に翻字された写本と向き合って過ごしたのだった。正直なところ、彼女の解読に最後まで付き合うことはできなかった。そしてきれいにラテン文字に翻字されたページを受け取った後、「有難う」と声をかけたのだが、それに対する答えとして、この娘から要領を得ないつぶやきを聞いて、私はこれを隠された非難ととったのだ。彼女はといえば、おもいがけなく振り向くと、次のようにはっきりと言った。「もしあなたがガンジャの地震に関心をお持ちならがっかりするでしょうね。このことに関してはここには何も書かれていません。写本のテーマは全く別のものです」答えも待たず、彼女は背を向けると、タイル張りの床に踵の音を響かせ急ぎ足で立ち去った。

小部屋は今や私一人のものだった。そのように前から予告されていたのだ。ほかならぬここでテキストに向き合わねばならなかった。そしてこの間ずっと「欠落ある写本」は私のもとに、より正確にはこの小部屋に残されることになっていた。というのもテキストを可能な範囲で調査することも予定していたからである。その後テキストを研究する際、もはやページとも呼べない様な黄ばんだ写本のページを手に取ることになったとき、私はその中にいわば読まれた内容の生きた証言者たちを見ていた。

「これは全く別のテーマです……」なぜ彼女はそう言ったのだろう？

最初私には思われた、私はそれほど重要なものではないにしろ（地震直後の、武装したジョージア人勢力による町への襲撃と略奪のような、誰も知っているような事実、という意味で）、それでも新しい歴史的知見、ガンジャの歴史に関わる発見の戸口に立っているのだと。ひょっとすると研究所の研究員たちは、この東洋学専門の娘自身もそうだろうが、私が彼らから学位論文の面白いテーマを奪ったと思っているのだろうか？　私を競争相手とみなしているのか？　いずれにせよ私は彼らにとってはよそ者なのだから。こういったことを考えめぐらせて私は不安になった。

東洋学専攻の娘の言葉について考えをめぐらせ続けながら、私はある瞬間だけ、自分がある秘密の入り口に立っていることを確信した。そのような瞬間、私を何か奇妙な興奮が捉えはじめるのだった。だがすぐに私は我に帰り自分を落ち着かせようと努め――何の心配も要らない、と自分に言い聞かせた。少し経てば、彼らは、私がただの好奇心に動かされているだけで、彼らの学問的関心とは何の関係もないのだということが分かるに違いない、と。私は写本の内容を知ったら、それを返すだけだ、自分の仕事は山ほどあるし……大体私は結局のところ歴史家ではないし、作家ではないし、地震学者でもない。だとすればいったい私は何者だ？　やれやれ、いったい全体なぜ私は、こうも秘密となると、何でもかんでも知りたがるのだろう?!

書庫の女性研究者の警告は完全に正しいものであることが分かった。今、波のように体を走り抜ける動揺と鳥肌をどんなに抑えようとしても（理由のない鳥肌が現われる時、それはいつも、何か本質的にきわめて重大な出来事が起こることを予告していた）、それが私には不可能だということを思い知らされたのだ。休憩を取りながら、三日間の間に私は三度読み通した。破損による欠落には注意を払わず最初に通読した後では、テキストの内容はおおよそのところ分かった。何のために書かれたのか？　目的は何で、そして最も重要な問いは、作者は誰か？　この写本は誰のものなのか？　この疑問のすべては、最初に通読した後で明らかになった。もう一度通読すると、写本の別の疑問箇所に光が当った。ちなみにそのような疑問箇所は少なくなく、基本的に内容に関するものだった。そして二度目の通読の後、私には不明箇所は実質的になくなった。

三回目の通読は、おそらく何よりもまず、精神的快楽の渇望を癒すために必要だった。いささか大仰に響くかもしれないが、私にとってはそうなのだ。私は今度は作者の偉大さを、古代の偉大な社会のために少なからぬ貢献をしたそのスケールの大きな人格を確信し、それゆえ作者に対する驚嘆と畏敬の念は果てしなかった。ただひとつ心から惜しまれることがあった。その社会はもうなかったのである。それは遠いたどり着きがたいはるかな古代にとり残されてしまったのだ。この場合、「それは消滅した」という表現が使えるのかどうかわからない。だが真実は、この古代と我々の時代との関連はほとんどないという点に、それを否定することはきわめて難しいという点にあるのだ。

東洋学者の娘と私は廊下で、いわば出会い頭にぶつかった。ひとつの問題が私にはまだ未解決のまま残っていた。どうやら、彼女が提示した欠落ある写本はもっと大きなテキストの一部分で、その中にいわば編みこまれていることがわかったのだ。このことが原因で写本の中で多様なテキスト群が次々に入れ替わっていた。そうでなければ、この欠落ある写本は一目で何であるか見分けられたろう。だがそうではなかった。誰もが写本の最初の部分でつまずいた。娘がこの時もさして気乗りもせずに説明したところでは、テキストの初めは実際にガンジャの地震について物語っている、というよりむしろそれを暗示している。それから誰もが、少なくも研究者ならみな知っている出来事が、突然、だが何か悠然と、ほとんど音もなくひとつの語りの境界を越えて次の語りに流れ込む――それがこの写本の第一の基本的な内容なのだ。途切れている判読不能の二、三ページの後から、写本のその本来の存在が始まっている。「……の日バユンドゥル・ハーンは、再び私を近くに呼び寄せた。私はその召集に急いで駆けつけ、正午にギュノルタジのハーンの住居に到着し、うやうやしく礼をすると彼に平安を祈った」このフレーズが写本の二番目の文である。

その前の覚え書きはガンジャの地震に関するもので、いかにも奇妙なことに、やはり途中で途切れていた。

「地震のあとで、千辛万苦のガンジャの住民がいかなる苦難を蒙ったかを目の当たりにして、その日の……晩に都の有力者たちは……」

さてこうして、ひとつのテーマが完結しないうちに、全く異なるテーマが始まっていた。ガンジャの地震と結びついた出来事の水面下に、「欠落ある写本」のテキストを、外でもないそのようなやりかたで隠すということに、どのような目的があったのだろうか？　私はこのことを長いこと思い巡らしていた。だが答えは出なかった。「結局のところ、これは我々の仕事ではない。我々はその痕跡に我々がぶつかった事件を追っていくように努めるのだ」探索の方向が決まることを期待して私はそう決めた。私が何に到達したのか、それを読者諸君はこれからご覧になるのだ。

まず言っておかねばならぬのは、我らが「欠落ある写本」の基本的内容が一人称で叙述されている、ということだ。事実上、写本の基本的内容は「覚え書き」あるいは「証言」ともいえるものである。というのも、この部分には、将来のより大きな史詩《デスタン》を書く際に利用された事前のメモの形をとった準備の仕事を見て取らぬことは不可能だったからである。おそらくは読者諸兄は気が付いたことだろう。もちろん問題となっているのは我々の古代文化の遺産である『デデ・コルクトの書』〔訳者あとがき参照〕なのだ。かくも正しく古代民族史を、民族の生活の有様を、民族の苦難と喜びの根源を反映しているような叙事的物語を、我々は二つとして持ち合わせていない。これは残念ながら科学的事実である。この作品の冒頭で、その作者自身――デデ・コルクトはオグズ族〔六世紀頃、バイカル湖の南からアラル海、カスピ海に及ぶ地域に分布したチュルク族に属する一部族。モンゴルの西征などに伴い、中央アジア方面に移動し、ここからセルジューク、オスマン、アゼルバイジャン、トルクメンのトルコ系各種族が出た。「訳者あとがき」も参照〕の真の予言者として性格づけられている。十二話からなる壮大なこの作品の成立は、より古い時代に遡る。この記念碑の中に比較文学の専門家の用語で「さまよえる」プロットと呼ばれるものが存在するために、ホメーロスの叙事詩によって語られる一連の出来事が、オグズ族の世界観に投影されている、とみなすことができる。どちらの主人公がより古い時代に属するのだろうか――一眼巨人ポリュフェモスかあるいはテペギョズか？　オデュッセウスかあるいはベイレキか？　アガメムノンかあるいはサルル・カザンか？　ペネローペーかあるいはバヌチチェキか？　ドイツのロマン主義者フォン・ディッツ、トルコの言語学者である伝説的なハティボグル、「ロシアの」東洋学者、強力なカズィム・ベクらの十九世紀の著名な学者たちは、幾度となく、その研究の中でこれらの問題を取上げた。今日、これらの問題は尖鋭さを失っている。それらには答えてもよいし、答えなくともよい。重要なことは、やはり、もしもここに響いている様々な物語の主人公たちの名がここで同列に並ぶものならば、もしも、記憶に次々と名前を思い起こさせつつ、考察させるのなら、名高い解答は既にひとりでに与えられており、「誰がより古いか」を決めるための詮索を行う必要など全くない、ということなのだ。物語はその本質において、古代オグズ社会の生活の一こま一こまである。それは国家形成の神話的時代に興り、存在した、社会政治的諸関係の統治システムに立脚したもので、隣人たちとの友好と憎悪の中にあり、強固な内的規律を定め、その生活様式の基礎に公正さの原則を置いた、襲撃を蒙り、襲撃を行う社会である。オグズ社会は疑いもなく人類史に自らの位置を占めるものなのだが、しかし歴史家の著作を覗くと、残念なことに、このオグズ社会は十分な解明をされてはいない。そのように考えて語ることは、真実からそれほど遠いわけではない。

その後にただその名と様々な偉業のみを残してこの地上から消え去った、中世のハザール人や古代エジプト人、古代アルメニア人や古代ギリシア人と同じ様に、古代オグズ族もまた、注目に値する文化を創造したのだ。『デデ・コルクトの書』は、まさにオグズ文化の最も鮮やかな芸術的反映である。

そして今またこの写本である！　大きな記念碑的文学――史詩《デスタン》である『デデ・コルクトの書』――を創造する準備資料として書きとめられた覚え書きと証言。出来事の一つ一つ、史詩のテキストにあとから生き生

き と活写されている登場人物の一人ひとりの様式化された描写。史詩の知られているすべてのアカデミーによる出版と「欠落ある写本」を付き合せるなら、時に我々は非常に顕著でさえある違いを見出す。例えば史詩『デデ・コルクトの書』のベイレキと「欠落ある写本」のベイレキとの違い。例えばボルラ・ハトゥンとサルル・カザンとの、全く異なる有り得ないような関係。例えばアルズ・コジャとサルル・カザンとの対立の本当の理由の開示。これらすべては、もちろんのこと、いわば起きたことである。しかしながら次のことも異論ない事実だ。つまり史詩『デデ・コルクトの書』のテキストとメモと証言を伴った「欠落ある写本」のテキストの唯一の作者であるデデ・コルクトが、非常に重大な複雑な、あえて私なら政治的とさえ呼ぶ使命を遂行しているのだ。「実際にはこうだったのだ!」と「欠落ある写本」は断言する。一方で、「だが未来の世代は過去をそのようにではなく、まさにこのように感じ受け取るに違いないのだ」と『デデ・コルクトの書』のテキストは語るのだ。

ここで論理的疑問が生起するかもしれない。なぜ作者コルクトは『デデ・コルクトの書』の仕事を完成させたのに、「欠落ある写本」に記されている下書きの素材を廃棄しなかったのだろうか?! ひょっとするとそのような試みがなされたとしてもおかしくはなかろう? 基本的な論理の必然から言えばまさにそうなるだろう。このコルクトの覚え書きに目を通すなら、多くの者が、その覚え書きと史詩との顕著な相違に当惑してもおかしくない。誰が知ろう、ひょっとすると、誰かが「欠落ある写本」の覚え書きを隠そうとして、「欠落ある写本」そのものにガンジャの大地震を証言する別の写本のテキストの仮面をかぶせようとしたのではないだろうか。ここで何かを断定することはむずかしい。だがひとつだけ私が多かれ少なかれ正しい、と感じることがある。これらの写本のうちのいずれか(史詩『デデ・コルクトの書』のテキスト、あるいは「欠落ある写本」)を作者はおそらく廃棄しなければならなかった。十中八九「欠落ある写本」は抹殺される運命にあったのだ。それは行われなかった。神意の玄妙不可思議によって?! まさに玄妙不可思議だ！

多くの知性を次のような疑問が捉えてもおかしくない――どうしてこんなことになるのだろう、人間の記憶というものは大して準備もなしに、たとえば『イーリアス』、『オデュッセウス』、『デデ・コルクトの書』のような長大な物語詩を、最後の一行までその中に取り込むことができるのか、そしてテキストを歪めることなく、口頭で未来に伝えることができるのか？ 答えとして、ありとあらゆる学問的に根拠ある結論が出されている。しかしながら、記憶と記念碑的文学の伝達の問題がいかに重要であるにしても、それに劣らず重要で本質的と思われるのが、問題の別の側面である。つまり物語のテキストが書き留められる原則である。明らかなのはいかなるテキストにも、一定のメモなり資料の準備が先行していることである。それは作家的工房の生産とふつう呼ばれている。「欠落ある写本」所蔵番号A－21／733にも、やはり基本的に、作者――今は確信を持って言うことができるが――民族の賢者デデ・コルクトのすべて同じ目的を持って書かれたメモが散りばめられている。これらのメモは、かなりの確度で、証言とも呼べるものであろう。なぜそうでないと言えようか?! 何が変わるのだろうか？ ひょっとしたらシャーマンにして吟遊詩人であるオザン〔古代チュルク族で儀礼歌を作り歌った詩人。撥弦楽器サーズの弾き語りをする現代の吟遊詩人アシュグの先駆者〕の記憶の無限の可能性を疑った者たち（ロシアのアカデミー会員フォメンコとそのグループを想起しよう）は正しかったのかもしれない。いずれにしろ、我々の「欠落ある写本」が反駁の余地なく明かしているのは、その作者は本当に真剣に日に日を継ぎ、時に時を継いで彼がその目撃者となった出来事を紙に書き留めつつ、自分に課せられたある試練の準備をしていたのである。その証言のメモの文体から推して、これは我々のよく知っている偉大な叙事詩『デデ・コルクトの書』を書くための準備作業と断言できる。個々の草案、素描、表現、そして単語でさえも、ある場合には、その後に書かれる未来の作品の文体論的な考察さえもが――このことを我々は自分で確信できるのだが――何らかの形式で『デデ・コルクトの書』に再現されている。だがより正確には、すべては全く逆なのだ。今日我々は既に正確に知っている。『デデ・コルクトの書』に再現された風景、複雑な文体論的織り目、言葉遣いの特徴などはコルクトのたくさんの創作準備のためのメモの中に散在しているのだ。

一人の賢人はかつて、デデ・コルクトはまた我々のもとに戻るだろう、いつかはわからないが必ず戻るだろうと言った。別の賢人は、原稿は燃えはしない、それは燃え上がる炎の中から、燃えることなく損なわれずに引き出されると言明した。

少し前に我々は「写本の最初の基本的内容」という表現を用いた。なぜか？　そもそも第二の内容というのはいったい何で、何についてのものなのか？　当然の事ながら我々が「第二の内容」あるいは「平行的な内容」という言葉で含意しているのは、上述のガンジャの地震とは全く無関係である。とすれば、つまりどういうことなのか？　一つの秘密を通して別の秘密が透けて見えているということだ。写本を念入りに読めばわかることだが、デデ・コルクトの覚え書きとみなされる基本テキストは、ところどころあたかも分断され、分け開かれ、そこに生じた空白から、全く異なる、一見するとありえないような内容が立ち現れるのだ。そうした断片は、最初、その出自に関していかなる情報も与えてくれない――いったいこれは同じテキストなのか？　という、テキストの同一性に対する、疑念にも似たある奇妙な感情さえ生まれるのである。だがその後でいかなる疑念も残らない。

第二の、我々が「平行的」と定義した内容はシャー・イスマーイール一世、ハタイン〔イラン、サファヴィー朝の創始者。現アゼルバイジャンの地域をも支配し、ハタインは詩人としての彼のペン・ネーム。彼はアゼルバイジャン語で詩作した〕の名で世に広く知られるアゼルバイジャンとイランの支配者と結びついていて、その生涯の完結点、あるいはある一コマに捧げられている。そしてまさにここに理知では知りえないような情報が含まれ、それはむしろ歴史物語というよりは文学的神話の印象を与える。デデ・コルクトはシャー・イスマーイールで、シャー・イスマーイールはデデ・コルクトなのだ。すぐに断っておかねばならないが、この二つのテーマはけっしてシンメトリックに提示されてはいない。デデ・コルクトに結びついた写本の部分は、その量から言えばシャー・イスマーイールに結びついた部分より遥かに多い。それぞれ自分の言葉で「語っている」二つの部分は互いに補いあい、ある意味でお互いを完結させながら、きわめて正確にお互いを反復しているのだ。シャー・イスマーイール、レレ、大臣、タジルの方、ヒズル……彼らは読者を全く異なる世界に連れ去る。そして少なくともふつうの観念の基盤を震撼させるのだ。そしてここで、おそらく、最も重要な問題の一つが生起する。なぜ、しかもそれでなくとも、かくも意味ありげに「ガンジャの地震」によって枠どられたこの写本は、その上二重化されるのか、なぜこの二つの異なる写本は互いに互いを噛み合う櫛のようにたち現われるのか？　何のために？　どちらがどちらを隠そうとしているのか？

私の中で何かが今に至るまでうずいており、その感情は、正直なところ、シャー・イスマーイールの語りよりも、むしろデデ・コルクトの覚え書きと結びついている。私はこれらの無垢な秘密に触れることによって罪深い行為を成しているのでは？　秘密の暴露そのものは正当化されるのか？　実際、覚え書きはひとつの十分デリケートな問題開示、探索に基づいてなされているので、なおさらそうした疑問が生起するのだ。もっと正確に言えば――テキスト全体に散りばめられたこれらの覚え書きは、基本的テーマに随伴するものなのだ。一方、テーマそのものは、現代の言葉で言えば審問あるいは査問にほかならない。言い換えるなら――我々の目の前に展開するのは至上のハーン――古代オグズ国家のハーンの中のハーン、褒むべきバユンドゥル・ハーンによってなされる審問の過程、推理小説的な探索の諸段階なのであり、現代の言葉を用いるなら、そこで書記の役割を割振られているのはデデ・コルクトであることが分かるだろう！　これらの断片を読むならば「予審判事」も「未決囚」も実際に、その後で書かれた叙事詩の、基本的、そして二義的な主人公たちであることが分かるだろう。「欠落ある写本」における叙事詩の主人公たちは挿話的な人物によって示され、逆に『デデ・コルクトの書』における「欠落ある写本」の主役たちは、叙述の二次的な、でなければ三次的なレヴェルに存在していることがお分かりになるだろう。本質的にこの審問のプロセスそのものが『デデ・コルクトの書』のテキストの一連の不明箇所に光を投げかけ、ぐずぐずしていられぬので先取りしてここで強調して言えば、オグズの部族連合の骨格を成す主要な二支族——内オグズと外オグズ——の間の軋轢の主因、戦争と国家崩壊に終わった内紛の隠れた源泉はまさにここで行われた審問によって明らかになるのだ。

ことの本質に沈潜すれば、人はきわめて面倒な、恐ろしくさえある、だが同時にきわめて単純な、一連の特徴からは滑稽でもある状況を目のあたりにしていると感じるだろう。我々と遠くかけ離れた時代に、我々とほとんど同じ感情と欲望を生きていた人々を発見する事になる——彼らの体験と悪戦苦闘ぶりは我々にはごくなじみのものだ。あたかも我々の間にはそれほど巨大な時間の隔たりがないかのようなのだ。あたかもこの時間の裂け目はただまとった衣裳や好みや嗜好、化粧品や香水の香りを、行動や礼儀作法の特徴を変えるためだけに用いられたかのようだ。言うならば時間が割かれたのは、文体と、もっと広い意味では——形式的改変のためだけにかのようだ。内容そのものは変わらぬまま残った。全く現在と同じというわけにはいかないにしろ、充分な根拠を持って言うことができる。本質的にはほとんど何も変わっていない、より正確に言えばすべては同じように続いている。しかしながら……

思うに審問のモチーフについて語るのも悪くはなかろう。よくあることだが、審問のはずみ車の巻き戻しのきっかけとなったのは、我々の眼には些細な、特に注意を払うべくもないできごとだった。内オグズの長、サルル・カザンという名のハーンに密告がされる。彼と同じ部族の中に敵対的なスパイが現われたというのだ。そしてこのスパイは、敵に重要な国家機密を漏らし、この上なく破壊的な行為に従事している。サルル・カザンは親兵たちと共に大きな狩りに出かけるが、敵はすぐにこのオグズを襲撃し略奪する好機を知るのだ。私の見たところ、作者はおまけに驚くべき先見性で、彼自身とその時代から遠いガンジャの未来の地震をも予言し、ある種の予言的な啓示において、寄る辺ない町への敵の無慈悲な襲撃を見通しているのだ。さらにその先だ。ベイレキは『デデ・コルクトの書』によれば婚礼の準備をしている。そして再びスパイはまたその悪辣な行為を行う。今度は敵は、史詩『デデ・コルクトの書』のテキストにしたがえば、卑怯にもベイレキを誘拐し、十六年の長きにわたって、彼をバイブルドの砦の地下に監禁したのだ。別の要素もある。叙事詩の英雄、栄えある勇士ベキルは足を折り、スパイは再びこのことをすぐに敵に通報した、等々。一言で言えば、スパイの行為はオグズにきわめて深刻な打撃を与え、そしてサルル・カザンはきわめて厳しくスパイを捕まえるように命じた。

スパイは捕まった。だが問題はこれで終わらない。むしろまさにここから本当の問題が始まるのだ。悪辣なスパイをすぐに捕えることを要求し、「どうしても四つ裂きの刑に処すべきとした」（ここで私は既に「欠落ある写本」を引いている）「栄えあるオグズのベクたちは口角泡を飛ばして」スパイを摘発した後突然、いわば一八〇度の転換を行い、刑を待って拘禁されている罪人を地下牢から解放するために、彼らの手に委ねられたすべてのことを手を休めずに行う。そしてその通り目的を達するのだ。会議が招集され、戦士たちは是非を問われ、そして真夜中に間者は地下牢から引き出され、オグズの国境を去り、彼らの目の前から去るように、『デデ・コルクトの書』の言葉で言えば「消えうせる」ように、きわめて厳しく命じられる。

審問そのものはまさにこの出来事の後始まる。至上のハーンはこれを知って、誰がスパイをさらったのか、という問題の答えを探究するところから真の審問を始める。これには名だたるオグズの戦士たち——サルル・カザン、シェルシャムサッディン、ベキル、アルズ・コジャが巻き込まれる。そして他の名門の男や女たちもハーンの中のハーンに証言を行う。誰もが審問を進捗させようと、さもなくば紛糾させようと、自分なりに事件を解釈するのだ。

デデ・コルクトはこうして唯一の書記として、言い換えれば、オグズ社会でおこなわれた最初の審問の過程のレポーターとして登場する。審問の過程で彼が行った書き取り、様々な証言は未来の壮大な作品——叙事詩の素描として評価することもできよう。彼が最初からそれを書こうとしていたのか否か——それはまた別のテーマである。いずれにしろ彼のメモの方向性は、上述の仮定に肯定的に答えることを許すものである。「欠落ある写本」の秘められた意味と精神は、まさにそのようにかたく張られた綱の上に置かれているのだ。主人公たちは綱渡りの役割を強いられ、この綱の上の「踊り」が踊られるにつれて、自分もそれと知らずに、自分の内的世界と自分自身を開示し、自分自身を明け透けに性格づけるのである。だがデデ・コルクトは綱の向こう側に立ち、ひょっとするとその下に座り、注意深く彼らの一挙手一投足を見守り、あぶなっかしい歩みにそれぞれ注釈を加え、見たこと聞いたことのすべてを自分の脳髄に、知性に、意識に、もしもお望みなら自分の心に刻む——だが最も重要なことは、それらのすべてを紙の上に書き移し、自分のテキストを作るということだ。これがつまり「欠落ある写本」なのだ！　まさにそこから写本の不完結性が生まれている。だが、逆説的ではあるが、まさにそこにこそ、この悪名高い不完結性からその養分を汲み取っている、我々の想像力の中に生起する完全性と完結性があるのだ。

疑念が私を苛む。誰が明言できよう——「欠落ある写本」を出版し、読者に供しようとしている私は、正しいのか、正しくないのか？　奇妙なことに、私自身もどう考えても、この問いに対する答えが出なかったのだ……

もうひとつの前書き、あるいはこの世での相違は神にとって意味があるのか

写本の中にもう一つの写本が外に顔を出そうともがいている。それが私にあることを思い起こさせた。全くぴったりの連想で思い出されたのは、セビリアのアルカサール宮殿の壁に刻まれた、ラテン文字の下に注意深く隠され、辛うじて判別できるアラビア文字である。明らかに勝利者は、こうして一番最初の碑文を隠すつもりで、キリスト教時代の文字はかくも勇敢に敵の文字に抵抗したがゆえに神に近い、と真剣に考えたのだ。だがありえるではないか、目の前から取り払われ、しかし目覚めたこれらイスラームの文字そのものもまた時によって神への呼びかけであり、ひょっとするとどちらの文字も全く同じ願望と意図の文字表現となっているのではないだろうか。重要なことは、どちらの文字も、その文字の顔を同じ天上の高みに向けているのではないか、という点にある。

すべての文献目録に「欠落ある写本」として記されている珍しい貴重古書は、実際にはこの隠されたイス

ラームの碑文とは全く別のものだ。本質的にそこに隠されたものは、秘密を隠している側の写本が描き出した文化とは驚くほど異なるある文化の担い手である。そのような仮定は一見すると健全な理性に矛盾するはずである。なぜならある写本のテキストの中にさらにもう一つの全く異なる写本が存在するということを事実として認めることは、必然的にあらたな疑問を生み出すからだ。別のテキストの奥底に隠されたこの写本は、誰からそして何から隠されたのか、誰から何から守られようとしたのか？　そしてその別の写本がまさにこのように隠され、保たれ、今日にまで存在し続けたということに、何らかの意味があるのだろうか？　このような自己保存の真の価値、真実の価値は意識されるのだろうか？　私は無意識の恐怖に捉われ、把握しがたい、認識しがたい現実と向き合っているように感じる。著名な物理学者ニールス・ボーアがもう一人の劣らず有名な物理学者ヴォルフガング・パウリに語った言葉が思い起こされる。「真理たらんというあなたのイデーはそれほど馬鹿げているだろうか？」目に見えぬ至高の論理の輪が閉じられた時、大いなる非理性は必ず大いなる真実に変わるか、それに流れ移るのだ。このことには疑いもなく、やはり何がしかの真理がある。

「欠落ある写本」は、そのいかがわしい未完結性にもかかわらず、『デデ・コルクトの書』学者の陣営に結構な大騒ぎを引き起こすだろうと、私には思われる。その際にこそ、叙事詩の多くの不明箇所と意味がよくわからない点に多くの光が当てられるだろう。しかしながら専門家にとっては、新しいテキストに描かれた現実そのものにも疑いの目が向けられないとは限らない。フセイン・ジャヴィド〔一八八二―？　詩人、劇作家、アゼルバイジャン文学の哲学的ロマン主義を代表する優れた文学者。一九三六年に逮捕され、収容所で死亡した〕のよく知られた詩行「人は疑いにあってこそ真に正しい」は、一度ならずその生命力を証した。それは今日も生きており、必ずや明日も生き続けるだろう。今となってはもう明らかなことがある。これからは登場人物たちは凍りついた、彫像のように不動の、それゆえ今までのように生命を失ったものではなくなるだろう、ということである。語りの神話叙事詩的法則にしたがってある種の彫像として創造された多くの登場人物が、「欠落ある写本」のテキストでは、突然凍りついた不動性から解放され、生き、愛し、憎み、忠誠を示し、罠をしかけ、欺き、笑い、泣きはじめる……実際、彼らはみなまず何よりも全くふつうの人々なのだということがわかる。これらの勇士とその息子たち、これらのハーンとその跡継ぎたちは、すべての平民と同様空気を吸い、地上を歩き回っている。そしてここでこそ古代オグズ社会が、その真のリアルな道徳的な境界の内に見えてくる。草稿のメモ、観察や略号や符号は、あたかも薄いカーテンのようにはためきながら開き、その現実の輪郭を失って、芸術的虚構の資格を獲得した多くの意味や意義を顕わにする。こうして一方では天上の黒雲は裂け、他方では眼差しに無限の深みを開いてみせる——人を神にもっとも偉大な至高の真実に近づけるのだ。

我々は、「欠落ある写本」のすべての不明な、あるいは特に注釈を必要とする、内容その他に関わる要素をすぐに示す必要はないと考えている。我々の見るところ、それにはいかなる道理もない。なぜなら我々は、思慮深い読者なら、示されたテキストに迷い込みはすまいと確信しているからだ。あらゆる事前の注釈は何らかの学問的序論たらんとするものだが、我々はそのような野心からは遠い。「欠落ある写本」が途切れたり、何か言い足りないものを残した箇所に限って、必要に応じてその場所で自らの、もちろん甚だ個人的な、主観的な解釈を述べる方がより適切だろう。我々はテキストの進行に応じて自分の注釈を配置する方が遥かに生産的だとみなし、それらを書物の中に独自の書体で挿入することにした。読者は難なくそれを見分けるだろう。それだけでなく、叙述の全体にわたって読者は普通の括弧に入れられたテキストの断片を見るだろう。そこに含まれる覚え書きと注釈は「欠落ある写本」の作者自身、すなわちデデ・コルクトに属するものだ。

次のような状況に注目することは同様に重要である。本質的に「欠落ある写本」の内容の基本的水準は、二つの異なるお互いに補いあう方向の並行する運動である、ということを我々は既に指摘した。ひとつの流れはバユンドゥル・ハーンが企図した（書物の書記はデデ・コルクトである）オグズ社会で起きたある異常な出来事の審問の過程の文字記録である。もう一つの流れは作者自身、つまりデデ・コルクトの特別な注釈、覚え書き、概要のスケッチからなる。全くありえることだが、審問そのものは、起きている事柄のより深い理解の、英知をさずかった「オグズの栄えある人々」のより正確な評価のきっかけとなったかもしれない。何者も彼の「覚え書き」を審問の過程を追った独自の速記ととることを妨げるものはない。それと同時に、これらの覚え書きの性格は反駁しがたく作者のより重大な仕事——大きな叙事詩を書くこと——を始めよう、という真剣な意図を証言している。明らかなことだが、その企てにおいてかくも複雑でかくも壮大な課題を実現することは事前の準備なくしては不可能である。作者のあれこれの人物、事件の主人公についての思索、あるいは個々の事実や現象の彼による評価は、最大限可能な客観性に近いものと、かなりの確度でみなしうるものだ。一方芸術的テキスト、つまり叙事詩『デデ・コルクトの書』の定本においては我々は、甚だしくはないとしてもかなりの変更を見出す。この意味で「欠落ある写本」と、我々が馴染んでいる叙事詩のテキストはお互いに驚くほど違っている。それゆえ客観的な（ひょっとしたら主観的な？）——話を複雑にしないためにこう言っておこう——「欠落ある写本」の『デデ・コルクトの書』と対応する覚え書きは、かなりの変容を蒙っている。これは何だろう、作者のいい加減な健忘症か、あるいは我々が前にしているのは、当世流行の「王権意識」、そうでなければ「国家的思索」への忠誠を直接指示するような注文者の要求なのか？ひょっとするとこれは「民族の道徳的教育」という課題を考慮したために起きたことなのか？　これらすべての疑問に対して私はすぐに次のように答えることができる。神の名を持つ最終的な審級における真実においては、叙事詩『デデ・コルクトの書』と写本における同一人物たちのこれらの相違そのもの、これらの相違の理由、あるいは同一性の理由は、全く何の意味も持たないように思われるのだ。

そしてとうとう最後の前書き、あるいは「分からない」と言える者の根拠

我々の「欠落ある写本」には、他の不完全な写本には見られない、重要なひとつの特徴がある。その特徴と言うのは、それに似たすべての写本と同様終わりがない我々の写本には、始まりもまたないことである。ひょっとしたらガンジャの地震と結びついた、写本の存在時期のひとつの刻印なのかもしれない。そしてひょっとすると写本の作者自身、我々の意識にある小説ジャンルの概念に似た、首尾一貫した体系的なテキストを書くつもりはなかったのかもしれない。どんなことも考えられる。実際には作者にとってはテキストには始めも終わりも存在している。「欠落ある写本」のテキストに散在している多くのありとあらゆる情報が、「太初に」あったことについての完全かつ明瞭なイメージを与えてくれるだろう。そしてすべてがそのようであるならば、要するにテキストはただ我々の眼にのみ不完全で未完の半端なものに映っているに過ぎないのだ。

……時々自分が、通常の倫理とは両立しないことに手を染めているような気がする。まるで他人の財布を手探りしたり、鍵穴から盗み見したり、誰かの秘密のメモ、個人的な私信を盗み読みし、誰かが私に打ち明けた秘密をべらべら喋っているようなものだ……写本を読んでいる間中、そのような、戦慄せざるをえない、いわば、病的につきまとう非難が、私に不安を与え、私にきわめて鋭い問題を提起していた。解答はひとりでに来た。もしも何が要求されているかを創造主が知り、その知識の形式や本質的指標とは無関係にそれを私の脳に送り込んだのだとすれば、私の仕事は取るに足りないものだ。私はここには何の関わりもない。もしも間もなく「欠落ある写本」が「私と共に語れ」と要求するなら、私は沈黙の権利を持たない。

今度は諸君が判断して欲しい。「欠落ある写本」を諸君に提示した私は正しく振舞っているのか？ いないのか？ 私自身、今に到るまで自分の疑念に対する解答の探索に踏み迷っているのだ。

読者が読んだすべてを書き終わった直後、私には何か奇妙な、同時に全く説明可能なことが起きた。最後の文章（「私自身、今に到るまで自分の疑念に対する解答の探索に踏み迷っているのだ」という、直前の言葉のことだ）を書き終わるや否や——私を突然の眠りが襲った。私の頭は私の意思に反して書き物机の上に伏せられ、おそらく、同じ様な時にそうなるように、私は自分を脇から見始めた。それは長くは続かなかった。夢で私はある人を見た。彼のすべての特徴——衣裳、顔、背丈と体格——は、私が目覚めると同時に、記憶から雲散霧消した。ただ一つはっきりと覚えているのは——我々の間で交わされた短い対話である。

「なぜおまえはこれをなしたのか？」その人は尋ねた。

「分からないのです」私は答えた。

創造主よ、無知な者たちを全知の者たちの怒りと憎しみから救いたまえ、護りたまえ。アーメン。

欠落ある写本

＊　＊　＊

……地震のあとで、千辛万苦のガンジャの住民がいかなる苦難を蒙ったかを目の当たりにして、その日の……晩に都の有力者たちは……

……の日バユンドゥル・ハーンは、再び私を近くに呼び寄せた。私はその召集に急いで駆けつけ、正午にギュノルタジのハーンの住居に到着し、うやうやしく礼をすると彼に平安を祈った。

ハーンは訊ねた。

「我が子コルクトよ、なぜおまえを呼んだか分かるか？」

「栄光あるハーンよ、分かりません」私は答えた。

「コルクト、我が子よ、ただおまえだけがこれを為しうるのだ。私はおまえを選んだ」バユンドゥル・ハーンは言った。「私とおまえには共にする一つの仕事がある。知らせがあった。よくないことがオグズで起きる、あるいは起きるかもしれないということだ、おまえの耳にも何か届いているはずだ。話によればスパイがいて、そいつを捕らえたのだが、その後で……地下牢からそのスパイを解放し、逃がしたらしい……おまえが知っていることを私にすべて話せ、共に真相を明らかにしよう」

そう言うとバユンドゥル・ハーンは黙ったまま動かなくなった。

私はといえば、バユンドゥル・ハーンは事の真相を知っている、ということが分かったので、待ち受けながら黙っていた。

バユンドゥル・ハーンの聡明な顔は、次第に赤黒くなりながら暗くなり始めた。私を刺すようにハーンは見た。いったいおまえは何も聞いていないというのではないだろうな、と言うように。聞いていない?! まさかおまえが知らないとでも?! 彼の唇は何も語らず、彼は黙ったまま私を見ていたが、身動き一つしなかった。私の答えを待っていたのだ。

いったいバユンドゥル・ハーン、至高のハーン、すべてのハーンたちの上に立つハーン――ハーンの中のハーン――に嘘がつけようか? 彼に、無数の兵士たちの統率者に、数知れぬ黒い奴隷たち、牢獄と拷問部屋のまわりに群がる手だれの刑吏たちを支配している者に嘘など……

「我がハーンよ、私は聞いております、あれこれと聞いております……」私には、告白する以外に道は残されておらず、そうしたのだ。

だが内心では思った。「ハーンは何かを疑っておられる、しかし私に呼びかけたということから、彼の知識が完全ではないことが明らかだ。どう振舞わねばならないか? テングリ〔チュルク族の最高神で天空神。チュルク族のシャーマニズムにおいて重要な役割を果たす〕の助けに望みをかけるしかない。どのあたりまで彼が承知しているのか、知りたいものだ。どこでその知識は無明の壁に突き当たっているのか? その壁の向こうのどこに私は彼を連れて行けばよいのか?

どうやって？　全能のテングリよ、あなただけが私の魂に霊感を与えることができるのです」

「何を聞いたのだ?!　言うがよい。みなの者、コルクトを見てみろ、おまえの鋭い眼差しと率直さはどこに消えたのだ？　それともおまえは別の場所におるのか？　コルクトよ」ハーンの声は響き渡りつつ、いよいよ荒々しくなっていった。

「考えてみました、我がハーンよ。何を語ろうと、何を思おうと、この無常の世ではどんなことも起きえます。想像の中に閃いたものすべては、現に見ることができます……」

私の言葉をハーンは気に入った。かすかに笑いさえしたのだ。


（この場を借りて忘れぬように言っておけば、この言葉はまた一度ならず語られると思われる）


それから私はさらに何かを喋ったが、バユンドゥル・ハーンを見て、彼がもう私の言葉を聞いていないのが分かった。ハーンの宮殿の中庭に生えている薔薇の茂みの中で、棘に傷つきながら、小鳥がもがいていた。バユンドゥル・ハーンは窓からもがいている小鳥を見守り始めた。そして私は彼の肩越しに、哀れな小鳥が解放されようと震えながらもがいているのを覗きながら、心の中で問いかけていた。鋭い棘に捉われた小鳥はそこから救われるだろうか？

「クルバシュ、行って、哀れな小鳥を棘から放してやれ」バユンドゥル・ハーンはこの言葉を、ほとんど聞き取れないような声で言った。それは私には奇妙だった。というのもそこには、ハーンの部屋には我ら以外には誰もいなかったからだ。どうやってバユンドゥル・ハーンがクルバシュを見ることができただろう。だが彼は確かに見たのだ。そして私がバユンドゥル・ハーンの背から首を伸ばすとクルバシュは小鳥を無事にた。

「クルバシュ、あとで私のもとに立ち寄るように」

再び私は驚愕して凍りついた。どうやってクルバシュは、この宮殿の端で、ほとんど囁き声で発せられたバユンドゥル・ハーンの言葉を聞けるのだろう?! だが少したつとクルバシュは私と共にハーンの部屋にい

救い出し、ゆっくりと引き下がった。

(クルバシュはバユンドゥル・ハーンの影であり、息であり、知恵であり、魂だった。オグズでは誰一人彼にあえて反駁するものはいなかった。たとえ彼が生まれてこの方自分の言葉を持っていなかったにしても。クルバシュはバユンドゥル・ハーンが語ったありとあらゆる言葉をみなに伝えた。クルバシュは知らせを伝え広めた。クルバシュは情報をもたらした。クルバシュはオグズのベクたちに言葉を届け、返事としてはただその言葉の遂行のみを要求した。クルバシュはハーンの腹心であった。しかしハーンの宰相となっているのが別の人物であることも確かであった。それはカズルク・コジャという名の貴人であった。すべての重要な国家的事業をハーンは彼に相談するのだった。それはその通りだったが、全員に知られてはならない出来事の真相を明らかにする必要が生じるや否や、バユンドゥル・ハーンは必ずすべての問題をクルバシュの助けを借りて決めるのだった。私が話しているクルバシュとはまさにそんな男だった。

クルバシュのことはかつて何かの話のついでにサルル・カザンが話してくれた。今私は我らの会話を思い出した。バユンドゥル・ハーンはクルバシュがまだ子供の頃に宮殿の自分のもとへ引き取った。クルバシュはキプチャク人に捕虜になった家の出身だった。生まれた時から彼は奴隷だった。その後、彼の両親、父と母は、ある方法を用いてハーンに請願の手紙を送った。それは、我らはともかく、息子を奴隷から買い上げ

て欲しいと言うものだった――その請願の後で襲撃が行われ、クルバシュは奴隷の状態から救い出された。彼はバユンドゥル・ハーンの慈悲に訴えた。個人的に知っていたクルバシュの父への尊敬の念からバユンドゥル・ハーンは少年を自らの高い保護の下に引き取った。今やバユンドゥル・ハーンのすべての秘密、すべての隠し事はただクルバシュ一人だけが守っている。しかし……)

バユンドゥル・ハーンは、クルバシュが玉座に近づくまで窓から離れなかった。始終庭を見つめ続けていた。最も悪い時でさえ、私はハーンの意志が、弓の弦のようにかくもぴんと張られ、緊張したのを見たことはなかった。これは、バユンドゥル・ハーンが奥の深いこの事件を解明するつもりであり、クルバシュを呼んだのも故ない事ではないことを意味していた。

私が初めてこの箇所までたどり着いた時、図書館職員たちが断言した通りに、この写本は私には興味深いものには思われなかった。東洋学専攻の娘は正しかった。これは全く別のテーマである。バユンドゥル・ハーン、クルバシュ、デデ・コルクト――いったい彼らは何の事を論じているのだ？　オグズで何が起きたのか？　彼らが話しているのはいったいどんな言葉なのか？　いや、もしもここであの東洋学専攻の娘が介入しているのなら、彼女の仕業か？――彼女がテキストがいわば「奇妙な魅力を」持つように、私のために「修正し」、「加工し」たのだろうか？　いやそんなはずはない。つまるところ、どうなったか諸君は知りたいのか？　その後どうなったかといえば、これからわかるように、嵐が突発し、本物の暴風が荒れ狂いだした……

……バユンドゥル・ハーンは、今度もクルバシュがもう部屋にいることに気付くと、我らに向き直った。双方をそれぞれしげしげと穴の開くほど見つめ、ついに言った――

「おまえたちに秘密を打ち明けねばならぬ。おまえたち二人にだ。コルクトよ」バユンドゥル・ハーンは私の方に掌を伸ばし、その眼差しは今や怒りに燃えていた。ハーンは言った。「おまえは書き取るのだ。この部屋で何が起ころうと、誰が語った言葉であろうと、そのすべてを一字一句書き留めるのだ。クルバシュ、おまえは」バユンドゥル・ハーンはクルバシュのほうに向き直った。「生きた人間は男であろうと、女であろうと、誰一人、我らの仕事が最後まで終わるまで、国から出すな。襲撃も狩りも旅行もすべて中止だ。呼び出された者はすぐさま私の前に出頭せねばならぬ、それからは、様子を見よう……それからまだある……クルバシュ、おまえはいざという時には好きにするがよい。ただすべての我らの言葉と会話が地に埋めてもここで留まるように、誰一人他人に我らの言葉は伝わらぬようにしろ。誰にも、カズルク・コジャにさえもだ、わかったな？　いかなる言葉も外に漏れてはならぬ。この件は漏れ出てはならぬ。いいな？　それが我らにとっていかに大変であろうと、我らは張本人を見つけるし、見つけねばならぬ」そして再びバユンドゥル・ハーンは注意深く我ら二人を見まわしてその顔を宮廷のほうに向けると、窓のすぐそばまで近づいた。「クルバシュがおまえに、おまえ自身がはっきりさせられなかったことのすべてを説き明かすだろう。だが今は行くがよい」ハーンは言葉を終えた。

最後の言葉は私に向けられていた。私とクルバシュはハーンの部屋から外に出た。

「解き明かしてくれ、クルバシュ」とこれは私の言葉。

並んで長い廊下を通り抜けると我らは裏庭に出た。裏庭のちょうど真中に生い茂っている、丈の高い楡の木の影が絨毯のように緑の草の上に広がっていた。我らは影の中に座り、胡坐をかいた。

「我らのハーンはもちろん我らを大いに信頼している」クルバシュは今やきわめて冷静に話し始めた。「我らも自分たちの忠誠でそれに答えねばならぬ。どうだ何か言うことがあるか、コルクトよ？」

「私に何が言えよう？　おまえは私の言いたいことを語っている。ハーンは審問を行おうとしている、そうだな、クルバシュ？」今度は私がクルバシュに尋ねた。先ほど私を不安にし、頭の中に渦巻いていた言葉をついに語ったのだ。

「そうだ、ハーンは審問を行おうとしている」クルバシュが答えた。

「スパイが自分の力だけで枷から逃れられるわけがない。こんなことは俺も知っているし、おまえも知っている。オグズのどんな子供でも分かっていることだ。（私は自分が冷汗に包まれるのを感じた。）鳥となって雲の彼方の高みに飛び去ることはできぬ、灰色ねずみとなって地中に潜ることもできぬ。明々白々なのは、奴が枷を脱ぎ捨て我らの国から姿を消すのを、誰かが手助けしたということだ。そうではないか？　疑いもなく無法者を唆した者がいる。我らの責務はこの教唆者を見つけ出し、我らのハーンを喜ばすことだ……」

（私はまるで愚か者のように頭を振り「もちろん、もちろん」と呟きながらクルバシュの言葉の一つ一つを確かめていた。だが私に別の方法があっただろうか？　それ以外は不可能だ。クルバシュはといえば、ゆっくりと言葉を語りながら注意深く私を見ていた。まるでその斜視の目を細めて、私の心の奥底まで見通そうとしているかのようだった。私の頭の中を考えが渦巻いていた。「疑いもなく、誰かが親しくすべてをバユンドゥル・ハーンに密告したのだ。だが誰が？　これをなるべくうまくクルバシュから聞き出したいものだが……いや無駄なことだ。飛んでいる矢を止めることは誰にもできぬ……もう今となっては、誰が密告者で、誰がそうでないかを知ることには意味がない。恐ろしい出来事がやってくる。誰が血走ったバユンドゥル・

ハーンの貫くような眼差しに耐えられるだろうか?!　おお、ベクたちよ、ベクたち、いったいどんな暗黒の日々がおまえたちを……私たちを……待ち受けていることか……全能のテングリよ、あなたの力にすがります……」)

「どこに飛び去り姿を消したのだ、コルクトよ?」クルバシュの声が私を楡の木陰に引き戻した。

「私か?!　クルバシュよ、私はここに、おまえの隣りにいる」

「おまえは全く隣りになどいなかった。ぼんやりするな、よく耳を澄まして私の言うことを聞け。このために私はカザンから始めることにしたい。オグズの誰にもバユンドゥル・ハーンが自分の娘婿を大目に見たなどと言わせないためだ」

「そうか?　カザンから審問を始めると?」

「そうだ、その通りだ。それからシェルシャムサッディン、ベキル、アルズ・コジャ……」

「ベイレキ……」用心深く私は付け加えた。

クルバシュは、私が差し挟んだ言葉にいささかの意味も認めず冷たく答えた。

「ベイレキに何ができた?!　奴は嫌疑の外だ」そして突然、なぜか話題を変えようとし、その声は暖かくなりさえした。「コルクトよ、我らがベイレキはまだあのベイレキだろう、そうだな?　十六年捕囚の身だった、しかもバイブルド砦のようなところにだ……あそこで手厚く扱われ、満足に月日を重ねることなど、どんな英雄にもできるというものではない。このベイレキは大変な知恵と策略の持ち主だ。いったいどこからあんな知恵が生まれるのだろう」

「子供の頃から彼は知恵に優れていた。何しろ彼はバムス・ベイレキ――灰色の種馬の騎士なのだから」私はそう答えるのが精一杯だった。それ以外の答えは私には見つからなかった。

（疑いもなく、おまえの狡知に満ちた策略のすべては、いつの日か朝霧のように雲散霧消するだろう。誰も太陽を曇らすことはできぬ……）

「私が聞いたところでは、最近ベイレキはバユンドゥル・ハーンにお目通りしたそうだな、クルバシュ？」私は素知らぬふりをして尋ねた。

「そうだ、だがいいか、それはこのこととは何の関係もない」

私ははっきりと分かった。クルバシュはベイレキについて話すことに興味がないのだ。そういうことだ。クルバシュは立ち上がり、それに続いて私も立ち上がった。我らは中庭の端の正門の方へ向かった。

私を見送りながらクルバシュは言った。

「コルクトよ、明日は朝早く来てくれ。自分の筆と紙を持って。もう一度頼む。テングリの名において、ここでおまえの耳が聞いたことは誰にも一言も漏らすな。ハーンはそのようにお命じだ、おまえ自身分かっているはずだが」

「けっして一言も」

「そうだ一言もだ。我らはハーンの意思を遂行する。彼の命じたように我らも振舞うのだ」

「わかった」

「道中無事を祈る。行け。明日の朝おまえを待つ」

「全能のテングリがおまえを守らんことを。また明日だ。クルバシュ、御機嫌よう」これは私の言葉。

私は馬に乗った。ハーンの中庭から出た。馬に拍車をかけるとまもなくギュノルタジは背後に遠ざかった。だが、アラ山の斜面に張った夏の天幕にどうやってたどり着いたかは覚えていない。馬からおりると馬は鼻面をみずみずしい草に伸ばし、草を食みに出かけた。私は地面に座り、洞窟の入り口の前の地面から突き出ている輝光石に肘をついた。そのまま長いこと考えていた。様々な考えが抜きつ抜かれつ、放たれた競走馬のように頭の中を駆け過ぎていった。だが結局どうしてもその考えのどれか一つに縄をかけ、捉えておとなしくさせることはできなかった。私の心を暗い光の見えない予感が蝕んでいた。「もしもバユンドゥル・ハーンがスパイについての真実をすべて知っていたらどうすればよいのだ、どう振舞えばよいのだ、災いなり、我らの頭上に恥辱の灰が振りまかれる……」

＊＊＊

夜は明けようとしていた。私の目はまどろみに落ちていった。月は天蓋の端から反対側の端へと身を移し、空でその巡りを終えようとしていた。「夜に善きこと無し」私はそう思い、洞窟の中を通り、岩の寝床に横になり、駱駝皮の外套にくるまった。だがどうしても眠ることができなかった。頭の中で色々な思いが蘇り、渦を巻き、不安な思いが入り混じった。「こね粉はしっかりとこねられ、たくさん水を吸い込んだ。私はどうすればいい？　老婆ファティマが、恐怖に目を覆うかわりに自分の口を開いたら？　彼女に会って、ハーンの呼び出しが掛かったなら、何をどう言うべきか教えてもいいかもしれない……だがやはり、薄い染料は顎鬚を染められぬ、口髭を染められぬ、ということも認めるべきだ。バユンドゥル・ハーンはもちろん、クルバシュは言うに及ばず、細い毛の一本一本を手探りし、光に当てて眺め、思い当たることだろう……もちろん彼らとは一筋縄ではいかぬ。ベイレキはあの見ての通りのベイレキ、それ見たことか！　おまえが我らのことをハーンに密告したのではないのか?!　ボルラ・ハトゥンがおまえを、私がベイレキと呼んだ者を正道から外れさせたのでは？　ハトゥンなしにことは起きなかった、疑いもない、彼女なしでどうしてありえよう？　それとも、小さい雌牛を見た小さい牡牛の様に涎を垂らしたか？　呆けた子牛よ、堪え切れなかったのか？

（小さい牡牛が唇を緩め、涎を垂らせば――明らかだ。ちょうど同じ様にこれらの不信心者どもの息子たちは、その生涯に娘を見る事もなく、絶世の美女に面と向かってぶつかれば、情欲によだれを抑えることはできぬ。「呆けた子牛」という言葉を聞いて私の目の前に浮かぶのは、ベイレキ一人ではない、オグズの国の多くの他の若いベクたちが、私の目の前にぞろりと並ぶのだ）

もしそうなら、気をつけるがいい、私がベイレキと呼んだ密告者よ、最強のテングリさえも、これからおまえを護ってはくれぬ。そちらに残るのは誰か？　カザンとは何者だ？　ハーンの娘ボルラ・ハトゥンの夫だ。テングリが贈ってくれる明るい毎日、しかし人はいがみあい、お互いにいつでも相手の息の根を止めようとしている、がカザンは――いつも変わらぬあのサルル・カザンだ。カザンはけっしてバユンドゥルを裏切らぬ、売り渡しはせぬ。ハーンはそのことを百も承知だ。ハーンはカザンを限りなく信頼している。そうならば、もしも正しく理解するなら、カザンのこの審問は、果たして人の目に煙幕を張ろうと言う試み以外の何ものでもないのでは？　そうではないのか？　別の側から見れば、ボルラ・ハトゥンも少しほっとするだろう、カザンの高慢の鼻も――それも悪くない――少しは折れて、オグズの残りの民すべてがそれを見て、今度は再びハーンの公正さを褒め称えよう。うまく考え付いたものよ。だがもしも審問でカザンが、これはコルクトが私にスパイを逃がすよう助言したのだ、などと証言したら――そうしたらどうなる？　それにもしもアルズも白状したら？　シェルシャムサッディンも？　いや奴にそんな知恵はない。ベキルは私には逆らうまい、私を害しまいと少しは気を遣うだろう。アルズ。ほかならぬアルズが私を裏切るか？　アルズ……ファティマ婆さんとアルズ――審問に際して裏切りが起こりうる、ハーンの疑念の鎖の中の最ももろい輪、最も危ない輪だ。ファティマは――女だ、彼女の頭は何とかごまかすことができよう。だがこのアルズは……やくざの子のやくざだ。自分自身と自分の息子以外は全世界を危険にさらし、風に散らしても屁とも思わぬ。奴の高慢は高い山よりも計り知れぬほど高い。高慢は誰にも愛されぬ。まさにそうだ。これこそ出口だ！　すべてをアルズに結びつけることだ。疑いもなくこれが最も確かな解決策だ。『ファティマ――アルズ――スパイ』この結びつきは誰にも気に入るだろう。サルル・カザン――然り。ボルラ・ハトゥン――今再び然りだ。シェルシャムサッディンは？　奴にはどちらでも同じこと――ただ彼の首領であるカザンが満足でありさえすれば。ベキルは？　ベキルは審問で何を伝えられよう？　ベキルはカザンに恨みを抱いている。二人はお互いに相手を我慢できない。

（カザンはお互いの不和の理由を自分に都合よく説明し、ベキルは別な解釈をする。ことを究めるものは幸いなり）

ベキルとアルズを衝突させること――これが今は一番重要なことだ。それができれば――アルズの証言はすべての意味を失う。バユンドゥル・ハーンは彼の言うことを聞くまい。それはそうだが、しかしこの罠を仕掛けるのは――なまやさしいことではない。ベキルはアルズと角突き合い始めるより早く、ベイレキとカザンと取っ組み合うだろう。クルバシュは一目で罠を見破るだろう。そうするがいい。奴もまたアルズの側には付くまい、奴にはカザンに歯向かう何の理由もない。誰も、誰もがアルズの敵だ。ベキルを除いたすべての者が。アルズはその叱責と高慢で誰をも自分から離反させ、誰をもうんざりさせた。『もしも我が子バサトがいなかったら、この他ならぬバサトがすべてだ、もしバサトがいなかったら誰が一つ目のならず者と戦い、勝利したか？……』アルズ、ただアルズをどうにかせねば……だが用心に越したことはない。頭を使わねばならぬ。アルズは滅多にいない食わせ者だからな。奴の先を越さねばならぬ。ベイレキは罠の肉餌のようなものだ。すべてをアルズがベイレキただ一人を疑うように仕向けねばならぬ。それにもしもことを掘下げるなら、ハーン自身に本当に必要なのはただアルズの首だけだ……」

夢か現か私は我らの悲しむべき事件についてまだ長いこと思い巡らせていた。どうやって眠りについたかは自分でもわからない。ささやかな死が私を飲み込んだ。

＊　＊　＊

私が朝早く眠りから覚めた時、太陽はもう山の頂きのむこうから用心深く世界を覗き込んでいた。バユンドゥル・ハーンの住むギュノルタジに急いだ。クルバシュは宮殿の庭で、重々しく歩き回りながら私を待っていた。その隣に二人の背の高い肩幅の広い兵士がいた。その様子は、全身、どんな命令も遂行する、という覚悟を表していた。二人は恭しくお辞儀をすると挨拶した。

「御機嫌よう、コルクトよ、今朝ハーンから命令が下った。今日の評定にサルル・カザンは出頭すべし、とのハーンのお言葉だ。カザンは問いに答えることになる。準備はよいか？」クルバシュは挨拶してからていねいに自分の最初の問いかけをした。

「私の用意はできている、クルバシュ」私は答えた。「昨夜、考えていたことは正しかった。クルバシュは何かを知っている。ハーンはカザンから始める」私は胸の中で思った。

「よし、出立し、カザン・ベクをハーンの評定に呼んでくるのだ。これがハーンの命令だ――カザンに出頭すべし、と伝えるように」クルバシュは命令を彼に付き添っている兵士たちに伝えた。

兵士たちは無言で冷静に頷き、厩に向かいそこから馬を連れ出し、鞍に飛び乗ると韋駄天馬を抑えつつ正門を通って瞬時に一目散に走り出し、視界から消えた。ハーンの屋敷の周りには、次第に人が集まってきた。家畜小屋の傍で下僕たちがある者は牛の乳を搾り、ある者は竈の火をおこすなどして、せわしなく動き回っていた。家畜小屋や家畜の囲いの中は空になり、羊と駱駝どもはもう野原で草を食んでいた。二人の奴隷がそれぞれしっかりと自分の馬の手綱をつかみ、馬を正門の外にゆっくりと連れ出した。私はこの二頭の馬に見覚えがあった。そしてまたベイレキが思い出された。一頭の馬は山羊首の種馬ケチェルという名で、もう一頭は羊額の種馬ドゥイルという名だった。この二頭とも、バユンドゥル・ハーンの厩の中で、一番元気のよい駿馬だった。私はこの馬に乗ってベイレキの結婚の媒酌をしに行った。花嫁の兄弟デリ・ガルヂャル、あれは本当に困り者だが……

「コルクト、この木陰に来い」クルバシュの声が私をハーンの中庭に引き戻した。

太陽はゆっくりと自分のいつもの場所――背の高い楡の梢に近づいていた。我らは木陰に立った。

「どうする、コルクト、ここでカザンを待つか、ハーンの部屋に入り『我ら参上いたしました』と告げるか？」クルバシュは私に聞いた。

「おまえの方がよくわかっているだろう？」曖昧に私は答えた。

そこに折り良く奴婢が到着し、問題は自ずと解決した。「ハーンは親しくあなた方お二人と会いたい、とお望みです」奴婢は伝えた。クルバシュと顔を見交わして、我らは御座所へと通った。部屋に入り、我らは玉座についたバユンドゥル・ハーンが、深い物思いに沈んでいるのを見た。昨日と同じく、ハーンの気持ちは打ちひしがれていた。

私は恭しくハーンに挨拶し、ハーンは私に答え、身振りで座るように命じた。我らは座った。

「我が子コルクトよ、おまえは知っておるか」バユンドゥル・ハーンは話を始め、じっと私を見つめた。その瞳には哀しみが凍り付いていた。「何が私の心にかかっているか？　おまえは知っておるか？　地位も名声もあるオグズのベクたちが、今日、オグズの運命を全く心にかけていない、と知ることが私には辛いのだ。そしてその上カザンだ……奴もまたこの件に関わっているとは思いもかけなかったことよ」

「『奴もまた』」ハーンはそう言われた。もしもハーンが私を試しているのなら、黙っているのが一番いい。もしもハーンの言葉に何の企みもないのなら、やはり黙っているに若くはない。私の言ったことはハーンの疑いを呼び覚まし、彼の心に影を落としかねない」そう考え私は黙り続けていた。

バユンドゥル・ハーンは突然クルバシュの方を向いた。そして問いただした。

「クルバシュ、どうだカザンは、もう現われたか？」

「我がハーンよ、もうすぐ参りましょう。呼びに人を遣わしております」クルバシュは答えた。

「出迎えの際は、然るべき礼を尽くせ。カザンは我らが孫の父親なのだからな」

最後の言葉を口にした時、バユンドゥル・ハーンは、再び貫くように私を見た。その眼差しは雄弁に語っていた。「おまえはこれをどう思っているのか？」私は目を伏せ答えなかった、恭しく頭を下げたままじっとしていた。沈黙は長いこと続いた。

奴婢が入ってきた。

「我がハーンよ、カザン・ベクが到着いたしました。ご子息ウルズと御一緒です。お目通りを願っております」

クルバシュはバユンドゥル・ハーンを見、バユンドゥル・ハーンはクルバシュを見た。

「ウルズと一緒だと?」バユンドゥル・ハーンは聞き返した。「なぜウルズと?」

(私はカザンの知恵に舌を巻いた。もちろん奴も何かを感づいている。奴はすべてお見通しだ――ウルズの到着は、慈悲の暖かい血のようにバユンドゥル・ハーンの心を洗うだろう……うまいやり方だ、文句は言えぬ)

私は思った。「カザンはうまいこと自分から脅威をそらした。残ったのは我らだ。私の名が口に出ないように願おう、神の意のままに」

クルバシュは身振りで奴婢に退席するように命じた。奴婢は姿を消した。

「ウルズはどのようにすればよろしいか、我がハーンよ?」バユンドゥル・ハーンに向き直るとクルバシュは恭しく尋ねた。

バユンドゥル・ハーンは答えた。

「そうだな。ウルズはここには通すな。内殿の中に通し、奴隷たちの中を歩かせ、新しい自分の奴隷を選ばせるがよい。護衛に伝えよ――奴隷女のところに行くことは私が許す、何も問題はない、奴はまだほんの子供だ、と。カザンは通すがよい」

クルバシュは「我がハーンよ、仰せの通りに」と言うと出て行った。

バユンドゥル・ハーンは、その顔を私に向けると言った。

「おまえはそのままそこに居よ、書き取る用意はよいか？」

「我がハーンよ、用意できてございます」私は胡坐をかき、より楽な姿勢をとって繰り返した。「用意できております」

バユンドゥル・ハーンは、その注意深い眼差しを私から離さず、次のように言った。

「書き取るのだ、コルクトよ、書くのだ、我が子よ、私がこれから語る言葉すべてを、奴が語る言葉のすべてを——すべて書き取れ、一言たりと書き漏らすな。すべては書き取られ、保存されねばならぬ。これを今日でなければ明日読む者すべてが、我らの件を詳しく知ることができるように。そうだ、私も尋ねたい——おまえはどう思う？　私はカザンには取り立てて罪はないように見える。その愚かさや優柔によって弱みを見せたが、スパイなどに憐れみをかけたりすることがあったか？」ハーンは自分の考えを隠さずに私を試していたのだ。

「我がハーンよ、カザンは栄えある勇士です」私は答えた。「カザンのハーンへの忠誠は限りありませぬ。カザンはオグズの大黒柱です……」私が最後の言葉を口にした時、カザンが入ってきた。聞かねばならぬ、神の御心のままに。

カザンの後からクルバシュが歩いてきた。カザンは、然るべく立ち上がることなく、頭を下げたまま跪き、バユンドゥル・ハーンに近づき、何回となくその手に口付けた。

「偉大なるハーンに栄光あれ」彼はそう言うとそこでやっと頭を上げた。私の方へは、その目で「何が起きたのだ」と問いかけ、鋭い眼差しを投げた。

「元気なようだな、カザン。遠慮なくそばに座るがよい、座れと私は言っておる。そして話してくれ、最近のオグズはどうだ？　どんな話が人々を騒がせておる？　聞くところでは、おまえはウルズと共に来たそうだが、そうだな？　嬉しいことだ。カザン、ここに座れ。我が子コルクトよ、もっと近く座れ、自分の仕事にかかれ、書き留めるのだ。クルバシュか？　そちら側に立て」

カザンはまだ事がよく飲みこめていないのが私には見て取れた。自分の倅を連れてきたということは、感づくことは感づいていたようだが、私には、事の真相が最後までわかってはいないように思われた。より楽な姿勢を取ると、彼は再び、無数の質問に満ちた眼差しを私に向けた。私はといえば、彼を注意深く眺めて、恭しく膝の上に置かれた彼の手が細かく震え、指が軽く痙攣しているのに気付いた。私の視線に気付いたカザンは、急いで手を肘掛の下に突っ込んだ。それからバユンドゥル・ハーンに向き直り、次のように言った。

「我が父上、ハーンよ、ウルズがどうしても言うことを聞かなかったのです。『お父様がお爺様のところに行かれるのでしたら、私も連れていって下さいませ』涙ながらに申すのです。『お爺様の手に接吻させて下さいませ』と。そこで私は、あなたの手に接吻する栄に浴させるために息子を連れてきたのです。正しかったでしょうか？」

「すばらしいぞ、我が子カザンよ。よく来た。そうとなったら、おまえは息子だけでなく我らが娘ボルラ・ハトゥンも連れて来れただろうに、遠慮することはなかった」

バユンドゥル・ハーンの言葉の中に、みな嘲笑を感じたが、カザンは何事もなかったごとく答えた。

「『道中ご無事で』とボルラ・ハトゥンは門出の祝福をしてくれました、我がハーンよ。『我が父に挨拶を伝えて下さい。私自身は最近父を訪ねて其の手に恭しく愛と共に接吻いたしましたので』そのようにボルラ・

ハトゥンは申しました」

カザン、彼はまだ、あのカザンだ。ボルラ・ハトゥンがやってきたこと、そして彼女がここで語ったことすべてを、自分は承知ずみだということをすぐに分からせた。バユンドゥル・ハーンの眉根が寄り、曖昧な言い方を捨てて、すぐに本題に入ろうと決めた。

「カザンよ、おまえはおまえがなぜ呼び出されたか知っているか？」

サルル・カザンはすぐに心底驚いたといいたげな顔をして見せ、そして大きく目を見開くと、愛想のよい声で答えた。

「知りませぬ、我が父なるハーンよ。知らされておりませぬ。この頭と剣にかけて、あなたのどのような命令でも受ける覚悟です。私にあなたの途上に死ぬ名誉のみをお与え下さい。何が起きたのです？　誰かへの襲撃をお考えですか？　しっかりと聞いております。何なりとお命じ下さい！」そう言うとカザンは四方を見まわした。

書き記している紙から身を離すことなく、私は自分の顎鬚を規則正しく撫でているバユンドゥル・ハーンをちらと見やった。だが、バユンドゥル・ハーンは満足げにかぶりを振って答えた。

「カザンよ、おまえの私心なき豪勇は誰もが知っている。おまえの忠誠も……」そこでバユンドゥル・ハーンは息を継ぎ、まるで私が書き取っているか、それともほかに気を取られていないかを確かめるかのように私の方を見た。私はもっと低く紙の上に身を屈めた。バユンドゥル・ハーンは私が書き取っているのを確かめると、落ち着いた様子で続けた。

「カザンよ、おまえの忠誠を私はよく知っている。おまえの栄えある一族が、オグズの地に根を張っていることを知っている。鷹がおまえをその翼で守り〔カザンの名、サルルの語源は鷹である〕、功業へと奮い立たせているのだ。分かっている、おまえを信じている。おまえを頼みにしているぞ、カザン。何しろおまえは私の婿なのだから」

「有難うございます。我が父君ハーンよ、千代にその栄光が保たれんことを！　我が黒き頭《こうべ》をあなたの名において横たえられるようにして下さい、慈悲をお示し下さい……」

(でかしたぞ、カザン！　だがどこから奴はこんな言葉――「我が黒き頭《こうべ》」などという言い方をひねり出したのか。こんな言葉を奴の口から聞くのは初めてだ。黒き頭《こうべ》とは何だ？　それになぜ「黒き」なのだ？　奴の言葉は「あなたの名において黒き頭《こうべ》を捧げます」と言うのでは足りなかったのか。いやいや違う――「あなたに我が黒き頭《こうべ》を捧げます」でもない。こうだ――「我がハーンよ、犠牲として受けて下さい」だ、そして続けて「我がベクよ、我が黒き頭《こうべ》を」。このほうがはるかによいではないか？　忘れずにおこう、神の恵みを)


「我が黒き頭《こうべ》をあなたの名において横たえられるようにして下さい、慈悲をお示し下さい」カザンは床にひれ伏してそう言い、自分の限りないバユンドゥル・ハーンへの忠誠を示すべく、叩頭し始めた。

「立て、カザン、やめよ、カザン、おまえとしたことがなんと他人行儀な！　いったいこれはどうしたというのだ？　クルバシュ！……」

クルバシュは恭しく、しかししっかりとカザンを、あまりにも熱のこもった叩頭から半ば起こしながら抱きかかえた。まだ「我がハーン、実の父より貴い、我がまことの父君」と呟きながら、カザンは次第に落ち着き、最後に最初の姿勢をとった。

「我が子カザンよ、よいか――オグズについての思いが私の平安を奪ったのだ」カザンが黙ったのを見届けると、バユンドゥル・ハーンは続けた。「カザンよ、その思いは限りなく辛いものだ。スパイがオグズに忍び込んだという話だ、カザン。スパイだ！」

「我が主よ、私の聞き違いでしょうか？　スパイですと？」カザンの驚きはあまりにも真に迫っていたので、私さえ危うく彼がスパイのことを初めて聞くのだ、と信じるところだった。私はカザンの様子に愕然とした。と突然誰かが声なく「ハーンを見よ」と囁いたかのように、私の中で何かがうずいた。見ると私の血は凍りついた。ハーンが見ていたのはカザンではなく、その眼差しが据えられていたのは私だったのだ。鋭い錐のように彼の眼差しは限りない驚きに満ちた私の顔を貫いていた。

「書くがよい、我が子コルクトよ、余計なことを考えずに、一心不乱に書くがよい」バユンドゥル・ハーンの声は聞き違えるほどに変わった。セレメ川の山の急流の水のように冷たい声だった。彼はカザンに向き直ると、声に温かさを加えた。

「いいか、カザン、コルクトさえもが驚いている。よもやこのことについて何も知らないとでも言いたいのか？」

「知りませんでした……つまり思うに、我が父ハーンよ……知っておりました。あのスパイは当然の報いを受けました。我らは奴をつかまえ、ひっとらえ、穴に放り込み、耐え難い苦しみを罰として言い渡しました。だがその後……奴を放逐し、奴は行方も知れず姿を消し、オグズの地を捨て、一目散に我らのもとから馬を駆って去りました、もはや二度と誓って戻ることはないでしょう。我らは、我が父なるハーンよ、奴を滅ぼしました……奴は行方も知れず消え失せました……」

「そうなのだな、滅ぼしたと言うのか……で、いったいどのように？　四つ裂きにか？　切り刻んだのか？　それは正しい、つまり見せしめになるように決したのだな。ひょっとして一振りで頭を切り落としたか？

それもよい。まことによいとさえ言える……でかしたぞ。カザンよ。待て待て、それともひょっとして奴を絶壁から真っ逆様に突き落し、その肉を獣の餌に供したと？　まあそれも悪くない。確かに奴を滅ぼした、とおまえは言うのだな、カザンよ？　そう考えてよいのだな？」

カザンは悪いことをした子供のように、うなだれて座っていた。その体は筋肉の先までこわばりきっていた、だがその内心は戦きに満ちているように私には思えた。

「いいえ、四つ裂きにはしませんでした」カザンの声は虚ろに響いた。

「四つ裂きにしなかっただと？」バユンドゥル・ハーンの声が大きく響いた。

「しませんでした、我が父なるハーンよ。だがそれは私の咎ではないのです」カザンは今にも絶え入らんばかりだった。

「そのことを誓えるか、カザンよ？」

「我が父なるハーンよ」カザンはもはや喋るというよりは囁いていた。

「カザンよ、もう一度聞くぞ、わしを怒らせるな、カザン、もう一度尋ねる、おまえの舌が嘘をつかぬと誓えるか？」

「誓えます、我が父なるハーンよ。我が舌は真実以外は何も語らぬと、あなたのこうべにかけて誓います」

（どんな真実を語ろうと言うのか、カザン？　おまえはいったいその真実とやらが、おまえの暗愚な頭の上に新しい災難をもたらすことを知っているのか？　おまえが語りだしたことは本当に真実なのか？　全能のテングリ以外、誰がそれを知りえよう？　真実を語ると誓ったと？　そうか、語るがいい。すべての真実を語れ。自分のもとに孕み腹のファティマが来た、と言うがいい。「おまえたちがスパイと呼んで穴に投げ入れた不幸な男は、あなたにとってもあたしにとっても息子なのよ、カザンよ」と打ち明けられた、と。そう言うがいい。おまえは真実を語らねばならぬのだからな。だがその後で私のことは忘れろ。カザン、永久に私のことは忘れるのだ。そしてこの先どんな禍いに舞い込まれようとも、私を詮索するな）

「いや、我がこうべにかけては誓うな」バユンドゥル・ハーンが最後に答えた。

「若きウルズの命にかけて……」

「いや！」バユンドゥル・ハーンは本気で怒った。

カザンは狼狽した。

「どう誓ったらよいのでしょう？」

と突然、彼の頭に閃いたものは、

「お聞き下さい、我がハーンよ、我が年老いた母の命にかけて誓います。母の命にかけて、私に咎はないことを誓います」

バユンドゥル・ハーンの怒りはあたかも茨の藪から解き放たれ、喜びの声をあげた小鳥のように、瞬時にはばたき飛び去った。ハーンは言った。

「今度はおまえを信じよう。オグズの誰もがこのおまえの誓いを信じよう。おまえが母を愛していることをわしは知っておる」

（ここでバユンドゥル・ハーンは微かに笑いさえした。どうやら彼は、カザンが「狂えるメリク」という名のキプチャク族の首領と交わした「取引」のことを思い出したらしい。それは有名な話だった。オグズの誰もが知っていた。それは狂えるメリクの行った襲撃のひとつに際してのことだった。その時幸運の女神がメリクに微笑み、彼はオグズの国境に接する地を蹂躙しつくし、多くの者を連れ去り捕虜にした。当のサルル・カザン、ベクの中のベクたる頭目のサルル・カザンはと言えば、その親兵たちの選り抜きの戦士たちと盛大な狩りに出ていた。そのため彼の土地は無防備のままに残された。そのあとでカザンは、バユンドゥル・ハーンに、この誤算のつけを特別なやりかたで返すことになった。さて一方、敵はと言えば、歯の細かい櫛で一掃するようにオグズの土地を席巻した。だが、その報復としての遠征の前に、カザンが狂えるメリクに突きつけた条件が、誰もの語り草となったのだ。「おまえが奪ったものすべてをそのままやってもよい、おまえのもとに我が妻を下女として、我が息子を従士として置いておくがよい。だが我が母だけは返せ、これで手打ちとしよう」その後、バユンドゥル・ハーンの前で弁明する際に、カザンはいつも、自分の狂えるメリクへの提案を、軍事的な罠として説明しようとした。「私は一杯食わせたのです」カザンはそう繰り返した。それをその時ハーンが信じたかどうか決するのは難しい。だが大事なのはそのことではない。敵への遠征に向かったカザンを追ったほかのベクたちは、彼のもとに駆け着けた。捕虜たちは解放された。敵軍は打ち破られた。カザンの言葉を聞いて、ボルラ・ハトゥンは丸一年、夫と口をきかなかった。「あなたは私を売った、息子を売った、この地を売った、あなたの魂は卑劣だ」そう彼女は告げた。私のいる前でこの辛辣な言葉が吐かれた。私はこの耳でこの言葉を聞いた。そこですぐにカザンは必死に弁明した。これは軍事的策略なのだ、女が口を挿むことではない、と。だがどんなに説明しても、謝っても功を奏しなかった。そこでカザンはギュノルタジのバユンドゥル・ハーンの本営へと、ハーンに釈明するために赴いた。その後でやっと、バユンドゥル・ハーンの命令がボルラ・ハトゥンのもとに届いたのだ。クルバシュはそれを次のような言葉で伝えた。「女は所詮女なのだ。男の戦の話に嘴を挟むべきではないのだ。カザンは我らが婿だ

──それは永遠に変わらない。我が娘ボルラ・ハトゥンよ、身の程を知れ、夫のすることをとやかく言うな。おまえの力は夫に従順であればこそだ」そのようにクルバシュは言った。

ボルラ・ハトゥンはその言葉に従った、もはや父に逆らおうとはせずに答えた。「そのようにいたしましょう」──そして彼女はカザンを許し、恥辱を忍んだ。まさにその時から、オグズで母の命にかけて誓うなら、必ずカザンの名を出すことになったのだ）

「おまえの誓いを信じよう、落ち着くがいい。さあ今こそ私にすべてを話すのだ、カザンよ」

バユンドゥル・ハーンは玉座から立ち上がると、カザンのすぐ前に立ち、彼を見下ろすようにその目をひたと見つめると尋ねた。

「私に答えよ、スパイの脱走を助けたのは誰だ？ まさか奴が飛鳥であるはずもなかろうに。誰かが手助けしたのだろう、違うか？ まるで子供の目を欺くがごとく、看守の目をすりぬけ、捕虜を略奪することができたのは誰だ？ 誰だ、カザン、こんなことを仕出かしたのはどこの悪党だ？ 答えよ。クルバシュ！」

バユンドゥル・ハーンは語り終えると、もとの場所に戻った。クルバシュはそれ以上説明も求めずに、ハーンの命令を理解した。クルバシュはまことに強力無双だった。彼がカザンの頭を抱え、一人で彼だけの手慣れたやり方で締め付けると、すぐにカザンは「ああ！」と声を上げ、意識を失い床にどっと倒れた。人前では豹のごとく勇敢なカザンだったが、一人では勇気を失うのだった。そのことはオグズの誰もが知っていた。

「カザンの顔に水をかけよ」泰然自若たるクルバシュにバユンドゥル・ハーンは言った。クルバシュは部屋の隅から水差しを持ってくると、その水をそのままカザンの頭からぶちまけた。水はカザンの頭と顔からその着物に流れ落ち、体を濡らした。カザンは鼻を鳴らすと我に返った。

「我が子カザンよ、どうした？」バユンドゥル・ハーンは全く抑揚のない声で言った。

「大丈夫です、我が父君ハーンよ、何でもありません。どうなったのか私にも分からないのです。目の前が真っ暗になり、明るい昼の光も輝きを失い、気を失いました、なぜかわかりません」目を細めてクルバシュを見た。「水差しをくれ、クルバシュ、水が飲みたい」

クルバシュは盃に水を満たし、それをカザンに差し出した。カザンは震えながら盃を掴み、唇と喉を鳴らして、貪るように水を飲みだした。その様はまわりの者たちが、まるで千年もの間、渇きがカザンを苦しめてきたのでは、と思うほどだった。カザンはごくごくと水を飲み続けた。私は「どうしたのだ、奴は流れる川でも飲んでいるのか？」とさえ思ったものだ。

バユンドゥル・ハーンはまたちらりと私を見ると、自分の顔をカザンに向かって次のように言った
「コルクトよ、書くがいい、我が子よ、思いのままに書くがよい。カザン、今一度尋ねるぞ。誓いを忘れるな。ただ真実のみを話せ。誰がスパイをさらったのだ？　おまえの口から話すのだ、それとも……」

「アルズがさらいました。我がハーンよ、アルズが」もはや思い迷わずカザンはきっぱりと言った。

「おまえの母の兄、おまえの叔父のアルズか、そうなのか？」

「そうです。我が叔父のアルズです」

「馬の口のアルズだな？」ハーンはわざとのように聞き返した。

（バユンドゥル・ハーンはうまい言葉を思いついた。「馬の口の」とは。実際アルズの顔は馬の面に似ている。だがハーンはアルズを馬の顔ではなく口にたとえた。「馬の口のアルズ・コジャ」――的確な名だ、響

きもよい。覚えておかねば。一瞬の後私はかくも易々とカザンがハーンの言葉を理解し、それをアルズの名に添えたことに驚いた。私の頭に浮かんだことがもうカザンの口に上ったのだ。いったい奴は私の考えを読んだのか？）

「まさに、馬の口のアルズ・コジャが、卑劣なスパイをさらったのです。我がハーンよ」カザンはなぜか繰り返し私を見た。あたかも「俺は正しく喋っているだろう？」と尋ねるかのように。かすかに、しかしそれとわかるように私はうなずき、奴に自信を持たせるようにした。胸の中で私はカザンに語りかけていた。「その調子だ、おまえは正しい道を歩んでいる、この調子でいけ、すべてうまくいく、神の恵みを、おまえはまさにその通り正しい道を歩んでいる」

「まさにそうなのです、我がハーンよ、私を信じて下さい、アルズが我らのすべての禍いのもとなのです。我が母の命にかけて誓います。お信じにならないのなら、ボルラ・ハトゥンにお聞き下さい」カザンはいよいよ確かな口調で続けた。「オグズのすべての禍いはアルズのせいなのです。おっしゃった通りです――馬の口のアルズにほかなりません」

（カザンはほとんど私を指ささんばかりだったが、やっとのことでそれをこらえた。テングリの恵みだ、我らは大いなる禍いを免れた）

バユンドゥル・ハーンは黙って玉座に身をそらせた。再び自分の白い顎鬚を注意深く、両手で、柔らかく撫で始めた。

沈黙は長く続いた。ハーンがまばたきもせずに一点を凝視していたので、彼の思いの深さを推し量ることができた。私がクルバシュを見るとクルバシュはちらっと私を見やった。バユンドゥル・ハーンは決心した。カザンはバユンドゥル・ハーンを彼に有利な方向に引っ張っていけたのか？　もし突然私がアルズについて問いただされたらどうなる？　ただひとつはっきりしていることがある。アルズ・コジャは屠られることになる、生贄が決まったのだ。決定は死より恐ろしい。それはまさにそうだ。アルズの運命は決した。アルズがカザンの実の叔父であるということが、いっそう強く、バユンドゥル・ハーンの決定の公正さを際立たせることだろう。

（サルル・カザンとその叔父アルズ・コジャは、ふつう母方の叔父と甥をお互いに結びつける親愛の情を、抱いたことがなかった。ほとんど年のかわらない二人は若いころから張り合い、しかもいつもアルズは自分が年上であることを誇示しようとするのだった。より威厳を持たせるために、アルズはその年になる前に顎鬚を生やし、それゆえ年若いカザンと比べると、かなり年とってみえた。アルズ・コジャの名は私が彼に付けたものだ。〔コジャは「年老いた、老人」を意味する尊称〕今目の前でバユンドゥル・ハーンは、いかにもうまいあだ名をその名に添えた――馬の口持つアルズ・コジャだ。二つの言葉を結びつけたのはバユンドゥル・ハーンだ。二つの言葉から一つの名を作ったのだが、その手柄は私のものとなる――もし私が最後まで言葉を書き留め続けることになるなら、誰もがアルズのあだ名は、コルクトが付けたものだと言うだろう。バユンドゥル・ハーンは、この名とあだ名を付けたのが私だと、みなが知ることを望まないだろう。ちなみに、今ここで「馬の口持つ」というあだ名を口にしながら、ハーンは私を見やりもせずにこのあだ名を声色を変えて言った。つまり「コルクト、我が子よ、これを覚えておけ」と言ったのだ。

彼ら——カザンとアルズがお互いに親愛の情を抱いていないことを、私は既に見て取っていた。叔父と甥が互いに抱く憎しみには、深く明らかな理由があったが、しかし理由はもう一つあった——人の耳目から隠され、記憶を封印され固く秘められた場所に葬られた理由だ……バユンドゥル・ハーンが物思いに沈んでいるまさにその時に私にはそれが思い出されたのだ。

……それはオグズにとって困難な時だった。どこからともなく現れた見知らぬ部族が、カズルク山の支脈のもとに住み付き、山を流れるセレメ川の支流の一つブズルセル川の水をせきとめてしまったのだ。どうやらこの部族の数知れぬ集団はこの場所が気に入ったらしく、一向にそこから去ろうとする気配がなかった。彼らの喋る言葉は誰にも分からなかったし、彼らと話し合ったり、彼らの目論見を知ることは全く不可能だった。このような場合にはいつものことだったが、今回も話し合いに遣わされたのは私だった。「とにかく水路を開かせろ。そのためなら何でもやろう」カザンの本営に集まったベクたちは、私に余所者たちにこう伝えるように命じた。「これがバユンドゥル・ハーンの命令だ——コルクトが行くべきだ。デデよ、奴らの首領と話し合うのだ。我らはどんな条件でものむ」栄えあるベクたちは心に恥じることなく私を確実な破滅へと送り出したのだ……

……頭目は一つ目の、風采の上がらぬ痩せこけた小男だった。彼のただ一つの目は、飢えた眼差しであまりに食い入るように私を見たので、それはまるで生きたまま私を取って食おうとするかのようだった。私は絶え入らんばかりになり両足は地に張り付いた。「恵みぶかきテングリよ、生きて帰れますように」心の中で私は輝光石の力を請い願い、祈りをささげながら天の意志に自分を委ねた。「毎日我らに、人を二人ずつ、羊を百匹ずつ差し出せ。それがおまえたちへの水の代価だ」それを言葉とは言い難かったが、そう独眼鬼は言った。その貧弱な体に相応しいきいきい声を張り上げて、独眼鬼は何かを告げ、その隣に跪いていた通詞は、どこで身に付けたのか、我らの言葉を知っていたのだが、それを通訳した。「そうでなければ、水の次にはおまえたちの空気をせきとめてオグズを滅ぼしてやる、これが我らの最後通牒だ」

「おまえたちは一日二人ずつの人間をどうするのだ?」私は尋ねた。

通詞はうっとりと独眼鬼を見ると答えた。「羊は我らが食う、人の心臓を食べるのは——我らが首領だ」

「ああ何てことだ、奴は食人鬼だった」という考えが私の脳裏をかすめ、私はオグズのもとに戻る許しを乞うた。

「行くがよい」彼らは答えた。「だが、明日の朝に求めたものすべてが届けられないなら、我らとの取引はもはやないぞ。その時は身から出た錆と思え」

私はどうやってオグズのもとに戻ったか、覚えていないし、分からない。カザンのもとに参上した。私の言葉を聞くと、ベクたちは頭うなだれ、重いもの思いに沈んだ……)


……バユンドゥル・ハーンは、突然玉座から飛び降りると、窓に寄り、既にどんな命令も遂行しようと構えているクルバシュを呼んだ。頭を垂れると、クルバシュはハーンのもとに近づいた。

「クルバシュ、また小鳥がいばらの棘に引っ掛かっている。血まみれだ。行って小鳥を放せ、解放して命を救うのだ」

そしてまるで独り言のように、やっとそれと聞こえるほどの声で付け加えた。「たかが小鳥とはいえ、小鳥もやはり生きたいのだ、息をしたいのだ、空を飛びたいのだ。そうだ、たとえ小鳥とはいえ……」小さな小さな声でハーンは言ったのだが、我らはそれを聞いたのだ。

クルバシュは小鳥を棘から解放し、飛び去らせ、そしてすぐに我らの元へ戻った。

「さて……」広間を歩き回りながらバユンドゥル・ハーンは始めた。「つまりカザン、おまえはアルズに罪があると言うのだな、そうだな？　おまえが自分でそう言ったのだ。おまえ以外の誰がおまえ自身を知ることができよう？　だが……ひとつ問題がある、なぜそれがアルズに必要だったかだ。スパイをなぜ自由にする必要があったのか、と私は言っておる。なぜ奴は栄えあるベクたちの敵となったのか？　奴は一度も愚か者だったことはない。けっしてだ。どんな仕事でも、奴はいつもあらかじめすべてを考え抜いていた。何か隠された意図があってのこと、ということになる……」

「我が父なるハーンよ……」カザンが遮った。

「奴はけっして考えなしには行動しないはずだ。何が言いたい、言うがよい！」待ち切れずに、ハーンはカザンに言葉を投げた。

「我が父なるハーンよ、このスパイは最初からアルズに仕えておりました。この悪党を解放して、そのことで自分の腹心を救ったのはアルズです。確かです、そうではないでしょうか？」

バユンドゥル・ハーンは黙った。あたかも腑に落ちたとでもいうかのように。スパイは敵どもに仕えていた。スパイはアルズの手下だった。アルズはスパイの一挙手一投足を知っていた。アルズはスパイを差し向けた。したがって、アルズこそが裏切り者で、とどのつまりオグズの敵なのだ。すべてははっきりし、分かった。審問は終了したと考えていい。我らをテングリがお助け下さるように。

（だが、もしもハーンが、ベイレキの婚礼についての知らせをバイブルド砦に伝えるために、スパイを使って手柄を立てたのが誰だか、知っていたり、感づいたりしていたら――その時はどうなる？　その報せを伝えたのはアルズだ、だがいったい誰が知恵をつけたのか？　おお、全能のテングリよ、ただあなたの助けの

みが頼りです)

「ということは、つまりおまえは、アルズがスパイをさらったと言うのだな、そうだな?」バユンドゥル・ハーンは小声でそう尋ねたが、その声には明らかな企みが聞き取れた。

「さらったのです、我が父ハーンよ、アルズこそがさらったのです」カザンはよく考えもせずに断言した。

(だが突然、なぜかすぐに、私はバユンドゥル・ハーンにはすべてお見通しであることが分かった。彼はカザンが開いた評定についても、評決についても、詳しく知っているのだ。知っているのだ、そのようないかなる略奪も全くなかったことを、ベクたちは誰もがみな、スパイとされた者は無実だということを認め、誰もがみな、彼をすぐに解放するという決定を支持した、ということを。それならば、実際に起きたのがどういうことかを知りながら、バユンドゥル・ハーンは、具体的な張本人の探索を続けているのか?! 張本人など実際にはいないのに!)

沈黙を破ったのは、バユンドゥル・ハーンだった。

「スパイを監禁した後、アルズがどのように振舞ったかを、我らに話してはくれまいか?」ついにカザンに、バユンドゥル・ハーンが聞いた。「そしてカザンよ、なぜおまえはベクたちとの小評定について黙っていた? おまえたちが小評定を開いたのは確かであろう? そして最初からみなが決定を叫んだのであろう——『死刑』と。そうではないのか?」

「まさにその通りです、ご主人様」カザンは早口で答えたが、彼がよく考えもせずに、ハーンの言葉のすべてに同意しようと決めていることが見て取れた。「私自身が申しました。主よ、私が最初に言ったのです。『死刑だ、死刑しかありえぬ。血を流すのだ、流さずにはすまさぬ、オグズへの見せしめだ。この先誰も裏切りの道を歩もうとは思わなくなるように。オグズへの裏切りはほかならぬ私個人への裏切りであり、ハーンの中のハーンであるバユンドゥル・ハーンへの裏切りである、そのようなことが許されようか？　血は流されねばならず、報復は遂行されねばならぬ。血によってのみ、スパイはその悪行を拭い去ることができるのだ。死刑だ、死刑しかありえぬ、死刑のみが、卑劣な裏切り者への正当な報酬となるのだ。四つ裂きにし、切り刻み、縛り首にし、死に追いやり、抹殺し、しかも奴だけではない、オグズには疑わしき者がまだ大勢いる。デリ・ドンダル、アルプ・リュステム、ベキル……』アルズは暴かれたスパイに遠からぬ所にいたのです、我がハーンよ。外オグズは憎しみのるつぼと化してしまいました。誰もが、頭に浮かんだことすべてを好き勝手に喋りまくっています。我ら内オグズを滅ぼそうとしているのです、だが奴らはけっして成功しないだろう。そんなことはあり得ぬ。我ら、我らは奴らを打ち滅ぼすのだ。一人残らずだ……あーあ。デデ……」カザンは突然、まるで途方もない重荷に力つきたと言うかのようにぐにゃりとなり、なぜか私に向き直ると、その声の調子で嘆願した。「デデよ、私は心にもないことを語っているか？　デデよ?!　デデ、そうだと言ってくれ。我がハーンに言ってくれ……」

　私はうつむいた。何を私が言えただろう？　幸いなことに、カザンは私の答えを待っていなかった。言い終えると、ほっとしたのか黙った。何ということだ！　カザンがおおっぴらにこんなことを言うとは！　私は思った、カザンは、バユンドゥル・ハーンの機嫌を取るためだけに言ったのではなく、本心を打ち明けたのだ、何年も心に秘めてきた秘密の考えのすべてを今日カザンは口にしたのだ。ハーンと気持を分けあい、「あーあ」と息を継ぎ、落ち着いた。火を吐く竜は瞬時に柔和な子羊と化した。

私はバユンドゥル・ハーンとクルバシュがまるで初めて奴を見るような興味をもってカザンを見ていたのに気づいた。いったいこれがあのカザンか？　こんな大胆な言葉をカザンが口にできたのか？

全能のテングリよ、悪を善に変えよ！　全能のテングリよ、汝は至高の存在、救いたまえ、我らを救いたまえ！　今まで本当のカザンを私は知らなかった、全能のテングリよ、許したまえ、奴を許したまえ、奴は自分でも分からないのだ、自分が何を話しているのかを、人前でオグズの分裂を呼び起こしたことが分からないのだ。離反を願ったことが、哀れにも自分ではわからなかったのだ。全能のテングリよ、ただあなたのみが偉大です。

（心密かに考えたことのすべてを、しばらくしてカザンは実行に移した。昔からの慣わしによれば、何年かに一度、一族の長は同族のすべての者たちに、自分の家と忠実な妻以外の財産のすべてを略奪させなければならない。いったいいつこのような慣わしが始まったのかは分からない。だが我らは、族長の利益は同族の者たちの利益以外にはなく、全能のテングリが、惜しげもなく自分の財産を分け与える首領に、その損害の何倍もの力と栄光を返してくれることを信じて、この慣わしを神聖なものとして尊んできた。バユンドゥル・ハーンはカザンに命じる。「内オグズと外オグズのベクたちに我が家を略奪させよ」カザンは命令を実行する。しかし外オグズのものたちは招かない。これが原因で、あからさまな敵対が始まるのだ）

バユンドゥル・ハーンは、その眼差しを再び宮殿の中庭に向けた。それからゆっくりと、まるでいやいやそうするかのように我らに向きなおった。そして言った。

「クルバシュ、我が孫のウルズを連れてくるように言え。おまえたちはもう下がって休むがよい、今日はもう十分だ、また私が呼ぶ」
我らはみな立ち上がり、一礼すると、我らがハーンの謁見の間から出た。

＊　＊　＊

……若きウルズはなかなか見つからなかった。彼は宿坊にじっとしてはいず、人に気づかれぬようにそこから表門を通って出て、馬場へと向かった。要するに若いのだ。そのことはバユンドゥル・ハーンに奏上された。ハーンは鼻先で笑って言った。「つまり宮殿から立ち去った、と言うのだな？　女奴隷の所にも行かなかったというわけだ。立ち去ったと言うなら仕方がない、だが、戻ったら私の所に参内するように言え。私に会わずに立ち去らないようにしろ。馬場が気になったのだな……仕方のないやつ、もう大きくなったということか」愛情を隠すことなくそう言いながら、バユンドゥル・ハーンは内殿に向かった。

私とクルバシュはハーンの内殿に出た。カザンは我らの隣にはいなかった。我らを待ち受けるかのように太陽は楡の梢に向かって昇り、そしてその場で止まった。再び、楡の枝影は斑の緑の絨毯となって、大地を覆った。クルバシュは私の方を向いて言った。

「真向かいに坐っても、刃向かうということにはならぬ。もしもおまえに異存がないなら、少し腰を下ろそう、コルクトよ」ただクルバシュだけが、このように、一つの言葉に嘆願と命令を同時に響かせるように語ることができた。答えを待たずに、クルバシュは楡の木陰に向かい、足を組んで座った。「ここに来い、隣に座れ。何か飲みたくはないか？　ひょっとして食べたいか？　ひょっとして腹が減ったか？」今度はクルバシュは、持って回った言い方をすることなく尋ねた。

クルバシュの向かいに座って私は控えめに答えた。

「どうも腹がすいたようだ、何かつまむのも悪くなかろう。だが酒は飲まぬ。バユンドゥル・ハーンの審問の前では頭は明晰でなければならぬ。酔っ払っては恥を免れぬ」

クルバシュは、そうだなというように笑った。

「よい考えだ」クルバシュは言った。「私も酒は慎もう、だが葡萄汁はどうかな?」

そして再び私の返事も待たず、首を振って、すぐそばでどんな命令も受ける用意のできている二人の従僕を呼んだ。従僕は駆け寄った。

「ご主人様、何なりとご命令を」一礼すると二人は言った。

「すぐ出せるものから食事を——焼き飯を持って来い、肉も、揚げ饅頭もつけるのだ、それに酸乳も忘れるな。葡萄汁はどうする、コルクトよ?」再び私の方を向いてクルバシュは言った。

よく考えもせず、罠にはまろうとしているのも知らず、私は呑気に答えた。

「そうだな、葡萄汁は美味い、持って来させてくれ」同意して私は言った。

「行って、言われたものを持ってこい」クルバシュは従僕を遣わした。

二人の従僕は、ハーンの厨房の方へと駆けて行った。

「カザンは見るところハーンと共に内殿に入ったようだな?」私はクルバシュに話をさせるつもりだったが、それと気づかれぬようにわざとどうでもよいような調子で言葉を投げた。

「おまえとカザンとの関係が深いのは、承知している」クルバシュは、自分の罠の一つを仕掛けながら、まるで見当はずれな返答をした。

「おまえだってしばしばカザンと会っているだろう」

「ああ、頻繁に会っている、その通りだが、それが何だというのだ？」

「何でもない、ただ今日はなぜか暗い思いを振り払えぬのだ。カザンを不幸に捨て置いてはならぬ、クルバシュよ。カザンは全オグズの希望であり、支えであることはおまえも分かっていよう……」

「おまえは葡萄汁とは何か知っているか、コルクトよ」クルバシュが、まるで何かを警戒するかのように答えをはぐらかしたのは、これが二回目だった。カザンは、バユンドゥル・ハーンと共に身内として奥の部屋に入ったのか、それとも秘密の部屋に幽閉されたのか――それをクルバシュは知っていたのだが、答えなかった。私は二つめの問いで、本当にカザンの頭上に黒雲が沸き起こっているのかを、用心深く聞き出そうとした。クルバシュは自分に忠実だ。どちらの問いにも答えなかった。「葡萄汁」の話をして、明らかに私を混乱させ、話をそらそうとしている。罠を用意している。兎の罠だ。だが私はどうだ？　自分で罠にはまってしまった。

「葡萄汁……それが何か私が知らぬわけがないだろう？　葡萄汁は……つまり葡萄の汁だ、つまり葡萄の実の汁だ……」私はなぜ突然クルバシュが嬉しそうに笑って、話を横道にそらしたのか分からぬまま呟いた。

「すぐに持って来るから飲めばわかる。葡萄の実と言ったな？」笑いやんでクルバシュは言った。

「分かるさ、それがどうした？」めったに切れぬことのない私の堪忍袋の緒は切れかけた。私の声はつっけんどんになった。

「怒るな、コルクトよ。落ち着け。どうだ、いったい葡萄汁は、葡萄酒と同じものではないのか?!　三カ月たつと葡萄汁はどうなる?!　考えても見ろ……」

そこにちょうど従僕二人が食事と水筒を運んできた。まず卓布が敷かれた。それから食事が並べられた。従僕たちは一礼すると脇に下がり、黙ってその場に立ち尽くした。命令を待っていたのだ。

「見ろ、これが葡萄汁だ。いったいこれは葡萄酒ではないのか？　違いは、ただそれが何カ月か木の樽に保存されて、今はいつでも飲めるようになっている、ということだけだ。これが葡萄酒で、これが葡萄汁だ。違うとでもいうのか？」クルバシュは私の盃を自慢の葡萄汁でなみなみと満たした。

私は度を失った、混乱したといってもよい。私は胸の中で、何でもない言葉に仕掛けられたこれほど素朴な罠を見抜けなかったことで自分を責めた。

「怒るなと言っただろう」クルバシュはなだめるように片手を私の肩に置いた。「我らは兄弟だ。それとも冗談が分からんのか？……飲め飲め、おまえの思いを葡萄汁の中に溶かし込んでしまえ。おまえのようなやつは、強い葡萄酒でも酔いつぶせるとは限らん。これはまあ、大して強くはない。酒ともいえないぐらいだ」

我らは祈りを捧げ、食卓に向かい、大いに飲み食いした。次第に気分も高揚した。太陽は我らの絨毯をその後ろに引いた——最初絨毯をハーンの宮殿に投げかけ、それからその絨毯ですべての宿坊を覆い、ギュノルタジに幕をかけ、そしてそのあと、全オグズに幕を下ろした。絨毯は滑らかに、有無を言わさぬ勢いで動いていった、そしてこれはもはや楡の木陰の我らの絨毯ではなかった——これはもはや別の絨毯だった。

その宮殿の中庭の端の大門の潜り戸に騎士が現れた。彼は急いでいた、従僕たちは手綱を引き取り、馬を厩にひいて行った、一方来訪者は従僕の一人に何ごとかを尋ね、従僕はそれに答えた。そのあとになってやっと見知らぬ男は揺れるような足取りで我らのほうに歩いてきた。我らは食事を終え、太陽が我らの頭上に照りつけ始めるや最後の葡萄汁を忘れずに飲み干し立ち上がった。

「いったい誰だろう？」私は、クルバシュに尋ねたというよりは、むしろ声に出して自問した。

「シェルシャムサッディン以外に、誰があんな歩き方をするかな？」クルバシュの口元に笑いが浮かんだ。

「私は歩き方で分かる」

クルバシュは眼差しを大門から移した、そしてその細めた鋭い眼差しは私に向けられた。薄笑いはまだその唇に浮かんでいた。そうだ、これはシェルシャムサッディンだった。すぐに分からなかったのが不思議だ。シェルシャムサッディンは足取りを速め、よろけながら我らの元にほとんど駆け寄るように近づいた。一礼をした。

私はシェルシャムサッディンの顔を見つめた。その目は次のような言葉を叫んでいた。「お願いだ、デデよ、尋ねてくれ、俺がやってきた目的を聞いてくれ。このクルバシュは、何があっても聞いてくれやしない。かわいそうな俺を助けてくれ、お願いだ……」

「御機嫌よう、シェルシャムサッディン！　どうしたのだ？　おまえの用事は何だ？　おまえが自ら訴えごとがあって参上したのか、それともハーンがおまえを呼んだのか？」クルバシュの機先を制して私が尋ねた。

「いや、我が父コルクトよ」ほっとしたように息を継いでシェルシャムサッディンは言った。「何も起きてはいない。テングリに栄光あれ、オグズはすべて平静で何も支障はない。そしてハーンが私を呼んだのでもない。ただ、いてもたってもいられず、我慢できなかった」シェルシャムサッディンはクルバシュに向かって言った。「我慢できずに、御主人カザン殿の後を追って出立したのだ。ここでお待ちいたす。もしもクルバシュの許しが得られれば……」

「何を言っておる？　何を乞うている。おまえはクルバシュの他人でもあるまいに、いったいクルバシュは、おまえの腹心の友ではなかったか？　よくぞ来た、我が友よ、我らはおまえに会えて嬉しいぞ！　おまえが来てくれただけで、何よりの土産だ……」正直なところ、クルバシュの歓待は私には度が過ぎているようにさえ思われた。

「だが私には土産物などない、徒手空拳で参上した。大急ぎだったもので。何も考えず呑気にしていたら、突然頭の中に声が聞こえた――立て、ギュノルタジに向かえ、と。我が主人カザンの行くところに私も行くのだ、と」

（全く大笑いせずにいられようか？　私とクルバシュは唇を噛み、互いに顔を見合わせた。いや、もちろんシェルシャムサッディンは忠実な戦友だった。常にカザンと共にあった。カザンにとっての彼は、バユンドゥル・ハーンにとってのクルバシュと同じであった。バユンドゥル・ハーンは、シェルシャムサッディンの参上について知らされたら、何を思うだろう？　ハーン自身、おそらくは彼を審問に呼び出すつもりだった――シェルシャムサッディンの証言は多くのことに光を当てられるだろうから。自分から現れたということは、奴の豪胆な頭の中に、自分でも意識できない、しかし確かな疑惑がうごめき始めたということだ。ああ、シェルシャムサッディン、我らが勇士よ……全能のテングリよ、どうかすべてを台無しにしないで下さい。奴の知恵はすべて右手に消えた、奴は馬鹿なことを口にできただけだ。「急いでいたので徒手空拳で参上した」だと。実際笑止千万なことを）

クルバシュは笑いをかみ殺すのに身を震わせた。シェルシャムサッディンはといえば、起きた混乱の原因がわからず、面食らって目を見張った。私は思った。「全能のテングリよ、この若者は特に知恵に秀でているわけでもないのに、突然小細工を弄し、我らを物笑いにしているのだ。全能のテングリよ、わたしに知恵を授けよ、避けられぬことは起きるだろう、だが事態がうまく収まりますように」

クルバシュはやっとのことで笑いを堪えると言った。

「シェルシャムサッディンよ、ここにやってきたおまえの行動は正しかった。いずれにせよハーンはおまえもやはり呼ぶように命じたのだから。カザンの後でハーンはおまえに会いたい所存だ。私はちょうどおまえを呼びに使いを出そうとしたところだった。だがおまえは自分で現れた。結構なことだ。徒手空拳で参上したなどとそんなに悲しむな。たいしたことではない、次にはたくさんみやげを貰うとしよう」

クルバシュはあけすけにこの無邪気な戦士をからかっていた、そして存分楽しむとシェルシャムサッディンに背を向け、首を振って従僕を呼び命じた。「こいつの面倒を見ろ、欲しいというものはすべて出せ、腹いっぱい食べさせろ、葡萄酒も惜しむな、胸のつかえを吐き出させろ」そして茫然自失のシェルシャムサッディンにはもはや全く注意を払わず、軽く私の肘に触れると言った。「行こう、コルクト、ハーンが我らを待っている、遅れてはならぬ」そして脇目も振らず足早に、私の前を歩きだした。

今になってやっとわかったのだが、ずっと——我らが食事を取り、シェルシャムサッディンと話をしているその間、片目で、また時折両目で、クルバシュは玉座の間の窓を見ていた。クルバシュは合図を待っていて、それを受け取ったのだ。

「急げ！」クルバシュは背中で私が追いついたのを感じたが、彼は私に命ずるというよりは自分を駆り立てているように見えた。部屋に入ると、我らはハーンを見た——休息をとり、我らを待ち受けている様子だった。

「近くに寄り、坐るがよい」バユンドゥル・ハーンは命じた。

頭を垂れて我らは座を占めた——私は窓際に、クルバシュは窓の向かいに。「宮廷で起きていることすべてを見るために」私の頭をかすめた。「奴の目は、うなじに目の着いている怪物のように——ペッ、邪視に射すくめられぬようにせねば——大ハヤブサの目のように何でも見、何でも気が付くのだ」クルバシュの目のことを考え、また再びあの卑劣な悪漢のことを思い出した……「独眼鬼」が頭に浮かんだ……「あの恐怖が繰り返されぬように我らをお守り下さい、全能のテングリよ」私は心の中で天に祈りを捧げたが、バユンドゥル・ハーンの声が私を地上に——評定の場に——引き戻した。だが、それまでに私は思い出していた……

この箇所で写本のテキストはまた途切れていて、我々には残念ながら、デデ・コルクトがここで思い出せたことは永遠の謎のまま残されてしまった。

「……コルクト、我が子よ、どう思う、クルバシュよ、どうだ？　今までの話で合点がいったか？　カザンは事件を正しく説明したか？」我らにバユンドゥル・ハーンは声をかけた。

私はまたちらっとクルバシュと見交わした。クルバシュは、おまえが始めよ、というように首を振った。私は思った。「もちろん最初に話さなければならないのは私だ。ハーンは私の名を最初に呼んだのだから」

（やくざの子のやくざめ。おまえの心はお見通しだ。おまえが私と肩を並べられるとでも？　張り合えるほどの力をおまえは持っているのか……それともおまえの葡萄汁で、私の裏をかいたとでも思っているのか？……）

私は答えた。

「我がハーンよ、私にはカザン・ベクは真実を語ったと思われます。ただ評定については確かに隠してはおりましたが。それはむしろ――忘れたのです。ひどく取り乱しておりましたから。真実がどこにあるかといえば……私には辛いことですが申しましょう。今日でなければ明日には災いが起きましょう。脅威がオグズの頭上に垂れ込めました、そうなのです、我がハーンよ」

「本当か?」バユンドゥル・ハーンはとぼけて驚いて見せたが、それでハーンが、私に劣らずこの件は先刻承知なのが分かった。それにもかかわらず、ハーンは要求した。

「コルクト、我が子よ、話してくれ。包み隠さず話してくれ。もっと詳しく、いったいどんな災いが我が族の頭上にあるのか教えてくれ! おまえの言葉は青天の霹靂だ。おまえの言葉は恐ろしい……」いくらハーンが自分の声を無頓着に装おうとしても私には分かった――その内心でハーンは私の弁明に鎌を掛けたのだ。

私は勇気を振るいおこした。そして言った。

「我がハーンよ、聞かないで下さい。私に問わないで下さい。ここでカザンはアルズの名を挙げました――それはあなたも聞いての通りです。私に問わないで下さい。お望みの者に聞いて下さい、だが私にだけは聞かないでほしい。よいですか――内オグズと外オグズは、今やもはや昔の全オグズではありませぬ。我がハーンよ、疑いもなく、彼らの間には憎しみが生じております。全能のテングリよ、ハーンをお守り下さい!」

「そうか……続けるがよい、コルクトよ」肘掛に肘をつきながら、そして私から目を離さずにバユンドゥル・ハーンは言った。「話は長くなりそうだ、続けるがよい」

(バユンドゥル・ハーンがこのように目を細め、話し相手から目をそらさない時は、つまり彼が興味をもっており、その注意のすべてを話の核心に向けていることを意味している。おまえを見ているようで、実はおまえの言葉の隠された意味を見ているのだ。そして何物も彼の注意をそらすことはできぬ、なぜなら彼は全身耳となっているからだ。このようにバユンドゥル・ハーンの目が細められ、私がそれを長いこと見守った数少ない機会を私は思い出すことができる――そんなハーンを見たのはせいぜい数回だった。そして今まさにハーンは細めたその目を私に向けていた)

私は続けた。

「事件の本質は深く遠く、そしてしっかりと隠されています、栄えあるハーンよ。お話は我が賢明なるハーンが思い描くよりも、はるかに長く続くことになるでしょう、厚かましい言い方をお許し下さい。真実に辿り着くためにはたくさんの外套を脱がせなければなりませぬ……」

バユンドゥル・ハーンは言った。

「我が子コルクトよ！　私の知る限り、敵は我らの壁際に立ってはおらず、川も溢れ出はせず、山も我らの頭上に崩れ落ちる気配はない。何がおまえを焦らせ駆り立てているのだ、コルクトよ、それともことは急を要するのか？　だが我らは日々の雑事からは解放されておる。我らには時間も十分ある。たくさんの外套が真実の上に被せられている、と言ったな？　それがどうした。おまえがボタンと鉤のすべてを外し、真実を剥き出しにし、真理を明らかにせよ。我らには時間は充分あるのだ、心配するでない。そうだ、聞いておるぞ。やくざの子のやくざシェルシャムサッディンが参上したと。どうやら奴には何を言っても無駄だ。我らが奴を呼び出したとでも？　いや、呼び寄せてはおらぬ。まあそれはどうでもよい。大したことではない。おまえは感じておるか、我が子コルクトよ、いかにオグズの手綱が緩んでいるか、轡が甘くなっているかを?!　誰もが勝手に思いたったことを行っておる。シェルシャムサッディンはハーンの御前に参上しようと思い立ち、ギュノルタジに駆けつける。そして明日は思い直すのだ――呼ばれても参上しない。ならぬ。それはならぬ」

　私は頭を垂れた。

「おまえにはこれは関わりのないこと」バユンドゥル・ハーンは続けた。「おまえは何かを恥じ入っておるのか？　もう一度言うが、おまえには関わりのないことだ。これは別の問題の本質だ……何の話を私はしていたのだったかな？　おおそうだ、今我らには、先延ばしにできぬ仕事があるわけではない、十分な時間がある。それゆえ最初から、遠くから、ことの深層から話すがよい。おまえの言ったように、外套を引きちぎり、ことのまことを、真実を暴くのだ。その生まれた時の裸の姿で立ち現わせよ。秘密の肉の中に分け入るがよい、秘密の霊の中に。最初から、その根底から始めよ。おまえが何を知っているか、鋭いおまえの知恵から、隠されたものを見ることにしよう」

　バユンドゥル・ハーンはその言葉の奔流を止めた。私はといえば、ハーンがもっと何か喋りたくなるものと予想し、待ち受けた。その通りハーンは喋りたくなり、言った。

「よいか、我が子コルクトよ、その日が来れば、すべての歴史、すべての出来事、事件と冒険と誘惑がおまえの役に立つだろう、必要となろう。それゆえ限りなく注意深くあれ。配慮が大事なことは異論の余地はない。だがまず何よりも公正であれ。これはむずかしいことだ——公正であるということは。だが今は……おまえの語ることを聞こう。おまえが報告した、燻り出した憎しみの核心はどこにある？　おまえが言ったのだ——憎しみが生まれました、と。この恐ろしい言葉は、私が口にしたのではない。クルバシュ、これを語ったのは誰だ、これは誰の言葉だ？」

「コルクトが申しました、我がハーンよ、これは彼の言葉です」クルバシュが請け合った。

「それでは、コルクトに自分の言葉について答えさせることとしよう」ハーンは言った。

部屋には静寂が広がった。我らの誰もこの静寂をあえて破ろうとはしなかった。「私は何から始めるべきか、全能のテングリよ？　知っていることすべてをいきなり述べたら？　もしハーンが内オグズの者たちに怒りの炎をたぎらせたら――そうしたらどうなる？　彼らを殲滅するために、クルバシュを先頭に懲罰隊を遣わすだろうか？　ベクの誰もが功績に応じて報いを受けるだろう……もしもベクたちが示し合わせて私への復讐を決めたら？　全能のテングリよ、あなたにすがるばかりです。だが、だからといって逆に……もしもバユンドゥル・ハーンが確実に知っていることの何かを私が隠し、言い残したら――そうしたら、どうなる？　ハーンが、『おまえの知っていることを知りたいのだ、だがおまえが知らないことは……』と言ったのは、故あってのことに違いない。そのようにバユンドゥル・ハーンは言ったのだ。どうする？　私は誰を頼みにすればよい？　知っていることをすべて話す以外に道はない。全能のテングリよ、我が息を堅固に、我が魂を奮い立たせたまえ。輝光石よ、あなたの足元にひれ伏します。全能のテングリよ、あなたの善き名が私を満たしますように、私の罪を許したまえ」

そして私は心からの言葉によって語り始めた。名馬の脚は飛ぶがごとく、語り部の言葉は風よりも速い。だが、語り部がみな才を持つとは限らぬ。この私はテングリの慈愛を受けた語り部だ。時折私自身には、人が見ることのできぬ世界から、私に確かな知らせが届くように思われるのだ。何があるか、どうなるのか――それは誰にも分からない。私以外には。私はあまりに夢中で話し始めたので、私は自分の話を止めることができなかった。三日三晩私の語りは続いた。まるまる三日三晩の間、バユンドゥル・ハーンは、私の言葉を一言も聞き漏らさず、一度も口を挟むことなく、定められた時に食事が運ばれ、黙って揃って食事を取り、そして再び私は語りを続けた。時折バユンドゥル・ハーンがまるで死んだかのようになり、うつらうつらすると、私とクルバシュは眠りで一息つかせるために、ハーンの頭をしかるべく寄りかからせるのだった。

バユンドゥル・ハーンが目覚める直前にクルバシュは私をつつき、私は瞳から眠気を払い、語りを続けようとするのだったがそうするといつもバユンドゥル・ハーンは既に目を開けていて、何も言わずにその顔と瞳を私に向けるのだった——まるで「始めよ」と合図するかのように。そして私は続けた。こうして三日三晩が過ぎ去り、飛び去った。その間ずっとハーンは、一度たりとも宮中で悶々としているサルル・カザン、シエルシャムサッディン、ウルズのことを思い出さなかった。もっともそれは、ハーンにお目見えする順番を待つほかの者に対しても同じことではあったのだが。三日三晩、私コルクトは語り、ハーンの中のハーンたるバユンドゥル・ハーンは、私の言葉を聞いた、私の声に聞き入った。私は何を語ったのだろう？　なぜ語ったのだろう？　ひょっとしてすべてをバユンドゥル・ハーンに語る必要は全くなかったのでは？　分からない。ただ一つ確実に言えるのは、これは全能のテングリが私に憑いたのだった、私は語り、へとへとになり、もぬけの殻になり、くたくたになり、三晩目の明け方——半ば死んだようになり、息も絶え絶えで——自分の語りを終え、口を閉じたのだった……

そして私コルクトは、このように語り始めたのだった。

栄えあるハーンよ、あなた一人が全オグズの支えです、災いと悲しみの時に、人々はあなたに望みを繋ぐのです。あなたが健やかなれとの祈りが天に昇り、あなたの名にかけて人々は誓い、その誓いより固き誓いはありませぬ。我らが高き山脈——それはあなただけのものです。満々と水を湛えた諸々の川——それはあなただけのものです。あなたの軍は大きく、兵士は数知れません、あまたの奴隷と従僕は、あなたに忠実に仕えております。だがあなたはご存じかどうか……

「欠落ある写本」のこの箇所は、まるで何かですっかり汚損されたようで、紙は損なわれずに残っているのだが、しかし外からの影響で続くテキストは判読不能になっている。二、三頁のテキストが復元不可能のように思われるが、そうなるとデデ・コルクトの覚書の一部は我々には永遠に失われたものとみなさざるを得ない。私は誰かが何らかの意図で写本の最も興味深い部分を引き千切り、そうして意識的に写本を損なったとは思わない。おそらく事態は全く別だ。だが大小の偶然のすべてが寄り集められ、一つの共通の名――「運命」――を獲得するのだ。私がここで言っているのはオグズの運命ではない、問題になっているのは「欠落ある写本」の運命だ――もしも「運命」が、まさにこのような形で写本が現代に現れることをあらかじめ決めていたとしたら、どうだろう？　この場合この問いは、私にとっては、月並みな、レトリックのベールに包まれた、こじつけの問題となった。

それに続くテキストは、中断されたデデ・コルクトの物語の続き、三日三晩バユンドゥル・ハーンに語った話の一部分とみなすべきだろう。

＊　＊　＊

……そしてベクたちは、いつもの慣わし通り、名づけをしてほしいと私に伝令を遣わしました。私は彼らのもとに現れ、尋ねました。

「彼は戦いで手柄を立てたか、敵の首をいくつも刎ねたか？」

「その通り、デデよ、彼は勇士ぶりを見せた、多くの首を刎ね、一人だけで四十人の商人の命を救った、何百人もの盗賊を恐れもしなかった」ベクたちは誇らしげに答えました。

「清廉なベクたちよ、この若者が心強く、腹固く、胆も強く、胃も弱くないと請け合うことができるか？」

私は尋ねました。

彼らは答えました。

「堅固で力あり、強いぞ。彼は我ら一族の木の枝に咲いた、春のつぼみのようだ。デデよ、名づけてやってくれ、名前を与えてやってくれ」

私はバイビュレ・ベクに尋ねました。

「教えてくれ、バイビュレ・ベクよ、今までおまえは、自分の息子をどう呼んでいたのか？」

バイビュレ・ベクは答えました。

「私は息子をバサム、バムス〔「しなやかだがしっかりした者」の意〕と呼んでいた」

私は言いました。

「それでは、勇士の実名はバムス・ベイレキ〔「つぼみ」の意〕としよう」

若者は私の前に立っていました。その顔は喜びに輝いていましたが、瞳の奥に秘められた悲しみに気づきました、よく見るとその顔には、向き合って胡坐をかき手を取り合っている昼と夜が、影絵のようにはっきりと刻印されておりました。私の心はよからぬ予感に締め付けられました。私は呼吸を整え、再び若者を内の目で見ました。何も見えませんでした、何も私の心に触れませんでした。私は考えました。「彼は私には他人だ、私の側の人間にはならぬ。彼の道は遠く伸びているが、私の道と交わることはない。すべてはテングリの御心だ。私はここでは何の役にも立たぬ。道中の無事を祈るばかりだ」しかし黄色い疑いと胸騒ぎの蛇が私の胸でとぐろを巻きました。

私は先ほど与えた名を繰り返し、今度は若者を周りの目のつかない脇に連れてゆき、名づけられた名を彼の肉体に吹き込みました。

我がハーンよ、名づけが終わった後、私がベイレキに名を与えた後に、バイビュレ・ベクとすべての栄えあるベクたちは陽気に喜びさわぎました。バイビュレ・ベクの家では大宴会が催されました。だがその酒卓の中心で、我がハーンよ、私の心は痛みました。私は立って天幕の外に出ました。月の明るい夜でした。大気は澄んでおりまして、カズルク山の峰か爽やかな微風が吹き下り、山の牧場の冷気が私の胸を満たしておりました。私がベイレキと名付けた若者は、あたかも私の後をついて来たかのように、地から湧いたかのように現れ、私の前にじっと立ちました。そして言いました。

「デデ、何なりと命じて下さい——何でもしましょう」

彼の慇懃な口調は認めざるを得ません、下心がある訳でもありますまい。だが若者の内には何か私の心を凍えさせ、疑いの黄色い毒蛇を蠢かせるものがありました。宵闇の中で、このやくざ者の顔には時折奇妙な光が浮かびました。私の耳に囁きとも呻きともつかぬ音が触れました。天が囁いたのか、地が呻いたのか——それは分かりませぬ、しかし送られた言葉の意味は明らかでした——この少年はオグズに大いなる災いを呼び招こう。

ベイレキと私が名づけたこの若者は、直立不動の姿勢をとって私の前に立ち、その褐色の瞳は、絶対服従を表していました。しかし彼の眼差しには、火山の奥底から燃え上がる炎の舌が燃えていました。黙ってじろりと私を見、私の言葉を興味を持って待っていました。

「我が子ベイレキよ、おまえは凶暴な敵どもから商人たちを助けようとした時、怖くはなかったか?」私は聞きました。

「怖いものですか、デデよ?! 私は恐れを知りません」挑むように、私がベイレキと名づけた若者は答えました。

「それで、どのように敵を平らげたのだ？　敵は多勢、おまえは孤立無援だった……」

「あなただけに打ち明けましょう、デデよ。盗賊どもはいなかった、それは私の仲間たちの作り事です。私は奴らに商人どもをおどかしてやれ、とそそのかしたのです。商人どもは敵の雄叫びに怖れ戦き、そこに私が駆け付け、敵の襲来を蹴散らしたのです」

「どういうことだ？　つまりたくさんの首を刎ねたのはおまえではない、ということか？」私は心底驚愕いたしました。

「刎ねたのは首一つです、デデよ、あたりまえでしょう？　仲間の一人の首を刎ねました……名をヤランジクコグルという者です。彼の首をです。裏切ったのです。このやくざ者の子のやくざ者は、一人の商人に傷を負わせ、彼から奪った商品を自分の振り分け袋に隠したのです。私が悪いでしょうか？」

「それはヤランジクの子のヤリンジクのことではないのか？」私は尋ねました。

「いや、デデよ、ヤリンジクではありません。ヤリンジクには双子の兄弟がいて、その名はヤランジクコグル・パランジクと申します。奴の……首を……一打ちにして……刎ねました」ベイレキは言いました。

我がハーンよ、私の血は凍りつきました。やっとのことで尋ねました。

「そのことを誰か知っているのか？　おまえの父か内オグズの栄えあるベクたちの誰かは知っているのか？」

「いいえ、このことは誰も知りません。私の副官以外は誰一人として知りません。私は彼に全幅の信頼を置いています。今ではデデよ、あなたが知っています」

私は愕然としました、我がハーンよ。かくてこのやくざ者、やくざの子が、栄えある名をどのように手にしたかが明らかになったのです！　だがどこでこんな悪知恵を身につけたのか、まだほんの青二才の身なのにこんなことをしでかすとは……

「なぜおまえは自分の秘密を私に打ち明けたのだ?」私はもう一度尋ねました。

私がベイレキと名づけた者は答えました。

「よいですか、我が父コルクトよ……」

この個所から写本は判読困難になっている。だが損なわれた断片を復元する必要を私は感じなかった、というのも現存するテキストに少なくともはっきりと二つの要素が現れているからだ。まずベイレキ自身が強いられたわけでもなくデデ・コルクトに打ち明けていることから、我々には、おそらくデデが秘密を守るだろうとベイレキが期待していることが見て取れる。より正確には彼は期待しているというよりは、むしろ全幅の信頼を置いているのだ。彼は絶対に秘密を漏らさない、と。ここで特に強調されているのは、史詩『デデ・コルクトの書』の標準的ヴァリアントの芸術テキストを読む場合に見過ごされる、デデ・コルクトの機能の一つだ。誰もが自分の秘密をデデに託することができる、なぜなら彼は秘密の守り手だからだ。オグズの栄えある男たちは、デデに託された秘密は、彼によって目の中の瞳のように守られる、誰もそれを彼から探り出すことなどできぬ、デデは墓場の沈黙を守る、と信じている。だが、人が心の中に秘密を抱き、それを誰とも分かち合えないとしたら、ジンやシャイタンといった魔性の者どもが、何があっても復讐しようとその人をつけまわしはじめ——必ず起きたことの報いを受けることになるだろう。古代民族に流布しているそのような俗信は、研究者の間では有名である。それゆえデデは多くの者にとってそんな状況からの貴重な活路だった——自分に託された秘密をまた彼に託せば、デデ自らが秘密を守り、彼自身があらゆる魑魅魍魎と戦うのだ。この意味でデデ・コルクトが選ばれた人として持つ魔術的力は、やはり彼の秘密への関与の度合いによって規定される。私の見るところ、まさにここに最初の理由がある。

二番目の理由ははるかに深い根を持っている。私の考えではベイレキは、言うなれば一撃で二兎を撃とうと考えた、いっぺんに二つの問題を解決しようとしたのだ。デデに秘密を打ち明けることで、彼はまさにそのことによってデデを自分の同盟者、信任された人間にしたのだ。その言葉と語りが天からの啓示と受け取られ、既に人がその名にかけて誓い始めている、最も権威ある者の一人は、彼の頭の中に渦巻いている不遜な計画の実現のための、いわば保証となったのである。

最初の理由よりは説得力を欠くとは言え、この第二の理由もそれに劣らず無視できないものがある。それは例えば、以前デデ・コルクトか、あるいはバユンドゥル・ハーンのようにも思われるが、言ったように、「もしも何かが頭に浮かんだなら、それはつまり現実にあることなのだ、現実生活において起こりうるし、起きるはずのこと」だからである。

ここに引いた仮定のうちひとつ、つまり最初のものの傍証は、写本のテキストの続く部分に見出される。デデ・コルクト自身が秘密の重圧を示し、同族の者の告白の、本意なあるいは不本意な守り手の、途方もない責任を強調しているのである。

「……という訳で私はあなたに私の秘密を伝えるのです。デデよ、秘密を守って下さい」私がベイレキと名づけた者は自分の話を終えると黙りました。

私にどうすることができたでしょう？　我がハーンよ、私は雷に打たれたように立ちすくんでおりました。このやくざ者の子のやくざ者は、私に縄をかけ、私を自分の秘密に結わえつけたのだ。望むと望まぬを問わず、私はベイレキの秘密を守る運命を与えられたのです。この苦しみは耐えがたいものです、我がハーンよ、苦しみ以外の何物でもありません。そのような種類の秘密を守るという義務を与えられることは、我がハーンよ、とるにたらない名誉です、よいですか、そのような秘密を託されるということは、強いられるより辛いことです……

（ここで補足しておくべきだろうが、オグズの誰もが秘密を保持し、支配する者となる栄誉に浴するわけではない。言うまでもなく――これは辛い困難な重荷だが、しかし、尊敬を受けるような特別な立場に直接立とうとすれば、通り抜けるのも疲労困憊するような、諸々の秘密の錯綜する小道を通らねばならないのだ。我らが考え出したわけではないのだから、我らが変えることもできぬ。私にただ自分の心を打ち明けなかった者がいただろうか――悩める者たち、白昼罪を暴かれ辱めを受けた人殺し、殺された者、自分の子の本当の父の秘密を知っている母親、自分の子の母親を疑う父親……、そして更に――愛しているのに愛されていない者、愛されているのに愛せない者……そして更に、嫁に愛想尽かしをしている姑、婿に憎しみを燃やす父親……すべてのオグズの秘密が私に託された。だが私が生き、息をしてこれたのは、ただ、今度は私がそれらの秘密を輝光石に託してきたからだ。もしも輝光石がなかったら、私は何ができただろう……）

＊　＊　＊

ベイレキとの会話の後私は天幕に戻りました。ベクたちはもう酔っていて、強い酒が彼らの頭にまわっておりました。みなてんでに口ぐちに喋り、誰も相手の言葉を聞いておりませんでした。私は思いに沈みました。暗い考えが頭に渦巻いておりました。私はずっとベイレキのことを考えておりました。「この若者の未来を輝光石によって知らねばならぬ、全能のテングリが彼の理性の道を塞いだのだ。今まで誰一人として私にあえてあのような調子で喋ったものはおらぬ。彼の未来は暗く闇に閉ざされている。輝光石、ただ輝光石のみが私を照らす、この石に尋ねなければならぬ」酒宴に座を占めながら私はこのように考えておりましたが、もう既に何度も最後の言葉を小声で繰り返しているのに気づきませんでした。私の狼狽の色は宴席の者たちの目を逃れることはできませんでした。バイビュレ・ベクがずっと私を見守っていたのがわかりました。

「コルクト、我が父よ、なぜ葡萄酒をお飲みにならぬ？　それともお気に召さぬかな？　言って下され、何なりとご所望のものをお出ししましょうぞ。知っての通り、今日は私の祝いの日だ。わしの息子にあなたは素晴らしい名をつけてくれた。私は今日は誰もが楽しくあって欲しいのだ。さあ僕《しもべ》どもよ、早くするのだ、コルクトに一番上等の酒を、一番強い酒をお出ししろ！　お望みなら飲まれよう、もしお望みでなければ……」

バイビュレは言い終わらぬうちに黙りました。どうやら私の心ここにあらず、といった体に気づいたのでしょう。どうしても私はベイレキが語ったことを完全には理解できませんでした。私は考えました――もしも今、ベクたちが私に酒を飲ませたなら、私は酔って、輝光石に近づくことができない。ここに残って暗い様子で宴席の楽しみを損なうのはよくない、それに不快な気持ちを醸し出すことだろう、と。

「私の道は遠く、もう夜も暗い――どうか栄えあるベクたちよ、途中で退席することをお許し下さい。どうぞ楽しく飲み食いして下され。バイビュレ・ベクよ、どうか帰らせて下され」と私は言い、返事も待たずに席から立ち上った。「祝福あれ、あなたの息子の盛大な婚礼の際には、大いに飲みましょう。喜びと楽しみがあなた方の家にいつも留まるように。栄えあるベクたちよ、御機嫌よう！　私は帰らねばならぬ」

バイビュレ・ベクは長いこと私を引き止めました、ほとんど懇願するように、私に帰らぬように頼みました。客たちも口を揃えてバイビュレ・ベクの言葉を繰り返しました。酔いが彼らの舌をほぐしたのです。ベイレキだけが黙って立っていました。その瞳の冷たい光が、私の心を刺し貫きました。私は一礼すると天幕を出て、馬に鞍をつけると、一度も振り返ることなく馬を走らせました。

＊＊＊

どのようにして私が聖なる洞窟に辿り着いたか、どんな道を通って輝光石のもとに着いたのか、私は覚えておりませんし、分かりません。月夜でした。星たちは、空一面に塩粒のように撒き散らされ、一つ一つ明るく瞬いておりました。輝光石はその神秘的な光を放っておりました。私は自分の手を、その心臓が脈打っている輝光石の胸にあてて問いかけました。「おお、輝光石よ、今日私は一つならず秘密を抱えております。お聞きでしょうか？」

輝光石からは返事の印は返って来ませんでした。静寂があたりのすべてを包んでおりました。私はもう一度問いかけました。

「おお、輝光石よ、あらゆる石の中で最も美しい、我が至賢なる石よ。夢でも現にでもかまわぬ、私に答えたまえ、なぜなら今日私はまた一つの秘密を託された。この秘密を自らに引き受けて下さるのか、それとも私が朽ち果て死に絶えるまで私が心に秘めねばならぬのか？」

また再びあたりを間断なく支配している静寂がその答えでした。私はこう考えました。「この沈黙は何か特別な合図ではないのか？　もちろんこれは合図だ。輝光石は私に、私の言葉を聞き、新しい秘密を受け入れるという合図を送っているのだ」

心を奮い起こし、何も隠さず、余すところなく、私はあったことすべてを輝光石に語りました。何の音もたてず輝光石は私の話を聞き、私は私の危惧を、石と分かち合おうとし始めました、そして自分でも気づかぬうちに意識を失い夢に落ちたのでした、そこで私が見たものは……

（幻を正確に語り伝えることはできぬ、どうしてもできない。全能のテングリよ、私に霊感を吹き込み、私が見たことを、『オグズナーメ』の名に値するあるべき願わしい物語に変えて下され。全オグズが泣きはらすほどの。バイビュレ・ベクが「おお、我が息子よ！」と叫んで泣き崩れ、声をあげて呻き出すほどの）

夢はすべてを私に明かしました。不肖のこの私が、自分の力で、ベイレキの未来が明かされた予言的な夢を見ることができたでしょうか？　これはすべて輝光石がなしたことなのです。最初、私は意識を奪われ、夢の中に落とされました。そしてそれから、石の底から霧のようなものが染み出し始めましたが、おののく靄がベールのようにあたりのすべてを包み、そしてついに私をも、その思いとともに包み込んだのです。この霧のベールは私を眠りの底に沈め、そしてそれは、ベイレキの冒険のすべてを目の当たりに見せてくれたのです。我がハーンよ、神妙なる輝光石の力はこのようなものなのです。その力は時に隠されたものを貫き、秘密を明らかなものとすることができるのです。この輝光石の玄妙なる支えなくして、私に何ができましょう？　一人だけの私は何ほどのものでしょう？　ただのコルクト、それだけです。どこにでもいるコルクトに過ぎません。いったい「父《アタ》」と呼ばれる位に私を就けたのは輝光石ではなかったでしょうか？　私にデ・コルクト——善なる炎と名乗る資格を与えてくれたのは輝光石ではなかったでしょうか？

夢うつつの中で私は次のような情景を見ました。我がハーンよ、私が見ましたのは……

＊　＊　＊

……シャーは、今日はなぜか朝早く眠りから覚めた。目覚めると、彼はまず長いこと床の中で伸びをし、金の房飾りのある重いびろうどの垂れ幕を通してシャーの寝室へ差し込む日光に目を細めながら、いつものように右脇から左脇へとしきりに体を回し続けた。大臣は、もうずっと前からシャーを政務殿の謁見の間で待ち受けていた。今日は使節たちが――都が水の中に建てられた、遠い国から送られてきた者たち――が到着するはずであった。どのように彼らが辿り着いたのかは――世界の創造主であるアッラーのみが知るばかりだ。旅路は遠く、道は険しい。少したって謁見の間に護衛長も現れた。大臣は彼を見、彼は大臣を見た。二人とも長いこと黙っていた。とうとう大臣が、のろのろと呟いた。

「シャーはまだおやすみだ」

「使節たちはもう間もなく宮殿の前に着きましょう。それともう一つ……」護衛長は言葉を途中で言いよどんだ。

「ほかに何か？」大臣は少し活気づいたように言った。

「レレが用事をことづけました。急ぎの用事です。ひょっとすると……」

「レレが命じたようにするがいい。なぜおまえはそれを私と相談しようとしたのだ？」

「滅相もない、私が何を言いましたでしょう？　あなたの怒りを呼び起こすことなど何もありません！」護衛長は黙ってしまい、それ以上一言も喋らなかった……

……最初内殿から侍従のサフィヤルが出てきた。これは、すぐにその後から政務殿にシャー自身がお出ましになる、ということを意味していた。だが今回はそうはならなかった。シャーのお出ましは遅れていた。侍従のサフィヤルは大臣に近づくと、何事か彼に低い声で告げた。大臣はうなずいて、足早に評定所を後にした。護衛長が目でサフィヤルを呼ぶと、サフィヤルはすぐに近づいた。

「どこへ大臣殿は行かれた、おまえは大臣殿に何を言った？」護衛は彼に尋ねた。

侍従はあたりをはばかるように周りを見回したが、しかし恭しく用意した答えを口にした。

「使節のことを申しました。シャーは、大臣が彼らを待たせておくようにお命じになりました。彼らに何かさせておくようにと。シャーのお出ましは遅れます。そしてあなたのことも申し上げました。護衛長はここでいつでもあなたのご命令をお待ちしております、と」

「そう言ったのか？　でかした、よく言った。シャーはどんなご気分で、どんなご様子だ？　神の思し召しですべて申し分ないか？」

「すべて申し分ございません。神に栄えあれ、身命を賭してお守りする我らがシャーは、至極よい御気分です」

「結構だ、神に栄光あれ、行って自分の仕事をするがいい。神に栄光あれ……」護衛長は首を振ってサフィヤルを下がらせた。サフィヤルは退席した。

ちょうどその時、政務殿にフセイン・ベク・レレが入ってきた。護衛長は直立不動の姿勢を取った。頭をあげず、ゆっくりとした足取りでレレは玉座に向かって進み、少しの間立ち止まると、玉座の足元の右に腰を下ろした。そのまま彼はその頭を上げなかった。座ったままゆっくりと数珠を爪繰っていた。護衛長は近づき、レレの向い側に立った。その時護衛長は自分が窓を塞いだことに気がつかなった。

「脇に退け、我らが光輝あるシャーの名において神の光を遮るな」レレは頭を上げずに低い声でそういった。

「レレ、足下に死ぬべき私に、我らが光輝あるシャーの名において、私の今日の仕事を決して下さい、お願い致します」

「分かった、分かった、もう言ったはずだ。我慢していろ。今はその時ではない——シャーはすぐにお出ましのはずだ。待つがよい。でなければ、神の名と共に行き仕事をするのだ。後でだ。後でだ。私は言ってある」

政務殿の戸口にまた侍従のサフィヤルが現れた。素早く部屋を見回すと、まっすぐに謁見の間を突き進んだ。それから戸口に向きなおり、一礼すると動かなくなった。

政務殿にシャーが入って来た。反対側の扉からは大臣と残りの廷臣たちが入ってきた。レレは飛び起きた。護衛長は床にうつ伏せに倒れ伏した。レレは恭しくシャーに近づき、すぐ近くまで歩み寄ると跪いた。その顔は、心からの愛と歓喜に輝いていた。

「おまえはもう帰っていたのか、レレよ⁈」シャーはレレの目を見ながら尋ねた。

廷臣の一団から大臣が離れた。シャーに近づくと囁いた。

「我がシャーよ、使節たちがご命令を待っております……」

「そうだ、分かっておる、心配するな。レレよ、後で話そう。話は長くなるだろうし、それなら最初に使節たちと話すことにしよう。ただ教えてくれ、ことづけた事は果たしてくれたかな、それとも？……」

「果たしましたとも、我がシャーよ、果たさぬわけがございません。まさに、あなたのご希望通りに果たしました」

「結構、まことに結構だ」シャーは満足げにレレの肩に触れた。「立て、立つのだ。行って私を裏庭で待て。使節たちを見送ったら行く。ちょっと待て。奴もここにおるのか？」最後の問いを、シャーはレレを脇に連れていってから、ごく低い声でしたので、レレはすぐに何の話か見当がついた。

「恐れ多くも、ここにおります」レレはわずかに唇を震わせて答えた。

「そうか、それでどうだ、どんな風に見える――よく似とるのか？」

「ほとんど瓜二つでございます。我が魂の命令者よ、全く見分けがつかぬほどです。もしもこれにベールを被せたらもはや誰にも区別はつきますまい……」

「結構だ。言った通りにするのだ……庭で待て。使節たちとの話が終わったら行く……ちょっと待て……おまえも、ひょっとして使節との会見に参加するのか？」

「分かりませぬ。ご命令はございませんでした」

「大臣！」シャーは叫んだ。

大臣はシャーの背後で腰を二つに折った。

「どうぞご命令を、至賢なる指導者よ」大臣は少し怯えた声で答えた。

しかし大臣が警戒したのは当然だった。シャーは何事かを思い出すと、黙ってしまった。謁見の間を静寂が支配した。少し経って静寂を破ったのはシャー自身だった。彼はフセイン・ベク・レレに向かって言った。

「結構だ、レレよ、おまえは今は自分の仕事をしておれ。そちらの方が大事だからな。私は自分の仕事を終えてから行く。使節たちと会った後で、夕食を取りながら、おまえと二人きりで話をしよう」

それ以上シャーは一言も発さず、一瞬体を止め、それから足早に評定の間から出ていった。大臣、護衛長、そして残りの廷臣たちは急いで彼らの後を追った。レレは、少しの間物思わしげに政務殿をゆっくり歩き、それから彼も後を追って部屋を出た。政務殿から人気が絶えた。

こうして「欠落ある写本」に含まれるもう一つの平行して進む物語が始まり、ここで初めてその物語は途切れた。写本のテキストはさらに、まるで当然のように前の物語の流れに戻るのだが、それはわずか前に、全く何の理由もなく、テキストが異なる時間と内容に移行したのと、そっくり同じである。これから読者はその目でそれを見ることになる……

＊　＊　＊

……夢うつつの幻の中で、我がハーンよ、私は洞窟の丸天井の下、ひょっとすると洞窟ではなく、洞窟を思わせる堅固な建物の丸天井の下に、顎髭を生やした男が座っているのを見ました。目を凝らして見てみると、それはどうも我らがベイレキに似ておりました。我がハーンよ、そっくりだったのです。それは私が名をつけたベイレキでした。彼は洞窟の上の隅に坐り、その前にはたくさんの贅を凝らした料理と、取れたてのありとあらゆる果物や果汁が並べられておりました。よく見れば葡萄酒の器も並んでいました。ちょっと離れたところには、娘たちが全部で三人、ひょっとすると五人おりました。娘らは行儀よく坐っておりましたが、その目は輝いておりました。ベイレキと並んで目の覚めるような美女、愛人らしき娘が、狭い場所に身を寄せておりました。娘たちの一人はサーズを奏で始め、もう一人の娘がすぐにその場から立ち上がり、両手を広げると踊り始めました。私がベイレキと名づけた男は丸顔の美女を抱いて、自分の胸に引き寄せました。娘は嬉しそうに男の愛撫を受け入れると、いっそうぴったりとベイレキに身を寄せました。それから美女は、悩ましげに問いかけました。

「あなたはなぜ歌を歌ってくれないの、私の勇士よ？　私たちはあなたの声も聞きたいの。それなのにあなたはただ歌を聞くばかり。立って、両手を大きく広げ、踊って、あなたの雄姿を見せてちょうだい。あなたは私たち娘がお気に召して？」

私がベイレキと名づけた男は答えました。

「私が気に入ったのはおまえだけだ。おまえだけを私は好きになったのだ」

「そうなの？　私のどこがあなたの気にいったの？　それともあなたのお国には娘たちが少ないとでも？　私はあなたのお国にも美女は大勢いると聞いておりますわ。お話では、その美女たちは馬を走らせても、剣を持たせても、若者たちにひけをとらないとか。それが本当なら、なぜ今までその誰一人としてあなたのお気に召さなかったのかしら？　答えて、答えて下さいな。顔を隠さないで、私から顔を隠さないで……」

そうです、我がハーンよ、私には次第にはっきりとことが飲み込めてきました。ここはバイブルド要塞の地下でした、疑いもありません。私がベイレキと名づけた男はその要塞の囚人だったのです。だが我らは、十六年の長きにわたる苦難の年月の間、彼は家とオグズの一族郎党を忘れることなく、恋焦れ目を泣き腫らしている、と思い込んでおりました。そのはずだ、と。だが我らは間違っておりました、我がハーンよ。私がベイレキと名付けた男が、嬉しそうに元気溌剌とした様子でいるのを私は見たのです。顎鬚を伸ばしておりましたが、変わった点はただそれだけでした。

彼はその娘にこう答えました。

「あの娘らがいったいおまえの比べ物になろうか？　おまえは私の最高の望みだ、おまえは私の渇望を満たしてくれた。おまえは私の望んだ女、おまえ一人を私は愛しているのだ」

「それじゃあなたの許婚のバヌチチェキはどうなるの？」異族の娘は問い返し、ベイレキの抱擁から身をすり抜け、怒ったように顔を背けると、また問いを繰り返した。「あなたには許婚のバヌチチェキがいたはず。

それとも彼女を忘れたの？」

「おまえのようにバヌチチェキを愛することができただろうか？　まだ生まれる前から、我らは我らの父親によって夫婦にされてしまったのだ……」

「いったいそんなことがありえるの？」

「習わしによれば、揺り籠にいるうちから自分らの子供を婚約させることができるのだ。習わしに背き、父親の意思を踏みにじることはできなかったのだ。今になってみれば私には忘れるべき人などいないのだ、愛する人よ。私にはおまえしかいない。おまえを見た瞬間に、私の心はおまえを愛した。あらゆるものを私は忘れた。だがおまえだけはけっして忘れない。このことを、おまえの父親に話し、打ち明けてくれ。私が切り刻まれてもかまわない。そうしたら初めておまえを忘れられるだろう」

「ああ、私の恋人、私の瞳の光！　ベイレキ、私のベイレキ。私はあなたを愛しました。あなた以外の誰も見たくない、ただあなただけを見ていたい。瞳が見た。心が愛した。父と母に打ち明けましょう、もうこれ以上は耐えられない。ほかの人は誰であれ、ただ墓の中でしか私のそばに横たわることはできないでしょう。生きている限りはあなたしかいない。ただあなた一人しか」そのように丸顔の美女は申しました。

一瞬私には、これはベイレキを夢に見ているのではない、と思えました。こんなことはありえない。夢うつつの中では幻を見ることもあるだろう。これはみな、ただそう見えているだけだ、これは惑わしだ、そう私は自分に言い聞かせました。

二人は愛の衝動にかられ、固く体を絡み合わせました。彼らは震えながら咬み合い、接吻しあい、気も失いかけていました。娘たちは踊りをやめることなく、踊りながら水の入った杯をつかむと、恋人二人の顔に水を振りまきました。二人は一瞬我に帰りましたが、またすぐ貪るように、お互いの体を重ねました。娘たちはその愛の戯れに飽かず見とれておりました。それがどれほど続いたのは分かりません。突然、娘たちの輪の中に、見張りの娘が駆け込んでまいりました。

「早くお隠れを！　あなたのお父様バイブルドがこちらに見えます。バイブルド様ご自身のお出ましです」

我がハーンよ、ここで私はとうとう合点がゆきました。これはバイブルドが支配している要塞で、夢に現れた顎鬚を伸ばした男はベイレキであり、この娘はバイブルドの美しいまな娘なのだ、と。

＊　＊　＊

それから我がハーンよ、夢の翼に乗って私は別の場所に参りました。固く瞳を閉じて、かつて我らの頭上に降りかかった禍いの情景に目を凝らし始めました。独眼鬼が見えました。旱魃の大地のごとく渇ききり、ひび割れた人々の唇を見ました。我がハーンよ、私ははっきりと目の前に、独眼鬼の一党がすべての通路を塞ぎ、とどまるも耐えがたく、移動することもままならぬ様を見ました。私の心の目の前を、無慈悲な殺人鬼の手によって破滅の危機に瀕している人々が、一人ずつ通ってゆきました。私は独眼鬼の生贄にされる奴隷たち、捕虜たち、男女の召使たち、オグズの若者と娘たちの顔をはっきりと見ました。アルズ・コジャの屋敷での評定を見ました。ひどくいらだったアルズ・コジャが、激しい言葉を投げかけているのを聞きました。

「全世界を征服すると恐れられた誉れ高きベクたちはどこにおるのだ？　どこにオグズの柱たるサルル・カザンはおるのだ？　どこにその子ウルズはおるのだ？　ベイレキは、ガントゥラルィは、シェルシャムサッディンは、ガラブダグは、その父カラギョネはどこに？　我ら外オグズの者たちは、等しく独眼鬼との闘いに滅びる定めなのか、それが唯一の我らの運命なのか?! 答えてくれ、栄えあるベクたちよ……」

私はベクたちを見ました、バイビジャン、デリ・ドンダル、デリ・ガルヂャル、エメン、クヤン・セルジュクたちが、口角泡を飛ばして何事かを議論しているのを聞きました。だが彼らが何を語り、何をしようと呼び掛けているのかはどうしても、我がハーンよ、聞き取れなかったのです。

それから、両手を広げ低い声で「水を、水を」と囁くように懇願している老若男女の脇を、外オグズの若者たちが隊列を組んで行進して行くのを見ました。独眼鬼との戦いに彼らを率いていたのは、アルズ・コジャの長男であるクヤン・セルジュクでした。アルズ・コジャは若い戦士たちの中に誰かを目で探し出そうとしていましたが、見つけ出すことはできませんでした。彼は、並んで立っていた一族の者に尋ねました。

「バサトが見えない。あれはどこに行ったのだ?」

親戚の者は答えました。

「我がベクよ、バサトを朝早くから探しておりますがどこにもおりませぬ。きっとまた森にでも行ったのでしょう」

「探し出してくれ、奴を探し出して、私の所に連れて来てくれ、父がおまえに会いたがっておる、もしも否だと言うなら、もはや金輪際私の目の前には姿を見せるな、と言っておると伝えてくれ」アルズ・コジャの言葉は毒々しくその口から吐き出されました。

そこで私は思い出したのです、我がハーンよ——私はその脇に私自身を見たのです。そうです、それは私自身の夢の中にいる私でした。なぜなら私はその評定の場にいたのですから、私ははっきりと覚えております、アルズ・コジャは息子を呼びに人を遣わし、私を見ると、息子は天のテングリから賜ったもの、と言うように悲しげに首を振ったのです。そして声に出して次のように言いました。「コルクトよ、コルクトよ、見ての通り私の悲しみは大きい……テングリは息子に大いなる力と権能を与えて下さった。だが知恵は子供のままに残された。どうしたらいいのか、もしも呼びかけに応じて息子が現れたなら、二人で一緒に奴を説き伏せよう。私の心臓は予感しておる——誰か独眼鬼に太刀打ちできるものがいるとすれば、それはただバサトのみなのだ。クヤン・セルジュクは賢い、恐れを知らぬ、だが力は……ない、力はないのだ。奴にせめてバサトの半人前の力があったなら……」

私は尋ねました。

「バサト自身はどう言っているのだ。なぜバサトは闘いを避けているのか？」

アルズ・コジャは答えました。

「それが分かりさえすれば。ただ繰り返すばかりだ——人の血を流すのは嫌です、と。そこで私が奴は敵なのだ、と言う。奴は答える——敵にしろほかの誰にしろ、私は血を流すことはいたしません。コルクトよ、コルクト、私はほとほと困っておる。奴はまるで私の子ではないかのようだ。もしやってきたら奴と話してくれ、お願いだ」

私は言いました。

「現われさえすれば分かるだろう。まだ若い、多くのことがまだ理解できないのだ。何が何に必要なのか奴に説き聞かせよう。全く何を考え出したのか——血を流したくない、などと……」

「そうだ、まさにそう言っているのだ。コルクトよ。奴をまことの道へと導いてやってくれ。私は自分自身の意思で我が瞳の光、我が息子のクヤンを、確実な死へと送り出した。奴は死を免れるだろうか？　免れはしない。これは——戦いは奴の仕事ではない。奴に独眼鬼と太刀打ちはできぬ」

そう言うとアルズ・コジャは激しく嗚咽し、涙が滝のごとくその眼から流れました。

それがどれほど続いたかは覚えておりませぬ。どれだけの時が流れたか分かりませぬ。急にアルズ・コジャの衛兵どもが我らの天幕の中にバサトを無理やり押し入れました。バサトは体の塵を払うと我ら二人に一緒に丁寧に挨拶をし、それからもう一度一人ずつに挨拶をして、そしてうつむくと、顔をしかめ、口を閉じました。アルズ・コジャの合図で衛兵どもは外に出ました。

「我が子、バサトよ、おまえはどこにいた？」父が息子に尋ねました。

「父上、私は森の中の自分の場所におりました」バサトが答えました。

「その場所とはいったいどこなのか、我が子よ？」私は用心深く尋ねました。

「森の中に広い草地があるのです。そこにだけ私はよく行くのです、その周りに木立が聳えています。その木陰を狼や山猫、熊や豹が気ままに歩き回っております。獣たちは私に親しく挨拶し、私も獣たちと親しく言葉を交わします。その草地に私の場所があるのです。神の雌獅子のねぐらのそばです。雌獅子は私を愛してくれています」頭をあげずにバサトは続けました。「父上はその場所をご存知です」

私は黙ったままアルズ・コジャと見交わしました。しばらく我ら三人は一言も発しませんでした。そこで、つまりその夢の中でですが、ハーンよ、私はこのようなことを思い出しました。何年も前、バサトがまだ少年の頃、その手はまだ頑丈ではなく樫の枝のよう、その体もすらりと高くはなく白楊のよう、肩も広くなく険しい丘のようでした。同輩たちの中でとりわけ体が大きいわけではなく十人並みだったのです。そしてある時突然森の中で姿を消し、その秘密の草地で行方知れずになり、どうしても見つけることができませんでした。アルズ・コジャは悲しみに沈み息子の失踪を嘆きました。私は助けて欲しい、と彼に呼びだされたのでした。「コルクトよ、助けてくれ、息子が消えた。テングリの霊感を受けて教えて欲しい——息子はどこにいるのか？」不幸な父親の懇願を聞いて、我がハーンよ、私は霊感を受けました。目を閉じて胸を開くと

——私の魂は輝光石に向かい、その上をひとめぐりすると、戻ってきました。私の口は私の意志とは無関係に語りだしました。「アルズ・コジャよ、おまえの息子は森におる。森に年経た樫や端正な白楊の木立、繁茂する藪苺の茂みに囲まれた広い草地があり、その木立と茂みの中を、神の雌獅子が歩き回っている、そこが雌獅子のねぐらなのだ。おまえの息子はそこだ、そこを探すがよい」

森に行き、教えられた場所に若者を見つけました。幸運なことにねぐらに神の雌獅子はおらず、若者を引きずり出して、家に無理やり連れ帰ったのです。

「息子よ、おまえは人であり、おまえのいるべき場所は実家の父母の隣にある。おまえは身寄りのない放浪者ではない、おまえは自分の部族の息子であり、オグズの柱と希望となるべく定められているのだ。栄える一族の跡継ぎが獣たちの中をうろつきまわり、獅子のねぐらで夜を明かすのは良くないことだ」私は戻ってきた若者に教え諭しました。

我がハーンよ、私の言葉は若者には何の効きめもありませんでした。一度ならずその後私は聞いたのですが、彼は森に逃げ出すことをやめず、しばしば人の目をくらまし、お気に入りのねぐらに姿を消したのです。いつも無理矢理、哀れな若者は家に連れ戻されました、時には二、三日してから自分で帰ってくることもありました。

……我慢できずにアルズ・コジャはすすり泣くと、号泣し始めました。それにつられて、天幕の外でも女子供たちが泣き出し、哀泣し声をあげて嘆きだしました。バサトはといえば、その場から動かず、まるで巌が大地に根を下ろしたかのようでした。バサトのたくましい体を見て、私はバサトと独眼鬼との一騎打ちをありありと思い描くことができました、輝光石のそばで一度占い、もう一度占ってみましたが、いつも勝利はバサトのものと答えがでました。そうです、我がハーンよ、バサトの姿は見惚れるばかりに秀でていました。

　アルズ・コジャは黙りました。黙ったまま息子を見ると、私にすがるような目を向け、その眼差しで私に懇願しました――息子と話してくれ、ひょっとすると、おまえは息子を教え諭せるかも知れぬ、息子も我を張るのをやめ、我らを憐れんでくれるかもしれぬ、というように。私は一つ咳払いをすると次のような言葉でバサトの説得にかかりました。

「我が子、バサトよ、おまえは知らねばならぬ、わきまえねばならぬ。おまえの兄クヤン・セルジュクは独眼鬼との戦いに向かった。オグズにはもはや独眼鬼と闘える男は残ってはおらぬ。そこでおまえは今どうするのだ、のんきに食って寝るのか、それともおまえの両刃の剣を手に取り、軍馬に鞍をつけ、卑劣な暴君の一つ目を叩きつぶすために独眼鬼との戦いに出立するのか?! 奴は敵なのだ、バサトよ、おまえの父親の敵であり、全オグズの敵なのだ。勇敢な若者は敵と闘うことで立派な武人となるのだ」

　バサトは長いこと黙っていたが、とうとう尋ねました。

「敵とは何でしょう、コルクトよ?」

　正直申して我がハーンよ、私はこの問いに面喰らいました。何と答えて良いか分かりませんでした。しかし必要な言葉は輝光石が送ってくれました、ひとりでに口が開いて語ったのです。

「バサトよ、敵というのは……殺せるものなら我らを殺そうとするもの、そして殺せるものなら我らが殺そうとするものだ。これが敵というものだ、バサトよ」

「神の僕が自分の敵の血を流してよいものですか?」

「当然だ、バサトよ。敵というものはその血を流すために創られたものなのだから。例えばだ、おまえが森の中で猛獣を捕えたらどうする?」

「猛獣とあなたが呼んだものは、アッラーとテングリの意思によってこの世に生きるべく創られたものではないのでしょうか？　私は猛獣と争うべき理由もありませんし、猛獣も私には手出しいたしません。神の雌獅子はけっして私に悪いことはしませんし、私に好意を持ち、自分の子供のように舐めてくれるのです」

「では、もしおまえの血を流そうと企む者がいたら、どうするのだ？」

「私の血を流そうとする者に……私は……刃向かいません。まだ分別もなく、自分が何をしているのか分からないのだ、と判断します」バサトは考えを巡らしつつも確かな口調で答えました。

我慢できずに、我らの会話にアルズ・コジャが割って入り、尋ねました。

「だが、もしも誰かがおまえのクヤン・セルジュクの血を流し、命を奪うとしたら？　そいつを許すのか？」

「いいえ……そいつを許すことはできません」今度はバサトは答えに苦労した。「いったいクヤンは死を望まれるほどひどいことを誰かにしたのですか？」

「クヤン・セルジュクは恥辱に耐えられなかったのだ、我が子バサトよ、オグズに加えられた無礼な仕打ちを我慢できなかったのだ、女子供、老人と病人の涙にいてもたってもいられず、無辜の人々が渇きに苦しむ姿を見ていることができなかったのだ。クヤンは闘いに出発した。独眼鬼と闘おうと、おまえの兄クヤンは勇気を奮い起したのだ。そうではないのか、コルクトよ？　おまえの口から言ってくれ」

私はうなだれてただ呟くだけでした。「そうだ、確かにそうだ」と。頭を上げてバサトを見ると、父親の言葉が彼の心を乱したのが分かりました。その眼差しは見えない一点を凝視したまま凍りつき、反駁の言葉を彼は見出せませんでした。

「どうなのだ、バサトよ？　誰もが知っているし、私も知っている――ただおまえだけが独眼鬼に打ち勝ち、倒し、滅ぼすことができるのだ。これはクヤン・セルジュクの手には負えぬ」

「どうなのだ、息子よ」アルズ・コジャは懇願するように問いかけた。「もし髪の毛一本でもクヤンの頭から落ちたなら、独眼鬼は生きていないでしょう」長い沈黙の後にバサトは答えました。私とアルズ・コジャはバサトの決意が不退転のものであることを悟りました。

……まもなく知らせが届きました。やはり、クヤン・セルジュクは独眼鬼の手に倒れ、心臓は張り裂け、そこで亡くなりました、と。天はアルズ・コジャの頭上に崩れ落ち、大地はその足下から消え失せました。このことを大慌てで駈け込んで来た兵士たちが伝えました――まさに戦場で心臓は張り裂け、そこで亡くなりました、と。天はアルズ・コジャの頭上に崩れ落ち、大地はその足下から消え失せました。彼は大地にどうと倒れ、死ぬほどの悲しみに、手負いの獣のごとく吠え唸りだしました。女どもは声をあげて泣き叫びだし耐え難い呻き声が辺りに満ちました。バサトはと言えば、じっと動かずに立っていました。それから辺りを見回すと、突然誰の目にも変わり始めました。目は血走り、背丈は伸び、手足は太くなり、背も高くなり、誰もが思いもかけないことに、その場から勢いもつけずに跳び上がったのです、我がハーンよ。頭は雲に届くかとも思われました。信じ難い跳躍の後でとんぼ返りを打つと、自分の種馬の鞍に乗りました。種馬の方もそれを待っていたかのようでした。種馬のテケルは、目前に迫った闘いを喜び、飛び上がりました。瞬時が飛び去り、幾千年が走り過ぎ、騎士を乗せた馬は埃の中に消えました。バサトの父親は涙を拭ういとまさえなく、彼は私共々ただ茫然として、旋風が走り去るのを見つめておりました。

＊　＊　＊

……さらに夢うつつの幻の中で、私にはベキルが見えました。彼は、我がハーンよ、自分の一族と共にグルジスタン〔現在のジョージア〕への国境の道におりました。落胆したベキルを見ました。ベキルの物語は長く込み入っております。それが我らの事件に何らかの関係があるのか、あるいは全く無関係なのかは分かりません、我がハーンよ、あなたのほうがよくご存じでしょう。ベキルのカザンとの衝突、ベキルのカザンとのいさかい。ベキルがカザンへ為した侮辱——これらすべては同時に起きて、ベキルを永い悲しみに陥れました。私は夢の中で別のことを見ました。私が見ましたのは……

この箇所でコルクトの語りは思いがけず中断している。叙述の続きと突き合わせてみれば、その大体の内容を推測するのに損なわれた頁は大きな意味を持っていないことが見てとれる。私の見たところ、失われたのは二、三の長々しい文章で、それがなくともベキルに関わる物語の本質と全貌にはいささかの影響もないものだった。


……夢の中で気がつくと、私はグルジスタンの国境のベキルの一族の土地におり、私は彼の住まいに向かいました。私は家の前で女性が腰掛けてさめざめと泣いているのを見ました。よく見ると、それはベキルの妻でした。彼女の名はチェシメ・ハトゥン、あだ名は牝牛の瞳でした。その夢の中で私は彼女に尋ねました。

「何を嘆いているのだ、なぜ泣いているのだ、我が娘チェシメよ?」

牝牛の瞳のチェシメ・ハトゥンはうなだれていた頭を起こし、私を凍りついた眼差しで見ましたが、最初は何も見えず、見分けられないようすでした。それから私に気づき、前よりいっそうひどく悲しみ始めました。

「コルクト、あなたなの?」彼女は言いました。「私は私の息子のことで泣いているの、エムレンが私の涙の原因なのです」

「おまえの息子がどうしたのだ？」私は尋ねました。

「聞かないで、デデ。私の心臓を幻が蛇のように咬むのです。たった今、私の目の前に恐ろしい光景が蘇りました。あなたには自分自身のことはすべてお見通しでしょうけど、私たちの苦しみはわからない。あなたはご存知？　境を接している国から我らにカラ・テキュルが襲いかかったの。ベキルはと言えば怪我に倒れ、床から起き上がることができない。狩りに出た時に獣を追って夢中になり、つい不注意で片足を折ってしまった。父の代わりにカラ・テキュルに向かって行ったのが私の息子エムレンなの。どんなに頼んでも引き留めても……戦いに行って一騎打ちになった、あんな年なのに……見てちょうだい、見てちょうだい、デデ。ほら幻が見えるでしょう。戦場で起きていることが見える。あの子の死が迫ってる。異教徒の剣が息子を殺すために振り上げられ、私の子はうつむかされ、その剣は今にも息子の首を切り落とそうとしている、デデ、私と同じようにこれが幻の中に見分けられる？　あなたの助けと慈悲を乞い願います。私の黒い頭を犠牲に捧げてもよいのです、慈悲をまさかあなたは拒まないわよね。何もかも私が悪いの。私の罪なの。私は不幸な、不幸せな女……ああ……ああ……」

我がハーンよ、ベキルの妻はいっそう激しく泣き出しました、だが私は「女の知恵は浅い」とふと思って、また尋ねました。

「ベキルはどこにいるのだ？」

「ベキルがどこにいるかですって？　ベキルは家です。立ち上がることができないの。床についたきりです。狩りで足を折ったと言ったでしょう。カザンはなんて人なんでしょう。金輪際目の前から消え失せて欲しい。カザンのせいで、こんな不幸のすべてが私たちに降りかかったのよ」

「カザンがこれと何の関係があるのだ？」私は驚きました。

「デデ、とにかく息子を私に返して下さい、何でもすべてを話しますから。さもなくば……あなた方みんなを呪ってやるわ。私の大事な息子のエムレンを返して。返してくれなければ、あなたがたの不倶戴天の一人の敵を千人の敵に増やすよう、テングリに祈ってお願いするわ。ベキルは、アブハジアの血にまみれた土地へと移動を考えた。厭気のさした故郷を捨てたいと思った。その理由は――カザンよ。このことを知らないとでも、デデ？　あの忘れられない狩りにいなかったの？　カザンは盛大な狩りにベキルを招いた。いっそのこと自分の葬式にでも招待してくれればよかったものを。いったいあなたは二人のいさかいを見ていたのではなかった？　デデ、あなたは慈悲の人。テングリに頼んでちょうだい、何でもないことでしょう？　異教徒に私の息子を殺させないで。ほら殺そうとしている。見てちょうだい。ほら目の前に見えるでしょう……」

我がハーンよ、その自分の夢の中で私はこの女の見ている幻に目を凝らし始め、カラ・テキュルの前に跪いているベキルの年若い息子を見ました。エムレンはおとなしくうなだれ、頭を胸につけていました。テキュルの剣はその上に振り上げられていました。私の血管に慈悲の血がたぎり、私の思いは輝光石のもとに馳せ、呼びかけました。「おお、あらゆる石の中の至賢なる輝光石、我が魂の愛する石よ、あなたの力を示して下さい、若者の命を奪おうとする異教徒の企てを挫いて下さい。エムレンの死に猶予を下さい。幻を止めて下さい」

私が我に返るや否や幻は本当に静止しました。異教徒の手足は麻痺し、ただ瞳孔のみが驚いたように眼窩で回転していました。若者の頭上に振り上げられた剣は空中に止まりました。

そこで私は牝牛の瞳のチェシメ・ハトゥンに言いました。

「おまえは慈悲を乞い願ったな。テングリはおまえに助けの手を差し伸べた。見るがよい――おまえの幻は止まった。神たるテングリはその慈悲を示し、おまえとおまえの息子を許した。今度はおまえが順序立てて語る番だ――どこにベキルはいるのだ、この憎みあいといさかいは何事なのだ？　なぜおまえはカザンを呪うのだ？　慌てずに話してくれ。おまえの息子は守られている。心配するな」

チェシメの牝牛の瞳は最初は静止した幻から目を離すことができませんでした。それから私の見たことすべてを見るや否や私の足もとにひれ伏し、両足に両手でしがみつき、声を上げて叫びだしました。

「デデ、全能のテングリご自身があなたを私に遣わしたのです！　デデ、あなたの聖性を少しでも疑った者の家は崩れ、屋根は落ちるがよい……聞いておくれ、デデよ。悪いのはこの私です。私はベキルが足を折ったことを、つい口を滑らせ喋ってしまった。私の舌など朽ち果てればよいのだ！　黙っていることができずに下女に話してしまったのです。もし分かっていれば！……」

「これからは弁えるがよい――下女は仕えるようには定められておらぬ、機嫌を取ることがその定めなのだ」

「分からない、デデ、分からないの、下女が誰にこのことをまた話したのか、誰がこのことを更に広めたのか分からない。けれどどこのことを知るや、カラ・テキュルは跳び起きて言った、『急いでベキルの土地へと飛んでゆこう、嵐のように駆けてゆき、略奪し殲滅するのだ』と」

「それでベキルは床から起き上がれないのだな、そうなのだな？」私は思いに沈んで尋ねた。

「そうなのよ、デデ、寝床から動けないの、デデ。ベキルが決めたの、『私の代わりに息子のエムレンを敵と戦いに行かせよう』と。それでエムレンが出かけたの。でも、こんなこと戸口で話すことはないでしょう?!　家に入って、デデ、入ってよ。あなたを見たらベキルはどんなにか喜ぶことでしょう」

「どうやってベキルが私に会えるのだ、チェシメ？　よいか、これは夢なのだ。ベキルは私の夢の中に入ることはできぬ」

「あなたがそう望みさえするだけで、もうベキルはあなたの夢の中に入ってくるわ。必ず入ってくる。デデ、やってみて、あなたにはなんでもないことでしょう？　ベキルが自分であなたに自分とカザンとのいさかいについて話してくれるわ、あの人の口からあなたはすべてを知るでしょう。それをまたバユンドゥル・ハーンに伝えて下さい。ついでになぜ私がカザンを呪ったか分かるでしょうよ」

いったいいつから我らはお互いの夢を訪問し合い始めたのでしょうか、そんなことがありうるのでしょうか？　いやありえません。他人の夢の中に入ることは不可能です、そんなことはできませぬ。だが一方では、この女がなぜカザンを呪っているのか、カザンがベキルの不幸に罪があるのか、オグズの国境へのカラ・テキュルの不遜な来襲の原因がカザンにあるのかを知ることは大事なことです。しばらくためらってから私はまた考えました――「女の知恵は浅い」と、そして牝牛の瞳のチェシメ・ハトゥンの後について家に入りました。彼女は私を寝所に案内しました。床に伏せっているベキルが見え、腫れたその顔、襤褸で巻かれた片足が見えました。ベキルほどの肝のすわった勇士が、声を出して呻いているのですから、どうやら痛みはひどいもののようでした。

「我が勇士ベキルよ、いったい何が起きたのだ？」私は敷居越しに尋ねました。

我がハーンよ、正直申しまして、私はベキルが大変好きでした。覚えておいでででしょうか、いつもの時期に我らはグルジスタンからふつうの貢物の代わりに節くれだった杖を受け取りました。我らはこれが不遜な挑戦であると知りましたが、居並ぶベクはみなそれを受けようとはせず、誰一人として遠い国境の地に住み、戦おうとはしませんでした、ただ彼一人が前に進み出て言ったのです。「もしもそれがハーンの中のハーンの意志であるならば、私は喜んでそこにまいります、オグズの国境をお守りいたしましょう」

ベキルは出発し、国境を守り、敵を防いだのです。多くの力と労苦を注ぎ、数々の功業を成し遂げ、その時からグルジスタンの国境からオグズへは、物騒な知らせが届くことはなくなりました。ベキルのバユンドゥル・ハーンへの、ということは全オグズへの私心なき忠誠によって、私は彼を気に入ったのです。それが今、手も足も出ない様子の彼を見ていると、私の心臓は大きな憐みで締め付けられました。夢の中で私は旅装の袖なし外套《ジュッベ》を着ておりました――私はその秘密のポケットを探り、細かく刻んだ薬草を一つかみ引っぱり出しました。この草は輝光石の足下に生えており、不思議な薬効がありました。それを噛みさえすれば、どんな痛みもすぐに消え去ります。かわりに人は至福を感じ、現《うつつ》に夢を見始めます、それから魂は楽々と自分の肉体の儚い肉体の衣を脱ぎ捨て、天に上り、そこで自由気ままに過ごし、心ゆくまで楽しんだ後、また自分の肉体に戻るのです。私は一つかみの薬草をベキルの口に押し込み、「噛め、噛むのだ、恐がらなくてよい」と言うと、待ち始めました。ベキルは弱った目で私を見て、どうやら私だということが分からない様子でしたが、草を噛み始めました。私は見ていましたが、彼は苦労して嫌々噛んでいました、早く勘弁してくれ、という様子でした。次第に我に返り始め、目がはっきりしてくると、ベキルは笑い出しました。

「コルクト、おまえなのか?」どうやら私が分かったようでベキルは問いかけました。

「私だ、ベキルよ、これは私だ」

「おまえは私に何をふるまってくれたのだ?」ベキルは尋ねました。

「この草は薬草だ、噛め、痛みが消え去る」

「もう痛みは消え去ったぞ、コルクト」ベキルは嬉しそうに目を輝かせましたが、突然目を細めて尋ねました。「いったいどうしてここにやって来たのだ、コルクトよ」ベキルは床の上に少し身を起こし、肘掛けに肘をつき、妻に向き直ると言いました。「チェシメよ、女たちに料理を運ぶように言え、コルクト自ら我らの元にいらしたのだ」

「ご馳走に舌鼓を打っている場合ではないわ、我がベクよ」牝牛の瞳のチェシメ・ハトゥンは低い声で答え、目を伏せました。

「いったいなぜだ？　何が起こった？　それとも悪い知らせか？　エムレンはどこにおる？」

「エムレン……私のかわいい息子……」牝牛の瞳のチェシメ・ハトゥンはまた泣き出しかけ、その声は震えておりました。

「ベキル、待て、料理を急ぐな」慌てふためいたベキルに向かって、私は「私の言うことを聞け」と言いました。

「コルクト、私の足の骨の一つ一つから痛みが消えていった、痛みはどこに行ったんだ？」

「ベキルよ、これは薬草だ、おまえはこれを噛んだ、それで痛みが消えたのだ」


（ここでバユンドゥル・ハーンは私の話を止めて、事細かに薬草について尋ねた。薬草の効能について私が知っているすべてを、包み隠さず私はバユンドゥル・ハーンに物語った。薬草は痛みと苦しみを癒す、と言った。意識に裂け目を入れるのです、と言った。詳しく語り聞かせた——いかに自分を外から見られるようになるか、いかに魂が肉体を去り、無窮の空を翔け、また肉体に戻るかを話した。バユンドゥル・ハーンは何のためにそれが必要なのかは説明せずに、自分のもとにその草を持ってくるように命じた。私はと言えば、それを尋ねることはしなかった、必要とあればハーンご自身が言うだろうから）

ベキルは見る見る元気を取り戻しました。その瞳は輝いていました。彼はひっきりなしに笑っていました。

その際に自分でも、理由のない自分の笑い声に驚いていました。と突然、何か大事なものを探すかのように、あたりを見回しだしました。

「エムレンは、私の息子はどこにいる？　あれは敵と戦いに向かったはずだが、まだ帰って来ないのか？」

「まだ帰ってこないわ」牝牛の瞳のチェシメ・ハトゥンはうなだれたまま答えました。

「エムレンはどうしたのだ？」ベキルは急に私に向きなおりました。

「ベキルよ、おまえの息子はカラ・テキュルの手にかかって危うく死ぬところだったが、神のご加護で死を免れた。いったいなぜおまえは、戦いに不慣れな若者をテキュルのもとに送り出すようなことができたのだ？　おまえは無分別なことをしてくれた」私はチェシメ・ハトゥンの心にあることを述べました。

「だがいったいほかに方法があったろうか？　おまえはカザンが私になんと言ったか知っているか？　どうしておまえに分かろうか、なにしろおまえはあの狩りにはいなかったからな」ベキルは自分の言葉を中断して牝牛の瞳に向きなおりました。「私たち二人だけにしてくれ、出て行ってくれ、私とコルクトは話し合わねばならぬのだ」

牝牛の瞳のチェシメ・ハトゥンは、悲しみに満ちた一瞥を私にくれると外に出ました。

「本当におまえは盛大な狩りで私に起きたことを聞いていないのか？」ベキルは妻が出て行くやいなやすぐに語りだしました。その声に響いていたのは、もはやただの怒りではありませんでした、激怒と憤懣がその声を満たしていました。彼は繰り返しました。「おまえは狩りで、サルル・カザンがどんな悪戯を目論んだか聞いたか？」そして虚ろな声で付け加えた。「どんな言葉でベイレキが私を罵ったか聞いたか？」

「いや聞いていない、おまえから話してくれ。おまえが話せば私は聞こう」

「聞いてくれ、コルクトよ。だが駄目だ。まずエムレンを救い出さねばば。私はカラ・テキュルの機先を制せねばならぬ。それから詳しくことの顛末を語って聞かせよう」ベキルは起き上がろうとしましたが、すぐに仰向けにどうと倒れ、辛い息の中言いました。「足を折ってしまったのだ、コルクトよ。テキュルはどこからかそれを嗅ぎつけた……私を助けてくれ。私の息子が……」ベキルは黙り訴えるように私を見ました。

「おまえの奥方が話してくれた。心配するな。このことは私が始末をつける」

「どうやって⁈　どうやって始末をつけるのだ⁈　おまえはカラ・テキュルを知らないのだ。私が悪いのだ、年端もいかぬ若者を、強大なテキュルに向かわせたのだから。私のせいだ……」

ベキルは我慢しきれず号泣し始め、その目から滝のように涙が流れ出しました。

我がハーンよ、私はどうすればよかったでしょうか？　再び輝光石の慈悲にすがるほかにはありませんでした。夢から目覚めることなく、私は心の中で救いを求める祈りを唱え始めましたが、それは立っていられぬほどの大声でした。危うく倒れるほどでした。だがつまずいたものの、寝床の高い背につかまることができ、倒れずに持ちこたえました。

私の祈りとはこのようなものでした。「おお、輝光石よ、あなたのほんの少しの光を、あなたの忠実な僕のために惜しまないで下さい。父を照覧あれ、母を照覧あれ、彼らの罪は大きい。だが若者に罪はありません。彼の若さに憐れみを垂れて下さい。あなたの光を、わずかでも振り上げられたカラ・テキュルの剣に向け下さい。鏡のような剣の刃に反射させ、異教徒の目を撃って下さい、若者を救いたまえ。憐れみを掛けたまえ」

我がハーンよ、輝光石は私の祈りを聞いてくれました。自ら微光を放ち、それをテキュルの剣に向けました。剣は空中に光り、閃光が異教徒の目を打ち、彼は耐え難い眩しさに目を細めましたが、私はまさにそれを待ち受けておりました——その瞬間、すぐに止まっていた幻を解いたのです。テキュルは両手で目を覆い、剣が手から落ちました。エムレンはすっくと立ち上がり、テキュルの手から落ちた剣を地面から拾い上げ、それを驚愕した異教徒の喉もとに突きつけました。エムレンの力は信じがたいほど大きくなりました。カラ・テキュルはエムレンの足もとに倒れました。

「見たか、ベキル?! 若いエムレンがテキュルに打ち勝った。今、奴の頭を刎ねるところだ」私はベキルも幻を見ることができるようにその目を開きました。瞬時にベキルは別人のようになり、その号泣は喜ばしい笑い声に変りました。

「さあ早く！」ベキルは叫びました。「すぐに祝宴の食事の用意を、エムレンの凱旋だ！」

牝牛の瞳のチェシメ・ハトゥンがその場に押し入った時、私はそれに気付かず、彼女が我らの足下に倒れ伏さぬようにその肩をつかむのがやっとでした。彼女は泣き叫び、嘆き出しました。

「コルクト、コルクト！ あなたを信じぬ者はくたばるがいい！ あなたは——我らの父、父なのです、コルクトよ！ あなたの意志でこの奇跡が起きたのです！ あなた、あなたのみがテングリに選ばれたのです！ 健やかに幸せであれ！ 運命がいつもあなたに慈悲深くあらんことを！ あなたの言葉が薬のごとく悩める人々の魂を癒さんことを！ 揺るぎなき我らの柱となって下さい！ ベクに言って下さい……この人に言って下さい……自分のハーンを裏切った者の前にどんな道が広がっているか——名誉と栄光の道か、不名誉と恥辱の道か？……」牝牛の瞳のチェシメ・ハトゥンは、あまりにも哀れなすがるような声でかき口説いたので、彼女の言葉は私の心臓を貫き、その痛みに私は耐えられず、ベキルの事件では彼の助けとなろう、必要があれば我らがハーンにも訴えようと固く心に決めたほどでした。だがそれからは……すべては我らがハーンのお考えのままです、ハーンは何がよいか、ご存知ですから。ベキルは次のような話を私にしました

……

我々が史詩『デデ・コルクトの書』のヴァリアントによって知っているベキルとカザンとのいさかいには秘められた理由があったことが分かった。それをこれから我らは知ることになる。もちろん、コルクトがベキルの物語は問題の本筋にはかかわらない、と考えたのは正しくなかった。写本では、コルクトはまさに次のように書いている。「ベキルの物語は長く込み入っております。それが我らの事件に何らかの関係があるのか、あるいは全く無関係なのかは分かりません、我がハーンよ、あなたの方がよくご存じでしょう」実際には、スパイを穴から逃がし、オグズの国境の外に送り出した張本人を明らかにするために、盛大な狩りの挿話は特別な意味を持っているのだ。事の真相はこれからすぐに読者に明らかになるだろう。

……我がハーンよ、ベキルが私に物語ったこととは次のようなことです……

あるよく晴れた日に、サルル・カザンから知らせが来た。私が何らかの用でオグズを訪れる時は、カザンのもとに立ち寄るのが常だった。というのもカザンは、以前から私に敬意を表し、私のために大宴会を開きたいと考えていたからだ。それでなくとも、カザンはいつも私に変わらぬ尊敬と心からの友情を示してくれていた。だが今回の心からの招待は、隠さず言うが、私にはとても嬉しかった。カザンからの使者はゴヌル・コジャ・サルィ・チョバンだった。私は彼に、羊の飼場に行ってカザンの串焼き用に一番肥えた羊たちを選んで来るように言った。オグズに到着した時は、今度はカザンへの贈り物として、狩りで自分で捕えた鹿と羚羊をつれて参上するつもりだった。サルィ・チョバンは自分で見つくろって羊と子羊たちを選び、その群れをオグズに追って行った。時が過ぎ、あるよく晴れた日に、バユンドゥル・ハーンは私を御前に呼んだ。おまえはもちろんデュズミュルド砦の話を覚えているだろう。アルシュン・ディレクが我らがカズルク・コジャを捕まえ、自分の砦の地下に放り込んだ時のことだ。誰も彼を救いだせなかった。それを為そうとした者誰もに私は、デュズミュルドの砦はそう簡単には落とせない、と言い聞かせた。デュズミュルドの壁は高く、その壁の上には砦の塔のように剛健な兵士らが立っているからだ。だが、ああ、誰も私の言葉に耳を貸さなかった。エメンは自ら傭兵で固めた軍勢を率いて向かったが、何の成果もなく戻ってきた。あたかも魔法にかけられた空の月のごとく、カズルク・コジャは手の届かない者となった。さてそこでバユンドゥル・ハーンは、まさにこのデュズミュルド砦の攻略について私の助言を求めた。問題はカズルク・コジャの息子、若きイェゲネキがハーンに父を幽閉の身から解放することの許しを願い出たことだ。ハーンは自らこれを許した。私には、私がこの地域について、デュズミュルドの場所はどこか、砦にいたる道と行き方などについて私が知っているすべて――つまりこの遠征を成功裡に行うために必要なすべてをバユンドゥル・ハーンに話さねばならぬ、と知らされた。目前の遠征は重大なものだった。定められた時に私はオグズに到着し、宮殿のハーンの前に参上した。デュズミュルドの砦の周辺は私には馴染みの場所だった、私はそのあたりを何度も歩き回っていた。そのうえ私はあらためて斥候をあちこちに送り、谷の一つ一つ小道の一つ一つにいたるまで細かく調べ上げた。それを終えて初めて、私はやるべきことをやりました、とやましくなく報告できると考えた。最後に付け加えた。「我がハーンよ、傭兵にはデュズミュルドは落とせません。すべての戦士の心がオグズへの愛に燃えていなければなりません」

ハーンは私への好意を示され、注意深く私の話を聞いた。長いこと考え込んでいたが、その後カズルク・コジャの息子の若きイェゲネキを呼び寄せ、彼にすぐに遠征の準備をし、遠征のためにオグズの男たちを選りすぐるように命じた。もちろんカザンもその話し合いに参加しており、ハーンの宮殿から出る際に私にこんな言葉をかけた。

「おまえを狩りに招待しよう、約束した鹿と羚羊は見えないようだが、かまわない、おまえに馳走しよう。襲撃の前の盛大な狩りでは味も格別だ、そうではないか？」

コルクトよ、おまえは私がどれだけの弓の名手か知っているはずだ、そうだろう？　私だけが弓で羚羊の足から耳を射抜くことができる、私はこの方法で多くの羚羊に印を付けた。それも獲物を殺さずに放すためなのだ。その後、オグズで私の印のついた羚羊を捕らえた者は必ず、それは私のものだということを知って、私のところに届けてくるのだ。だが今は私の声を聞いてくれ。こうしてカザンは私を盛大な狩りに招待してくれ、私はそれを喜んだ。この狩りに多くの栄えある勇士が参加した。その中にはシェルシャムサッディンがいた、カザンの弟のカラギョネもいた。カラ・チャクルがいた、彼がいるところには、おまえも知っての通り、彼の息子ギルググングもいた。ベイレキもいた。カラ・チャクルは矢を的に放った、カザンは褒めちぎり、『射手の手柄は大きい』と言った。次にギルググングが、いいか、あの身の程知らずのギルググングが矢を放った、どうなったか？　カザンはここでも射手を褒めちぎった。一言で言えば、カザンの好意と賞賛を受けようとして矢を射るものは、すべからく必ず的に当てたということだ。私もやはり弓を射た。コルクトよ、この時私は最高の弓を引いた。全速力で疾駆する馬から、私はあたかも旋風のように飛んで行く羚羊に矢を放ち、矢は風よりも速く獲物の脇腹に突き刺さり、それを突き抜けたかと思うと、反対側のあばら骨の間から向こう側に飛び出たのだ。私の腕前をカザンがどんな言葉で値踏みしたか、どう思う？

「いったいどう言ったんだ？」私は尋ねました。

「カザンは言った。『射手の腕はたいしたことはない、馬こそ褒められるべきだ』と。何ということだ！

私ではなく馬を褒めたと言うわけだ。随分な言葉だ！　つまり私は何の賞賛にも値しないということだ。私はカザンに言った。『オグズでは、誰もが私が最高の射手の名に値することを知っている、おまえもそのことは承知のはずだが……』」

「それにカザンはどう答えた？」

「信じられないだろうよ、コルクト。頑として同じことを繰り返すだけだ。『馬が働かねば、騎手は誉れを得られぬ、おまえの馬は賢い。馬が褒められるべきだ』と。」

「それでそれからどうなった？」


それでベクたちはもう一度私を試すことに決めた。特にそれを言いたてたのはベイレキだった。奴は、「カザン・ベクは正しく判断された、もちろん馬が褒められるべきだ」と一番の大声で叫んだ。

私は尋ねた。「私の手柄はないと？」

「ない！」ベイレキは乱暴に言った。

コルクトよ、私は頭に血がのぼり目の前が真っ暗になった。

「今から目を閉じて的に当ててみせる」と私は言った。

それに対していっせいに哄笑が湧き起こった。

「ベキル、おまえはグルジスタンの国境に長居しすぎて、もうろくしたようだな」これがベイレキの言葉だった。

ベクたちはいっせいに静かになった。重苦しい静寂が広がった。

「ベイレキよ」私は挑むように言った。「おまえに私を裁くことはできぬ。私は和を乱すまいとしてきたが、おまえは尻を向けた。前に出よ、どちらの弓の腕前が上か見てみよう、それから馬と射手のどちらの手柄が上か、話そうではないか……」

ベイレキはいきりたち、私に向かってきた。

「俺が尻を向けたと？」

私はベイレキには答えず、奴に背を向けた。そしてサルル・カザンに向きなおった。

「ベクよ」私は言った。「奴をおとなしくさせて下さい、身の程を知るように言って下さい。さもないと……」

どうやら、サルル・カザンにはベイレキの不遜な態度が気に入っているようだった。そしてそうは言わなかったが、計算づくの仕打ちであることを前もって知っていたことが、私には分かった。暗黙のカザンの支持を感じて、ベイレキは烈しくいきり立った。大声で叫んだ。

「さもないとどうなのだ？　言え、なぜ黙っている？」

私は相変わらず奴を相手にしなかった。再びカザンに向かって言った。

「カザン、この犬に吠えるのを止めるように言ってくれ。礼を欠いた言葉は高くつく。子犬は身の程を知らぬ」

ベイレキは収まらなかった。

「この俺が身の程を知らないと?!　ベキル、おまえこそオグズから遠く離れた地で野獣と化し、はぐれ狼のごとく山を走り廻り、獣のほかは誰とも会わぬうちに人でさえなくなったのだ！　おまえに何ができるというのだ！　何もできはしない！　おまえこそ身の程を知れ、でないとおまえを斬り殺してやる！」

こう叫ぶとベイレキは剣の柄に手をかけ、私を睨みつけた。やっとのことで怒りをおさえると、私はまたカザンに向かって言った。

「カザン・ベクよ、最後のお願いだ——奴を黙らせてくれ。でないと私は何をするか分からぬ」

カザンはこの状況にかたをつけようと決めた。

「栄えあるベクたちよ、矛を収めよ。いいかげんにしろ。二人とも口を閉じよ。今度は私の喋る番だ。我らはここに狩りを楽しみに来たのだ。それともそれを忘れたのか？」

「おまえは俺を犬と呼んだな？」ベイレキは矛を収めようとはしなかった。

「いったいここにほかに犬がいるというのか？　おまえしかおらぬ」私は答えた。

ベイレキは鞘から自分の剣を抜いた。

「おまえは犬ですらない、おまえは忌まわしいジャッカルだ……俺の剣を受けてみよ」

私は危うく剣に手を掛けそうになったが、今度はカザンが、本当に厳しい声で不遜な行いを止めぬベイレキに叫びかけた。

「おまえに言ったはずだ——すぐにやめろ、それとも私の言葉が聞こえんのか？　シェルシャムサッディン、奴を脇に連れてゆけ」

シェルシャムサッディンはベイレキの肩をつかみ、熱くなった頭を冷たい水で覚まさせようと泉のところに連れていった。ベイレキは最初は抵抗していたが、しかしシェルシャムサッディンは執拗だった。ベイレキは最後に私のほうに憎しみに満ちた一瞥をくれると、あきらめて泉のもとに行った。

「さて今度はおまえが私の言うことを聞く番だ、ベキル」カザンは私をじろりと見た。「よく聞いて覚えておけ。私の弓の腕前は、矢の噂は遠くトラブゾン〔小アジア黒海沿岸の都市〕にまで届いておる。たとえおまえが名手だとしても、おまえはカザンと比べようもない。分かったか？　身の程を知るがよい。もう一度言うぞ——馬のおかげでおまえは羚羊の足から耳へと射抜くことができたのだ。馬の手柄だ」

「それはつまり？」私は心底深い侮辱を覚えた。

「まさに私の言葉の通りでそれ以外の意味はない」カザンは頑固だった。「栄えあるベクたちよ、そのようなことと認めるな？」

すべてのベクたちはうなだれ、「そうです、まさにその通りです」と言いながらカザンの正しさを認めた。

「あなたは栄えあるベクたちの面前で私を侮辱した、カザン、私の顔に泥を塗った。もはやこれ以上あなたと交わりたくない、あなたも私を忘れてくれ」

カザンにそう言うと、私は馬をかえし、片手を振り親兵どもに私についてくるように合図し、家へと、自分の国へと向かった。道中多くのことを考えた。考え、推し量り、結論を得た。カザンはことをこのままにはすまい、私の不遜な言動をけっして許しはしないだろう。平気で私を中傷し、私の腕を貶めた。ベクたちはカザンを支持した。

カザンはそう望むならばバユンドゥル・ハーンご自身の面前で私を中傷しかねぬ、ありえないことではない。もっと悪いことに私の土地に襲撃をかけ、奴の手先どもが歯のこまかい櫛のごとく、我が村々を蹂躙するだろう。それにあのベイレキは何でもしかねない、どんな卑劣なことも喜んでやりかねぬ。するだろうか？　もちろんする！　そしてこれが我が労苦に対する報いなのだ。どうするべきか、どう行動すべきか？

重苦しい予感に満たされて私は家に辿り着いた。厩頭たちが出迎え、馬を引き取り、厩舎に連れて行った。私の落胆ぶりを見て、彼らは私に事細かに問いただそうとはしなかった。それでなくとも明日には、起きた事件は誰にも知れ渡ることだろう。親兵たちは帰る道すがら一言も口を利かなかったが、彼らも私とカザンの口論とベイレキとの衝突に意気消沈していることが見て取れた。それに誰もがバユンドゥル・ハーンへの恐れを抱いていた。もしバユンドゥル・ハーンがカザンの中傷によって私に怒りを向けたらどうだろう、彼らはどうなるだろう？　家では妻が私の暗い顔を見て尋ねた。

「どうなされたのです、我がベクよ、家からは楽しげに出かけたのに、気の抜けたようになって帰って来られるとは？」

「カザンが、栄えあるベクたちの面前で私の名を汚したのだ。狩りでみなが、鹿と羚羊を弓で射ていた時に起きたことだ。私は貶められた。馬の手柄だ、と言われたのだ」

「それだけの話？　それがどうしたというの？　そう言っただけでしょう。あなたのもとにはオグズのすべての者から、あなたが印をつけた羚羊と鹿が届けられているではありませんか。カザンには言わせておきなさい……きっと自分でも自分の言葉を信じてはいないでしょうよ」

「いや、私はカザンを恨んでいる。ベイレキとも方をつけねばならぬ」

「なぜここにベイレキが出てくるの？　ベイレキが何をしたの？」

「すべてが奴のせいだ。私はずっと我慢していた。こちらが下手に出れば出るほど奴はつけあがった。私の目の前で剣を抜いた。栄えあるベクたちは私たちを引き離した。どうすることにしたか知りたいか？　聞け、カザンとベイレキが一緒になって私を攻撃するなら、一刻も早くできるだけ遠くへ移らねばならぬ。私はオグズに背いた。この罪が大きいことは分かっている、だがほかに道はない」

　妻は私に懇願し始めた。

「思いとどまって、我がベクよ、考えなおして、我がスルタンよ。裏切り者に平坦な道はありません。心から石を振り捨てて、我が夫よ。いたずらに自分をお苦しめなさるな。私を悲しげな目で見ないで。それよりも狩りにお出かけになって、暗い考えを、悲しい思いを、吹き払って下さい。お側の勇士たちを引き連れ、山へお出かけ下さい。我らの狩り場はカザンの土地に劣りません。カザンが何者であろうと、あなたは自分の値打ちをよくご存じでしょう、ベキル。あなたがいなければ全オグズに平安な日はありません、我がスルタンよ。それともオグズを遠くにいるカラ・テキュルから護ることが、容易いことだとでも？　もしそうならなぜ誰もここに馳せ参じないのでしょう？　あなた一人だけで、あなたの息さえも恐れて、敵はオグズの遠くに止まっているというのに！　そうではありませんか？　我らのスパイたちがこのことを伝えていないとでも？　気を取り直し元気を出して、我が勇士よ、行って馬の鞍を外すなとお命じ下さい。狩りに出かけて下さい、新鮮な獣の肉を食べたいものですわ、私のために捕まえて来て下さいな、ベキル、私の勇敢なベキルよ……」

このように妻は、私を重苦しい思いから引き離してくれた。「カザンはしょせんバユンドゥル・ハーンではない。勇気を奮い起してバユンドゥル・ハーンご自身のもとに参上し、包み隠さずすべてを話そう。ハーンはベイレキを罰してくれるに違いない。奴は当然の報いを受けるのだ。このことでは奴はカザンよりも悪い。尾を振るばかりの、疥癬かきの犬め。きっとバイブルドでこの卑しむべきやり方を教え込まれたのだ。妻は正しい、狩りに行かねば、気を晴らそう。妻の話は正しい、私は口喧嘩でかっとなり過ぎたようだ。熱い頭に冷静な考えは浮かばぬ」このようにあれこれ考えて、長かった道中の疲れをものともせず、勇士たちや、自分の厩頭や親兵たちを呼び集め、馬に跳び乗った。我らが山は険しく高く、鬱蒼と草に覆われている。我らの山には夥しい数の羚羊がおり、山羊や野羊も数知れぬ。私はもう長い間山で狩りをしていなかった、妻の言うことは正しい。さあ我が勇士たちよ、山へ行こう、狩りに出て行くのだ、獲物を捕まえよ、私に続け！……あれを追え！……あれを捕まえよ！……さあ捕まえるのだ、おい！……

ベキルの勇んだ狩りのおたけびの声に私はすぐに目が覚め、目を開けると自分が輝光石の前にいるのに気がついたのです、我がハーンよ。

＊＊＊

シャーは使節たちと親しく会談をする気分ではなかった、じりじりした気持ちに捉えられていたのだ。いつもとはひどく違うシャーの振る舞いの理由は、ただ彼自身が、そしてもう一人フセイン・ベク・レレが知るのみだった。それを知らないにしても、シャーを見守っている大臣は、自分の知る範囲で、たとえ確たる理由があるわけではないにせよ、しかしイスラームの支配者の平静ではない気持ちの理由を、真実の近くに探し、見出していた。見たところシャーの気持ちはレレとの短い会話の後に替わったようだが、しかしいったい何を彼らは話し合ったのだ？　シャーは半ば上の空で使節たちの言葉を聞き、時折彼らに無関心な眼差しを向けていたが、しかしついさっきまでは、興味津々、遠い祖国から考えられぬほど遠路の長い旅を終えて到着した異国の使節を待ち侘びていたのである。

「我がシャーよ、恐れ多くも、彼らは尋ねております――我らが至賢なる主君は、大使を彼らの国に送るお積りがありや否やと」大臣はほとんどその唇をシャーの耳に触れんばかりに近付けたが、その時初めてシャーは彼の言葉に耳を傾けられ、それから顔を彼に向けて言った。

「なぜ送らぬことがあろう？　良い考えじゃ。神の恵み《インシャラー》を、大使を送るつもりでおるぞ」シャーは使節の方に頷いて見せ、続けた。「何事を行う前にも、我らはインシャラーと言うのだ。通訳してくれ……」

使節団は四人から成っていた。その一人はチュルク語を知っていた。その男が通訳をした。

「敬すべき大使よ、道中どれほどの日数がかかったかな?」シャーは答えを待たず次の質問を浴びせた。「一年以上でございます」

「一年以上とな。それだけの長旅を終えられたのだから、あなた方一人一人は、然るべく我らの贈り物を受け取ることだろう。ところであなた方の都はどうなのだ、本当に水の上に建っておるのかな?」シャーの声には皮肉と不信とが聞こえたが、しかし不信の方が大きかった。「素晴らしい、ということはさて……」そしてまた通訳を待たずにシャーは玉座から立ち上がり、シャーの会見が終わったことを示した。全員がすぐにその場から跳び起き、命令を待って立ちすくんだ。シャーは言った。

「あなた方は困難な旅路を終えられて疲れられたろう。大臣よ、客人たちの世話を任せるぞ。客人に心をつくし、心を込めて世話するようにおまえ自らが見守るのだ。明後日また我らの話を続けよう、インシャラー」

もはやそれ以上一言も発さずに、居並ぶ者どもの頭上を見ると、シャーは足早に御座所を後にした。大臣、使節たちとその他の廷臣たちは頭を垂れて会釈をしシャーの退出を待った。それから大臣は使節たちを座らせ、案じ顔を見せぬように苦労して、話を続けようとした。使節たちの、自分たちの都や旅してきた道、彼らの故郷の話に聞き入り、彼の聞いたこともない人種や民族の名を理解しようとして、大臣は語られた言葉の一つ一つを覚え込み、その幾つかは、自分の覚えの良い記憶に留めようと努めた。だが自分のその記憶が心もとない時は、紙に書きつけるのだった、それはシャーは――恐れ多くも――いつでも準備ができていなければならぬ報告を要求するかも知れぬ、と考えたからである。だが、ふだんはうるさく質問を浴びせるシャーの作法を変えてしまった、シャーとレレとの短い会話のことを考えると、使節たちの言葉を遮ったり、聞き返したりすることを余儀なくされ、彼らの言葉にひょっとしたら隠されている意味を探し当てようとして、気持を集中できなかった。使節たちはシャーの退出の後、いくらかほっとした気持ちになり、このぼんやりした目をした奇妙な白髪の廷臣が質問するたび、喜んで詳しく答えるのだった。

「あなた方はもしも我らが使節をあなた方の国に派遣するとなると、その道はオスマンの土地を通ることになるはずとおっしゃるのですな。別の道はないのですか？」大臣は興味津々という風を装おうとしていたが、彼の努力は余り功を奏してはいなかった。

使節団の長はといえば、それは青白い顔をしたビザンツのギリシア人だった。彼は質問の要点をつかむと長いこと考えていたが、それから地図を広げると、長い萎びた指で地図をなぞりながら、小声で他の使節たちと相談を始めた。その後で自信ありげに答えた。通訳がその言葉を次のように訳した。

「既に大臣閣下殿にご報告申し上げたように、これは唯一の最短路でありまさにオスマンの領土を通っております。そのほかの別の道もございます、しかも我らの知るところでは、そうした道はいくつかございます。しかしそれらの道をとると信じられぬほど長くかかることを考えねばなりませぬし、また海路の危険にも注意せねばなりませぬ、また街道には数多くの盗賊が出没いたしますし……もしもそれが我が君主のお望みでしたら我らは頭の中で便利な道を思い描き、その後で地図の上に詳しく記しましょう。もしその道がオスマンの領土を通ったとしても、我らの至賢なる導師と共に検討しましょう」

「もちろん、もちろんですとも。あなた方の提案を、我らの至賢なる導師と共に検討しましょう」

この会話の中で初めて大使は聞き返した。

「シャー陛下と共に、ではなくてですかな？」

「我らのシャーとは即ち至賢なる導師なのです、我らの霊的指導者であり、我らにとっては自らの命を我らの君主への捧げものとすることは、最高の栄誉なのです。君主が足を向けられたところは聖所となるのです」大臣は偽りなき愛と誇りと共にそう言った。それからしばらく黙った後に、素気なく尋ねた。「そうすると、あなた方の地図によれば、オスマンの地は遠く、まさにあなた方と我らの間に広がっていることになる……面白い……」大臣はふむ、と声を出すと、全く脈絡なく尋ねた。「ところであなた方の都は本当に海のさなかに建っているのですかな？」

使節たちは顔を見合わせ、もう何回目かになるこの質問に、その通りだと答え始めた。大臣は自分の覚え書きにさらに二、三の書き込みをし、ごく客好きな調子で客たちを食事に招待したいのだと申し出た。

客たちは感謝の言葉で申し出を受け入れると、慣れない坐りかたにひどく痺れた足を伸ばして立ちあがった。大臣は歩きながら「結構、まことに結構、どうぞこちらへ」と言い、使節たちを案内して行った。廷臣たちはその位と職務に応じて彼らの後からついていった。政務殿は再び人気がなくなった。

＊＊＊

……足早に国王陛下は、その勅令により贅をこらした庭園の、遠い一角に作られた自分の秘密の部屋へと向かった。近づくシャーの息遣いを聞くと、レレは扉を開けシャーが敷居をまたぐや否やすぐに重い戸板をばたんと閉じた。シャーが言葉なく何かを問いかけるようにちらりとレレを見遣ると、レレがそうだというように頭を垂れたので、シャーはすぐに寝所へと入った。その部屋の窓辺に、心穏やかならぬ様子の若者が立っていて、シャーを見るとすぐにひれ伏した。シャーはゆっくりと自分の顔から頭巾《ルバンド》を取り近づくと、床にひれ伏した若者の前で動かなくなり、しげしげとその若者を見定め始めた。フセイン・ベク・レレもやはり近づいたが、シャーから恭しく距離をとった。従順さと、いつでも君主のいかなる命令をも遂行する用意ができることを示して、両手を胸の上で組んだ。

「まず立ってここに来て、顔を光のもとに見せよ」こう言うとシャーは若者を光のあたる場所に連れ出しその顔立ちに見入り始めた。「賛美の上なる賛美、世界の創造主アッラーに栄光あれ。全能の創造主はかつてこれ以上に美しきものを創られたことはなかった」しばらくたって見惚れるのを止めると、下がって寝床のそばにあるビザンツの肘掛椅子に座った。それからその顔をレレの方に向けた。

「レレよ、答えてくれ、どこでおまえはこの若者を見つけた？」それから我慢できずに付け加えた。「おまえ自身も千の賞賛に値するぞ……」

レレは息も継がずに答えた。

「恐れ多くも、至賢なる我が導師よ、あなたの命を受け、すぐに私にはこれが国家の重大事であることが分かりました、アッラーよお守り下さい、あなたの英知には限りがありませぬ。私は自分で村から村へと歩きまわることになりました、というのも我らの秘密を守るために、誰にも尋ねることもできなかったからです。国の隅から隅まで、我が君主よ、一足一足私は調べました。最初何人かを選びました。一人は鼻は似ておりましたが、顎が違いました、顎が似ているものは耳が違いました。つまりあなたの前に立っているこの若者より相応しいものは、恐れ多くも私には、見つけだすことができなかったのです。もしもあなたにも気に入っていただけるのなら……」

「気に入ったぞ、大いに気に入った。この者の名は何と言う？」

「この者はヒズルと申します、我がシャーよ」レレは警戒するように若者の方に目を光らせた。あたかも若者自らがシャーに答えようとしたかのように思ったようだった。「おまえはこの者にことの次第を飲みこませておるな？」シャーは尋ねた。

「飲み込ませました、主よ。あなたの命令はすべて彼の掟であり、彼はあなたのため、命を投げ出す覚悟です」

「それは結構だ……もしそうなら彼の最初の仕事として、明日おまえと共に、大勢がいる場所で朝の祈祷《ナマザン》を行なわせよ」

「かしこまりました、我がシャーよ、命に従います。しかしあなた御自身は明け方に都を散歩しにお出かけだったのでは？　たしかバザールを訪れたいと仰っていたはず……」

「都には私は大臣と行く。だが彼にはこのことは一言も言ってはならぬ！　自分で悟らねばならぬ。我らの主たる目的は人々に、身分を問わずすべての廷臣に、私が同じ時間に異なる場所にいられると信じさせることだ。そのように私とおまえは決めたのだ。準備にかかるがよい、奴が私の癖を受け入れ、私の歩き方を自分のものにするようにせよ、しかし……頭巾を取るわけにはいかんな、早すぎる、どう思う？」シャーは尋ねた。

「早いと思われます、恐れ多くも、もちろん早いと思われます。けっしてこのことで急いではなりませぬ。少しずつすべてができ上がってゆくでしょう。頭巾なしは早いとおっしゃったのは、正しいお言葉です」

シャーはもう一度仔細にヒズルを見た。あたかもすべてから隠された何かの線、何かの点を見つけようとするかのようだった。それは見つからず、満足したシャーは立ち上がった。

「結構、私は行く」それからあたりを見回した。「この若者は人目を避けて遠くに住まわせねばならぬ、ここがその場所だ。隅にこの者のために床を敷いてやるように。それからもうひとつ、レレ……うまく思い出した――この者のために将棋を教えてやれ」

「畏まりました、我がシャーよ、命に従い、教えましょう。それからこの者は自分で……」レレは半分言いかけた言葉を言い淀んだ。

「自分で何をするというのだ……」

「この若者は、我がシャーよ、自分で……」レレは当惑した。このことを言うべきか、黙っていたほうがよいのかを決めかねたのだが、しかしもう遅かった——矢は弓から放たれた。

「彼は自分で詩を作ることができます」

「詩を作ると？」シャーは驚いた。

「はい、我がシャーよ、作ります」

シャーはもはや何も尋ねなかった。もう一度ちらっと若者を見ると部屋を後にした。レレはシャーを戸口まで見送り、ヒズルのもとに戻った。絨毯の上に座り、胡坐をかいた。若者に合図をすると、若者はレレに近寄り、彼のすぐ前に顔を突き合わせて座った。二人は沈黙を守った。長い間彼らは黙って向き合って座っていた。

＊＊＊

ヒズルは日増しにシャーに——恐れ多くも——似てきた。レレは次第により頻繁に、ヒズルに人前に出ることを許すようになった。政務殿に座って片手で頭巾の金の房を撫でていることがよくあったが、法に則り頭を垂れてその周りに座っている廷臣は、みなこっそりと、優雅に金の糸をまさぐる指の動きを見守り、シャー、つまりヒズルほど善きものを創られたアッラーに、感謝の祈りを捧げるのだった。すべてが、その立ち姿も、座る姿も、頭の動かし方も、難なく鋭い動きで手を挙げ、「注意《ハムシ》」の合図をする様も——一言でいえば、彼のすべてが皇帝の品位を表していた、彼はシャーであり、それ以外の誰でもなかった。レレはもう以前から彼に将棋の指し方を教えていた。彼は時折、庭から衛兵をさがらせ、庭に静かな場所を設けて、シャーとヒズルは将棋に興じ、レレはそれに見とれるのだった。我らが君主たるシャーは、人目の届かぬ庭の一隅にあるこの花園を愛していた。大きな仕事の傍ら暇ができると彼はここを訪れ、ヒズルを呼び、若者の村や家族や知人たちの生活について尋ね彼と言葉を交わすのだった。ヒズルは都から遠く離れた山の村で生まれた。その父は生きており、一緒に姉妹も残された。だが母親はもう死んでいた、土石流にのまれたのだった。家の仕事はすべて姉がしていた。姉はザルニツァという名だった。父親は次第に少しずつ老いていった。シャーのための仕事はしていなかった。ただ一度だけ、シャーのダゲスタン遠征のために人を集めていた百人隊長の召集の声を聞いて、キジルバーシュ〔「赤い頭」を意味する。本文でシャーと呼ばれるサファヴィー朝の創始者イスマーイール一世を支援した、シーア派トルクメンの七部族が戦闘中つけていた赤頭巾に由来する呼称〕に加わったことがあったが、しかし帰還後、なぜか彼らから離れた。麦を植え、刈り取り、収穫したものを集め、アルダビールか、タブリーズに出かけてはその商品を売りさばいた。何とか家族を養おうと汗水たらした。妹のペリニサはまだ小さかった。彼女を見ながらヒズルは考えるのだった、母なくして育つ娘は……

このシャーに関連した断片の最後の行以下は判読不能で、次のページはもともと欠落していた。次に続く叙述とそれ以前の叙述にはいかなる関連もない。ヒズルの家族について先回りして言っておけば、それについてのこれ以上のいかなる詳しい情報ももはや我々が知ることはないだろう。もしそうなら、この語りは何を意味するのか、何のために話をこの家族のことから始めねばならぬのだろう?!　これに続く出来事に従ってヒズルの運命が被る想像もできぬ変容は、その父と姉妹の運命に何がしかの影響を与えずにはおかなかったはずだが、実際には、何が彼らの運命に降りかかったのだろうか？　このことについても、何かはっきりしたことを言うことはできないと思われる、ひょっとしたらそれは全く不可能なのかもしれない。「欠落ある写本」の消え去った秘密のひとつはより大きいものになった……

＊＊＊

「……毎日のおまえの詩作はどのようにできあがるのか？　それは秘められたおまえの能力なしにはできまい、どうだ？」

　シャーは問いかけながら、貫くような眼差しをヒズルの顔に向けた。ヒズルはあまり将棋に夢中になっていたので、君主の言葉を聞くには聞いていたが、最初は上の空の様子だった。レレはもじもじし始め、ヒズルに拳骨で気づかせようとしかけたが、シャーはそれを押し留めた。

「考えさせてやるがよい、邪魔をするでない、こいつは罠にはまったのだ。レレ、あれを見よ……」シャーは薔薇の茂みの方に片手を伸ばした。

　レレが振り向くと、棘の枝の中に入り込んだ小さな小鳥が、そこから逃れようと空しくもがいているのが見えた。

「行って小鳥を逃がしてやれ、飛んで行かせるのだ」シャーは半ば命じるように、半ば頼むようにレレに言った。「ところでおまえは」シャーはヒズルに向かって言った。「どうやってみても、ここから出る手は見つからんぞ、もともとそれはないからな。おまえの形勢は悪い、若者よ。おまえの駒は袋小路に追い込まれた。負けは決まりだ、降参しろ」

返事を待たずにシャーは自分の膝を打つと立ち上がった。レレは茂みから救い出された小鳥を片手に持ち、シャーに近づいた。

「祖師《アリー》の名において、哀れな小鳥を苦しめるでない。小鳥を放して飛ばせてやるがよい」シャーは秘められた哀しみと共にこの言葉を発した。

レレが手を挙げ掌を開くと、小鳥は身震いして空に舞い上がり、庭の上を旋回すると、視界から消えた。

「しかしおまえはまだ答えておらぬぞ、おまえの詩がどのようにできるのかを。この前はおまえは一つ詩を作り、今日は全く別の詩を作った。それを覚えることはできぬが、しかしそれを大変私は気に入ったぞ」

ヒズルの目は輝きだし、その唇に幸せそうな微笑みが浮かんだ。

「あなたの愛は私の心を奮い立たせます、王よ。私の魂はあなたの魂の威光に答えます！」

「おまえの教師に賛美あれ。レレよ、おまえは詩は気に入ったか、それとも？……」

「気に入りましたとも、恐れ多くもとても気に入りました……」

シャーは満足げに微笑んだが、すぐに表情を厳しくし、顔を頭巾で覆った。それは会話が終わり、シャーが退席することを意味していた。明日は難しい日になるはずだった。晩には軍事会議が予定されていた。最近シャーの思いは、ウズベク族の首領であるシャイバーニー・ハーンを離れなかった。なぜか分からなかったが、彼のことを考えるだけでシャーは怒りに燃えるのだった。遠く離れてシャーはシャイバーニー・ハーンを憎んでいた、シャイバーニーがいると考えるだけで興奮するのだった。もう今から軍事遠征の準備が行われていた。その遠征がどのように行われ、どう終わるか――それを至高の神以外に確実に知る者は、もう一人……

……それだけでなく、私の薬によってベキルの足は見る見るよくなり、そして彼は喜びのあまり私とすぐには別れたがりませんでした。そこに何が起きようと、我がハーンよ、夢は夢であります。夢の中で自分の自由になることは多くありません。私はベキルとの会話を終え、然るべく別れを告げ、外に出ました。すると牝牛の瞳のチェシメ・ハトゥンが、最初に彼女を見た同じ石の上に座っているのが見えました。私を待っていたのか？　私は興味がわきました。

「我が娘チェシメよ、まだ何か用か？　おまえの魂はまだ何を望んでおるのだ？　おまえの息子は救われ、おまえのもとに戻った。全能のテングリのおかげだ、元気で生きておる。何を悲しんでおる？」

（胸の中で私は感謝の言葉に輝光石の名もあげていた。我がハーンよ、あなたがご存じの理由で、そうせずにはいられなかったのです）

＊
＊
＊

牝牛の瞳のチェシメ・ハトゥンはすぐには答えなかった。私を悲しい目で見ると、このように自分の物語を話し始めました。

「健やかにあれ。幸せにあれ、我らが父コルクトよ。全能のテングリよ、あなたの日々を長く続かせ、我らの喜びと恵みとして下さい。義人コルクトよ、私の話を聞いて下さい。ベキル・ベクはきっとあなたに我らの頭上に襲いかかった災いの本当の理由を話したことでしょう。私の話も聞いて下さい。ベキルは家に帰りつくと言いました。『私は全オグズに侮辱された。それで私は自分の部族に背いた。気の向くままにみなで移住しようと思う』と。私はベキルに答えました。『あなたがカザンに侮辱されたというなら、それはそれで結構。ベイレキが憎いなら憎いままでいらっしゃい。けれど我がベクよ、我らがハーン、ハーンの中のハーンである我らが主、バユンドゥルには背いてはなりませぬ。誓いを破ってはなりませぬ、一度口に出した言葉を違えてはなりませぬ。この世で誓約に違反した者に幸せはありませぬ』。

たった一言『グルジスタンの奥深くに移住しよう』と言っただけで、すぐに不幸が降りかかった。たった一言言っただけです、でもこれが男の言葉なの?! たった一言『私はオグズに背いた、しかと知れ』と言っただけです。たった一言言っただけです、でもこれが勇士の言葉なの?! 言ったからといって、それを実行しなくてもいいじゃないの。悪魔にそそのかされた裏切りの考えは頭にしまっておけばいい。そして何が始まったか? カラ・テキュルを頭にいただいた敵の一団がすぐさま黒雲のごとく我らの地に押し寄せたのです、これがしるしでなくてなんだったのでしょう? 息子を戦いに遣り、奇跡によってようやくエムレンは死から救われました。私は知っています——裏切りは縁切りとは訳が違う。幸せをもたらしはしないのです。ともかくにも、テングリは我らを助けるために、あなた、コルクトを遣わし、我らは大きな災いを逃れました。だが私の言うことをお聞き下さい、我が父コルクトよ。テングリにお願いするのと同じです、私の言葉を聞いて下さい。ベキルを真の道に導いて下さい。カザンの勲功にバユンドゥル・ハーンが報いるか、ベイレキを罰するか、それはハーンのご意思です。年月と共に何が変わり、何が替わったのでしょうか? ベキルはオグズの国境を護り、ベキルはバユンドゥル・ハーンへの誓いを忠実に守っているのでは? 手をこまねくことなく、休息も知らず、危険な国境に壁のごとく立ちはだかり、オグズの地への遠い小道で敵の襲撃を撃退していたのは、そもそもベキルではなかったのか? なぜこのような不興を買わねばならぬのです？　いったい何のために、カザンとベイレキの頭に、我らの不倶戴天の敵を喜ばせるような考えが生まれたのでしょうか⁈　いったいオグズに、ベキルの破滅が、平和と安寧をもたらすものでしょうか？」

私が注目したのを見て、牝牛の瞳のチェシメ・ハトゥンはいよいよ激していきました。しかし彼女の気力は長くは続かず、どうやら哀れなこの女はすっかり苦しみ疲れてしまったと見え、黙りました。

「娘のチェシメよ、もしもおまえの言葉が心からのものなら、ベキルをおまえに委ねよう。ベキルに裏切りのことなど夢にも考えさせるな。今奴は床についている。休息をとらせ飲み物と食べ物を与え、いつも彼の気を紛らわせるようにしろ。安心するがいい、おまえの言葉は必ず我らがバユンドゥル・ハーンに伝えよう。カザンとも話し合ってみる。ことはうまく収められると私は思う。テングリの力を借りて恥辱を吹き払えば、それは跡形もなく消えると知れ。ただ私に直に教えてくれ――ベキルの体の具合が悪くなったのを敵はどのように知ったのだ、ベキルが軍勢の先頭に立てないことを誰が伝えたのだ⁈　それともスパイがおまえたちの場所に現れたのか？」

牝牛の瞳のチェシメ・ハトゥンは長いこと黙っておりました。とうとう深い溜息をつくと、次のように語りました。

「我が父コルクトよ、誰が悪いのか知りたいと？　罪は私にあります。そうなのです、私をそんなに見つめないで。私のせいなのです。このお話には、それまでの長いいきさつがあります。何もないところにベキルとベイレキとの確執が生まれたわけではありません、そうなのです。ベキルが自分の馬の鞍の上に、横ざまに私を放り投げ私をさらったのを覚えていますか？　それとも忘れたというの？　あなたがそのことを何も知らないなんてありえない！　その頃ベイレキは、私たちの家の周りを狼のようにうろつきまわっていた。ベイレキは自分の婚礼の前に、娘狩りに出てきたのよ、その狩場に選んだのが外オグズだった。私を見て欲望を燃やした。結婚の前にちょっと楽しもうと決めたのね。そしてアルプ・リュステムだけが、彼の行く手に立ちはだかったの。私にはあなたに隠す秘密など何もない、我が父コルクトよ、そうでしょう。愛し合っていたのは私とアルプ・リュステムだった。夜が闇で大地を覆えばすぐに、空の月が我が家の後ろにあるザムバの森を照らし出せばすぐに、まず彼が現れ、それから私が忍び足でその後から近づき、彼の陰に入り、広く力強いアルプ・リュステムの肩を抱きしめた……こうして私たちは愛し合っていた……私の父はメリクを討伐するために出陣した軍勢に、メリクがカザンになした恥辱をそそぐために加わっていた。アルズ・コジャの親衛隊とともに父は戦闘へと出て行った。父は戦死し帰らなかった。いったい誰にアルプ・リュステムは結婚の許しを得たらよかったのか？　日は流れ、事態は変わらず、我らはどうしたらよいのか、どうするべきか、誰に相談したらよいのかも分からなかった。そこにベキルがどこからか現れたの。彼にアルプ・リュステムの甥たちが私を見せ、相談し、ことをまとめた。彼らの目的は、デデよ、ごく簡単なものだった――彼らは自分の姉妹とアルプ・リュステムを結婚させようと思ったの。彼らは私をひっとらえ無理矢理ベキルのもとに送り届けた。アルプ・リュステムはそれを知らず、ベキルは私を一目見るや恋に落ちた、その若い血が騒ぎたち、私を自分の馬の鞍の上に放り投げ、風よりも速く駆け出したので、気がついた時はベキルの家にいたの。アルプ・リュステムにできたことといったら、自分の弟の息子たちに復讐し、全員を切り刻み、もはや葬りようもない姿にすることだけだった。どこにいったの、あの心騒ぐ日々は、どこに飛び去ったの、あの月の夜々は？……」

牝牛の瞳のチェシメ・ハトゥンは物語りながら、再び自分の青春の物語が胸に迫り、呻き、気持ちの高まりに顔をひきつらせた。自分の目の前に幻を数珠繋ぎに並べていった。

「ベイレキは私に目をつけました。まるで邪視を送ろうとするかのよう、彼は信用できません。何年もたってベキルへの恨みを晴らそうとしているのです。あの人を許してはなりません。アルプ・リュステムは自分の名を汚し、面目を失い、悪霊に憑かれ、同じ母から生まれた血を分けた実の弟の息子二人を殺しました。こうしてアルプ・リュステムは何を得たでしょう、追放されて然るべき狂人の運命しかないでしょう？　私は、ただ私だけがすべての災いのもとだということを辛く苦しく認めなければなりませぬ。テングリご自身が我らの罪をお許しにならんことを。

　そこでやっとベキルの話になります。私はあの不幸のもととなった狩りへと、気晴らしになり、暗い気持ちを吹き払い、楽しい気持ちで帰れるからと言い張って行かせました。ところが彼は足を折って帰ってきた。私に、私にだけ彼はこのことを話した。今は私は頭を壁に打ちつけて悔い、自分を責めている恐ろしい損害なしにすべてが済んだことがせめてもの慰めです。あなたは先ほどスパイについて尋ねましたが、私の浅はかさで、望みもしないのに私が自分の家でスパイとなってしまいました。私は下女にベキルが落馬したことを話してしまった、私はベキルの足が折れたことを正直に彼女に打ち明けてしまったのです。話すも恥ずかしいことですが、誰に打ち明けることを考えたかと言えば——下女だったのです。『どうなさったのです、大事な私の奥様。なぜあんなにベキル・ベクは青ざめていらっしゃるのです？』やくざな下女が尋ねました。私はよく考えもせずに答えました。『いいかね、おまえ、絶対に秘密だからね、ベクは足を折って床に寝たきりで起き上がることができないの、でもこのことは誰にも一言も話してはならぬ、このことが知れ渡ったら、とりわけカラ・テキュルに知られたら大変だからね、わかった？』

　下女は別の下女にこの話をし、この下女は親兵にこのニュースを知らせ、この男は今度は別の親兵にそれを伝え、こいつは捕虜たちに喋っちまった。私の口から出たものがみなに知れ渡り、このニュースは国境地帯のすべてに行き渡ってしまったのです。ベキルがこのことを知ったら、私から生き皮を七回剥ぎ、私の命を七回奪うことでしょう、それも仕方がない。あなたは張本人を探しているのね？　張本人はあなたの前にいる、私が悪いの、私が……」

（哀れなチェシメの言葉を聞き、我がハーンよ、私はベキルの物語の真相がはっきりと分かった。私は長いこと、ベキルとベイレキのいさかいの、そしてアルプ・リュステムの追放の理由について思いめぐらし、事件について考え抜き、二つの真実に思い当った。この二つの真実を私は光輝石に告げた。私の言葉に対する輝光石の沈黙は、再び石が私の語った言葉を受け入れたしるしとなった。いつものように深い静寂の中で、輝光石は私の告白に耳を傾けた。最初の真実とは、下女はけっして信用してはならぬということであり、下女を婦人の数に入れてはならぬ、なぜなら下女と婦人は並び立たぬ者であるからだ。お望みならば、下女に優しく、礼儀を持って接し、豪華な着物を着せたとしても、その本質は変わらない。端女《はしため》は端女《はしため》なのだ、どんなに努力してもお里は知れる。第二の真実とは、我がハーンよ、次のようなことだ……）

写本はここで途切れている。コルクトの語る第二の真実を、我々はもう少し後で知ることになるだろう。ここではある重要なことを強調しておかねばならぬと考える——ここで途切れた断片から明らかになることがある。つまり諺「端女《はしため》に立派な服を着せても貴婦人にはならない」——それは史詩『デデ・コルクトの書』の標準的なテキスト、正確にはその叙事詩の序章に含まれるものだが——が生まれたそもそもの経緯が、明らかになったのだ。

＊　＊　＊

「我がハーンよ、今度は、私は自分の夢の中でカザンの家を訪れました。シェルシャムサッディンがどこからともなく私の夢の中に入ってきました。だがその夢の詳細は、いくら記憶に留めようとしてもできなかったのです。ハーンが、この私の失敗をテングリの名においてお許し下さらんことを。しかし私はひとつのことを確実に知ったのです――シェルシャムサッディンはカザンを慕っていた、彼のためには死をも辞さぬほどだった、ということを。我らのスパイの事件にあってはこの二人の間には何の違いもありませぬ――カザンが語ろうが、シェルシャムサッディンが質問に答えようが同じことです。事実上我らの前にいるのは一人の人間で、その言葉、その考えと思いとは分かち難いのです。あのスパイについての忘れられぬ詮議の場で、シェルシャムサッディンはカザンの口を見ておりました、カザンの口から言葉が発せられるやすぐにシェルシャムサッディンはその言葉をひきとり、確認し一生懸命に他の者たちにそれを吹き込もうとしました」

　ここでバユンドゥル・ハーンは身振りで私の言葉を押しとどめた。私はすぐに黙り、全身を耳とした。バユンドゥル・ハーンは言った。

「このシェルシャムサッディンは、私の見るところ、物わかりの悪さでは並ぶ者なしだ。ふるまいにも思慮がない。何かをしてからその後で考える。許しもないのに行動する。一度無断で、呼び出しもないのに軍事会議に現れたのを覚えておる、喋り散らしたが自分の言葉には責任を持たぬ。奴がスパイと何か関わりがありえようか？」

「全くありえません、我がハーンよ」私は一見冷静に答えたが、しかし体には鳥肌が立ち、私の指は震えだした。胸の上で両手を組み、付け加えた。「まさにおっしゃる通りです……」

バユンドゥル・ハーンは考え込んだ。眉根を寄せ、目を細めると、長いこと黙って座っていた。とうとう話し出した。

「続けるがよい、コルクトよ」ハーンは命じた。「シェルシャムサッディンに関わることはみなとばして続けるのだ。それとももうおまえには告げるべき話がないと？」

（私はかなりうろたえた。私に語られたことすべて、私が夢で見たすべてをどうやって一つにまとめていいか、分からなかったのである。正確には分かっていた、だがそれができかねたのだ。バユンドゥル・ハーンは私の狼狽を素早く見てとり、無理強いしようとはしなかった）

バユンドゥル・ハーンは言った。

「コルクトよ、おまえが我らに話したことすべての中に、我らはオグズの不穏な出来事についての警告のしるしを見てとる。しるしはただのしるしで、それ以上の何物でもない。我が子よ、私の言うことが分かるか？」

私は言った。

「はい、栄えあるハーンよ、分かります」

バユンドゥル・ハーンは続けた。

「それならば、語られたことに結論を出そう。よいか？」

「結構です、我がハーンよ、結論を出すべき時です」私は確信ありげに言ったが、実際には背中に冷たい汗が流れるのを感じた。

　バユンドゥル・ハーンは自分の座所から立ち上がり、歩き回り始めた。私は頭を垂れて座っていたが、その時クルバシュが、目をバユンドゥル・ハーンから離さず、もしも何か言葉が君主の口から放たれたなら、間髪入れずそれを捉えようと構えているのを見てとった。彼も事態が終結に向かっているのを感じていたのだ。バユンドゥル・ハーンは一つ咳をすると、話し出そうとして、書き取る準備ができたかどうかを確かめるために私を見た。そして相変わらず歩き回りながらゆっくりとその言葉を始めた。

「はっきりしたのは、オグズに不穏な動きが蔓延しているということだ。もはやオグズはかつてのオグズではない。スパイの一件は多くのことに私の目を開かせてくれた。カザンはアルズと反目し、アルズはベイレキと反目し、ベイレキはベキルと反目しておる。内オグズは外オグズに不満だし、外オグズはと言えば内オグズのせいにしておる。そこにまたこのスパイが現れた……カズルク・コジャは襲撃へと出発するが、仲間たちはコジャを敵の手に引き渡し逃げおった。クヤン・セルジュクは独眼鬼との戦いに出てゆき戦場に倒れる、仲間の友たちはまたしても自分の命だけを惜しんだ。今では万事がこれが世の習いとなった。カザンは侮辱的な言葉をなげつけかねず、ベキルが腹を立て、国境を無防備にしてグルジスタンへと一族を連れて移動してもせんかたない。そこにまたこのスパイだ……シェルシャムサッディンは許しもなく宮殿へと現われ、名立たる栄えあるベクたちとしたことがあえて私の言葉も顧みず、国境警備と言う自分の義務から逃げようとしかねず、誰も自分の盾をグルジスタンへと立てようとはせぬ、すべてがベキル頼みとなってしまう。疑問が生まれる——それではいったいこの私は誰なのか？　偉大なるシャーマンの子、バユンドゥル・ハーンではないのか？　これでは生きているより、全く生きていない方がましなぐらいだ。こんな哀れな生き方をするくらいなら、今のオグズは死んだ方が名誉なくらいだ。アルズ・コジャは公然と自分の息子のためにべクたちの上に立つことを要求し、息子をベクたちのベクとしたがっておる。自分の野心を正当化しようと奴は叫んでおる、『もしも我が子バサトがいなければ、独眼鬼は一人ずつ人を食いつくし、オグズには誰もいなくなってしまっただろう。そうなったらカザンも、カラギョネも、ベイレキもどこにもいなくなっただろう』と。誰もにバサトのことをうるさく言い立てうんざりする。バサトは自分の兄の復讐を果たしたが、今は全オグズがそのつけを払わねばならぬのだ。ベイレキは策を弄して名をあげ、独眼鬼と戦わずにすむようにカザンの信を得た、うまくその時にバイブルドの砦に虜になり、幽閉されることにしたのだ。実際すべてが、まさにそんなことだったのだ。もう誰が誰だか私はとくとわかっておる。バイブルド砦の人間がこのことについてじかに私に話してくれた。そしてまたこのスパイだ……どうしたらいいのだ？　疑いもなくこの騒ぎを引き起こした誰かがおる、だが今そいつがそこにさらに不和の種を撒き散らしたのだ。疑いもなくこの騒ぎの張本人の影がスパイの一件にも見える。オグズの水を濁す者、人々を自分の目的のために不和に導く者こそ、いいか、スパイを救った者だ。どう思う？」

（バユンドゥル・ハーンは自分の言葉を語り終え黙った、だがハーンが困惑していることが、ひょっとしてまだ何か言いたいことがあるが、語らずに後回しにしたのではないか、という様子が感じ取られた。裁定はまだ見つからない。山あり谷ありだが、頂上まではまだ遠い。それがいかに複雑であろうとも、いかなる事件にも公平な裁きを下すことは、ハーンの義務となっていた。

それだからハーンはしばらく黙ってすべてを頭の中で秤にかけ、ひょっとすると審問にさらに誰を呼び出すかを決めていたのかもしれなかった。何があろうとも頼みは全能のテングリただ一人だ、テングリがこの厳しい試練にさらされているオグズを護りたまわんことを）

「……無論カザンだ。だが我らはこれを口外することはできぬ。カザンは我らの婿だ。それに私にはその罪が誰にも明らかなものは必要ない。その罪が魂の石板に、やくざの子のやくざが懐に抱いている石に刻まれている者を探せ。コルクトよ、私の言うことが分かるか？　しかと飲み込んだか？」バユンドゥル・ハーンはこう言うと黙った、それから答えも待たずに重い足取りで外に出た。ハーンの広間に残ったのは私と……

そしてここでテキストは途切れている。もっとも最後の文は難なく復元できる。というのもそこに欠けているのは、「クルバシュ」の一語だからだ。前掲のテキストの最後の部分は、全体の状況を補完し、それに他の断片と――考えと文体において――よく似たものを付け加えている。全体としては、写本の内容に起きているかなり異常な状況に注意を向けないわけにはいかない。夢の助けを借りた、というよりはこちらの方が真実に近いと思われるが、夢に見たふりをしてバユンドゥル・ハーンに自分が知っていることのすべてを語るというデデ・コルクトの試みは、物語にある新しい響きを与え、常ならぬニュアンスを加味している。ひょっとしたらこれは疑問の核心――誰が本当のスパイなのか？――に早く答えられるようにあらかじめ意図されたものなのかもしれない。それは明らかにバユンドゥル・ハーンの言葉――オグズの水を濁す者……こそが、いいか、スパイを救った者なのだ――に聞こえるのだ。

おそらく間違いなく、バユンドゥル・ハーンはそのようにして、二つの問題を一つに結び付けようとしている。ハーンは、平安と定められた秩序を乱す者とスパイを救った者は同一人物だと考えている。しかもその際にその人間の名、それも挑発的な言動で知られているある人間の名を聞きたいものだ、と思っていることをほのめかしながら。黒雲が、ある疑わしい、より正確にはそれとほのめかされている一人の人間の頭上に垂れ込め始めている。コルクトはハーンがそのことを計算していたように、ハーンの考えの道筋を理解していた。そして今、新しい課題が生まれた――この男の名が、審問されている者全員によって、名指されねばならぬのだ。我々が既に見た通り、デデ・コルクトの目にその秘められた名が誰であるかを理解し、読み取った最初の者はほかならぬカザンだった。

……それから再び我らは三人となった――バユンドゥル・ハーンとクルバシュと私だ。休息の後バユンドゥル・ハーンは生気を取り戻し、溌剌として見えた。我らを見回すと、いたずらっぽい笑いを浮かべ、それから真面目な顔になると素気なく言った。

「さて始めるかな？　始めるとしようか。私は耳を澄まして聞いた、コルクトよ、息をこらして聞いたぞ。私の結論はこうだ――オグズで起きている事件は我らの望むところではない。不和と不穏な動きがはっきりとあり、ベクたちの憎しみがオグズを内部から崩壊させかねぬ。これがコルクトよ、おまえが我らに言いたかったことだ、そうだな？」

私は小声で「そうです、我がハーンよ、まさにそのことに、私はあなたのご注意を向けたかったのです」と言いながら恭しく一礼した。

「結構だ、まことに結構」バユンドゥル・ハーンは探るような眼で私を見て満足げにうなずくと自分の言葉を続けた。「だが我らは大事な仕事を中断することはできぬ。スパイの問題に戻ろう。その後なら裁定を下すことはさほど難しくない。どうだ、私の言うことは正しいか、おまえたちはどう思う？」

（バユンドゥル・ハーンがもう裁定を下しており、すみやかにスパイの事件を終わらせたいと思っていることは明らかだった、でなければハーンの平安はないだろう。我らはどうしたらよいのだ？　ただひとつしかない——ハーンの命令を遂行し、すべてを、運命とあらかじめ決された愛顧に望みを託し、全能のテングリの意思に任せることだ……）


　我らは二人とも——私もクルバシュも——バユンドゥル・ハーンの言葉の正しさを請け合い、それからハーンはクルバシュに命じた。

「シェルシャムサッディンに会いたい。奴を呼べ。ここのどこかにおるはずだろうからな。きっともうカザンと何かこそこそ相談しただろう。あれを呼ぶのだ」

　クルバシュは一礼すると出て行った。私は文具を整え始めた。

「よいか、コルクト、我が子よ、我らが何をしようと、何を行おうと、我らが心砕く核心はただ一つ——卑劣な悪漢を摘発することだ。大事なのは誰がスパイであるかではなく、誰がスパイではないかということなのだ。我らの基本の課題は騒ぎの張本人をみつけること、だがそのために我らはただ一つの問い——誰がオグズに軋轢の種を撒いたか——に答えねばならぬ。『バサトだ、バサトだ』と千万遍繰り返すこともできる、がそれでは事態は先に進まない。どうだコルクトよ、『ハルヴァ』〔ピーナッツ・ゴマなどを蜂蜜、砂糖などで固めたトルコ起源の菓子〕という言葉を口にして、いったい口の中に甘さを感じるか？　なぜ黙っておる、おまえは黙っているべきではない、答えよ、我が子よ」

　しばらく私は、バユンドゥル・ハーンにどう答えてよいか途方に暮れ、決断しかねていた。だがハーンを怒らせることはできず、こう答えた。

「栄えあるハーンよ、『ハルヴァ』と口にしても甘さは感じられません。『ハルヴァ、ハルヴァ』と二度繰り返しても、やはり口の中がより甘くなるわけではありません、しかし……」

「『しかし』とはつまりどういうことだ、言ってみよ」バユンドゥル・ハーンは興味を示した。

「しかしもしも『ハルヴァ』と何千回も繰り返せば、我がハーンよ、口の中は甘くなるかもしれませぬ」そう言うと私は怒りの抗弁を聞くだろうと身構えた。

しかしバユンドゥル・ハーンは私の言葉の後、ただ唇を噛んで思いに沈んだだけだった。ハーンは広間にクルバシュが、それに続いてシェルシャムサッディンが入ってくるまで黙っていた。


（私は頭の中でこのように判断した――もしもハーンが、カザンが取り調べ中の事件に関与していることを前もって知っていたなら、あるいはたった今知って、彼をすぐに罰することを望まなくなった、あるいはそのつもりがないとしたら、それはつまりすべてが前もって計算済みのことであり、事件はハーンの意図した結末に向かっていることを意味するのだと。アルズ・コジャは張本人と目されており、それは全員、あるいはほとんど全員を満足させるものだ。彼は真の災いをオグズの頭上にまさに引き起こそうとしているのだ。彼が実際にこのスパイの一件にどの程度関わっているのか、誰が知ろう？　カザンは最初から確実な目的を選び、アルズの名を口にした、願わくはシェルシャムサッディンも同じように振舞わんことを、神の恵みを、テングリが彼に正しく振る舞わせんことを）

クルバシュが、彼に続いて深く身を屈めて一礼してシェルシャムサッディンが、広間に入った。何歩か歩むとシェルシャムサッディンはうつぶせになり、そのまま不動の姿勢をとった。バユンドゥル・ハーンは自分の前に這いつくばったシェルシャムサッディンには目もくれず、ぞんざいに言った。

「この者を起こせ、もっと近くに来させて座らせよ」

バユンドゥル・ハーンは明らかにシェルシャムサッディンとの会話に不満であることを見せていた。だがシェルシャムサッディンはこのことに気付かなかった。クルバシュの助けを借りず、彼は這いつくばったままバユンドゥル・ハーンににじりより、その前に坐るとうなだれて両手を胸の上で組んだ。バユンドゥル・ハーンはまわりくどい言い方はせずに尋ねた。

「シェルシャムサッディン、耳を広げてよく聞くがよい。おまえにはただひとつのことだけを尋ねたい。長々しい答えはいらぬ。もし嘘をついた時は覚悟するが良い。おまえのハーンに答えよ、誰がスパイをさらったのだ？」

シェルシャムサッディンは話し始めた、それもまるで生涯この瞬間を待っていたかのように、恭しく。

「はい、力強きハーンよ、まことにあなたはおっしゃられました。あなたの言葉は至高の真実です。聳え立つあなたの山々が天上の高みにあらんことを、我がハーンよ……またテングリが試練の時にもあなたを見捨てざらんことを。命与えるあなたの川と湖が永久にながれますことを……」

（いったい何事だ？「聳え立つあなたの山々」、「命与えるあなたの川と湖」。やくざの子のやくざよ、いったいどこからこんな言葉をかき集めた？　場違いな言葉だが、こんな美辞麗句を）

シェルシャムサッディンの舌はその間にも、まるで挽き臼が言葉の粉を大量に挽くように、喋り続けていた。

「ハーンよ、私の話を聞いて下さい、かくも長いこと私の心を苦しめている言葉を吐き出させて下さい。もう長いこと、私はあなたの尊顔を拝したいと思い続けて参りました。私の悩める声を、我が君よ、お聞き下さい。あなたがダラシャム谷で大軍を集め、あなたが私と共にアグジャ砦へと出陣したことを覚えておいででしょうか？　あなたが私をも行軍に参加させて下さったのを覚えておいででしょうか？　全能のテングリに誓って申し上げます、誰も私を唆したわけではありません。いったいバユンドゥル・ハーンがそれを望まないのにその敵に立ち向かうことが兵士に相応しいことでしょうか？　いいえ。未だかつてそんなことはありません。私もなぜそうなってしまったのか分からないのです。讒言をお信じにならぬよう、我がハーンよ、私は全身全霊あなたに帰依しており、今すぐにでもあなたのために、偉大なるハーンの中のハーンのために死ぬ覚悟はできております！」

バユンドゥル・ハーンはそのままの姿勢で泰然自若として座り続けていた。ほかにどうしようもないことが分かっていたのだ。ハーンが何を尋ねようと、何を問いただそうと、その心にあるすべてを語りつくさぬうちは、シェルシャムサッディンは問いの核心には移らぬだろう。シェルシャムサッディンの長広舌が終わるまで我慢して待つしかないのだ。英知で栄えある勇士たちは世界を征服した、バユンドゥル・ハーンもまた英明な君主だ――彼はシェルシャムサッディンにすべてを言い尽くさせることにしたのだ。

だが彼は口を休めることなく喋り続けた、つまり次から次へと言葉が溢れ出していたのだ。

「私にとって我がハーンよ、あなたのために死ぬことより大きな喜びはありません。生涯あなたにお仕え申し上げることを誉れと思っております、一度たりとも私が『疲れた』などと申したら、私の舌が朽ち落ちても構いませせぬ。夜も昼も脇目も振らずあなたのために全能のテングリに祈りを捧げることも厭いません。いったい私が、いったい私があなたの許しもなしに、あなたの敵との戦闘に出るなどということが？　絶対に！　金輪際ありません！　滅相もない！　ハーンよ、お信じになるな……」

バユンドゥル・ハーンはついに、シェルシャムサッディンが本題に移る気のないこと、もしも彼を押しとどめなければ、遊牧の荷馬車の車輪のごとく長々とまだまだ無駄口を続けるだろう、ということを確信した。ハーンの怒りはもうおさまり、それゆえ彼はシェルシャムサッディンの言葉の奔流をほとんど優しく制した。

「シェルシャムサッディンよ！　少し待て、息をつけ、もう自分を責めるな、我が勇敢ある勇士よ、だが私にはおまえの話を朝まで聞き続けるわけにはいかんのだ、おまえの言葉が衷心から出ていることは重々承知しているにしてもだ。おまえは語った、私は聞いた。おまえの言うことに疑いは持たぬ、私はおまえを信じている。このことはもう一言も言わぬ、おまえはやくざの子のやくざだが——終わったことは水に流そう。私の言うことが分かったか？」

シェルシャムサッディンは頭をあげず答えた。

「分かりました、我がハーンよ、どうして分からぬことがありましょう、果たして私はそんなに呑み込みの悪い者でしょうか？」

「もちろんそんなことはない。おまえは最も賢い勇士の一人だ、おまえが物分かりの悪いはずがない！　それだから本題に入ろうではないか。我が勇敢なるシェルシャムサッディンよ、用意はできておるか？」バユンドゥル・ハーンはシェルシャムサッディンを少し元気づけようと決めたのだ。「どうだ？」

「あなたの仰ることは、我がハーンよ、それはまた私の言葉です。それ以外は私は語らず、けっして申しません」

「もしそうなら私はもう一度聞く。よいか？　結構だ……では答えよ、我が豹よ。誰が……警備をかいくぐり……スパイを……さらったのだ？　言え！」

シェルシャムサッディンは、問いにまっすぐ答える以外、どんな逃げ道もないことを悟った。すぐに哀れな声で泣き叫び始めた。

「アルズが攫いました、栄えあるハーンよ、アルズの仕業です。お望みなら――私を切り裂き、杭に串刺しにして下さい……」

「おまえは『アルズ』と言ったな、私の聞き間違いではないな？　いったいどうやってアルズがこれをやってのけられたのか、我らに話してくれないか。やくざ者よ、いったいおまえがスパイを警備しなければならなかったはずだろうに？」バユンドゥル・ハーンの言葉はシェルシャムサッディンの心臓の中心を貫いた。

シェルシャムサッディンは全く途方に暮れた。私の方に小賢しい視線を投げ目で問うた。「どうしたらいいのだ？」いったい私が彼を助けられたろうか、私がハーンの審問に口出しできるような人間だろうか？そのうえバユンドゥル・ハーンは簡単な問いを出しているのだ。誰がスパイが放り込まれた穴を警備していたのか？　おまえだ。誰が警備を逃れて逃げたのか？　スパイだ。アルズがここに何の関係がある？　その肝心の問いをバユンドゥル・ハーンはまだ出していないのだ。彼は長く記憶に残る評定については問わなかった。その評定の参加者は誰もがスパイを攫えたし、攫う動機を持っていたということになっているのだ。

事態は込み入ってきた。もしもこのまま先に進めば、シェルシャムサッディンはすべてを台無しにしてしまうだろう。バユンドゥル・ハーンは真実を知らねばならなかった、だがその場合誰が張本人で誰が無実かを語るのは彼であり、誰も彼の裁定に影響を与えることはできぬ。我らがバユンドゥル・ハーンと知恵を競えようか？　我らはバユンドゥル・ハーンの予感の力を疑えようか？　我らの誰よりも偉大なるハーンは、何事もより深くより早く理解しているのだ。だが今は、彼は真実を何から何まで知ろうとしている。

「何があったか、すべてを包み隠さず語るのだ。そもそもの始まりから話せ。おまえたちは異教徒の息子の異教徒を穴に放り込み、その上を格子で蔽い、鍵をかけた。その夜におまえは孕み腹のファティマという名の女と会った。私はちゃんと知っているのだ、その女はおまえのもとに来たのだ。おまえはその女と何を話したのだ？」

（バユンドゥル・ハーンはこの審問が始まってから初めて孕み腹の名を出した。つまりシェルシャムサッディンはハーンを本当に怒らせたのだ。バユンドゥル・ハーンは孕み腹のことを知っていたということだ。知っていたのにわざと一度もその名を出さなかったのだ。となるといったいこの審問とは何なのだ？　それでなくとも、知っていることを何のために彼は取り調べているのだ？　我らはただ自分で都の果てに行き、自分で地下の拷問部屋の戸を開くことしかできぬ……）

シェルシャムサッディンの顔は黄色くなった、そして私は胸の中でその色がトラブゾンから贈り物として送られた紙の一枚に似ていることに気づいた。違うのはただ、紙は動かずに私の前にあったが、シェルシャムサッディンの顔は小刻みに震えていることだけだった。今にも一声叫んで息を引き取らんばかりの様子だった。だがシェルシャムサッディンは頑強だった。持ち堪え、意気阻喪もしなかった。だが突然このやくざ者の子のやくざ者は、体に鳥肌が立ち、私の頭の先からつま先まで冷や水を浴びせるような言葉を吐いたのだ。

「どうぞ、我がハーンよ、デデに話してもらって下さい……コルクトはつまり……彼はすべてを知っています……」

広間に死の静寂が広がった。バユンドゥル・ハーンは苦しげに長いこと黙っていた。とうとう沈黙を破って言った。

「やくざな臆病者よ。私はおまえの責任を問うているのだ。それとも言い逃れようとでも考えたか？　自分の罪を否むのか?!　『コルクトに話してもらって下さい』だと？　彼はもう知っていることすべてを話した。今度はおまえの番だ」

（バユンドゥル・ハーンははっきりとこう言った――コルクトはもう話したと。この言葉で彼はシェルシャムサッディンの意図を挫いた。だが彼の立場になれば誰でも挫かれるだろう。私が何について語ったかどこで彼は知ることができる?!　バユンドゥル・ハーンは――彼が自分のすべての目的を達成する力に恵まれんことを――片手を一振りして哀れなこの男を罠にかけ平然と待っている。コルクトがすべてを語った？　そうだ、コルクトはすべてを語った……今度はおまえが語るのだ）

シェルシャムサッディンはひれ伏したまま身じろぎもせず、バユンドゥル・ハーンを見ることを怖がった。これほど見っとも無い姿のまま、彼がまだどれだけ動かずにいるかは分からなかったが、突然クルバシュがつかつかと彼に近寄り哀れなこの男の脇腹を肘で小突くと蛇のような低い声で囁いた。

「ハーンのご命令通りにするのだ、さもないと……君主の忍耐を試す気か」

実際のところバユンドゥル・ハーンの堪忍袋の緒はもう切れ掛かっていた。彼はほとんどもう鞭刑吏を拷問部屋から大声で呼び寄せようとしていた。私は幾度となくそこから漏れてくる、聞くに耐えられぬ号泣や、肺腑をえぐる叫び声にぎくりと身を震わせたものだ。人が拷問部屋について語る時は、いつも囁き声で、あたりをはばかりながらだった。鞭刑吏は最も恐ろしい悪夢ではなかった、人の話ではやっとこや、灼熱の鉄杖、骨をも砕く万力の名人がいるという……

シェルシャムサッディンは黙っていた。彼は話せる状態にあるようには見えなかった。

「こやつの白い肉がぼろぼろに剥がれ落ちるまでやれ！　こやつを拷問部屋に連れて行き、鞭刑吏の足元に放り出せ！」バユンドゥル・ハーンは我慢できずに叫んだ。

シェルシャムサッディンはこれを聞くとその場で体から力が抜け気を失った。クルバシュは意識を失ったその体をひっつかむと出口に引き摺って行こうとしたが、バユンドゥル・ハーンはしばらく思案すると、突然心を和らげて言った。

「待て、クルバシュ。このやくざの子のやくざは私を怒らせた。こやつの顔に水を掛けて息を吹き返させろ」

（全能のテングリよ！　こいつの舌がほどけたらこいつは何を言い出すことか？　言うまでもなく、シェルシャムサッディンこそが我らの鎖の中で一番危うい輪なのだ。ベキルとでさえバユンドゥル・ハーンはこんな調子で話そうとはしなかったろうし。無論拷問部屋を持ち出して怖がらすこともしなかったろう、シェルシャムサッディンは本当に彼を怒らせてしまった、それは確かだ）

注がれた水はシェルシャムサッディンを正気付かせた。今度ばかりは問われ、促されるより先に、顔から水をぬぐいさえせず、固く目を細めて話し出した。まずはとにかく始めねば！　私は彼の言葉を書き留めるのがやっとだったが、バユンドゥル・ハーンが、シェルシャムサッディンの告白を聞きながら、顔が明るくなり、興味津々と行った様子で耳を傾けているのに気付いた。時折その唇には薄笑いが浮かんだ。何に彼が笑いを浮かべたのか、その瞬間に彼が何を考えていたのか、誰に対して何を心に決めたのか——全能のテングリ以外にそれを誰が知りえよう？　シェルシャムサッディンはといえば、次のような話をしたのだった。

栄えあるバユンドゥル・ハーンよ！　是非信じていただきたいのです、オグズ全体を見回しても私ほどあなたに忠実な僕は二人といない、ということを。もちろんひょっとしたら私も罪を犯したかもしれません、昔間違いも犯したこともございます、だが、我がハーンよ、信じていただきたい、我が主君よ、ひとえに思慮の浅さと浅はかさのせいなのです。私がハーンの許しなしで何かを……いや本題に移りましょう、本題に！……あの夜の前にさらにいくつかの出来事がありました、そして私にはそれらは直接スパイに関わるもののように思われます。ベクたちの上に据えられ、あなたと全オグズの希望であり頼みの綱であるサルル・カザンは習わしに従って自分の家を略奪させました。内オグズの者たちは一人残らず現われました。外オグズの者たちはこの時は来ようとしませんでした、我がハーンよ。

カザンは私に尋ねました。

「これはどうしたことだ？　おまえは何か聞いているか？」

「いいえ」私は答えました。「私は何も聞いておりません。しかしどうやら我がベクよ、お忘れのようです。あなたご自身が彼らを祭りに招かなかったのです。こうあなたは仰いました、『我らからなるべく遠くに留め置くように』と」

「そうだったか？」カザンは半眼で私を見て言いました。

「まことにその通りです」私ははっきりと答えました。

サルル・カザンは次の問いをいたしました。

「シェルシャムサッディンよ」彼は言いました。「この一歩は軋轢の種をまくだろうか、あるいはすべてはやりすごせるだろうか？　我が叔父アルズ・コジャは」ここでカザンはしばらく黙っておりました。「侮辱されたと思い、私に腹を立てるか、それとも受けた侮辱に報復することなく、水に流してくれるだろうか？どう思う？」

私は答えました。

「カザンよ、あなたは多くを御存じだ、だがあなたは外オグズが目指しているものを知らぬ。もしも彼らが軋轢の種を撒いたとしても、大したことではない。それでもやはり彼らを招くべきだったでしょう。彼らは祭りの準備を始めていましたし……」

「おまえは正しい」カザンは私に賛成しました。「もしもこの災いをやり過ごせれば、それに越したことはなかったろう。仕方がなかったのだ、彼女をどうにもできなかった……」

カザンはあたりを見回しだしました。そばに誰もいないことが分かると続けました。

「ボルラ・ハトゥンが反対したのだ。もしも叔父とそのベクたちを招いたら、すぐに自分の父に訴えると」つまり栄えあるハーンよ、あなたに訴えると申したそうなのです。そう私にカザンが申しました、我がハーンよ、お許し下さい、彼の言ったことは我らの間のことにして下さい。そこにまた同じ日にです、我がハーンよ、ベイレキがカザンのもとに押し入りました。良からぬ予感が私の心を貫きました、最初私は彼を通したくなかった、でも駄目でした――ベク自身がベイレキを呼び寄せたからです。私はあらかじめすべてを知っていました、二人が二人だけの差し向かいで、あれこれ詮議していたことを。我がハーンよ、あなたはどこから私が知ったかお尋ねになるでしょう。きっとお尋ねですね？　あなたの問いに答えましょう。真実を包み隠さず話すと誓ったからには、ある出来事について黙っている訳には行きません。ちょうど祝いの略奪の前日です、ベイレキのもとでボルラ・ハトゥンとの秘密の会談がありました。カザンには私はこのことを報告いたしませんでした。考えたのです、彼の心に疑いの種を撒くようなことをなぜすることがありましょう？　今考えるとこの密会はその後起きた出来事に影響を与えたように思われます。

ボルラ・ハトゥンはベイレキと夜中にカザンの庭の長い泉の畔《ウズン・プナル》で会いました。二人の間に何があったのか、私は知りませんし、知りたくもありません――それが私に何の関係がありましょう。私は太い無花果の幹の陰に隠れました。何も見えませんでした、ひどく暗かったのです、でも二、三の言葉は私の耳に聞こえました。二人は小声で話しておりました。私にはボルラ・ハトゥンが言うのが聞こえました。

「明日になったらカザンに、オグズにスパイが現れたと伝えなさい。今こそ、このことを言い出す一番の好機です」

「でも、カザンがもしなぜ私がこんなに長いこと、このことを黙っていたのか、と尋ねたら、どう私は答えればよいのです？」

「言いなさい、良く考えもせずに、軽々しく振舞いたくなかったのです、と。色々考えあぐね、疑いもしましたが、外オグズの者たちが祭りに現れなかったのを見て……これはみな偶然ではないと考え、決心しました、と」

「外オグズの者たちは来ないのですね？」ベイレキは喜びました。

「私がどうしてそれを許せよう？」ボルラ・ハトゥンは男の口調で言いました。「私はアルズも、その子バサトも、私のかけた網から千年も抜け出せぬように、すべてを仕組んでやった」

「まことにその通りです、奥方、あなたの網から逃れるなど考えられません。それならば……」

「待て。カザンには、スパイはアルズの息子、バサトだと言うのだ」そのようにベイレキにボルラ・ハトゥンは命じたのです。

「いえ、奥様、それはまずい。カザンは私を信じないでしょう。バサトが突然スパイですって？　必ず彼は尋ねるはずです、いったいなぜおまえはすべてを最後の日まで黙っていたのだと。スパイの件とそのスパイの名を同時に知らせるのでは。ここはもっとうまくやらねばなりません」

「どうしたらよいのだ？」

「もしも誰か別人がスパイの名を告げても、何の不都合もありますまい。だがもうこれは私の仕事です」

ボルラ・ハトゥンは言いました。

「おまえのいいようになさい、私のベイレキよ……」

いえいえ、間違えました、我がハーンよ、ボルラ・ハトゥンはそう言ったのではありませんでした、こう言ったのです。

「おまえのいいようになさい、勇敢なベイレキよ、うまくいくように。行くがよい」まさにこのようにボルラ・ハトゥンは言いました。

「さようなら、素晴らしきボルラ・ハトゥンよ」そうベイレキは答えました。一礼すると垣根を飛び越え、姿を消しました。こっそり現れ、人知れず立ち去ったのです、我がハーンよ。

それゆえ私はまさに今、カザンにスパイの考えを吹き込むのはベイレキであることを知ったのです。ほとんど間をおかずにそのカザンが私を呼び付けたのでした。

「シェルシャムサッディンよ！」カザンは怒っておりました。「おまえは知っているか、ベイレキがどんな知らせを持って来たかを！」

「存じません、我がベクよ、彼は私に何も言いませんでした」しかし、もうあなたにご報告したように、我がハーンよ、私はすべてを知っておりました。

「オグズにスパイが現れた事が分かったのだ！」カザンはほとんど叫んでおりましたが、その後で打ちひしがれた声で尋ねました。「どこにおまえの目はついていたんだ、シェルシャムサッディンよ?!」

それからカザンは長いこと私を責め、あれこれと非難しました。「なぜおまえは誰よりも先にスパイのことを教えなかった？　そのことはおまえが報告すべきで、ベイレキではないはずだ。禄を食む身でこの勤めぶりか?!　オグズの誰もがスパイのことを知っておる、どんな場所でもこの話でもちきりだ。私だけが何も知らずにいる、それというのもおまえを頼りにしていたからなのに……」さらにくどくどとその時カザンは私に言いたてたのです。

「ひょっとするとこれはみな、敵方の策略なのでは？」私はカザンの怒りが静まるのを待って尋ねました。「軍事的策略でしょう、我がベクよ。わざと噂を流し、オグズに騒乱の種を撒こうとしているのです」

「戯言を抜かすな！」カザンはまた勢いづいてかっとなりました。「ベイレキは請け合っておる、バイブルドの砦に拘禁されている間、ベイレキは若い生娘と、バイブルドの娘と親しくなった、そして二人の間にあったことだが……」そこでカザンはベイレキを見ると思いがけずにやりと笑いました。「二人の間に何があったかは、ベイレキよ、詳しく話せ、遠慮するな。まあよい」私に向きなおると、さっきの怒気を含んで続けました。「いったいなぜおまえは私に逆らうのだ?!　このバイブルドの娘が、ベイレキにスパイの名を教えたのだ。そこで私が考えるに……」

「どうお考えです、我がベクよ？」私は尋ねましたが、それは尋ねなければならぬ、と感じたからでした。

「どう考えると？　考えるに、ここには何かある。覚えておるか、私が盛大な狩りを催したのを？　卑劣なスパイはすぐに自分の主人らに通報した。私のいない間に異教徒の大群がオグズに押し寄せ、呪わしい敵どもは櫛の歯のごとく我が地を蹂躙し、我が家族を捉えて連れ去った、覚えておるか？　おまえに聞いておるのだ――覚えておるか？」

「覚えております、我がベクよ、いったいあの出来事を忘れられましょうか？」私は申しました。

「まだ先がある。ベイレキの婚礼の直前にまた悪事をしでかしたのが、そのスパイだ。バイブルドではもう準備が整っておった。急襲しベイレキを攫って行きおった。あろうことか――花婿を攫うとは！　それも初夜の直前にだ！　前代未聞の恥知らずの業だ！　そんなことがかつてあったろうか？　あったかどうか私は聞いておるのだぞ？」

ベイレキはうなだれて黙っておりました。私は答えざるを得ず言いました。

「ありました、我がベクよ、ございました。多くのいやな目に遭ってきました。他ならぬこのベイレキは、十六年もの長きにわたって囚われの身でありました。不名誉であり恥辱でありました、我がベクよ……」

「そこにまた新しい知らせだ。ベキルが狩りで足を折った、またスパイがそれをカラ・テキュルに教えおった。この恥知らずの軍勢はオグズの国境を越えた。またスパイの仕業だ。シェルシャムサッディンよ、何を言っておるか分かるか?!」

「分かります、我がハーンよ、分かります。なぜ分からぬことがありましょう？」私は申しました。

「我がご主人、カザンよ」ベイレキが割って入りました。「バユンドゥル・ハーンに卑劣漢のことを知られてはなりませぬ。お知りになれば厳罰は免れません……」

「誰がだ？」サルル・カザンは恐慌をきたしました。

「卑劣漢がです、我がベクよ」ベイレキは慌てて辻褄を合わせました。「卑劣漢がでなくて、いったい誰が？」

私が見るに我がハーンよ、ベイレキは真に性悪の奴です。どんなことが起ころうとカザンに恐怖と混乱を吹き込もうとしているのですから。智恵を絞ってこう私は申しました。

「我がベクよ、もしも誰かが厳罰を免れぬとしたら、それは我らです。バユンドゥル・ハーンは必ずやお尋ねになるでしょう、なぜこれほど長い間、忌まわしいスパイのことを黙っていたのか、と」

カザンは私を見ました。

「その通りだな。ハーンの雷はまず我らの頭上に落ちる。我らはハーンにどう答えればよいのだ？　なぜ我らはこの卑劣漢の息子の卑劣漢を、つまりスパイを今まで捕まえもせず、穴に放り込みもしなかったのだ？　答えよ、シェルシャムサッディンよ」

私は黙り通し、ベイレキも口を開きませんでした。我らに何が答えられたでしょう？　カザンは尋ね、そして自らその問いに答えました。

「我らはスパイが誰だかを知らぬ。シェルシャムサッディン、おまえは知っておるか？」

「いいえ我がベクよ、知りませぬ」

「おまえはどうだ、ベイレキよ？」

「私も存じません」

「いったいバイブルドで、おまえの……つまりその……異教徒の娘が、スパイのことをすべておまえに話さなかったのか？」

「いいえ、すべては話しませんでした。ただオグズに我らのスパイが……つまり彼らのスパイが入り込んでいる、ということだけです」

「そうか……」カザンは考え込みました。「栄えあるベクたちよ、どうすればよい？　どうすればスパイの名を知ることができよう？」

「このスパイは外オグズの者ではないでしょうか?!」ベイレキは用心深く最初の毒矢を放ちました。

「外オグズの者というのか？　誰を考えているのだ？　またアルズのことを考えたのか？　いや、アルズの頭の中にあるのは、ただバサトのことだけだ。アルズにどんなスパイがつとまる？　アルズがスパイだと？　奴ではない、それは考えられぬ」

「さて、それならば……」ベイレキは新たな策略を準備し始めました。

「『それでは』とは何だ？」カザンは我慢できなくなりました。「テングリの名において、ぐずぐずするな、もう日は中天を回った。略奪の祭りを始める時間だ。後で必ず取り沙汰されよう、言われるに決まっておる、カザンは略奪を祝福しなかった、自分の財産を惜しんだのでは？　とな。シェルシャムサッディン、ボルラ・ハトゥンはどうしておる、もう家を出たか？」

「もう大分前に出ました、我がベクよ。奥方はブズルセルの滝のそばの林に向かいました。端女たちと護衛の者がついております」

「結構だ。遠ければ遠いほどよい。ベイレキよ、おまえは何か言いたかったようだが？」

「そうです、私は思ったのですが、ひょっとすると……」

「そうだ！」カザンは嬉しそうに両手を打ちました。「デデを呼ぼう。コルクトを呼びだすのだ」カザンは元気を取り戻しました。「彼はいつも言っておった、テングリが彼の魂に霊感を与えると。そして未来から正しい知らせを受け取ることができると。だが我らはまだ一度も彼を試したことがない。我らに未来が何の必要があろうか？　我らにそれが何の役に立つ？　我らに過去が解明の手掛かりとなるのなら、奴は過去から正しい知らせを受け取るのではないか？　もしもそうなら、奴に我らにスパイの名を告げさせよう。そうではないか、栄えあるベクたちよ？」

（やくざ者め、カザンを見ればおまえたちはわかるだろう、奴は私の力を疑っておる。いいだろう、その先を拝見しようではないか）

「正しいお言葉です、カザン、我がご主人さま」私とベイレキは異口同音に言いました。

「それではぐずぐずするな、シェルシャムサッディンよ。すぐにコルクトを見つけ、連れてくるのだ、私は待つぞ」

「我がベク、カザンよ。コルクトを探し当てるのはそれほど容易なことではありませぬ。それもすぐにというわけには。時間が必要です」私は申しました。

「我らには時間がない。どうしたらいい？　そうだ、こうしよう。おまえは出て行って、略奪の開始を告げるのだ、私なしで楽しませるのだ。見て気にいったものはすべて取らせよ。私に成り代わって言うのだ。『オグズの誰にも私は自分の財産を惜しまぬ』とな。そしておまえたちから進んで略奪するのだ」そうカザンが我らに言ったのです。「何をぐずぐずしておる？　今日は良き略奪の日だ、自分に一番良いものを取るがいい……」

「私が主君の物を略奪するですと？」ベイレキはほとんど目を剥き出した。「私にそうしろと言うのですか、我がベクよ?!　私の目は一度たりともカザンの財産を望むことはありません。私には寸毫の私心もございません。よいですか、私には何も必要ではありませぬ」

私は呆気にとられました。我がハーンよ、私がカザンの財産を狙っているということになってしまったのですから。私は急いで申しました。

「我が主君カザンよ、とくとお聞き下さい。私はこの館から何も取りませぬ。あなたがら受けているあなたの寵愛、それで私には十分です」

「分かった、分かっておる、私におまえたちのことが分からぬとでも？　おまえたちが私に偽りを装うとでも？」

私は今に至るまで分かりません、カザンはただの皮肉を吐いたのか、それとも本当に心にあることを述べたのか？　ベイレキも私も一言も発しませんでした。カザンはもう一度、我らを足の先から頭の先まで見やると私に言いました。

「それならば行くのだ、シェルシャムサッディンよ、栄えあるベクたちに私の言葉を伝え、それから寝所に行き、髪の毛の入った小箱を取ってくるのだ、燭台のそばにあるからすぐ分かる。それを私のもとに持ってくるのだ」

私は外に出ました。カザンの館の向かい側に群れをなしてひしめいていたベクに近づき、彼らに挨拶すると、カザンの言葉を伝えました。

「栄えあるベクたちよ」私は申しました。「カザンはおまえたちを祝福している。カザンのものすべては、カザンのすべての財産は――今日おまえたちのものだ。オグズの幸が何よりも大事だ！　テングリの名において略奪にかかるがよい！」

「我らは祭りを始めることができませぬ」群れの中からタルスザムィシが、我がハーンよ、出てまいり、集まった者全員を代表して話し出しました。

「それはなぜだ、兄弟タルスザムィシよ？」私は尋ねました。

「外オグズの者たちが遅れております。彼ら抜きでどうして始められましょう？」タルスザムィシが答えました。

ことの裏の次第を知っている私は、カザンに伺いを立てることもせずに言いました。

「栄えあるベクたちよ、この度は外オグズの者たちはこの幸ある略奪に参加しない。祭りに参加するのはただ内オグズの者のみだ。どうかみなの者、館に入ってくれ……何を突っ立っておる、兄弟タルスザムィシよ、どうか入ってくれ……」

栄えあるベクたちは、最初決めかねる様子でためらいがちにお互い見交わしていましたが、それから次第に動き出し、一人また一人と館に入って行きました。何が始まったでしょう？　気を取り直したベクたちはカザンの財産を夢中になって引っぱり出し始めました。両手に抱えて持ち出し、口に咥えて運び出し、目で運び出しました、そうです、我がハーンよ、背中に乗せて運び出せぬものを、こんな乱暴な言い方をお許し下さい、目で運びだしたのです。我に返ると私はカザンの寝所に飛び込みました。そこにはテングリのお恵みでまだ主人によって祝福された略奪者たちはまだ辿り着いていませんでした。燭台の脇には……それは金の燭台で、トラブゾンへの急襲の記念の品で、私はこれを隠し、略奪から守りたかったのですが、カザンの怒りを恐れて心から燭台のことは振り払いました……純金製の古い品で、燭台の全体は手の込んだ彫り物で覆われておりました。その柄に描かれていたのは……いや、もう本題に入りましょう。私は髪の毛が入った小箱を取るとそれをカザンのもとに運びました。カザンはベイレキと話しておりました、というよりはベイレキが話し、カザンが注意深くそれに耳を傾けておりました。私を見るとベイレキは黙りました。カザンもまた不満げに顔を顰めましたが、私が小箱を携えてきたのを見ると、自分が託した用事を思い出しました。

私の手から小箱を受け取ると、それを開き、中から長い髪の毛を引き出しました。

「我がご主人カザンよ、これはいったい何の小箱なのですか？」ベイレキが尋ねました。

「これは私がメリクに囚われていたのを助け出した後に、コルクトが私にくれたその小箱だ。コルクトは言った――カザンよこれを取るがよい、ここにあるのは私の髪の毛がただ一本だが、ただの毛ではない。魔法の毛だ。困ったことがあったらそれを燃やすがよい、私はおまえのそばに現れる」
「魔法の?」ベイレキはほとんど仰天しました。
「コルクトが『魔法の』と言ったのだ。だから今、コルクトが何者か試してみよう。奴が魔術師か否か今明らかになろう。さあ、私に松明を渡せ」私にカザンは命じました。
私は壁から火のついた松明を取るとそれをカザンに差し出しました。カザンは私の手からそれを受け取ると、火にコルクトの髪の毛を近づけました。髪の毛は燃え上がりました。

(すべて正確に語り伝えているな、やくざの子のやくざよ。カザンが私の髪の毛を燃やすと、私の頭はまるで燃え上がったようになった。仕方がない、約束したからには――それを守らねばならぬ。その瞬間に、私はカザンのもとへと移動した)

私は思わず目を閉じました、そしてまた目を開いたときに、カザンの隣にコルクトを見ました。どのように彼が現れたか、どこから来たのか分かりません。我がハーンよ、お望みでしたらコルクト自身にお聞き下さい、彼に答えさせて下さい、私にはわかりません。カザンとベイレキもやはり、何が何やら分からぬ様子でした。私たちはみな仰天し、度を失いました……

(度を失わぬはずがなかろう、やくざどもよ)

失礼いたしました、我がハーンよ、私は間違えておりました。まだコルクトが現れる前に、つまりその髪の毛を燃やす前に、カザンは私に略奪のことについて尋ねました。すべてはもう略奪の終わった後に起きたことでした、最初ベクたちはカザンの財産をすべて引っ張り出しました、その後で、カザンはコルクトの髪の毛を燃やしたのでした。そうでした、略奪はもう終わっていました。間違いございません。栄えあるベクたちは、もう自分たちが気に入ったものを運び出しておりました。みなが満足しておりました。カザンは尋ねました。

「ベクたちは解散したか？」

私は申しました。

「解散しました、我がベクよ」

カザンは尋ねました。

「満足して解散したか？」

私は答えました。

「満足して解散しました、至極満足して解散しました。どうして彼らに不満がありましょうか？　持っていけるだけのものをすべて持ち去ったのですから。全能のテングリがあなたに満足されんことを。私はといえば、我がご主人よ、何も取りはしませんでした……」

カザンは私を見ると何か言いたげでしたが、でも黙ってしまいました。

私は申しました。

「ベイレキはまだ退出しておりません、待機しております。彼を呼びますか、それとも家に帰らせますか？」

「いや、ベイレキを呼べ。おまえも戻って来い。スパイについての通報について詮議しよう」

我がハーンよ、私は外に出てベイレキを呼び、二人してカザンのもとに戻りました。コルクトの毛髪をカザンが燃やしたのはまさにその時でした。今はっきりと思い出しました、そうです、はっきりと——デデが現われた時、ベクたちはもう解散しておりました、つまり略奪はもう終わっていました。要するにカザンはコルクトの毛髪を燃やしたのです。我らはみな度を失いました、というのも我らが目を開けると床に座っているコルクトが見えたからです。カザンのそばに立っているのではなく、まさに座っておりました。思い出しました。

カザンは最初信じられぬ様子でした。

「コルクトよ、おまえなのか？　つまり、おまえは本当に現われたのか？」

デデは答えました。

「おまえが呼んだのだからな。それとも信じていなかったのか？」

「私は……私は多くの……様々な奇跡を見てきたが……だがこんなことが！」

私もやはり何もちゃんとしたことが言えず、ただ「私は、私は」とつぶやき続けるだけでした。ベイレキはといえば……ほとんど気を失わんばかりでした。ベイレキは肝が小さいのです、誰もが知っていることです、ほとんど死人のようにやっと立っていました……

我に返るとカザンはていねいにコルクトに挨拶しました。

「ようこそいらした、コルクトよ、我らの館はいつもおまえのために開け放たれている」そう言うとカザンはデデに顔を向けました。

張り詰めた静寂が広がりました。

「おまえは承知か、コルクトよ」カザンはとうとう沈黙を破ることを決めました。「どのような用事でおまえを呼び出すことになったかを？　信じてくれ、つまらんことでおまえに心配をかけるつもりはない……」

「はっきり言うがよい、カザン、もってまわった言い方をせずともよい」コルクトはカザンの言葉を無造作に遮り、その時初めて我らの方を向きました。「これはいったい何者だ？」コルクトは尋ねました。我らは薄闇の中に立っており、きっと光が我らの顔を照らしていなかったのでしょう、それだから最初コルクトは我らが分からなかったと見えます。

「我がベクよ、私は退出いたしましょう、お声がかかればすぐに参ります」私はカザンに向かって申しました。

ベイレキはすぐに後を引きとりました。

「我がベクよ、我らは外でお待ちしましょう」

カザンはコルクトをちらと見ましたが、その目は、「どうしたらよい、二人をここに残らせるか、それとも部屋から出させるか？」と問うておりました。コルクトは答えました。「いやその必要はない。もっと近くに来させるがよい。暗くてよく見えぬ……シェルシャムサッディン、おまえか？　ベイレキか？　近くに来て傍に座れ。カザンよ、話すがよい」

我らは並んで腰をおろしました。カザンは話し出しました。

「おまえは知っているか、コルクトよ、なぜ私がおまえを呼び出したか？」

「知っている、カザン、知っているとも。オグズにスパイが現れた、そこで私を呼び出した……」

カザンはうろたえました、すぐに立ち上がり、しばらく歩きまわっておりましたが、それから腰をおろし、咎めるように私を見て訴えました。

「この通りコルクトも知っておる、ただ私を除いた誰もが知っていた。どうしてこんな馬鹿なことが？　まあいい、あとで詮議することにしよう。シェルシャムサッディン、見たか、分かったか？　おまえのまいた種だ……まあいい。どう思う、コルクトよ？　私の考えはこうだ——そんなことは聞くも悲しくむかつく」

「その通りだ、ベクよ、この知らせは悲しむべきものだ、まさにそうだ」コルクトは繰り返しました。

「コルクトよ、我らはどうしたらよい？　どういう方策をとるべきか？　誰に嫌疑をかけるべきか？　誰をひっとらえて穴に放り込めば良い？　もしも我らがスパイを捕えられなかったら、バユンドゥル・ハーンの怒りは我らの頭上に下るのだからな」

「その通りだと私も承知している」

「それではコルクトよ、教えてくれ。ただおまえの魂だけに全能のテングリは霊感を吹き込んでくれる。ただおまえだけに未来から正しい知らせが届くのだ。ただおまえだけが、起こりえることと起こりえぬことを区別できるのだ。答えてくれ、誰がスパイなのだ？」

「聞かないでくれ、カザン、おお、聞かないでくれ」

「なぜ聞いてはいけないのだ？　どうして私が聞かずにいられよう？」

「それは、カザン、あとで後悔しないがためだ」

「後悔はしない、後悔することはないぞ。ただスパイの名を告げてくれさえすればよい。そうすれば私はその異教徒を羊の角に縛りつけてやる……鞭で死ぬほどに打ってやる。私は、バユンドゥル・ハーンの拷問部屋が、このやくざ者に草地に張られた天幕にしか思えないほどの刑を考え出してやる」

我がハーンよ、カザンはこのように申したのです。あなたに言葉通りお伝えしております。私の耳が聞いた通りのすべてを話しておるのです。一語たりとも削りも加えもしておりません。そうだろう、デデよ？

シェルシャムサッディンは答えを期待して私に向きなおった。

（茂みに迷い込み、そこから逃れ飛び立とうと、空しくもがいていた小鳥が思い出された。私と比べれば今あの小鳥は悩みを知らぬのんき者に思えた。全能のテングリよ、私はあの小鳥になりたかった。こういったことすべての後に、私がハーンの顔をどのように見たらいいのか――全く私には分からぬのだ）

私は黙っていた。少し待ってからシェルシャムサッディンは自分の話を破滅へと向かって続けた。

「スパイの名は聞かないでくれと言っておる」コルクトはまた再び、カザンの問いにまっすぐ答えることを避けました。

カザンは方策尽きて黙り込んでしまいました。カザンは、どうやったらコルクトを説き伏せることができるのか？　事態は「おおごとになって」しまったのです。

全くのところ、事態はシェルシャムサッディンの言うように「おおごとになって」しまった。デデ・コルクトはそもそもの初めからスパイの名を知っていたことになり、今こそその名をコルクトが口にする、ということになってしまったのだ。別の見方をすれば、もしもコルクトが何らかの奇跡によってスパイの名を知りえたのなら、彼はそのスパイを攫った者たちの名を知らぬはずがない。論理的にまさにそういうことになる。もしそうなら、いったいなぜ、審問と称するものを企てる必要があったのか？　バユンドゥル・ハーンはこのことを直接デデ・コルクトに聞けば十分だったのではないか？　そしてデデ・コルクトは否が応でも真実のすべてを話さざるを得ないはずだ。しかしもっと深く考えるなら、それでは不十分であることが分かる。バユンドゥル・ハーンの真の、秘められた目的は別のところにあった。どのように彼が自分の目的を達するか――我らはこれからその目撃者となろう。

我がハーンよ、コルクトはとうとう我らをも彼自身をも苦しめていた重い石を、一つずつ一つ取り出し始めました。彼は我らにスパイの名を明かしたのです。「おまえたちの誰もが、孕み腹のファティマを知っておろう。スパイは、よいか、孕み腹の一人息子だ。だが繰り返して言おう、栄えあるベクたちがそのことを知ってひどく悔やむことにならなければよいのだが……」

カザンは嬉しさのあまりすっくと立ち上がりました。私はほっと息をつきました。ベイレキはと言えば、顔を暗くし、それを隠そうともしませんでした。もちろんのこと、彼はコルクトからそのような返答を期待していた訳ではなかったからです。既にハーンにご報告したように、彼にはスパイに関して自分の考えがあったのです。

＊　＊　＊

フセイン・ベク・レレは、もちろんヒズルを好奇心溢れる目や耳からなるべく遠ざけ隠しておいた。その場所はよく考えられていた――玉座の間の背後の小さな庭の中にしつらえられた東屋には、シャー以外は誰も入れなかったし、そこを覗くことさえできなかった。レレだけがそこに出入りすることを許されていたが、今はそこにヒズルも住むことになった。こうしてただ三人——シャー自身、フセイン・ベク、そしてヒズル——のみがこの東屋に出入りすることができた。それ以外の誰もが、たとえそれを切望したとしてもヒズルに会うことはできなかった。時おり夕暮れ時に、御座所の周りに人っ子一人いないような時には、フセイン・ベクはヒズルに庭を散歩することを許した。ヒズルは庭をたった一人で彷徨い、花々と言葉を交わし、彼一人が知る言葉で木々や茂みと話をするのだった。彼は自分自身にハタインという詩人としての筆名《ラガブ》をつけていた〔ハタインと言う名はアラビア語で「危険」「罪過」を意味する〕。軽やかな心で綴られた詩の最後に、彼は昔から詩人たちが用いてきたヒタブ〔詩の最後での詩人の自分自身への筆名を用いた呼びかけ。アラビア古典詩に特徴的な形式〕を用い、そこで自分の筆名を公にしたのである。シャー自身は倦むことなくヒズルの詩に熱心に耳を傾け、シャーが詩人の詩作を遮るようなことはなかった。レレは心密かに、シャーが、高みから見下ろす鳥の翼のように、ヒズルの頭上をその翼で覆うのを満足して見るのだった。シャーは明らかにヒズルを心に掛けていた。時折シャーとヒズルは将棋をさした。我が心の燭台はこのゲームの名手だった。シャーは将棋に負けたことはなかった。ヒズルはかなり早く将棋の規則と条件を飲み込んだが、シャーにはまだまだ勝てなかった。もちろんレレただ一人が、シャーと詩人がすっかり夢中になっていた木板上の勝負に立ち会った。彼自身、その際にほとんど父親のような気遣いを見せながらその二人の世話を焼いた。まもなくレレは、外見はほとんど瓜二つであるにもかかわらず、二人の性格が驚くほど違うことに気がつかざるを得なかった。レレは幾度となく自分の最初の憶測を確かめようとして、結局それが正しいことを確信した。激しく決然として、あらゆる罪に容赦のない、すべてを君主と最高指導者の高みから睥睨し、自らの時の王としての使命を固く信じ、神に選ばれし者を自認するシャーとは反対に、ハタインは柔和で人に優しく、従順で温和であった。それにもかかわらず、ヒズルはすっかりシャーに魅せられていた。ヒズルは穏やかな声をしており、その心根は従順で、仕草は柔和で優雅であった。時折りレレは、かくもひ弱で寄る辺ない彼が、憐れになることがあった。「不憫な奴だ」と彼は思った。この「かわいそうな」若者のただ一つの慰めは、ただ彼の意に染まぬ幽閉生活が、あれこれとレレが世話を焼いてくれていた父と姉妹の生活を楽にしている、ということだった。もちろんヒズルのことは一言も触れられなかった、それは国家機密であり、レレはそれを掌中の珠よりも大事に秘めていた。しかしあらゆる機会を利用して、レレはヒズルの親戚縁者に彼の名前で贈り物を届けていたし、彼らの状況を見守り、必要とあらば彼らから生活上の苦難を取り除いてやっていた。これを知ってヒズルはレレを心から愛し、その胸の中で慈愛深き、慈悲深き神へ祈りを捧げるのだった。

チャルディラーンの戦いまでは、宮廷生活はヒズルにとって特段の動きもなければ、何か気懸りなことがあったわけではなかった。すべてはこの――彼の考えによれば――アッラーの意に染まぬ戦いの後に突然すっかり変わってしまった。

チャルディラーンという名のごく目立たぬ村があった、オスマンのスルタンであるセリムとシャーとの戦いが、他ならぬこの村で繰り広げられたのだ。シャーは自ら戦闘を指揮し、司令官たちを両翼に振り分け、攻撃と退却の指令を出していた。陣屋の天幕はチャルディラーンを見下ろす丘の一つに張られた。誰も天幕に入ることは許されなかった――命令はみなが敷居で聞くのだった。特命の使者や伝令はシャーの声を聞き、声に敬礼し、言われた通りに走るのだった。ヒズルは天幕の中にいた、彼は君主である我がシャーと全く同じ衣装を身に着けていた。わずかな違いはと言えば、シャーが着物の上に簡素な短外套《フラミーダ》を羽織っているぐらいのものだった。ヒズルはその目をシャーから離そうとせず、汗意深くその言葉と命令に漏らさず聞き入り、時には天幕の壁に開けられた隠し穴からちらちらと見える戦闘の様子に見入るのだった。そのような中で、ヒズルはフセイン・ベク・レレが荒野の豹のように戦闘のただ中で戦っている様を見た。ヒズルはレレの荒々しい豪胆さに魅せられる間もなく、突然彼を視界から見失った。再び見た時にはレレは落馬し、敵どもが鳶どものごとく、倒れ込んだその体に襲いかかっていた。ヒズルの心臓は血にまみれ、この恐ろしい光景を見ていられなくなった。そして人が変わったかのように、シャーに向かって哀願した。

「我がシャーよ、お願いです。あなたの名において私に戦わせて下さい。私を行かせて下さい、我が主よ。穴からただ切り合いを眺めるだけとは、何と惨めな定めでしょう！　私はもうここにとどまっていられません。私の心臓は、アッラーに誓って張り裂けそうです」

シャーは思いに沈んでいた、彼がヒズルの言葉を聞いたのかどうか——それは分からなかった、というのも彼はヒズルの哀願に答えることはなかったからだ。

天幕に衛兵長が突進してきた。シャーは今度は自分から天幕を出て彼を迎えた。

「我がシャーよ、我が心の松明よ……左翼が……左翼が破られそうです……」

「すぐにハリル・スルタン・ズルガダルに左翼に急ぐように伝えよ」

衛兵長はひれ伏した。

「恐れ多くも我が師……我が主よ……我が祭壇よ……我が導師よ……」

「どうしたのだ、早く話せ」

「ズルガダルは裏切りました。ズルガダルは戦闘を放棄しました」

シャーは激怒した。

「逃げ出しただと?!　卑劣な裏切り者め！　裏切り者は裏切り者を生む。どこに居ようとすぐにウスタジル・アブドゥッラ・ハーンを探し出せ——すぐに左翼に駆けつけさせよ。行け。ぐずぐずするな」

その瞬間、天幕に別の衛兵が駆け付けた。鞍からそのままシャーの足下にひれ伏し、衛兵は恐ろしい知らせを告げた。

「我がシャーよ、右翼が打ち破られました」

シャーは身じろぎしそれから体から力が抜けたように、静かに膝をついた。

「分かった、行くがよい、みな退去するのだ、衛兵たちだけを残せ、彼らは天幕の入り口の前に立たせるのだ。行け、私がいなくても私を待つのだ、少し待っていろ、私はおまえたちの前に出てゆく」

そう言うとシャーは天幕の中に入った。ヒズルは命令を待ちかまえていた。

「おまえのヴェールはどこだ？　顔に着けるのだ」シャーはヒズルに命じた。

ヒズルはおとなしく頭巾を頭に被りヴェールを顔に下ろした。しばらく佇むと顔から頭巾を取り、問い掛けるようにシャーを見つめた。永遠なる神の意思のみ恵みか！　あたかも天幕の中心に鏡を立てたごとくであった、そして一方がそこに映った自分の姿に見入り、自分自身と話し始めた。

シャーは言った。

「私の言うことを聞け。時間はほとんど残されておらぬ。我が僕よ、口を挟まずただ聴くのだ。よく聞くのだぞ。覚えているか、つい先ほど私は天幕から出た。我慢できずに敵に突進した。危うく私はオスマン軍の捕虜になるところだった。馬が蹴躓き、私を地面に放り出しどっと倒れた。馬の右足が折れたのだ。敵どもは私を四方から取り囲んだ。おまえはスルタナリ・ミルザ・アフィシャールを知っているか？　覚えておくがよい。『シャーは私だ！　シャーは私だ！』彼はそう叫ぶとオスマン軍に向かってとび込んでいった。奴らは私をおいて、スルタナリに向かって突進した。私の言うことをよく聞け。もしもスルタナリが助かったならふんだんに褒美を与えよ。覚えておけ――スルタナリはおまえを救ったのだ。臆病な裏切り者のズルガダルは、捕まえて厳しく罰するようにせよ。これが私の話のすべてだ」

ヒズルは全く混乱したまま立ちすくんでいた。我が導師がいったい何を語っていたのか、何を命じたのか――ヒズルには分からなかった。言葉は聞いたが、その意味は分からなかった。シャーの唇が閉じたのを見てヒズルは君主の足元に倒れ伏した。

「我がシャーよ、我が魂の燈よ。あなたは何を仰っているのですか？　この私がズルガダルを罰するですって？」

シャーはヒズルの肩を掴むと、その体をぐいと引き上げた。

「立つのだ、若者よ！」それから声を穏やかにして言った。「立つのだ、我がシャーよ。戦いの命運は尽きた。私は去る。おまえは残るのだ。どうかお願いだ、少しだけ頭巾を取ってくれ……」

ヒズルはすぐに頭から頭巾を取った。シャーはまるで魅せられたようにしばらく黙ったままヒズルを見ていたが、その後天に目を向けた。

「あなたの力に感謝を、世界の創造主よ！」シャーはこの言葉をやっと聞こえるかの囁き声で言ったが、その言葉は炎のごとくヒズルの耳を焼いた。シャーは続けた。「さあかぶるのだ、ヴェールをかぶれ。誰もおまえの顔を見てはならぬ」

外から叫び声が響き渡った。

「仁慈なる父よ！……深奥の導師よ！……両翼……両翼が……破られました……敵が近付いております……退却の時です！……お逃げ下さい！　お逃げ下さい！……」

「聞こえるか、呼んでおる」シャーは不思議な微笑を浮かべてそう言うと、そのよく通る声で叫んだ。

「祖師《アリー》の名において、今行く！」

それから我が魂の燈はまたヒズルに向き直ると、その声は再び柔らかく、温かな調子に変わった。

「覚悟はよいか？　これからおまえは自分一人で、もはや私なしに、レレなしに人々の前に出ねばならぬ。私もフセイン・ベク・レレももはやおらぬ。誰一人として、ヒズルの存在を知る者はおらぬ。よいか、シャーはけっして死んではならぬのだ。けっして……だが私は死なねばならぬ。それに私はセリムを罰しないまま捨て置くことはできぬ。今すぐ私は戦いのただ中に飛び込む。おお、オスマンどもの頭が飛び散ることだろう。そこでアッラーが選んだ者が勝利するだろう、我らのうちの誰が――私かあるいはセリムか――アッラーのみ心に適うかを見届けよう。いいか、すぐにおまえは天幕から迷わず出るのだ。おまえの兵士たちがおまえを待っている。私はここから去る」

「ほら、あそこを見よ、セリムの本営が見えるか？　あそこが私の行くべきところだ」シャーは天幕の後ろの壁に近付き、隠された帳を脇へ動かした。

「我がシャーよ、私には……私にはできません、我がシャーよ……」

「おまえにはできる。できぬはずがない……今日の戦いは――束の間のもの……また陽は昇り、また明日が訪れ、この地方と国はおまえのものとなる。考えてもみよ、どのような国を私がおまえに残すかを。誰にも秘密だ。誰も、生きとし生けるものの誰もが、このことを知らぬだろう。おまえは私になるのだ。本質《バーテイン》は――おまえで、外皮《ザヒール》が――私だ。そのような計画なのだ。覚悟はできたか？」

「私たちは誰を欺くことになるのでしょう、我がシャーよ？」ヒズルはかすかな声でそう言うと、頭を垂れた。

シャーはむんずとヒズルの下顎を掴んだ。

「私の目を見よ、我がシャーよ」彼はそう言うと、ほとんどぴったりと自分の顔を、死人のように青ざめたヒズルの顔に近づけた。「誰も欺かぬ。実際には我らは誰をも欺きはせぬ。祖師の名において気をしっかり持て！　いったいシャーが泣いてよいものか？　恥を知れ、我がシャーよ。これはみなゲームと知れ、将棋のようなものなのだ。それともおまえは怖いのか？」

「怖いのです、我がシャーよ。ひょっとして、まだレレが……そうでしょう？……」

「恐れるな。レレは消えた。見事な立派な死をレレは遂げた。レレは天国におる、信じるのだ」

天幕のすぐ隣で破裂音が轟いた。シャーとヒズルのすぐ近くで、砲弾が炸裂したのだった。怯えた馬どもの荒々しい嘶きが、人々の叫びと号泣と混じり合った。ざわめきは天にまで届いた。

「今はもうおまえは自由だ、詩人よ。かつてこんなことをおまえは想像できたか？　行け、従者たちのもとに行くのだ……もう逃れねばならぬ。私は……」

「我がシャーよ、導師よ……」

「最後まで聞け……私は自分の国を守ることができなかった。だが私は私の最後の務めを果たすことはできる。私は去る。よいか、我がシャーよ、明け方に声が聞こえたのだ。それは天上から聞こえた。今しがた私は、もう一度、呼びかける声を聞いた、それは私の空耳のようにも思えたが、だがそうではないのだ。『おまえはその下界で忘れてしまったのか?!』そう声は問いかけた。『我らのもとに来たれ』声は続いた。『ここでみなおまえを待ちかねているのだ。我らおまえを愛した魂たちが、みなここにいるのだ』だからもはや私を押しとどめることはできないのだ。おまえはこの天幕から外へ出るのだ、私を待ったり、探したりするな。私の体さえ見つからぬ。頭は肩から飛び体は灰となろう……だがおまえは自由に生きろ……シャー・イスマーイール一世万歳だ！」シャーは最後の言葉をほとんど囁き声で言い、瞬時、まるで驚愕したかのように動かなくなった。それから頭をひと振りし、隠し帳を引き、出て行く前に再びヒズルに向きなおり最後に言った。

「もうひとつ知っておいてもらいたいことがある。シャー・イスマーイール——これは私のただの名にすぎぬ。私自身は、シャー・イスマーイールでも何でもないのだ」

ヒズルが瞬きする間もなく、我が魂の燈たるシャーは、「アッラー、アッラーよ」と叫んで、それを最後に消えうせた。

ヒズルは声も出せぬ驚愕のうちに、天幕の中に凍り付いた。砲弾の炸裂する音が近付くにつれて、外からの叫び声も強まって行った。だが誰も天幕の中に入ろうとはしなかった。とうとうどこからか降ってわいたようにヒズルの胸に決意が漲った。彼は背筋を伸ばすと正確にシャーの動き方を繰り返し、しっかりとした足取りで天幕の出口へと進んだ。外に出るその直前にヒズルの動きは止まった。それからゆっくりと振り返ると隠し帳を一瞥した。だがそこには何の跡形もなかった――天幕の壁はぴったりと隙間なく見え、隠し帳は見分けがつかなかった。すべてが既に決せられていた――後戻りはできなかった。胸の内で祖師《アリー》の名において世界の導師たるアッラーに助けを願うと、ヒズルは一歩を踏み出し、外に出た。天幕には誰もいなくなった。

＊　＊　＊

「みなの者よ、聞いたか？　シェルシャムサッディン！」カザンの声は恐ろしいものでした。「何をみなここに坐り込んでおる？　すぐに立つのだ！　奴がどこにいようと、矢のように走り、この卑劣漢を首に縄をつけて私のもとに引き立てよ！」カザンの声が、かつてこれほどの力で響き渡ったことはありませんでした。

私とベイレキは絨毯から埃が舞い飛ぶごとく、すぐに外に、弾けるように飛び出しました。だが最後に振り返った時には、ベイレキは私の隣にはいませんでした。片手を振ると、私はまるで背中に翼が生えたがごとく、風よりも早く駈け出しました。一瞬のうちに私は谷間の外れにある、孕み腹のみすぼらしい小屋へと飛ぶように着きました。天から落ちた石のように、私はあばら家の戸口へと押し入りました。力まかせに拳で扉を打ち始めました。答えはありません。私は小石を拾い上げ、扉をしきりに打ち始めました。またもや返事はありません。しかし私の耳には中から声がするのが聞こえました。誰やら分からぬものが孕み腹と話し合っていたのです。私がどれほど戸を叩いていたか分かりませんが、扉はいっこうに開きません。私はかなり待つことになりました。それからちょうどそこに到着した衛兵どもに向かって命じました。

「全オグズを虱潰しに探せ。孕み腹の息子を探し出し、ここに連れて来い。行くのだ、すぐに！」

衛兵どもは出立し、見つけ出し、引連れて参りました。私はこの碌でなしの首に縄をつけ、カザンのもとに引き立ててゆきました。もはや飛ぶように戻ることはもちろん無理でしたから、ゆっくりと歩いて参りました。カザンは我らを斑の門のところで待っておりました。ベイレキは傍におりませんでしたが、その後で突然地から湧いたごとくに現れました。私は目でコルクトを探しましたが、見当たりませんでした。コルクトはおりませんでした。私は哀れなスパイをカザンのもとに引き立て、その足下に放りだしました。

「これが卑劣な裏切り者です」私は申しました。

そして付け加えました。

「我がベク、カザンよ、こいつがスパイです、ご覧下さい——あなたの足下におります」

そこでカザンは両手を打ち、声高く笑い転げた。両手を脇に置き、この不幸せ者の周りを歩き回り始めた。

「奴を見てみろ、まだ乳臭い全くの青二才ではないか。だが、もっと年端のいったほかの悪党よりもでかい悪事をやりおった。答えよ、卑劣漢め、いつこのような忌まわしいことに手を染めだした、仲間たちは誰なんだ？　答えよ、畜生！」最後の言葉を叫ぶと、カザンは激昂して、若者を足蹴にし出しました。

だがその若者は地面にまるで打ちのめされた子鼠の様に身を丸くし、蹴られても一言も発しませんでした。「こいつを穴に放り込め！」カザンは命じた。「穴に放り込めば、改心し、あった事すべてをすぐに話したくなるだろう。奴を引っ張ってゆけ！」

我らにカザンが思い出させた穴とは、我らが牢獄の代わりに使っていたものでした。それは地下深く幾層にも掘られていて、その層のそれぞれに一人ずつ囚人を閉じ込める事ができました。全能のテングリよ、そこに入ることはどうかお許し下さい、すぐに心臓は恐怖に張り裂けましょう。既に英明たるハーンにご報告したように、穴には多くの層がございました。悪臭に顔を背けずにはおられぬほどでした。我らは穴を石臼で塞ぎました。日に一度石臼が除けられ、そこに食べ物と水が放り込まれるのでした。落ちてきたものを運よく掴むことができた者はそれで命を繋ぎました。穴のどん底には鼠どもが肥え育っており、囚人たちは大概それを手に入れていました。時折凶暴になった鼠どもが囚人どもに襲いかかる事がありました。そんな時は不幸な囚人たちが泣き叫ぶ声が厚い石をさえ通して聞こえ、我らの耳を裂くのでした。しかし話が横道に逸れました。我らはスパイをその穴に押し込みました。またもや彼からは声も呻き声も聞こえません……衛兵どもは石をもとに戻し、私はカザンのもとに戻りました。ベイレキはカザンの隣に座っており、何かカザンに話しておりましたが、何を話していたかは、ハーンに嘘偽りは申しません、聞きとれませんでした――私が入って来るや否やベイレキは言い淀み、言いかけたまま黙ってしまいました。

「悪党を穴に放り込んだか？」カザンは尋ねました。

「放り込みました、我がベクよ。五層目が空いておりました。そこに入れたのです。少しでも体を動かせば下に転げ落ち――泥にまみれ鼠の餌食となります。息を吸うことも、吐くこともできません。大丈夫です。穴の中ですぐに根を上げるでしょう」私はカザンに答えました。

カザンは付け加えてまた言いました。

「あまりすぐにくたばらぬように気をつけよ。奴からあれこれ聞きださねばならぬからな。二日で充分だ。シェルシャムサッディン、ここに連れて来る前にこいつには水をかけるのだ。わかるだろうが、私は臭いのには我慢できぬ。とにかく、奴のことはおまえにまかせる」

「しかと承りました、我がご主人、カザンよ」私は一礼して申しました。

カザンはベイレキを奥の部屋に招き入れ、二人は意味ありげに見交わしてその場を去りました。カザンは私を招き入れませんでした、それで私は二人の後を追いませんでした、我がハーンよ、そのため二人が奥で何を相談していたかは分からないのです。ただ言えるのは、ベイレキがカザンのもとを退出したのは夜遅く、真夜中をとうに過ぎた頃でした——空の月は、もう夜明け前の星々の方へと動いておりました。

朝が来ました。カザンはまだ目を覚ましておりませんでしたが、ボルラ・ハトゥンは早々と私を自分のもとへと呼び寄せました。私は彼女の前に立ちました。ハトゥンは尋ねました。

「シェルシャムサッディンよ、昨日ここにデデ・コルクトが来たわね。なぜ彼が来たのか教えてくれない?」

私は答えました。

「奥方、コルクトを呼び出したのはカザンです、彼が現れたのは、彼に尋ねたいことがカザンにあり、カザンはそれを尋ね、その問いへの答えを受け取りました……」

「どのようなことをカザンはコルクトに尋ねたの?」

「奥方、彼自身に聞いて下さい、彼が自分で答えるでしょう」

「私はあなたに聞いているの、シェルシャムサッディンよ。それとも私には答えられないとでも?」

「私はお答えしています。これは秘密なのです、奥方様。カザンの命なくば、これ以上何も申し上げられません」

「シェルシャムサッディンよ、我が勇士よ、いったいカザンに私からの隠しごとなどあると思う？」ボルラ・ハトゥンは後に引きませんでした、そしてどうやら諦めるつもりはなさそうでした。

私はこう考えました。

「栄えある男たちは我らの世界をしかと心得ている。明らかなことをなぜ隠すことがあろう？　オグズのほとんどすべてがみなスパイのことを知ってしまった。昨日は自分たちでならず者の捕獲に大騒ぎしたのだ。下女たちも、衛兵どもも、料理女どもも、我らがスパイを穴の中に放り込んだのを見ている。なぜ私が奥方に、私が知っていることを話してはならぬのだ、と突っぱねばならんのだ？　きっと奥方とベイレキとの結びつきを私が気にしているせいだろう……」

とうとう私は意を決しました。次のように言いました。

「奥方よ、あなただけに申し上げる。あなただけにですぞ。最初に現れたのはベイレキでした……ひょっとしてあなたはご存じかも……聞いていない？　まあよいでしょう……ベイレキはスパイのことを伝えました。ベクは激怒されました。コルクトを呼び寄せコルクトが現れました。カザンはコルクトにスパイについて尋ねました、コルクトは答えました」

「で、いったい誰がスパイなの？」ボルラ・ハトゥンはあまりにも真剣に問いかけたので、まるで本当に何も知らないかのように見えました。私をからかっておったのです。ひょっとしたら、いや、実際にハトゥンは何も知らなかったのかもしれない、我がハーンよ、どちらともいえません。

「おまえは奴を捕まえ、カザンに引き渡した、そうなのね？　いったいそのやくざの子のやくざは誰なの？」ボルラ・ハトゥンは単刀直入に問いかけました。

「奥方よ、それは孕み腹のファティマの一人息子です」

「そうだったのか……つまり孕み腹の息子……ということはつまり、カザンが狩りに出かけたその時も、ベイレキの婚礼の前、そしてベキルが狩りで足を折ったその時も、すべてこいつだった……なんてことでしょう、何と言う卑劣漢、何と言う悪党、なんて恥知らずな……」

「そうなのです、奥方、すべてがそうだったのです。奴が仕組んだことでした。私は奴を穴に放り込みました。改心するまでそこにいさせましょう。そのようにカザンは命じたのです」私はそう言って、ハトゥンが私を解放してくれるものと思いました。

「そういうことなのでしょうが、だが何かがおかしい、シェルシャムサッディン……」

「奥方よ、いったい何が？」

「シェルシャムサッディンよ、私にはどうも合点がゆかぬ……孕み腹の息子が、それが突然スパイだと。どう思う、シェルシャムサッディンよ、どう思う？」ボルラ・ハトゥンは尋ねました。

「私がですか？　私に何が言えましょう？　肝心なのはカザンがどう言うかです。これはコルクトがスパイの名を明かしたのです」

「ベイレキはどうしたの？　本当に彼はスパイの名を言わなかったの？」

「言いませんでした、ハトゥンよ。そのことについては、彼は何も言いませんでした。つまりスパイの名は言わなかったのです」

「つまり名は明かさなかった……分かった、行くがよい、すぐにカザンが目を覚ますだろう。ひょっとしたら、朝になればカザンの機嫌も良くなるかもしれぬ。つまらぬことに腹を立てたりはすまい……」

「奥方よ、しばらく待って様子を見ましょう」そう言って私はボルラ・ハトゥンのもとを去り、宮殿へと出て行きました。

　私は念のため穴を訪れることにしました。石の下から微かに空ろな呻き声が聞こえていました。「神の御恵みで持つだろう、二日は持ちこたえるだろう、死にはすまい」そう私は考えました。「ベクは二日間の猶予を与えた。正しい計算だ。三日立てば、奴と比べ物にならぬ勇士たちも息を引き取ったものだ。こいつは我らには生きていてもらわねばならぬ……」

　それから私はカザンのもとに参りました。我がご主人はもう評定の間の自分の場所に座っておりました。私が入って恭しく挨拶をすると、カザンは挨拶に答え、そして私の方も見ずに、私の到着によって中断された独り言を続けました。

「なんということだ、カザン、苦労を重ね、たくさんの仕事を重ね、苦しみ心悩ませた揚句に、受け取ったはずのものを受け取るとは！　私の陰に隠れてスパイを働くだと、何ということだ?!　生みの母、息子、妻、一番大事なものすべてを――敵に引き渡すとは?!　今に見ろ、思い知らせてやる……我が懲罰の右手の重さを知るがいい！　おまえはまだカザンを知らぬ……私はひとりだ。全くのひとりだ。私にオグズのことを内通する忠実な密通者がいたら、おまえは私の鼻先でスパイを働くことなどできたろうか？　頼みにしていた者どもは飲み食い気ままに暮らし、眠り呆けて片腹を痛め、立てば胸を痛めた……」

（なんというろくでなしだ！　最後の言葉はきっとシェルシャムサッディンの作りごとだ。「飲み食い気ままに暮らし、眠り呆けて片腹を痛め、立てば胸を痛めた……」カザンはそんなことは言わぬ。愚の骨頂だが、言葉は愚かではない……調べゆたかな「オグズナーメ」の物語に、それを使っても恥ずかしくない）

「……私が頼みにできる者は少ない、戦場は広大だが、私は――戦場にただ一人だ。いったい、片手だけから音が聞こえるものか？〔江戸中期の禅僧白隠（一六八六―一七六九）の創案した公案に、「両掌打って音声あり、隻手に何の音声かあり」というものがある〕

それからカザンは私に顔を向け言いました。

「おまえに聞いているのだ、シェルシャムサッディン。それとも耳が潰れたか？　片方の手だけから音がするか?!」

私はどう答えれば良かったでしょう？　その時答えられるような返事をしました、まず頭に浮かんだことを口にしました。

「音がすることがあります、我がご主人、カザンよ、なぜしないことがありましょう……」

「それでは片方の手からいったいどんな音がするのだ？」カザンは嘲るように私を見ました。

「片方の手は……我がベクよ……片方の手は……片方の手は静寂の音を出します、我が主人よ」

カザンは口をあんぐりと開けると私を見ていました。長いこと黙っていました。そしてもはや、この話題に帰ることは一度もありませんでした。

（片方の手が静寂の音を出せるということが分かった！　シェルシャムサッディン、シェルシャムサッディン……私はハーンがやはりこのろくでなしの話を、引き込まれるようにして聞いているのに気付いた。カザンがこのような答えに、呆気にとられたのも不思議ではない。だがカザンがその答えの意味を理解したのかは、定かではない）

かなり長い時間が過ぎて、カザンは尋ねました。

「奴はどうしている、穴に放り込んだあの若造は?」

私は答えました。

「黙ったままです、一言も発しません。呻きはしていますが、黙ったままです。呻き声と啜り泣きの他には何も聞こえません」

「もう少し待とう」カザンは言いました。

「待ちましょう、我がベクよ」私は応じました。

まもなくカザンの裁きを仰ぎに、内オグズの二人の男が現れました。それはエリン・コジャの息子のサルィ・グマシとエイリク・コジャの息子のドレク・ウランでした。略奪の祭日の時に起きた喧嘩を裁いて欲しいというのです。それはこのようなことでした、我がハーンよ、サルィ・グマシが、前を歩いていたドレク・ウランの手から落ちた銀の柄のついた編み鞭を地面から拾い上げ、自分のものにしたのです。カザン・ベクは長いこと考えておりましたが、その後で尋ねました。

「今編み鞭は誰のところにある?」

サルィ・グマシが答えました。

「私のところにございます。ドレク・ウランは奪った物を持ち切れず、多くの物を落としていったのです。私は彼が落としたものの一つを拾っただけです。私のどこが悪いでしょうか?」

「それは自分のもとに取っておけ。ドレク・ウランのことは……シェルシャムサッディン、おまえの銀の柄の付いた編み鞭はどこにある?」

「馬丁頭のところです、我がベクよ」私はがっかりしました。

「それをドレク・ウランに与えよ」

「畏まりました、我がベクよ。さあ兄弟たち、行こう」私は胸の中で二人の喧嘩相手を散々罵りながら、グマシとウランを広間から連れだしました。

「今日はまだ受け取れんぞ」私は仲直りをした二人のベクと一緒に斑の門の方へ近づき、その門の脇でドレク・ウランに言いました。「明日来るがいい、いや明後日の方がよかろう、つまり二、三日立ったら来なさい、おまえの編み鞭が受け取れるだろう」

「御機嫌よう、栄光を、シェルシャムサッディン！」二人のベクはいっせいに別れを告げ、門から出ました。

そしてそこで私がカザンのもとに戻るべきか、いつもの仕事に取り掛かるべきか考えていると、私の目の前に女の姿が現れました——黒い着物にすっかり身を包み、彼女は自分の顔を隠していたので、これが身分の高い婦人なのか、薄汚れた下女なのかすぐには分かりませんでした。

「シェルシャムサッディン、我が栄えあるベクよ、あなたなの？」女が尋ねました。その声には聞き覚えがあるような気がしましたが、誰の声だったかはすぐには思い出せませんでした。

「そうだ私だ。でおまえは誰なんだ？」私は何も考えずに尋ねました。

「私が分からないようね。あなたに話があるの。私の声を聞き、私の話に耳を貸して。不幸な私の最後の望みを奪わないで」

寄る辺ないその声には、あまりに心動かすものがありました、信じて下さい、我がハーンよ、その声は鋼の矢のように私の心臓を貫きました。私は親切に答えました。「私についておいで、もしひもじいなら腹いっぱい食べさせてやろう、もしも服や靴がないのなら着せてやろう、履かせてやろう、おまえが誰だか分からないが。おまえは誰だ、どこの家のものだ、泣くな、嘆くな、答えてくれ」

彼女の方は、我がハーンよ、いっそうひどく泣きだしました。思いのまま泣き叫ぶと、突然泣き止みました。私はそれをじっと待っていたのでした。というのも、女が存分に泣き尽くすまでは、それを止めることはできぬ、いくら「泣くな」と言ってもいっそうたきつけるだけだ、と感じたからです。それで私は黙ったまま待っていました。立ったまま待っていたのです。

「シェルシャムサッディン、いったい本当にあなたは私が分からないの、我がベクよ」女は泣き止むと震え声で喋り出しました。

「もし分かったら、おまえに尋ねているか？　おまえは誰だ？」私はだんだん苛々してきました。それにカザンがいつ何時私を呼び出すかもしれませんでした。

「私よ、我がベクよ」女は顔を見せました。この瞬間、私を稲妻が貫いたとしてもよいとさえ思いました。

「おまえなのか？」私は尋ねました。「よくもここに顔を出すなどできたものだな！　すぐに立ち去れ。とっとと失せろ！　ここはおまえの出る幕ではない。我らのベクにおまえに会う用ができたなら、知らせてやろう。だがそんなことはあるまい。息子と会わせて欲しいなら、お門違いだ、カザンのもとへ行け。だがカザンが取り合ってくれるか、門前払いされるかは分からぬぞ。私の知ったことではない」私はそう言うと踵を返し、去ろうとしました。

そうです、我がハーンよ、それは孕み腹のファティマでした。いったいどんなに彼女が変わり果てたか――それは言葉に尽くせません。彼女は私の足元に身を投げ、必死の力でしがみつきました。

「待って、行かないで、私の話を聞いて、その後で好きなようにしていいから」

「しっかりしろ、ファティマ、婆さんが這いつくばって頼みごとをするのはみっともないぞ、立ってとっとと失せろ」私はしがみつく女の手を振りほどこうとしました。

「おお、あなたは自分のことは何でもご存知、だが私たちのことは何も知りはしない。私の声を聞き、話に耳を貸して」ファティマはすべてを最初から話そうと決めたのです。

私は耳が潰れたほうがましでした。地の底に消えうせた方がよかった。彼女から聞いたことを聞かねばよかった。だが我がハーンよ、私は彼女の話を聞いたのです。今からファティマが語ったことを一言一句すべてそのままお伝えします。彼女は申しました。

「シェルシャムサッディンよ、我が雄々しい勇士よ。あなたは私を覚えてはいないの？　あなたは自分のことはすべてご存じだが、私のことは何も知らないとでも言うの？　思い出させてあげなければ。昔々のことを、私の勇士よ、思い出して。昔を自分の目でありありと見たいとは思わない？　その頃の自分を見たいと思わない？」

我がハーンよ、彼女がそう言うと、何か不可解なことが私に起きました――夢を見るかのように彼女の言ったことを目の当たりに見始めました。色鮮やかな情景が次々と移り過ぎてゆきました。孕み腹は歌うように告げてゆきました。

「見える?!　よく見てちょうだい。御覧なさい、これがあなた。ほら、そしてこれが私。こっちは犬のバラグチュク。あの素晴しい日を覚えている？　答えて、私の勇士よ、答えて、恥ずかしがらずに、私の勇敢な獅子よ……」

彼女が「私の獅子」という言葉を発するや、我がハーンよ、私はまるで槍で貫かれたようになりました。彼女がただ私をそのように――「私の獅子」と呼んだだけで。すべてのこと、あらゆることが事細かに思い出されました。いったいあんなことが忘れられるでしょうか？　もしも忘れたいと強く望んだとしてもあのことは忘れられません。私はひどく心動かされておりましたが、しかしそれが見えないようにし、冷静を保とうとしておりました。だが幻から目を離せませんでした。孕み腹は言いました。

「思い出して、ただ見て、思いだして、あなたがどんな若者だったかを。ポプラの木のような体をしていた。あなたの手は石のように硬く、胸は巌のようにそそり立っていた。あなたの燃えるような瞳は月のない暗い夜のようだった。あなたの白大理石の彫刻のような指が私の魂を鷲掴みにした。獅子さながらだったあなたの声。あなたは若かった、私のシェルシャムサッディン、あの月の夜を覚えていて？」

我がハーンよ、私は彼女の言葉の魔力の虜となりました。私の意思とは無関係に私の口から言葉が溢れ出しました。私は話していました、そして自分で溢れ出る自分の言葉をまるで脇から聞くように聞いていました。

「おまえの犬はバラグチュクといったな、そうだろう？……おまえの家の裏には小さい谷間が広がっていた、そうだったな？」

彼女は頷くと私の言葉を請け合い、私の声に合わせて答えました。「私の犬はバラグチュクという名だった、そうだった……私の家の裏には小さな谷間が広がっていた、確かにそうだった……」

「あの忘れられない月夜に私がおまえのもとに忍び込み、そっと木戸を叩いた時、バラグチュクが大騒ぎし私は危うく八つ裂きになるところだった。おまえは美しかった、ファティマ……」

「あなたが好きだったから、あんなにバラグチュクは吠えたのよ。あなたに、あなたにしかバラグチュクはあんなに我を忘れて吠えることはなかった、他の誰にも吠えなかった。あの日は過ぎ去り、もう帰って来ることはない。でも……その話ではなかった。あなたの慈悲に私はすがっているの。ただあなただけが私を助けられる、私が救われるかはあなたにかかっているの。なぜなら……」

「待て、婆さん、待ってくれ。いったい何を助けられるというのだ？　何を喋っているか考えても見よ！」

私は自分を取り戻そうとしました。「私とスパイの母親との間に何の関係がある？」

「なぜならあの戻っては来ない日々の形見が残されたからよ。あの夜何が起きたか知りたい？　私は子を孕んだの。あなたは私に印を残していった。けっしていついかなる時も、このことを話そうとは思わなかった。永久に秘密を守りたかった。よいですか、今こそ私たちの秘密をあなたに打ち明けるのです」

私はうろたえました。最初私は何の秘密のことを孕み腹が喋っているのか、いったい私に何の関係があるのかまるで分かりませんでした……恐る恐る私は尋ねました。

「いったい何の秘密の話だ、婆さん。気でも触れたのか？」

「いいえ」孕み腹は答えました。「私は正気です、我が栄えあるベクよ。私が語っている秘密とは、あなたが穴に放り込んだ者、あなたが地下の闇のなかに閉じ込めた者は、つまり私の子、ということは……」

「私の……いや、違う、おまえの息子だ……」

「そうよ、我が獅子よ、私の猛々しい荒れ牛よ、あなたは言い間違えたのではない、正しい言葉をおっしゃった――あなたの、あなたの息子です、我がご主人、あなたの子です……あの子はあなたの息子なの、シェルシャムサッディン。これが私の秘密のすべてです、テングリのおかげで、私はこのことをよその誰かではなく、他ならぬあなたに打ち明けました。これであなたにはすべて呑み込めたでしょう。あの月夜の思い出として、あの子が生まれたのです。あの子に情けをかけてあげて、息子を滅ぼさないで、私の豹よ」

一息で孕み腹はこのすべての言葉を吐き出し、また泣き叫びだしました。「私の子、父の無い不幸せな子は寄る辺なく連れ去られ、無実の罪を着せられてしまった」といったことを並べ立てたのです。

私には彼女に答える力はありませんでした。全く気も動顛して突っ立ったままそのまま凍りついていました。少し経って、やっとのことで私は気を取り直し、孕み腹に答えました。その言葉はどこから出てきたものかも分からず、まるでひとりでに私の口から発せられたかのようでした。彼女に語った言葉をそのまま一言一句、我がハーンよ、繰り返します。

「何を私は聞いているのだ?! 何を聞いているのだ?!」私は言いました。「ちょっと待ってくれ。おまえの言葉で広大無辺な世界がちっぽけな塊になってしまった。我が子が――あの男が……汚らわしいスパイ本人だと?! 私は灰をかぶったごとく恥にまみれ立っている、不幸な私はおまえの言葉で満身創痍だ。私の息子がほかならぬ……あの卑しむべきスパイだと?! 私は奴の真赤な血を湿れる大地に灌ぎたいと願っていた。今度はそれを息子と呼ぶのか? 私は奴の心臓を、胸からこの両手で抉り出したいと思っていた。それを今度は息子と呼ぶのだ。おまえはこのことを私に告げるべきではなかった。おまえは恥辱で私の心を乱すべきではなかった。全能のテングリよ、正しい道をお示し下さい、大いなる災いにある私を支えて下さい。ファティマ、ファティマ、木偶の坊のように突っ立っているな、すぐにここから立ち去れ。おまえはすべてを語った。行け。私にちょっと考えさせてくれ、よくよく考えさせてくれ。善なるテングリよ、善なるテングリよ、誰に私の不幸を伝えればよい、誰と分かち合えばよい? 私に答えて下さい……私に、あなたの僕たる私に、至高のテングリよ……私はどうすればいい、どこに行けばよいのだ?……」

「コルクトのところへ行きなさい、コルクトのもとへ。彼だけがあなたに正しい道を教えてくれる、我がベクよ。私の子を滅ぼさないで。テングリはそんなことは許さないわ、そうでしょう」

孕み腹はこの言葉を言い終わると私の目をじっと見て、ゆっくりと去っていきました。

(我ら全員、バユンドゥル・ハーンまでもが、驚愕にあんぐりと口を開けてシェルシャムサッディンを見ていた。彼の手にサーズを与えればまるで吟遊詩人だ。私は書き取るのを止めたほどだった。ハーンはひどく心乱された様子だ。それほどシェルシャムサッディンの言葉はハーンを動かしたのだった。彼はまさに吟遊詩人だった――どのように、全能のテングリよ、あなたが彼に霊感を与えたのか、何のために霊感を与えたのか――私には分からない。私はといえばもう、覚えこんだ言葉と霊感を与えられた言葉の区別はつく。私はもはやはっきりと見ていた――シェルシャムサッディンは今この瞬間の霊感の中で、テングリが生み出した言葉を語り、歌っていたのだ)

＊　＊　＊

……だがその後、私は、孕み腹がカザンの部屋から出て来るのを見ました。狡賢い顔であたりを窺い、誰にも見られていないことを確かめると、頭巾を目深に下ろし、頭を屈め足早に出口へと向かいました。カザンは夜が明けるまで姿を見せませんでした。自分の部屋に鍵をかけ、引きこもりました。

その後何があったか、我がハーンよ、いいですか、あなたに詳しくお話しいたします。その後、我がハーンよ、翌朝に誰もが思いもかけぬことでしたが、少人数で評定を開きました。ベキルが現れ、アルズが現れ、ベイレキが現れ、私も通されました。カザンは評定に取り掛かりました。カザンは心ここにあらずといった風でした。私は、もし突然アルズ・コジャがカザンを、不敬にも外オグズの者たちを略奪の祭りへ招待しなかったことで非難し始めたなら、カザンが反論を準備しているのではないかと思いかけました。しかし私の予想に反しアルズ・コジャは一言も発せず、しばらく眉をひそめて黙って座っておりました。カザンはいつもと違いあまり乗り気でない様子で話しました。

「栄えあるベクたちよ、ことはこういうことだ。オグズにスパイが現れた。それはみなもよく知る孕み腹のファティマの息子だ。奴は……言うなら、ごく年若く、気性もまだはっきりと固まってはおらず、浅はかな全くの子供だ。どうすればよいか、どう扱えばよいのか、考えを聞かせて貰いたい」

最初に応えて口を開いたのはアルズ・コジャでした。誰の顔も見ずに彼は言いました。

「誰が最初にスパイの件を伝えたのか伺いたい。我らも分かるように教えて頂きたい」

カザンは最初ベイレキの名を告げようとしませんでした。

「そんなことに何の意味がある⁈ 大事なことはスパイの名が周知のものということだ。その名を告げたのはデデ・コルクトだ。あとのことは意味がない」

「いや大いに意味も意義もあります。スパイのことを言い出したのはベイレキ、そうですな？」アルズ・コジャは執拗に話を先に進めました。

ベイレキは即座に口を開きました。

「いかにもスパイのことを伝えたのは私だ、それがどうした？」ベイレキはアルズに面と向かって横柄な言葉を投げました。それは明らかな挑戦でした。

「この俺に声をあげようというのか⁈」アルズ・コジャはすぐにかっとなりました。

「静かに、栄えあるベクたちよ、落ち着くのだ。我らはことの核心から外れてはならぬ。言い争いをしても何にもならぬ。さてこの……若造をどうしたものか？」カザンははっきりと課題を繰り返し、少し黙ってから続けました。「これが諸侯を呼び集めた理由だ。この若者をどうするべきか？ 殺すか？ それとも逃がすか？ この若造に懲罰を加えるのはあまりにも忍びない……どうしたらよいか？」

そこで私は悟りました、カザンは、私が頭の中で下していた結論の方へ一歩一歩引きよせ、できるだけ早く彼の栄えあるベクたちにその決定を吹き込もうとしているのだ、と。今や決定は彼らに委ねられました。彼らは各々その最終的な答えを言わねばなりませんでした。さて彼らが何と言うか、見てやりましょう。私自身は、テングリにすがりつつ、評定の最後に意見を述べるつもりでした。

最初に口を切ったのはベキルでした。

「我らの一挙手一投足は、栄えあるベクたちよ、よくよく考え抜かれねばならぬ。オグズに騒乱を持ち込むべきではない」

アルズ・コジャが彼の言葉に与しました。

「ベキルの言うことは正しい。我らは慎重に行動せねばならぬ。後で後悔することにならないように、テングリよ守りたまえ」

好機到来を感じて、私は評定に口をはさみました。

「栄えあるベクたちよ、我らがみな異口同音にスパイだと言い立てた者は、今まで一言も発せず、自分の罪を認めておらぬ。実際に奴に咎があるのかないのかは――テングリだけがご存知だ。私の考えでは――若者は証拠もなく罪に問われたのだ」

「奴に罪はない」アルズが私につきました。

「無罪だ」ベキルはやはり私の側につきました。

カザンは我らの言葉を、それを認めるような様子で聞き終えましたが、最後の決定の言葉を告げる前にベイレキに向き直りました。

「おまえはどう思う?」カザンはベイレキに彼しか知らない何かをほのめかすように尋ねました。

「私はあなたが言う通りのことを言うだけです」ベイレキはすぐにきっぱりと答えた。

そのあとに初めてカザンはほっと安堵の息をつくと、宣告を申し述べました。

「このようにしよう。どうやらおまえたちはみな同じ結論のようだからおまえたちの言う通りにしよう。もしもおまえたちが奴に罪はないと考えるなら、罪はないのだ。では行くのだ、シェルシャムサッディン、哀れな若者を穴から引き出し洗い、汚れを拭い去り、赦免されたものとして母親の元に帰すのだ。二人ともそのままおとなしく行かせるがよい」

その言葉に頷きながら、ベクたちはその場から立ち上がりました。すると突然思いがけなく、ベイレキがみなに向かって言いました。

「だが我がベクよ、二人とも速やかにこのオグズの地を離れさせ、どこへなりと行かせ、金輪際姿を見せないようにしてもらいたい。口さがない者たちに陰口の口実を与えぬためにな。オグズの結束は崩れ、かつてのような強固な絆はない、などと今後誰にも言わせぬために」

ベイレキの提案は栄えあるベクたちの虚を突き、彼らは当惑の目で見交わしましたが、それに逆らおうとする者は一人もいませんでした。

こうして評定は終わりました。我らはみな外に出ました。私は白分の手でスパイを穴から引き出しました。栄えあるベクたちは、黙って、私が不幸なスパイの結び付けられている縄を用心深く引くのを見守っておりました。哀れな若者は穴の中で全く力を失っており、立つこともできずにどっと地面に倒れ伏し、悪臭を放ちながら、動かずに横たわっておりました。カザンの合図で端女たちが体を伸ばしたスパイを取り囲み、長いこと奴を水と湯で洗いました。それから再びカザンの合図で、端女たちが家から新しい服を出してきて若者を着替えさせ、穴の遠くに奴を引っ張ってゆき、その目の前に食事を出しました。それを若者は頭もあげず黙ったまま食べ始め、腹いっぱいになるまで食べ続けました。我がハーンよ、時折奴は私に貫くような眼を投げかけましたが、私の心臓は千々に裂け散るかと思われました。というのも私はそこに私の父である栄えある戦士、ガフラト・コジャの目を認めたからです。私は食い入るように、若者の憔悴しきった顔を見つめながら、そこに多くの忘れられない面影を見出したのです。だがあたりを振り返ってみると、驚いたことにカザン自身を含むすべてのベクたちが、何か奇妙な関心を持って奴を見ており、目を放すことができないのに気が付きました。彼らがこれほど強い興味を持つ理由は分かりませんでした。少したって孕み腹が現われ、誰にも一瞥もくれず、黙って息子に近づき、手拭きの端で自分の目から涙をぬぐい、やはり黙って若者の肩を抱き地面から立たせ、二人はお互いに支え合って、ゆっくりと我らの脇を通り過ぎました……深い沈黙の中、去りゆく母と息子を目で見送ると、栄えあるベクたちは身を屈め、頭を垂れて自分の馬に乗り、各々自分の家の方へ向かったのです。

我がハーンよ、誓って申しますが、それ以来若者もその母も、一度も目にはしておりません。二人は飢えた者の腹の中の二かけのパンのように消えてしまいました。私は彼らの消息を知りたく、手当たり次第に聞いて回りましたが、誰も二人について聞いた者はいませんでした。その時以来、時折私は息子の思い出に苛まれ、夜ともなると、息子を思って激しく泣くのです。このようなことなのです、我がハーンよ。このような事件が我らの頭上に降りかかったのです。全能のテングリの慈悲にすがるばかりです。テングリのみが、我がハーンの魂に至高の知恵と憐れみを吹き込めるのです。それによって、私が意図した、また意図しなかった我が罪を、我がハーンが善なるテングリの名においてお許し下さるよう。

この言葉を吐きだすと、シェルシャムサッディンは口を閉じ、頭を垂れたままじっとしていた。バユンドゥル・ハーンは深いもの思いに沈んだまま一言も発さなかった。私は筆を脇に置き、ハーンに気づかれぬように疲れた右手の指を揉み解した。バユンドゥル・ハーンは長いこと黙って座っていた。それから突然玉座から立ち上がると、別れも告げずに外へ出た。バユンドゥル・ハーンの哀しみは我らにも伝わった。だがもう遅かった。その上宵闇はもうとっくにハーンの屋敷におりていたので、我らの誰にも、書く力も言葉を交わす気力も残っていなかった。シェルシャムサッディン、クルバシュと私は黙って中庭に出た。クルバシュは下女たちを呼び寄せ、女たちは我らを別々の部屋へと案内した。どうにか夢うつつの夜を過ごし、朝早く最初の鶏の声で跳び起き、急いで身づくろいすると、クルバシュの待つ……

テキストはここで途切れているが、その続きから明らかなのは、失われた箇所の量はさほど多くなく、重要なのは、そこが大事な部分ではないということである。

＊＊＊

太陽は既にギュノルタジの上にかかり、ハーンの宿坊を隅々まで照らし出した。小鳥のさえずりが従士たちの叫び声と入り混じっていた。牛や羊の鳴き声、水牛のどら声と馬の嘶きは一つの楽しげなざわめきとなって溶け合い、新しい日が始まったことを告げていた。至る所に竈の煙が立ち上りだし、一人の従士が濡れた布きれで、石垣の上で夜もすがら燃えていた松明の火を消した。

中庭に入ると私は、ハーンの宿坊に正門から一人の騎士が、数人の従者を従えて入ってくるのを見た。騎士たちは急いでいた、厩番は彼らから手綱を取ると馬たちを厩に連れて行った。クルバシュは先頭の騎士を出迎えて遠くから私を見るとこの見知らぬ客人を私の方に連れてきた。「いったい誰なんだ?」私は考えた。少し経って、この見知らぬ男がベキルだということが分かった。彼が挨拶する番になった。ベキルは近づくと恭しく挨拶し、私は然るべき言葉を返し、我ら三人は楡の木陰のあらかじめ広げられた絨毯の上に坐った。

食事が出されると、我らは祝福して食事を始め、テングリに栄光あれ、満腹になった。そしてクルバシュは「時間かな?!」と言いながら、もの問いたげに私を見た。

「ハーンは床から起きられただろうか?」私は尋ねた。

「起きて我らをお待ちだ」クルバシュが答えた。

私はすぐに立ち上がった。

「ベキル、おまえも我らと一緒に来るのだ」クルバシュの言葉は簡潔だった。

クルバシュの後について、私とベキルはハーンのもとへと赴いた。

バユンドゥル・ハーンは自分の場所に腰を据えていた。その顔には夜の疲労は残っていなかった。

「通るがよい、ベキル。近くに寄れ。よく来たな!」ハーンはベキルに向かって言った。

バユンドゥル・ハーンに一礼すると、私は自分の場所に行き、昨夜自分の書付けを残した場所に立った。

ベキルは名誉を重んじる高潔の士だった。彼は威厳をもって自分のハーンの前に跪き、心からの深い尊敬の念をもってハーンの挨拶に答え、ようやくその後、示された場所に座った。クルバシュはすぐさま彼の背後に座を占めた。

「ベキルよ、おまえは何のためにわしがおまえを呼んだか知っておるか?」もう馴染みの質問をバユンドゥル・ハーンはした。

「いえ存じません、我がハーンよ。思うに、光輝なるハーンの不興を買うようなことは、アッラーの思し召しで何もしておらぬと存じます。国境は平和で静かです、我がハーンをお騒がせするようなことはございません。それともハーンは何か知らせをお受け取りになられたのですか?! 偉大なるハーンが何をお命じになられてもこのベキルは身命を賭して命令を遂行いたします」

「そうではない、ベキルよ。いかなる心騒がせる知らせも届いてはおらぬ。よいか、わしはおまえに大変満足しておる。おまえは一人で我らのグルジスタンとの国境をしっかりと守っておる。わしは安心しておる。全く別の用でわしはおまえを呼んだのだ。おまえに話してもらいたいことがあり、それを私は聞きたいのだ」

「どうぞお命じ下さい、我がハーンよ。どのような質問にもお答えしましょう」ベキルはまだハーンが自分を呼び出した目的に気づいてはおらず、それゆえ落ち着いていた。

（何年もたってからベキルはあの不幸な出来事についての思いを私に伝えた。最初ベキルは、ハーンは彼とカザンとのいさかいを知っていたのだと思った。私が同席していることが彼を元気づけた。というのも私は彼の夢の中に入り込み、万一の場合は彼を助けると約束したからだ。全能のテングリよ、あなたは至高の存在です。いつから我らは他人の夢に入り込むようになったのでしょう?! いったいいつから我らは同じ夢を見るようになったのでしょう?! おお、我らが謎の世界よ！ もしもあなたが我らを滅ぼす前に、我らをお互いの思いの中に入らせたなら、その時はいったい我らの生の終末はどのようになるのでしょう?!）

「ベキルよ、私はおまえがカザンとの評定に加わったことを知っておる。おまえたちはスパイを捕え、またおまえたちはそのスパイを逃がした。なぜそのようなことをした？ このスパイの罪は疑いもなく、奴の悪行は周知のことだ。奴がオグズになした罪には証拠も要らぬ。隠さずにおまえの判断の理由を言ってくれ、なぜおまえは自分から、奴を死刑にすることではなく赦免することに賛成したのだ？ なぜにおまえは、ベキルよ、スパイの罪を濡れ衣とみなしたのか？」

ここでやっとベキルは何のために真夜中自分が寝床から起こされ、すぐに遅滞なくハーンの前に参内するように言われたのかが分かった。私は彼が、特に質問に怯えてはいないが、しかし軽い動揺が彼を捉えたのを見てとった。彼が何と言えただろう？　ベキルがハーンに告げることのできるすべてを多かれ少なかれ私は知っていたが、しかしどう語るのか、どのような言葉で事件を語るのか――それは分からなかった。バユンドゥル・ハーンの方はベキルに全幅の信頼を置いていた。ベキルは真実をすべて語るだろう――それをハーンは疑っていなかった、それだからこそベキルの審問を率直に始めた。すぐに本題の質問に入ったのだ。

実際にバユンドゥル・ハーンは、テキストから明らかなように、カザンやシェルシャムサッディンの時のようにベキルに鎌を掛けたり、遠まわしに話を始めたりしなかった。ハーンはベキルをまず何よりも、その勇敢さと、グルジスタンとの国境での非の打ちどころない働きを買っていた。それだけでなくハーンはベキルとカザンとの衝突について、ベキルがひどく侮辱されたことを正確に知っていた。デデ・コルクトが既にこの出来事について、知っていることをハーンに話していたからだ……

ベキルはハーンにとって（もしもハーンがカザンを非難しようというつもりなら）きわめて重要な、貴重な証言者であった。それにベイレキ自身が、ひょっとするとベキルのことでしくじったのかもしれない。

ベキルは勇士だった。彼は突き付けられた問いを曖昧に誤魔化そうとはせず、ハーンにありのままを話した。ベキルはこのように話し出した。

バユンドゥル・ハーン、包み隠さず申し上げます。カザンの評定よりも前から、私は不幸な若者を解放しようと考えていました。驚きになったようですね？　訝しがらずに順を追ってあなたにすべて話させて下さい。評定の前日私は家におりました。突然外から呼ぶ声が響きました。

「ベキル、ベキル！」それは女の声で涙交じりの哀れな調子でした。家の者は誰もその声に注意を向けませんでした。「気のせいだ、きっと」最初私はそう思いました。だがそうではなく、従士が入ってきました。

「ご主人様」従士は言いました。「どこやらの女が一人門の脇にうずくまり、泣いております。『ベキルに会えるまで帰らない』と繰り返すのです」

「いったい誰だ。何用だ？」私は従士に聞きました。

「私たちには答えません。ベキルのところに連れていってくれ、話があるのだ、と言うのです。その一点張りで立ち去ろうとしません。どうしたらよいでしょう？」そう従士は私に尋ねました。

「やれやれ！　もう夜中になるというのにいったい誰だろう？」そう腹の中で私は思いましたが、従士には告げました。「待たせておけ、すぐ行く」。内心では思いをめぐらせていました。「オグズで何か起きたのか、あるいは何か知らせがグルジスタンから来たのか？　隊商がこのろくでもない娘を追いたてたのか？　しかし、隊商は最近一隊として我らの近くを通り過ぎてはいないはずだが」不安な思いに打ち勝てず、私は門に近づきそこに何かの影を見ました、顔は見分けられませんでした。男か女かも――すぐには分かりませんでした。泣き声で女だと分かりました。私が近づくや、従士は言いました。

「さあ何を黙っている？　ほら、我らがベクがいらした、言いたいことを話すがいい」

女は顔から両手を離し、私の足もとに身を投げようとしました。だが私はそうさせず、彼女の肩を掴み命じました。

「何が言いたいのだ?!　私がベキルだ。話すがいい」

「私の声を聞いて。私の言葉に耳傾けて、ベキルよ。どうやらおまえは私が分からぬようだ。私の顔をよく見て、分かった？」女は顔をあげその顔を私の目の前に近づけました。私は彼女が誰だか分かりました、我がハーンよ、どうして私が彼女を分からないはずがあったでしょう?! それは孕み腹のファティマだったのです。

（私はハーンを一瞥した。バユンドゥル・ハーンは玉座でそわそわし始め、そのまままたじっとした。どうやら先を知りたい気持ちに打ち勝てなかったようだ、しかしハーンはベキルの話を押し留め遮ることもせずに、黙って時折何か自分で考えながら聴き続けていた）

……そうなのです、我がハーンよ、それは彼女でした——みなに孕み腹のファティマと呼ばれていた女でした。

「我が勇敢なベキルよ、今度は私が分かったようだね？」彼女は問い返しました。

「分かった、分かったよ。いったい何だって我らのところにやってきたのだ?! 何が要るのだ、望みは何だ？ さあ立て！」

「立たないよ」孕み腹は答えました。

どれほど立てと言っても、孕み腹は立ち上がらず、いっそうひどく泣きだしました。「すぐに家じゅうの者が集まってしまうぞ」私は考えて言いました。

「さあ何を嘆き悲しみ泣いているのだ?! それよりも、話してくれ、おまえに何が起きたのだ?! 打ち明けてくれねば助けようもない、いったいどうしたのだ？」

「ベキル、ベキル、勇士ベキルよ。寄る辺ないファティマを不幸の中に見捨てないで。孕み腹と呼ばれている哀れな女に、どんな災難が振り掛ったかご存知？　一人息子にスパイの濡れ衣が着せられ捕まり両手を縛りあげられカザンの穴に放り込まれたのよ。恐れを知らぬ我がベクよ、助けると言って。あなただけが頼みなの」

「つまり、おまえの息子がスパイだったのか？」

「もちろん違う、違うわ、ベキル。恐ろしい言葉で私を打ちのめさないで、ベキル。その口から私を殺しかねぬ言葉を吐かないで、ベキル。私の息子は、言うことをよく聞く純朴な子供よ。息子はスパイではない。私の子はテングリが思わず知らずに生み出した者。スパイではないの。カザンとベイレキがぐるになって息子を罠にかけたのよ、ベキル。スパイのことはベイレキがカザンの耳に吹き込んだの。カザンは何も分からずに命じたわ――捕まえて引ったて、死が生よりも甘美であることを思い知らせるために、死刑にするように」

「俺がそれに何の関係がある？　なぜおまえは私のところに現われたのだ？」私は孕み腹に尋ねました。

「ベキル、いったいあなたは私を忘れたの？　私は若くて奇麗だった。家の後ろには小さい谷があった。私の犬はバラグチュクという名だった。あなたには、ただあなただけには、バラグチュクは吠えなかったわ。どうしてあなたは忘れられるの？　ベキル、大胆なベキル、あなたが私のところに通ったあの日々を、どうして忘れられるの？　あの夜毎の逢瀬を覚えていないの？」

　我がハーンよ、彼女の言葉は思い出を呼び起こしました、私は青春の日々を思い出しました。一瞬目を閉じるとあの日々が思い起こされました。だが私はすぐに我に返りました。

「忘れようとしても忘れようがない……用事について話せ」

「ベキル、ベキル。私の息子はあなたの子なの。ベキル、あなたの思い出として私はあの子を大事にしてきた。誰にも息子の出生の秘密は明かしていないわ。長い年月私はこの秘密を胸の中に秘めて来た。今私たちの息子が亡き者にされようとしているのよ。止めなければ。行って、ハーンの中のハーンであるバユンドゥル自身のもとに急ぐのよ。彼にすべてを話して。ベキル、私の息子、あなたの息子はスパイなんかじゃない。本当に本当のことをあなたに話しているの、分かって」

その時私に起きたことは、我がハーンよ、敵にも味あわせたくないほどのものでした。私の両手は体に張り付き、足は――大地に吸いつきました。私は呆然と突っ立って、何も言うことができませんでした。舌はこわばり口の中で乾ききってしまいました。そんな状態で長くいたかどうかも覚えていませんが、我に帰った時にまず最初に尋ねました。

「スパイについての話を始めたのはあのベイレキなんだな？」

「ベキル、ベイレキが話し始めたのよ。ベイレキは十六年もバイブルドの砦で過ごしていたのにいったいどうしてオグズのことが分かるの？　ベイレキは私の家族をめちゃくちゃにしたのよ」

「何だと、ベイレキが三人束になってかかって来ようとも、その道にはこのベキルが立塞がってやる！　ファティマよ、家に帰るがいい、しかと知れ――ベイレキはただでは済まぬ、俺は卑劣漢に復讐し、懲らしめてやる。すべてはベイレキの責任だ」

孕み腹はまだ何か、「息子の破滅を許さないで、あなたにすがります、あなただけが頼りなの、あなただけが息子を救うことができるの……」というようなことを喋っておりましたが――しかし私はもはや彼女の泣き言を聞いてはおりませんでした。

我がハーンよ、私は彼女を道まで送りに出て、ファティマは何歩か行くと、影しか見えなくなり宵闇に消えました。私は家に戻りました。既に明日に差し迫った評定について知らされておりましたので、すぐに出かけることにし、従士たちを呼ぶと、馬に鞍をつけさせ副官たちとともに出発しました。一番鶏の鳴く前に我らは内オグズの国境に辿り着きました。

評定の場にカザンは、私の他にアルズとベイレキとシェルシャムサッディンを呼びました。全員が集まったところでカザンは次のような言葉で我らに切り出しました。

「栄えあるベクたちよ、私はおまえたちに相談事があって集まってもらった。こういうことだ。オグズにスパイが現れた。私は確かな情報を握っておる。最初私には信じられなかった。長いこと疑い、あれこれ思案しておった。思い出してきたことがあった。おまえたちも思い出してほしい。私は狩りに出かけた――スパイはこのことを敵どもに内通した。ベイレキが婚礼を挙げようとした――またスパイだ。ベキルが狩りで足の骨を折った、スパイがまたわざとのようにここにもいた」

「いったいそいつは何奴です、カザン・ベクよ」私は尋ねました。

アルズ・コジャは我慢できずやはり尋ねました。

「誰がスパイのことを密告したのです？」

カザンは何度かその目をアルズから私に移しました。それから、私にはそう見えたのですが、気の進まぬ様子で答えました。

「ベイレキが伝えたのだ。ベイレキがスパイの話をした。コルクトが私のもとにおった。スパイは孕み腹のファティマの息子だ、そうコルクトが告げたのだ。我らは若造を捕まえ穴の中に放り込んだ。ただどうも奴はスパイには見えぬ、ただの乳臭い青二才に過ぎぬ。黙ったままずっと一言も言わない、そうだな、シェルシャムサッディン？」

「その通りです、我がハーンよ」シェルシャムサッディンは、早口で何か苛々した調子で申しました。

「そこでだ、栄えあるベクたち、おまえたちの意見を聞きたい。どうすべきか、どうしたらよいか?! 議論しようではないか。どうだ?」こう言うとカザンは答えを待って口を閉じました。

「それでベイレキがスパイのことを伝えたのだな?」アルズはそれとわかる嘲りの調子の声で尋ねました。

「俺が伝えた、それが何だというのだ」ベイレキは毒のある声でかみつきました。

「俺にかみつこうというのか?」アルズはすぐにかっとなりました。

「そうだ、おまえにかみついているんだ」ベイレキは引き下がりませんでした。

カザンは声を上げました。

「落ち着くのだ、栄えあるベクたちよ、場をわきまえよ。今、大声でいさかいをしていて何になる? スパイの件を十分調べねばならぬ。後できることは後でするとしよう。おまえたちの意見はどうだ? 答えてくれ——奴に罪はあるのかそれとも奴に罪はないのか? 我らは不幸な若造を死刑にするべきか、それとも放免するべきか? 哀れな若造はもう二日も穴の中にいる……」

アルズもベイレキもお互いから離れ、静まりました。

アルズが申しました。

「奴に罪はありませぬ。私は奴は無罪だと思います。放免すべきです」

私は申しました。

「罪はありません。放免すべきです」

シェルシャムサッディンもやはり我らと同じ意見でした。そしてベイレキのみが黙っておりました。カザンは尋ねました。

「おまえの意見はどうだ？」

「あなたの仰る事が私の意見です」ベイレキはそう答えると眉をしかめました。ふつうベイレキはカザンの言うことにけっして逆らいませんでしたが、今も彼はカザンに賛成しました。カザンは我らを見回すとやはり我らの意見に賛成しました。

「そうか、もしみなが奴は無罪だと考えるなら、私もやはり奴は無罪だとみなそう。シェルシャムサッディン、行って哀れな若造をひどい臭いのする穴から引き出し、奴の母親のもとに帰し家に戻らせよ」

「いや、我がベクよ」ベイレキはいきなりいきりたちました。「奴にはオグズを去らせるべきです、ここに残ってはなりませぬ、跡形もなく消え去らせねば。悪い噂が必ず立ちます」彼はそう言いました。

私はと言えば、私はすぐにカザンを疑い出しました。我らとの評定の前から既にカザンは、孕み腹の息子を刑に処しないことを決めていました。そうでなければ彼は評定を召集することはなかったはずです。若者を四つ裂きにしてことを決していたでしょう。我がハーンよ、よいですか、カザンもベイレキも若者を放免したかったのです。我らの手で自分たちの望みを叶えたのです。すべてがそうなって結構でした。さもなければ私は、ベイレキに狩りでの彼の不遜な言動の仕返しをせねばならなかったでしょう。道々私は、それを評定の場で直接やろうと心に決めていたのです。

それからシェルシャムサッディンが、二人の従士と共に穴の入口を塞いでいた石をとりのけました。私は、まだ何か疑念が残っていたので、自分の提案に確信を持つためにもっと傍に寄りました。私の後に続いてカザンとアルズが近寄りました。若者は太い綱に繋がれていて、従士たちは彼を引っ張り出し、脇にどきました。するとそこで我がハーンよ、私の心は絶え入り気も失わんが程でした。若者は洗われ、着物を着せられ飲み物と食べ物を与えられ、私が彼を見ると、それは自分の息子エムレンでした――同じ顔、同じ目でした。

だが彼の私を見る目と言ったら！……疑いのすべては瞬時に晴れました――若者を見て沸き立った私の血は、ファティマの言葉の正しさを明かしました。それからファティマ自身が近づき、息子を地面から立ち上がらせ彼を抱きしめると、一言も言わず頭も上げずに、哀れな息子を門の所まで連れてゆきました。二人は去りました。もはやその後私は二人を見たことがありません。

ベキルは黙った。私もやはり書きとるのを止めた。待った。また冷や汗が背を伝いだした。私はバユンドゥル・ハーンの顔を見るのを恐れた。だが彼はじっと座っており、やはり黙っていた。私は考えた。「もしもハーンが最初から本当のことを知っていたなら、彼は審問を行うことを考えただろうか？」疑問は答えのないまま残された。私の期待に反してバユンドゥル・ハーンは、スパイの一件の核心には関わりのない質問をベキルにした。

「ベキル、おまえはベイレキに狩りでの不遜な言動に復讐せねばならなかった、と言ったな。その狩りとはいったい何だ？　そこで何が起きた、どんな借りがベイレキにあったのだ？　私は知りたいのだ。すべて話してくれ」

ベキルは全身の姿勢を正し、死の矢を放とうとする弓の弦のように緊張した。彼が正しい的を選ぶように全能のテングリよ助けたまえ。ベキルはバユンドゥル・ハーンに狩りの物語を語ったが、その最初は次のような言葉で始まった。

「ハーンよ、すべてのハーンたちの上に立つハーン、聡明なバユンドゥル・ハーンよ、あなたはもちろん覚えておいでですね、かつてグルジスタンの異教徒どもがどんな貢物を送ってきたか。あなたが毎年栄えあるベクたち、褒め称えられるべき勇士たちに惜しむことなく分け与えていた金貨・銀貨の貢物の代わりに、不遜なグルジスタンの者たちは一頭の馬、ひと振りの剣、樫の棍棒一本を送ってきたのです。あなたはひどく落胆されました。『いったいこんなものを誰に与えて気分を良くしようというのだ？』あなたは尋ねられました。コルクトが前に進み出てこのように進言いたしました。

『我がハーンよ、悲しむなかれ。これらすべてを一人の栄えあるベクに与えなさい』

しかしオグズのベクたちの一人としてこのような貧弱な貢物を受け取りたいと言う者はありませんでした。誰もが目を逸らしておとなしく黙っていました。我がハーンよ、あなたは私を見て尋ねられました。『おまえはどうなのだ？』と。私は思いました。『ハーンの信を失うなら首を失ったほうがましだ』と。覚えておられますか、我がハーンよ、私は愚かな隣人どもの挑戦を受けることにし、自分の一族をオグズの国境に移しました。グルジスタンとの国境へと移住したのです。監視に立ち上がりました……」

「すべて覚えておる、ベキル、忘れはせぬ。なぜ私にそのことを尋ねるのだ、勇士よ？　私はおまえに狩りの一件を話せと言ったはずだが」バユンドゥル・ハーンはベキルの言葉を遮ったが、その声には明らかに優しさが感じられた。

「仰せに従います、我がハーンよ、狩りのことをお話ししましょう。だが私の心に積もり積もったことすべてを話させて下さい。毎日の仕事と気遣いのせいで、私はしばしばオグズに出かけることができませんでした。私は国境の警備をきちんと行えるようにいたしました。すぐに私は周辺の砦を調べ書きとめ、隈なくあらゆる道という道、川と言う川、牧場に畑を調べ上げました。自ら歩き回り、自分の目で見、自分の手で紙の上に、我がハーンがもし思い立たれたなら、成功裡に遠征できるために、必要なことすべてを書き留めました。至るところにスパイを置きいつでもすべての出来事について確かな情報を得ておりました。要するにハーンよ、あなたは安らかでいられる――グルジスタンとの国境はあなたの支配のもとにあるのです」

「おまえに礼を言うぞ、ベキル。おまえの仕事と心遣いに礼を言う。私はいつでもおまえの忠誠を買っていた」バユンドゥル・ハーンは言った。

「まことにその通りです、我がハーンよ。あなたはいつも私を認めて下さいました。そしてそれが私にあなたの名のために功業をなす力を吹き込んで下さった。だが誰もが我が強大なハーンの英知と寛大さを持ち合わせているとは限りませぬ。ハーンの中のハーンが父として私にかけて下さる愛と愛顧は多くの者の気に入らなかったのです」

「いったいそれは誰だ？　隠さずに言え。おまえの言葉を聞くぞ」バユンドゥル・ハーンはベキルをけしかけた。

ベキルは最初から最後まで詳しくハーンにすべてを語った。それは既にかつて彼が私の夢の中で告げたことだった。ただその時私は聞き手であったが、今度はバユンドゥル・ハーンの合図に従い、ベキルの物語を書きとめ始める。以下がベキルの物語だ。


テングリがこの世に賜ったある晴れ渡った日、私は副官たちに囲まれ、毎日の仕事を決しておりました。と突然急使が馬で駆け着けました。バユンドゥル・ハーンの命を聞くと、二つ返事で取るものも取りあえず、馬に鞍をつけると、長旅もものともせず、その日の晩にはオグズに着き、ハーンのもとに参上いたしました。ハーンは私にデュズミュルド砦への道、砦の防御、住民や守備兵について問いただしました。私は厚かましくも我らがハーンをその不遜な馬鹿げた書簡で騒がせた、奴らの恥ずべき頭目について述べました——つまりハーンの前で、私はこの件に関して知っていることのすべてを詳しく申し述べたのです。私は当時、外オグズがデュズミュルドと反目していることを知っておりました。敵どもは襲撃と侵入を企てておりました。

我らは彼らの領内に侵入し、彼らは我らの土地を踏みにじりました。我らがハーンの宰相カズルク・コジャは捕虜となりデュズミュルド砦に拘禁されました。長年我らは彼を囚われの身から救い出すことができませんでした。彼の一族の近しい者でエメンというものが何度も傭兵の助けを借りて囚われ人を解放しようとしましたが、しかしいかなる試みも成功しませんでした。カズルク・コジャの息子の番が来ました――イェゲネキは父親を助け出すためには自分を犠牲する覚悟もできておりました。ハーンは反対いたしませんでした。私の前でハーンは彼に尋ねました。

「イェゲネキよ、自分の父親のために敵と戦う覚悟はできておるか？」

イェゲネキは答えました。

「覚悟はできております、我がハーンよ、ただ、傭兵の長としてではなく、オグズの栄えあるベクたちと共に向かいとうございます」

この若き戦士の言葉を聞き、それを良しとしたバユンドゥル・ハーンは、ベクたちの一大軍団を呼び集め装備を与えるように、イェゲネキはそれを率いるように命じました。

宮殿から出る際にカザンの郎党の一人が私を待ち受けておりました。

「ベクよ」彼は申しました。「カザンがあなたに会いたがっておられる、ベキルが内オグズを訪ねるようにとのことだ」

カザンはベクの中のベク、彼は私を呼び出す権利があります。それに、少し前に我らの間にはやりとりがありました。それについて話すことは憚られるのですが、話をこの先分かりやすくするために、ハーンには申し上げなければなりませぬ。カザンは私のもとに自分の羊飼いを送ってよこし、私は彼と共にたくさんの羊をカザンの串焼き用に送り返しました。さて私は、カザンは私の顔を立てようとしたのだな、断るべきではないと考えました。それで自分の馬をカザンの陣屋に走らせたのです。カザンは私を機嫌よく迎え、そこで狩りに私を招待したのです。

「ベキル、おまえは我らから遠くに住んでいる、我らはそう多く出会えない。明日朝から私はベクたちと狩りに出かける。我らと一緒に出かけたくはないか？　それはもちろん我らのカモシカはおまえたちのとは比べ物にならぬ、しかし我らのところでも素晴らしい狩りはできる。おまえをもてなしたいのだ。どうだ？」

「かたじけない、カザン、息災を祈る」私は答えました。

一晩が狩りの準備に過ぎました。明け方に私は自分の副官たちと共にカザンたちに合流しました。昼までにアラ山脈に着き天幕を張りました。ベクたちの中にはカラギョネ、カラ・チャクル、その息子ギルグヌグ、シェルシャムサッディン、そしてベイレキがおりました。

ベクたちはまず馬たちを勇ましく走らせて汗をかかせ、その後で宴の席に着きました。強い葡萄酒をあおりました。私の灰色の種馬は走りで誰の馬よりも先に駆けました。私は、我がハーンよ、私の弓を引きました。矢はカモシカの耳を貫き脚に突き刺さりました。これが私の目印でした。バルダの草原あるいはガンジャのキャパズの山脈で狩りをする時、私はいつもこのように矢を射て、それから獲物を吟味したのです――痩せた獲物は放してやり、太ったものは焼き肉用にまわしました。ベクたちはみなこの目印を知っており、誰もが矢の目印の付いたカモシカを射た時はすぐに、獲物を私の元に「これはベキルの目印だ」と言って送り返してくるのでした。カラギョネは獲物が私のものであることを認め、何度となくこのようにしておりました、またデリ・ドンダルは一度ならずたくさんの獲物の肉を送ってきました。アルズ・コジャもまた私の言葉を請け合ってくれるでしょう。

カザンの狩りでは私の灰色の種馬は必ず他のどの馬よりも三、四馬身先を駆けました。ここでも私はいつものように、矢でカモシカの足をその耳に縫いつけました。ベキたちは私の獲物の周りに集まりました。そこにカザン自身も加わりました。

「何事だ？　なぜ狩りを止めたのだ？」カザンは尋ねました。

ベクたちは答えました。

「ベキルがまた馬の上から、カモシカの足を矢でその耳に縫いつけました」

カザンは馬から降りました。獲物を見てまた尋ねました。

「これは馬の手柄か、それとも狩り手が誉められるべきか？」

「狩り手の手柄です」異口同音にベクたちは答えました。

「いや、馬の手柄だ。もし馬の勢いがなければ狩り手も上手には射ることはできぬ、もし馬が天駆けねば何の自慢になろう」

「何をおっしゃる、ベクよ。いったい私が空威張りをしているとでも？　ご覧あれ、私の弓と私の矢がここにあります、見ればお分かりでしょう」私は申しました。

そこにベイレキが割り込んだのです。

「馬の手柄だと言われているではないか。聞こえぬのか、ベキル？」

我がハーンよ、このベイレキは私をよく思っておりませんでした。奴が私を怨んでいる訳を私は知っておりました。多くの者はそれを知りませぬ、しかし、我がハーンよ、あなたには知って頂きたい。ある時奴は私の妻に目を付けておりました。奴は私の妻、牝牛の瞳のチェシメの家の近くを、目を光らせながらうろついておりました。自分の婚礼の前に娘狩りに出ていたのです。奴は長くは獲物を探し回りませんでした、すぐに今の私の妻に、あえて申しますが、目星をつけたのです。灰色狼のごとく、奴は彼女の家の周りにつきまといました。私は奴の花嫁を浚う計画をぶち壊しました。アルプ・リュステムと一緒に。だが、我がハーンよ、それはまた別の話になります。だがベイレキはその時以来、我がハーンよ、私に激しい憎しみを抱くようになりました、それで今ずけずけと話に割り込んだのです。

「まことにカザンの言葉は正しい、疑いもなくその手柄は馬のもので、狩り手のものなどでは少しもない」ベイレキはひたと私の目を見つめ、明らかに挑みかかる勢いで言いました。

「カモシカをこの弓で、目を閉じたままでしとめてみせよう」私は言いました。

ベクたちは信じられぬといった様子で笑い出しました。誰よりも大声で笑ったのはベイレキでした。

「おまえはグルジスタンとの国境でごろごろしているうちにすっかり耄碌したようだな」ベイレキはあからさまな侮辱を浴びせ始めました。

「ベイレキよ」私は言いました「喋るのは勝手だが、身の程を知れ。私が持ちこたえている重荷に、おまえは手を添えているだけだ」

(うまいことを言ったものだ。「俺は持ちこたえ、おまえは手を添える」——この文句を「オグズナーメ」の中に挿入するべきだ。ベキルは自分の品格に応じた表現をした——礼儀正しいが、厳しい言葉で)

「……その目で確かめたいか？　弓比べをしようではないか。そうすれば矢の目印のどこに馬の手柄があるか、一目瞭然だ」

ベイレキは腹を立てて言いました。

「この俺が身の程知らずだと？　よくもそんな口が聞けたものだな？」

私が相手にすべきはベイレキではありませんでした。彼には用はなかったのです。このやりとりを企んでいたのはカザンです、ベイレキはいつも彼の尻馬に乗るだけで、奴に文句を言ってどうなるでしょう？　そこで私はベイレキから顔を背け、できるだけ丁寧にカザンに申しました。

「カザンよ、どうかこの手下をおとなしくさせて下さい。さもなくば……」

ベイレキはカザンを見ました。カザンは黙って肩をすくめました。これを自分への賛同のしるしと受け取り、ベイレキは前にも増していきりたち、声を荒げました。

「さもなくば何だというのだ？　どうなるのだ？　もっと喚くがいい！」奴は叫びました。

ここで私はまた歯を食いしばりぐっとこらえ、自分を抑えました。

「バユンドゥル・ハーンに失礼があってはならない。カザンに示す不敬は、間接的にバユンドゥル・ハーンへのものとなる」そう私は考えました。そしてさらに自分の気持ちをおさめてこう思いました。「狩りで得た満足を損なうまい、我慢しよう。俺は俺、ベイレキはベイレキだ。二人で話をつけよう」しかしベイレキは違う考えでした。奴はずけずけと語勢を荒げ私の顔に顔を近づけ、文字通り喚き出しました。

「ベキル、おまえは俺がおまえをどうともできることを知っているのか？　おまえはいったい自分を何だと思っているんだ？　誰に脅しをかけているんだ？」

今一度私はこらえて、その方がよいと思いベイレキに答えませんでした。それに、我がハーンよ、いったいこの鉄面皮に向かって何が答えられたでしょう？　ここでは何を言っても無駄でしたし、奴と掴み合いになっても私の品格を落とすだけでした。私はいまだかつて一度も戦士の道にもとるようなことはしてきませんでした。それはオグズの誰もが知っております。それゆえ私は再びカザンに問いかけました。どんなに自制しても、我がハーンよ、抑えきれぬ言葉が私の口をついて出ました、私の堪忍袋の緒も切れかけていたからです。

「カザンよ」私は申しました。「この犬はあなたのものですか、それともそうではないと？　奴におとなしく自分の分を弁えるように命じてほしい。それともあなたは奴の無礼な言葉を聞いていないのですか？　あなたがこの狩りに私を招かれたのでは？　奴に何の関係があるのです？……」

「こ奴がこの俺を犬呼ばわりするのか?!　この狼めが?!　聞け、ベキルよ、おまえには人間との会話よりオグズからはるか離れたところでの遠吠えが似合っているぞ！　おまえの誉れとか品格とやらはどこに行った、そういう言葉をおまえは人里離れて暮らして忘れたのだろう。この俺が犬だと？　ベキル、おまえを切り殺してやる！」

我がハーンよ、こう言うと、このやくざの子のやくざは剣を掴みました。カザンを見ながら私もやはり手を剣の柄にかけて申しました。

「カザン・ベクよ、私の堪忍袋の緒も切れました。最後の警告ですが……」

今度はさすがにカザンも黙ったままではいられませんでした。誰に言うともなく彼は宥めるような口調で言いました。

「やめよ、栄えあるベクたちよ、口喧嘩をしていてどうなる？　我らは狩りに来ているのではないのか?!　放つのは狙い正しい矢で、無礼な言葉ではない」

ベイレキはおとなしく引き下がろうとはしませんでした。

「よくも俺を犬などと呼んだな?!　奴自身が忌まわしい恥ずべき禿鷹ではないか、ベクたちよ、止めるな、俺にこの無礼な奴を切り殺させよ！」

カラ・チャクルとカラギョネはやっとのことで掴みかかろうとはやるベイレキを抑えました。再びカザンは割って入り、厳しくベイレキに向かって叫びました。

「やめよ！　何ということだ?!」彼の合図でシェルシャムサッディンがベイレキの肩を抱き、彼を泉の方に連れてゆきました。少し待つと、カザンは私に次のように話しかけました。

「ベキルよ、今度は私の言うことを聞け、そして覚えておけ。私が放った矢は誰もが見つけられるわけではない。私の馬の蹄が踏み入れた場所には誰もが辿りつけるわけではない。誰もが私の名と称号を知っておる。私は――ベクの中のベク、サルル・カザンだ。おまえのために繰り返しておく。私、サルル・カザンもおまえに言う――自分の分を弁えよ、越してはならぬ線を越すな。私、サルル・カザンははっきりと言っておく――狩りでうまくいったのはおまえの手柄ではない。褒めるべきは正しく馬である。話はこれで終わりだ」

そう言うとカザンは鞍に飛び乗り駆け去りました。こうして、ハーンよ、狩りは台無しになりました。ベクたちはそれぞれ家に帰るしかなくなりました。私は楽しみがこのような結果に終わったことにすっかり落胆し、自分の親兵たちとまっすぐカズルク山の山並みから家へ――グルジスタンとの国境へと出発しました。

道々私の胸に次から次へと思いが湧き起こりました。「カザンは私を貶めた、ベクと親兵たちの面前で私を泥の中に踏みにじった。だがいったいこのベイレキは、よくも私に口答えし、口論できたものだ?!　きっと背後に誰かがいてけしかけているのだ。そうでなければあのベイレキが、新兵のいる前であんなに厚かましく私を、全オグズの平安と安全を日夜忠実に守り続けているこのベキルを愚弄できるはずがない。まあいい、そのうちに奴の高慢の鼻をへし折ってやる日が来る。今のうちは我らが英明なるハーンに感謝するがいい、その名だけが私にすぐさま復讐することを思い留まらせているのだからな。だが、バユンドゥル・ハーンに無断であんなことができただろうか？　カザンが我がハーンの許しを得て狩りにひっかけたこんな企みを仕組んだことはあるかもしれぬ。それとも自分の独断でわざと私にこんな憂き目を会わせたのか？『侮辱され、腹を立てたベキルは必ずオグズに反旗を翻します』と言って。『グルジスタンからしかるべき時に貢物を集め送り届けることも止めるでしょう。自分の責務にも熱が入らなくなる。そうなれば、きっと、グルジスタンとの国境から移住することでしょう』と言って。そうすればハーンのお怒りは避けられぬ……」暗い予感に満たされて私は自分の宿営地に辿りつきました。私の妻はすぐに私が普通でないのに気付き、戸口から尋ねました。「どうされたのですか、楽しそうに出掛けられたのに悲しげに戻られて？」我がハーンよ、私がどう答えられたでしょう？　私は黙っていました。だが妻はおさまらず、もう一度問いを繰り返し、さらに再三私に問いかけました。耐えきれずに私は何がどのように起きたのかすべてを語り、妻の前に洗いざらいぶちまけました。私は言いました。「カザンが私を狩りに招いた、そこでベクたちそれぞれの弓の腕前を褒めちぎった。ところが私の番になるとカザンは私の手柄は私の馬によるもので、私の手柄ではない、と言った。そこで私はカザンに腹を立て狩りを放り出し家に帰ったのだ。その上そこにはベイレキがいて……」

「ベイレキが何ですって？」妻は耳をそばだてました。

「私を辱める言葉を吐きはじめ、私に向かって剣を抜こうとしたので、ベクたちが止めたのだ」

「何という悪党でしょう！　あなたはそれに答えなかったの？」

「答えぬわけにはいかぬ！　奴は昔の恨みを忘れようとしていない。大丈夫だ、大事にはならぬ」

「あなたはベイレキをどうするおつもり？　カザンはバユンドゥル・ハーンの娘婿だし、ベイレキはカザンの腹心の部下よ。私たちは誰を頼りにすればいいの?!　でもあなたが悲しむことはない……」

「私は自分の禄は自分の剣で食んできた、忠実にオグズに尽くしてきた。ベイレキのどこが私より偉い？　十六年もバイブルドの地下牢でのうのうと寝て暮らしてきただけだろう、それが今は私にこんな思いつきの無礼をはたらくなどと?!　いや、いや、断じてありえぬ！」

「我がベクよ、けっしてあり得ません。あなたがベキルだということを忘れないで。あなたがいなければ、オグズは平安な日々を拝めません。黒海の岸辺に広がるあちこちのテキュルの砦に無数の軍勢を閉じ込め、対峙しているのはあなたでしょうに?!　あなたが一瞬たりともその気持を萎えさせたらその軍勢はオグズに突入し、我らの土地に溢れかえるでしょうに?!　そんなことは考えず、侮辱はお忘れなさい、自分の心を馬鹿げた憤りで苛まないで……それともあなたにはまだ話していないことが?……ああ……」

「良く分かったな、私はこのような侮辱を捨ててはおけぬ。私はカザンの権威と長としての支配をもはや認めぬ。グルジスタンへ移住することを決めた。誰も私を止めることはできぬ、オグズの者はすべて、ベキルがいなくなるとどうなるか思い知れ。金の草鞋で探しても、ベキルを探しだすことはできぬ。ハーンの中のハーンが一度でもカザンに尋ねてみればよいのだ。一度で足りなければもう一度尋ねていただこう。『ベキルはどうしたのだ、どこに消えたのだ、オグズに姿が見えぬ、なぜベキルは我らのもとを訪れぬのだ?!』とな。そこでバユンドゥル・ハーンにカザンとベイレキが答えれば良い。奴らの言うことを聞きたいものだ。用意するのだ、明日には我らはオグズを去る」

　私の奥方は私の足もとにひれ伏し懇願し始めました。

「落ち着いて、我がベクよ、冷静になって。憎しみに沸き立っている頭にはまともな考えは浮かびませぬ。オグズを裏切らないで。よいですか、オグズを裏切るということは、自分のハーンを裏切るということ、そこに違いはありませぬ。裏切り者に活路はありませぬ、よいですか、もっと利口におなりなさい。癇癪を起こさず、立ち上がり、心も軽く狩りにお出かけなされ。我らのアラ山の狩場のどこが見劣りしましょうぞ。我が勇士よ、立って、あなたの馬の熱が冷めぬうちに、手下たちにいたずらに待たせずに狩りにお出かけなされ。狩りで黒い思いも吹き払われ、いっさんに馬を駆れば暗い気持ちも消え去るでしょう。颯爽と狩りに出ればあなたも救われるはず！」

「いや、狩りには行きたくない」私は奥方の言葉を撥ねつけました。

「では、もしも私の心が新鮮な獣の肉を望んでいる、と言っても、それでもいやだと？　今日まで一度たりともあなたは私の頼みを断って私を悲しませたことはなかった。今、まさかあなたに忠実なこの私を悲しませるおつもり？」

「そこまで言うのなら、狩りに出かけるとしよう」私は承知しました。

ハーンをお疲れさせたくないので手短に申します――奥方の言葉を聞き私は山に狩りに出かけました。それから何が起きたか我がハーンはご存じのはず、繰り返すまでもありませぬ。要するにカラ・テキュルが我らを襲い、我が息子は……もしもコルクトが助けてくれなかったなら……


写本はここで途切れているが、欠落は大きなものではない。脱落した部分はおそらくベキルの息子エムレンと異教徒たちの出会いの挿話を内容としている。失われた部分は少しなので、読者はコルクトの再話の中に彼がその写本に含めた「幻視」を「見てとる」ことができるだろう。

……私の息子は異教徒の手に落ちかねませんでした。オグズの国境は破壊されかねませんでしたし、我が一族郎党は破滅の危機に瀕していました。それなのに私は手も足も出せずに寝ているしかなかったのです。我がハーンよ、伺いたいものです、誰のせいですか？　なぜでしょう？　誰が悪いのでしょう?!　もちろんベイレキとカザンです。これがまさに私がベイレキに報復せねばならぬ理由です。そうでなければ私は昔のベキルには戻れませぬ……

ベキルはそう言うと話を終え黙った。

（戸口に従士の顔が覗いた。口には出さなかったがバユンドゥル・ハーンが許したので、クルバシュは退出し、すぐに戻ると何事かほとんど聞こえぬような声でハーンに報告した。バユンドゥル・ハーンは長くは考えずに答えた。「待たせておけ、今日はそのぐらいにしておこう」。クルバシュは出て行った）

バユンドゥル・ハーンはベキルに向かって言った。

「私はおまえの話をしっかり聞いた。ベキル、今度はおまえが私の話を聞く番だ。つまり私はおまえに降りかかった事件のすべてを知ることになった。私はすべてを承知している。おまえも知るがよい。オグズの中で正義にもとることが起き始めた。だが我慢せよ、ベキルよ、私はおまえのことを知っている、ベイレキがどのような男かを知っている。すべてはおまえが思うほどは絶望的なものではない。おまえはおまえの功績によって報いられるだろう。ベイレキも仕出かしたことの報いを受けるだろう。行って休むがよい。おまえはまだ私に必要なのだ、ことはまだ片付いておらぬ。近くにいるがよい」

バユンドゥル・ハーンはその場から立ち上がった。我らもやはり立ち上がった。ベキルはバユンドゥル・ハーンに近づきその手に接吻した。バユンドゥル・ハーンはそれに応えて、ベキルを抱きしめるとその額に接吻した。後ずさりして一礼しながらベキルは外に出た。私はハーンと二人きりになった。ハーンは体を揉み解しながら伸びをすると、それから突然尋ねた。

「コルクト、我が子よ、おまえは誰が訴えに来たか知っておるか？」

「いいえ慈悲深きハーンよ、存じません」

「我が娘ボルラ・ハトゥンだ。それとベイレキの奥方のバヌチチェキも一緒だ」

「どういうことでしょう？　バヌチチェキも一緒と？」

「その通りだ。バヌチチェキも一緒だ。どう思う？　二人のために時間を取るか、それとも審問を終わらせるのが賢明か？　ただ心しておけ、審問の決着はそれほどすぐにはつかぬ」

「我がハーンよ、ご婦人がたは何を訴えに来られたのですか？　あなたが我らのこの件でお呼びになったのか、それとも自分から父と自分の主君に愛と敬意の念を表わすために現れたのですか？」

「よく分からぬ……いずれにしても二人がやって来たのは好都合だ。どう思う、この二人も我らの事件を明らかにするために問いただすというのは？　男は妻と秘密を分かち合うのが好きなもの。カザンの秘密はボルラ・ハトゥンの知るところであり、ベイレキの秘密はバヌチチェキが握っておる、そうではないか？」

バユンドゥル・ハーンがこのような質問をし、私から直接答えを待つというのは意図あってのことだった。いつものハーンらしくなかったからだ。私は女たちが自分の意志で現れたのではないことが、バユンドゥル・ハーンがもちろん最初から二人をこの審問に引き出そうと考えていたことが分かった。それゆえ私は私の推測に合わせて答えた。

「構いませぬ、我がハーンよ、二人には問いただすべきことがあります。はっきりしないことがあれこれ残っておりますから」

「その通りだ。それなら行って二人を呼んでくるがよい」バユンドゥル・ハーンは窓に寄った。

私は部屋を出た。クルバシュはそこにはいなかった。従士の一人を呼び、彼にバユンドゥル・ハーンの命を伝えた。従士は「かしこまりました」と答え、言いつかったことを果たすために向かった。まもなくボルラ・ハトゥンとバヌチチェキは戸口に立った。二人は恭しく私に挨拶し、私も同じように挨拶を返した。

「我が父君ハーンは、テングリのお恵みでご機嫌うるわしくおられますか？」ボルラ・ハトゥンは尋ねた。

「至極お元気でいらっしゃいます、ボルラ・ハトゥンの奥方様。ご心配には及びませぬ」私は答えた。

バヌチチェキはちらとわたしを見たが、何も尋ねようとはしなかったので、私は気付かぬふりをした。

「おまえも我らのお目見えに同席するのですか？」

「わかりません、すべては我らがハーンのお考えで……」

私はいくらクルバシュを探しても見当たらなかったので、正直なところ、彼が客間から現われてこう言った時にはびっくりした。

「三人揃ってお入りを、ハーンがお待ち兼ねです」

すぐに我らはクルバシュの後について行った。バユンドゥル・ハーンは、私が彼を一人そこに残した窓辺にまだ立っていた。彼は足音に振り向き、その瞳は偽りのない喜びに輝いた。

「我が娘ボルラ、おまえなのか？　美しいボルラ・ハトゥン、長髪のボルラ・ハトゥン、黒い瞳のボルラ・ハトゥン、白雪の如きボルラ・ハトゥン……見違えたぞ、おまえなのか？」

「父君よ、あなたのみ手に接吻させて下さい」こう言うとボルラ・ハトゥンはハーンに近づき、跪くと恭しく父の手に接吻した。ハーンはボルラを立たせると優しく両頬に接吻した。

「娘よ、どうだ元気にしておるか？　さあ座るがよい」バユンドゥル・ハーンは玉座につくと娘を自分の前に座らせた。「なぜ一人で来たのか？　私はおまえのところからバヌチチェキをここに連れて来いと言わなかったかな？　私はおまえに私がバヌチチェキに会いたがっていると言わなかったかな？　どうなのだ？

てそんなことは申しておりません」

「私が怒っていると？」戸口から顔を紅潮させてバヌチチェキが声をたてた。「けっしてそんなことは申し

「本当にそう言ったのか？」バユンドゥル・ハーンは尋ねた。

「知っております、だがあなたのもとには行きたくないと申しました。父君ハーンに怒っているそうです」

ボルラ・ハトゥンは戸口に立っているバヌチチェキを時折り見遣りながら、笑いをかみ殺して言った。

バヌチチェキはこのことを知っておるのか？」

「つまり怒っているのだな？」バユンドゥル・ハーンは面白そうに言い、満足げに続けた。「つまり私のことを怒っているのだな？　まあ怒ったなら怒ったで仕方がない。ボルラ、娘よ、我らの時は過ぎ去り帰っては来ぬ、我らは望みなく老い果てた。仕方がなかろう？　人を怒らせることもある」

「どうか教えて下さい、どこにあなたの老いが見えましょう？　老いるのはあなたの敵どもで十分です！」こう言いながらバヌチチェキはバユンドゥル・ハーンに向かって歩き出し、近づき足元にひれ伏すと、ハーンの両足を抱きしめて続けた。「裏切り者どもは老いるがいい……あなたを愛さぬ者どもの体には苦渋が注がれればよいのです……ハーンの中のハーンよ、ご機嫌麗しくあられますか？」

「待て待て、ボルラ、これはいったいどこの娘だ？　さっぱり分からぬぞ……」バユンドゥル・ハーンは優しく片手でバヌチチェキの顔と頬を撫でながら尋ねた。

「我が父君ハーンよ、そうでした！　これはバヌチチェキでした。あなたが彼女の名を出したので、初めて私もこれがバヌチチェキと分かりました」微笑みながらボルラ・ハトゥンが答えた。

「本当か？　おまえがあのバヌチチェキなのか？　若妻よ、息災に過ごしておるか？　教えてくれ、私のもとを去るつもりならいつ帰るのだ？　一年経ったか百年が過ぎたかもう覚えておらぬが——最後に会ったの

はいつだったかな？　私はおまえがどんな様子だったか忘れかけておる、顔も瞳も忘れてしまった。心ゆくまで眺めさせてくれ。おやおや、可哀想にどうしたというのだ？　こんなに痩せこけてしまって……まあここに座るがよい。隠さず答えよ――ひょっとしておまえは自分だけの招待を待ち兼ねておったのか？　どれだけ私たちが会っていなかったか数えてみたか？　そうか、おまえは嫌っとるのか、老人が好きではないのだな……」

バヌチチェキは絨毯の上で蛇のように機敏に動いて胡坐を組み、バユンドゥル・ハーンに面と向かって座ると両膝を打ち、甘い声で話しだした。

「繰り返しも厭いませぬ――あなたは老いるようなハーンではありませぬ。最後にお会いしてからまだ一月と経っていないというのに、すぐにあなたはまた私たちと会いたがられました。そのように私は信じておりました……私が痩せこけたとおっしゃるのですか？　あなたにとっては選り取り見取りでも、私たちにはみなの上に立つハーンの中のハーンしかないのです。あなたを見られなければ我らは萎んでしまう。おお！　ハーンの中のハーンよ、私をからかわないで。まずはじめに答えて下さい――あなたの若さの秘密はどこに？　どれほどの若く美しい娘たちに、どれをとっても他にひけをとらないような美女ばかりに、我らは宮廷で出会うでしょうか。そしてその誰もがあなたに仕えているのです。あの美女たちがあなたの若さのもとなのでは？」

バユンドゥル・ハーンは呵々大笑した。その顔には以前の心配は跡形もなく、全身若々しい情熱に輝いていた。私のことをハーンは忘れさえしていた。だが私は脇に立ちすくみ、ハーンの変わりようを喜びかねていた。

「コルクトよ、自分の席に就け、仕事にかかれ」バユンドゥル・ハーンはまた私の思いを読んだ。

私は一礼すると自分の場所についた。クルバシュが入ってきて、促されるまでもなく審問の時に座っていた場所に座った。

バユンドゥル・ハーンは口調を変えず女たちに向かって言った。

「どうだ、美しいご婦人がた。我らにはたくさん話すことがあるが、だがまずトラブゾンの君候の話からしよう。君候の使節が我らのガントゥラルィのことを訴えてやってきたのだ。長い話になるから手短かに言うが、この機会に君候は選り抜きの織物を送って来た。我らの用事がすんだらクルバシュが蔵に案内してくれよう、気に行ったものを持って行くがよい。どうだ？」

「有難き幸せです、我が父君ハーンよ。あなたの至善が尽きぬことなきよう」

「感謝申し上げます、ハーンの中のハーンよ。よいですか、あなたに並ぶ者は全オグズにも、この無常の世にもまたとおりません」バヌチチェキが言った。

（覚えておかねば――「この無常の世にあなたに並ぶ者はおりません」。無常の世とは何だ？　どこからこの女の頭にこんな言葉が浮かんだのだ？）

「分かっておる。おまえたちも知っていることを憚ることはなかろう」バユンドゥル・ハーンは言った。

「私たちが知らぬとでも？　よくよく存じておりますわ」バヌチチェキはこの話題から離れようとしなかった。

この間ずっとバヌチチェキは私の方を時折見遣っていた。私がここにいることが彼女には気掛かりなのが見てとれた。バユンドゥル・ハーンもまたそれを見てとり、言った。

「わかった、美しいご婦人たち、そのことはまたにしよう。コルクト、我が子よ、この二人が今まで語ったことはすべて消しておけ。これからの話を書きとるがよい。分かったか？」バユンドゥル・ハーンは尋ねたのではなかった、これは命令だった。

「分かりました、慈悲深いハーンよ。仰るように致します」私はそう答えた。私がハーンの命を果たそうとしたその時……


写本はここで途切れている。そしていったいどんな理由でコルクトがハーンの命を果たさなかったのか、命を受けながらそれでも女たちとハーンとの会話を写本に遺したのか、もう知ることはできない……我々が知らぬ何らかの理由が、この興味深い会話を写本のテキストに含めるに十分な重みを持っていたのだと考えることにしよう。


「さて、話を始めよう」バユンドゥル・ハーンは言った。「ボルラ・ハトゥン、バヌチチェキ、私はおまえたちにいくつか質問をしたい。嘘偽りのない答えをしてくれ。分かったか？　こういうことだ。おまえたちはオグズにスパイが現われたことを知っておるか？　なぜそんなに驚いておるのか、それともこのことを聞いていないのか？」

「我が父君ハーンよ、聞いておらぬはずがありませぬ！　バヌ、あなたは聞いた？」「ボルラ、あなたは？」バユンドゥル・ハーンがそれを遮るまで女たちは先を争って「聞きました、聞きました、もちろん聞きましたとも……」と繰り返しだした。

「それは結構」ハーンは満足げに言った。「つまりおまえたちは二人とも聞いていた。こんなことを聞き逃すはずはない。カザンは狩りに出かけた、そうだな、我が娘ボルラよ、スパイがそれを敵に通報し、我らの者たちを連れ去り捕虜とした。おまえもそれは知ってのことだ。今度はあのベイレキだ。婚礼の前日、みな祝宴の準備に追われている時に敵どもが襲い、猛き豹の如きあの勇士を難なくさらったのだ、そうだな？　十六年の長きにわたって、バヌチチェキよ、おまえは自分の花婿のことを思い煩ってきた、あやうく別の男の嫁になるところだった、覚えておろう？　覚えているはずだ、こんなことが忘れられようか、そうだろう？　スパイは罰せられることもなく自分の仕事をやってのけ、それはオグズの誰もが寝耳に水のことだった」

「その通り、我が父君ハーンよ、全く仰る通りです、我らにはスパイが現れたことは手痛いできごとでした。我らはあやうくウルズを永遠に失うところでした」ボルラ・ハトゥンは啜り泣き出しさえした。

「そうか。そこで私に答えてもらいたい――このスパイはいったい誰なのだ？　いったいどうやってカザンは奴を捕まえたのだ？　シェルシャムサッディンは奴を穴に放り込んだのだな？　私の言った通りですべて間違いはないいな？」バユンドゥル・ハーンは尋ねた。

「我が父君ハーンよ、まさにすべて仰る通りです」ボルラ・ハトゥンが最初に答えた。「一点も違うことなくご存知です。その通りです」

「もしそうならば」バユンドゥル・ハーンは目を細めるとボルラ・ハトゥンをひたと見つめた。「もしすべて私の言った通りであるなら、それならば、このスパイはいったいどこに消えたのだ？　天に昇ったのか、地に消えたのか？　このスパイはいったい自由な鳥にでもなって自分の家に飛び帰ったのか、どうなのだ、我が娘ボルラよ？」バユンドゥル・ハーンの声は鋭く厳しく響いた。

バユンドゥル・ハーンの口調が真剣になるに従って、ボルラ・ハトゥンはハーンが彼女から真実を聞きたがっているということ、それ以外の答えは受け入れぬのだ、ということを悟った。ボルラ・ハトゥンは慌てることなく、目を逸らして誤魔化そうともせずにすぐに答えた。

「父君ハーンよ、私の話をお聞き下さい。あなたはいつものように我らを呼び、賢明に振舞われました。私はあなたに正しい答えをいたしましょう。その通り、スパイは捕えられました。それは、よいですか、孕み腹のファティマの息子でした。スパイは穴に放り込まれました。その時のカザンの姿を見て、その声を聞いて頂きたいものです。カザンは泣き喚いて言ったものです。『この手でこの呪われたろくでなしを殺し、ばらばらに羊のように切り刻んでやろう、みなの見せしめになるだろう』。ところがどうでしょう?!」

「どうしたのだ？　私も聞きたいものだ、それからどうした？」バユンドゥル・ハーンは尋ねた。

「言い出したことを何一つカザンは行わなかったのです、我が父君ハーンよ」ボルラ・ハトゥンは言った。

「評定にはベクたちが参りました。全員ではありませせぬ、ベキル、シェルシャムサッディン、アルズとベイレキだけでした……評定の後にカザンが何と言ったと思われますか？『ボルラ・ハトゥンよ』カザンは言いました。『笑止千万だ。ベクたちは全員異口同音に、このろくでなしは無実だと決めたのだ。私は孤立無援。致し方もなかった』こうカザンは申したのです。だが評定の少し前に、父君よ、孕み腹がやってきたのです、女がカザンに何を吹き込んだのか、どんな言葉でカザンを惑わしたのか、それは私は存じませせぬ、父君よ、カザン自身にお聞きになって下さい、カザンはあなたにだけは打ち明けるでしょう、自分のハーンに真実を隠しはしないでしょう。孕み腹と何か話し合うと、すぐにカザンは態度が変わりました、喚くのを止めて、泣き出さんばかりになり私に食ってかかりました。一方スパイは穴から引き出され、母親のもとに返され、かくしてすべてはめでたく終わりました。父君よ、二人の道には花が撒かれ、足もとでは羊が屠られんばかりの様でした。こうしてスパイの一件は終わりました、そうなのです」

「英明なるバユンドゥル・ハーンよ」バヌチチェキは私の方を、正確には私の筆と紙の方を時々見遣りながら話しだした。「もしも真実のすべてをお知りになりたいのなら、スパイは孕み腹の息子などでは全くありませぬ」

「何を言うのだ？　それではスパイは誰だというのだ？」バユンドゥル・ハーンは尋ねた。

バヌチチェキは答えた。

「スパイは、我がハーンよ、よいですか、誰あろうアルズでございます。ボルラ・ハトゥンよ、そうですね」

「その通りでございます、我が父君ハーンよ、バヌチチェキの言うことは本当です。スパイはアルズです、まことのことです」

「やれやれ、またアルズを巻き添えにするのか。ここにアルズが何の関係があるのだ？　いったいなぜアルズがわざわざオグズを裏切るのだ？　アルズに何の益がある？」

「申し上げましょう」ボルラ・ハトゥンは意を決して最後まで言い切ることにした。「アルズの目的はベクたちの上に立つことです。あなたがカザンを見切り、アルズをベクの中のベクにすることです。なぜか？　敵どもが突然我らを襲った時、カザンは太刀打ちできなかったからです。アルズは、カザンは弱く、俺は強い、と言っておりました——独眼鬼を退治したのは俺の息子バサトではなかったか?!　俺がベクの中のベクになるべきだ！——アルズは夜毎眠れずこの想いに駆られていたと思し召せ。私が何者であろうと——我らがいなかろうとも、あなたにはすべてお見通しのことでしょうが……」

バユンドゥル・ハーンは少し考え込んだ。

「ボルラ・ハトゥンの言葉は本当です」バヌチチェキは続けた。「バサトが独眼鬼を退治した、このバサトが、そのバサトがと……アルズは自分の子のバサトの名でみなを惑わしたのです。よいですか、アルズは口を開けばバサトの名、腹に思うことは、ただカザンの首を切ることだけなのです……」

（私は思い出したのだが、誇らしげにバサトの名を口にしていたのは、一人アルズだけではなかった。バサトが独眼鬼を退治した後、老いも若きも、男も女も、若者も娘も、オグズの誰もがバサトを褒め称えた。ボルラ・ハトゥンは当時まだカザンの奥方ではなく、彼女もまた震えながらバサトの名を口にし、バヌチチェキはと言えば、その頃ベイレキを寄せ付けず、彼女が口にしていたのもバサトの名だった。バサトの名が何も意味しないような者がいただろうか?! 独眼鬼を退治した後、オグズの娘はみな、バサトただ一人に胸を焦がしたのだった。バユンドゥル・ハーンは娘を脅して言った。「どうもおまえは『バサト』の名を口に出すだけでおかしくなっておるぞ。奴のことは金輪際考えるな。あの森の猿めに、このおっちょこちょいの一人娘を嫁がせるなど絶対にせん。そのようにアルズに伝えよ」今、こんなことがあった後で、この女たちがどうしてバサトとアルズを愛するだろうか？）


「おまえもそう考えるのだな？」考え込んでバユンドゥル・ハーンはバヌチチェキに尋ねた。

「はい、慈悲深きハーンよ、私もそう思います」バヌチチェキが答えた。

「スパイの知らせはベイレキが持って来たのだな、そうだな？」バユンドゥル・ハーンは思うところあってその次の問いをした。

「はい、カザンの言うことを信じるならば」ボルラ・ハトゥンが答えた。

「その日を覚えておるか？」

「はい、我が父君ハーンよ、覚えております。それは略奪の祭りの日でした。内オグズのすべてのベクたちがおりました」

「外オグズの者たちはいなかったのだな、そうだな？」

「外オグズの者たちはカザンが祭りに招きませんでした」ボルラ・ハトゥンはこの問いには声を落として答えた。

「おまえたちのうちの誰が祭りの前夜にベイレキと会ったのだ？」バユンドゥル・ハーンはボルラ・ハトゥンの顔をひたと見つめた。

「私はベイレキに会いませんでした。彼が私に言うことには、腹心の者たちと『善き泉』へと出かけ、大宴会を開くことにした、ということでした。そうベイレキは私に言ったのです」バヌチチェキは答えた。

「私は……私もやはりベイレキには会いませんでした、我が父君ハーンよ」顔を赤くしたボルラ・ハトゥンは口ごもりながら言った。「でも何があったのですか？」

（いったいシェルシャムサッディンは、ハーンに全く逆のことを話したのではなかったか?!　バユンドゥル・ハーンを見さえせずに、私はボルラ・ハトゥンの答えが彼の気に入らなかったことを疑わなかった。私の確信するところでは、ハーンはシェルシャムサッディンを信用した。だが実の娘の嘘を暴こうというつもりは、どうやらハーンにはなかった）

「会わなかったというのは本当だな？」バユンドゥル・ハーンは少し待つと続けた。「それではもう一つの問いに答えてくれ。なぜベイレキはスパイの話をわざわざ祭りの時に持ち出す必要があったのかな？」

「何の問題があるでしょう？」バヌチチェキが言った。「祭りの時か祭りの後でかに何の違いがありますか？」

「私もそのことは考えませんでした」ボルラ・ハトゥンが言った。

「バヌチチェキよ、ベイレキはおまえに、バイブルドの砦でスパイのことを知った時の話をしなかったか？」バユンドゥル・ハーンは半ばにやりとしてバヌチチェキに言った。「とにもかくにもおまえはベイレキの奥方だ……」

「いいえ我がハーンよ、話しませんでした。ベイレキは自分のことで頭が一杯で、無駄な言葉は言いません。いつも好機を待っているので」バヌチチェキは答えた。

「そうか……」バユンドゥル・ハーンは声を厳しくした。「最後の質問をする時が来た。教えてくれ、ベクたちに何が起きたのか、なぜ誰もがみな評定の場で、あの、何と言ったか……孕み腹の息子は無実だと言ったのだ？　なぜベクたちは奴を赦したのだ？」

ボルラ・ハトゥンはバヌチチェキを見、バヌチチェキはボルラ・ハトゥンを見た。それから二人一緒にうつむき長いこと考え込んだ。バユンドゥル・ハーンは二人を急かしはせず、我慢強く答えを待った。

「我が父君ハーンよ。私が思うに……どう言えばよいのか……いえ、私が思うにつまり……いいえ、我が父君ハーンよ、存じません」最初に降参したのはボルラ・ハトゥンだった。

「おまえはどうなのだ」バヌチチェキから重い眼差しを逸らすことなくバユンドゥル・ハーンは尋ねた。

「栄えあるハーンよ、すべては孕み腹の仕業です。何かをベクたちに告げたのです……彼女の言葉の後でベクたちは考えを一変させたのです」バヌチチェキは答えた。

「では、孕み腹はいったい何と言ったのだ？」バユンドゥル・ハーンは引き下がらなかった。

「存じませぬ、嘘ではありません」バヌチチェキは答えた。「だが我がハーンよ、ただ一つはっきり分かっています——誰かがおるのです、誰かが彼女を唆したのです。こんなことを彼女が考えつける訳がありません、あの女が誰かをたぶらかせるとしたら夢の中だけでしょう」

（再び私は私の血が凍りつくのを感じた）

「もうよい。美しい奥方たちよ、もう十分だ、私は疲れた。行くがよい。クルバシュよ、二人を蔵に連れてゆき、トラブゾンからの贈り物を見せるがよい。欲しい着物を何でも選ばせよ。バヌチチェキよ、おまえは春の淡雪のように消えるでない、分かったか？　招きを待つことはないぞ、来たくなったらいつでも来るがよい……我が娘、ボルラよ、ウルズに言うがよい、最高の駿馬を選ぶがよいと。クルバシュ！」

ボルラ・ハトゥンとバヌチチェキはハーンの手に接吻し、ハーンは二人を抱き寄せると両頬に接吻し、何も言わずに行かせた。クルバシュは二人の後から出て行った。

二人が退出した後、バユンドゥル・ハーンは長いこと黙って広間を歩き回った。どう見ても考えに耽っている様子だった。

「コルクト、我が息子よ、我らの事件はどんどん膨れ上がり、広がり、その上紛糾しておる。どれだけ時間を費やしたことか、だが終わりは見えなかったし、まだ今も見えない。おまえも見ての通り、バヌチチェキはうまく孕み腹のファティマの首根っこを押さえおった、ファティマがベクたちをたぶらかした、と言ってな。もしもこの孕み腹が愚かな女でなかったなら……誰が彼女にベクたちを騙すように知恵をつけたのか？」バユンドゥル・ハーンはどちらともとれるような笑いを浮かべて最後の言葉を言った。

「我がハーンの日々が永久に続きますように。審問は終わったのではないのですか？　スパイは我らの中にはもはやおらず、ベクたちは自分らの非を認めました。まだ何が残っておるのです？」私は話を変えようと思った。

「残っておるぞ、コルクト、我が息子よ。孕み腹に誰が知恵をつけたかをつきとめねばならぬ。そしてもう一つ問題が残っておる。だがその話は後にしよう。今は言ってくれ、これから我らは誰を審問すべきだと思う——アルズかそれともカザンか？　カザンはどこにいる？　クルバシュ、どこへ消えたのだ、おまえを待っているぞ……」

クルバシュはハーンの声がすぐ聞こえるところにおったので、彼はすぐに主人のもとに急いだ。

「我がハーンよ、私はウルズに駿馬を選びました……」

「それは急ぎの用ではない。誰が来ておる？　今誰を審問できる？」バユンドゥル・ハーンは尋ねた。

「アルズ以外なら誰でもできます——彼は明日呼ばれておりますから。カザンはここにおりますし、ベキルも来ております、もちろん別の部屋に……ベイレキは到着し、今カザンのもとにおります。シェルシャムサッディンもここにおります、ウルズは朝から馬場で姿を消し、馬を乗り回し馴らしております。一頭の雌馬が仔を産みまして、仔馬が大きくなったらウルズに献上しましょう——純血のアラビア産の競争馬です。他に誰が？　御婦人方たちは極上の絹織物と高価な琥珀織を自分たちに選び、もう一度ハーンにくれぐれも宜しくと申し、家に戻ってゆきました。バヌチチェキはボルラ・ハトゥンと共に去りました。もう一つカズルク・コジャの問題が出てきました……」クルバシュは言いよどみ、私の方を見たが、バユンドゥル・ハーンが「続けよ」というように首を振ったので、再び喋り出した。

「カズルク・コジャはハーンに伝えてくれ、と私に頼んだのです。自分に何かの用事を言いつけてどこかへ遣わしてくれと。奴の言うことには、小田原評定が繰り返され、私は呼ばれていない、オグズに悪い噂が立たねばよいが、と言うのです」

バユンドゥル・ハーンは少し考えると言った。

「カズルク・コジャの言うことは正しい。贈り物を用意せよ、と奴に言うがよい。極上の競走馬と一番頑健な駱駝を選び出さねばならぬ。確か以前の隊商から取り立てた二割の獲物の中に、黄金の器がいくつかあったはず。そこから水差しを選び、何人かのベクたちと親兵と共にトラブゾンへ向かわせよ。私の謝意を君候に伝えて、こう言ってほしいのだ、ガントゥラルィは当然の報いを受けた、と。それからおまえ本人からカズルクに厳しく言い渡すのだ。カズルク・コジャは我らの贈り物を手渡したなら、トラブゾンで十分に酒を酌み交わし気晴らしをするがよい。奴が帰るまでに我らは我らの取り調べを終えられるだろう。明日すぐに出立するようにと言うのだ、分かったな？　そしてカズルクに言え、奴にデュズミュルドで起きたことすべてを仔細に語るようにと。デュズミュルドはトラブゾンから近い、だから君候には興味津々だろう。行け、奴に私の言葉を伝えよ。その後で私のところにカザンを送れ、彼の言うことを聞こうではないか。さてコルクト、我が子よ、どうだ、疲れたかな？　書き留めることも楽な仕事ではない、わかっておる……」

このバユンドゥル・ハーンの慇懃な命令に私はどう答えたらよかったのだろう？

「我がハーンよ、私は書き続ける所存です、いささかも疲れてはおりません。いったいあなたの言葉を書き留めるのに疲れることがありえるでしょうか?!　覚悟はできております」私はそう言ったものの胸の中では考えた。「しかし私は輝光石が恋しくなった。その足もとでひと眠りしたいものだ。石と話をしたい」

バユンドゥル・ハーンは注意深く私を見たが、クルバシュに向かって言った。

「行け、命じたことすべてをやって、その後でカザンを連れて来い」

クルバシュは出て行った。ハーンは長いこと黙っていたが、その後で小声で言った。

「しかしながら、コルクトよ、おまえの舌と目は全く別のことを語っておるぞ。自分でそれに気付いておるか？」

「いいえ、栄えあるハーンよ、気が付いておりません。それに私の目は何を語ったのですか？」

「大したことではない。待ってくれれば、すべておまえに詳しく語ろう。審問の最後に。きっとお互いに分かり合えるはずだ」

「ハーンよ、あなたはご命じになるだけでよろしい。きっかり必要なだけ分かることでしょう」

「結構だ……だが今は我らにカザンがこの上何を語るか聞こうとしよう。コルクトよ、来て自分の場所に座るがよい……」

カザンは入ってきて恭しく挨拶をし、一礼すると私の向かい側に座った。

バユンドゥル・ハーンは尋ねた。

「よく休んだか？　おまえの寝台の寝心地はよかったか？　きちんと面倒は見てもらったか？　どう時を過ごした？」

カザンは言った。

「我がハーンのおかげですべて申し分ございません。我がハーンよ、ご心配なきように」

そこにクルバシュが入ってきて、バユンドゥル・ハーンと目を見交わすと自分の場所についた。

「カザンよ」ゆっくりした調子でバユンドゥル・ハーンは話を始めた。「先般おまえは語り、私は聞いた。おまえは真実を誓い、それを私は信じた。おまえに最後に聞きたいことが一つある。その問いに答えよ、その後で私はおまえに私の裁定を申し渡す」

「我がハーンよ、傾聴いたします。どのようなご質問でしょうか？」カザンはもじもじし始めた。

バユンドゥル・ハーンはカザンに心の用意をする間も与えず、早口で尋ねた。

「カザンよ、話してくれ、おまえは孕み腹と差し向かいでいったい何を喋ったのだ？　孕み腹はおまえのところにいたはずだ。あれは何をおまえに伝えたのだ、カザン？」

カザンは頭を垂れ、まるで質問がなかったように長いこと座ったままでいた。バユンドゥル・ハーンはその手に固く堪忍袋の緒を握りしめ、カザンが喋り出すのをじっと待っていた。沈黙は長いこと続いた。とうとうまずカザンの方から沈黙を破った。

「我が父君ハーンよ。私はあったことすべてをお話しいたします。結論はご自身でお出し下さい。もしも私に非があるという裁定でしたら、この黒き頭、この首は……あなたにとってそれは鴻毛より軽きものと思し召せ。必要とあらば指を動かすだけで私の頭を切り落とすことができるのです」

「話せ、カザンよ、話せ、おまえの話を聞こう」

カザンは咳払いをすると話し出した……

＊　＊　＊

……まことにすべてはハーンの仰ったように起きました。孕み腹は私のもとに参りました。それは晩近くのことでした。シェルシャムサッディンはスパイとされた若者をもう穴に放り込んでおりました。従士が入って来て、どこやらの女があなたに会いたいと言っております、名は名乗りません、と告げました。だがその前に忘れるところでしたが、私にはもう一つボルラ・ハトゥンとの話があったのです。ボルラはふらりと私のところに来て申しました。

「あなたはなぜ罪もない女の息子を捕らえたの？　知ってるはずでしょう、スパイはアルズの仕業よ」

私は申しました。

「いや違う、ボルラ。アルズを巻き添えにするな。スパイは孕み腹の息子だ」

「いいえ」彼女は繰り返しました。「これはアルズの仕業です」

私は申しました。

「おまえの間違いだ。これは孕み腹の仕業だ。母と子がぐるになり、黒い仕事に手を染め、スパイを働いたのだ」

彼女が私に何と答えたか、我が父君ハーンよ、どう思われますか？　私は最初自分の耳が信じられず、彼女の愚かな言葉に呆然としました。

「覚えていらっしゃい」彼女は申しました。「もううんざりするほどあなたの口からこの名を聞きました。繰り返し『孕み腹、孕み腹』と！　それともあなたは若い頃を思い出したの？」

私は彼女に何と答えて良いか分かりませんでした。父君我がハーンよ、私はボルラがあなたと話し合ったのを知っております、思うに多くのことを話したでしょう、しかし真実のすべてを話したとは思えません。私はあなたに真実のすべてをお話しいたします、お聞き下さい……

バユンドゥル・ハーンは笑いを浮かべて答えた。

「そうか、カザンよ、真実のすべてを話してくれ……」

カザンは意を決した。

私はこの女とつまらぬ口喧嘩をするつもりはありませんでした。女の機嫌を損ねて何の意味がありましょう？　ボルラは他ならぬ女です——頭に浮かぶことすべてをべらべらと喋るだけです。男にはそれは相応しくない、そう思い私は言いました。

「何を言っておるのだ？　おまえともあろうものが？　いったい何度昔のことを蒸し返し穿り返すのだ？　我らはこのことはもう二十年前にさんざん話し合ったではないか？　どうしたのだ、気でも狂ったのか？」

ボルラ・ハトゥンは言いました。

「私の気が狂ったのではなく、あなたの頭がおかしくなったのよ、カザン。もう一度言うわ——スパイは孕み腹の息子じゃない。スパイはあなたの叔父のアルズの手のものです。どうしたの、私の言うことが気に入らない？　自分の叔父を庇おうとでも考えついたの？」

この言葉で、父君、我がハーンよ、ボルラはとうとう私をかっとさせました。

申し訳ございませんが、我慢できず、彼女を脅したのです。

「何が望みなのだ？」私は声を荒げました。「私に立ち上がり、七本巻きの鞭で打ちすえてもらいたいのか——夫に逆らうとどうなるか思い知りたいのか？」

私はその時言った言葉を、一語一語言った通りに繰り返しております。私の口から無作法な言葉は一度たりとも発せられませんでした。それから我慢できず叫び出しました。

「ボルラよ、よいか。コルクトが来て、我らにスパイの名を告げたのだ。私に関わりのないことだ！……」

「コルクトはいつ来たの？」ボルラは引き下がりました。それから矛を収め、できるだけ柔らかい調子で尋ねました。「私がコルクトに遭わなかったのはなぜかしら？」

「シェルシャムサッディン！」私は決着をつけようと考えました。「ここに来い、来て私の言葉を請け合ってくれ。こいつは私を信じようとしないのだ。シェルシャムサッディンの言葉を聞きたいか？」

「いえいえ、必要ないわ、聞かないわ」奥方は答えました。

だがその後で突然、哀れな声で話し出しました。

「カザン」彼女は言いました。「カザン、この孕み腹は——哀れな寄る辺ない女なの。彼女は母親です。老婆には父のいない……みなし児の息子以外には誰もいない、ひょっとするとこれから……」

「ありえんぞ！」私はすぐに彼女が話をどこに持って行こうとしているか悟りました。「言っただろう、私には関わりはない、と。ベクたちが集まる、評定を開くのだ。彼らが決めるように決まるだろう」

それから話は略奪の祭りのことに移りました。

私は単刀直入に申しました。

「叔父のアルズを略奪の祭りに招くことを許さなかったのはおまえだったな、ひょっとして忘れたか？」

このようなことだったのです、父君、我がハーンよ。ボルラ・ハトゥンは言ってきかなかったのです。

「もしも自分の叔父アルズを略奪の祭りに招くなら、父に言いつけてやる、カザンは正しい道を踏み外した、と言ってやる。私を必要もない言葉で侮辱し、カザンのせいで生きた心地もしない、と言ってやる」と言うのです。それで私は……アルズを略奪に招きませんでした。アルズの顔を立てるために、残りの外オグズのベクたちも現れませんでした。そうでした、父君、我がハーンよ、私は彼女にこう言ったのです。「おまえが、アルズを呼ぶな、アルズを呼ぶな、と執拗に要求して私の手足を縛ったのではないか……」

するとと彼女は答えました。

「私は正しいことをしたのです。間違いない振る舞いをしました。今度は私からあなたに言うことがあります、カザン、聞いて下さい、私の言うことをよく聞いて。すべての原因は、あなたの叔父アルズがもう長いことあなたの玉座を狙っており、あなたがベクの中のベクであることに我慢がならないことにあるのです、よもや知らないとでも？　すべての原因は、あなたの叔父アルズがもう長いことあなたの戦士団を狙っていることにあるのです、よもや気付かぬとでも？　知らぬなら、しかと知りたまえ——あなたの叔父アルズは我が父君ハーンへ訴えたのです。恥ずかしげもなくあなたの讒言をしたのです。『誰がオグズを独眼鬼から救ったのです。私の息子バサトが忌まわしい怪物を退治したのではないのですか?!　私のその功績に報いて下さい、バユンドゥル・ハーンよ』そうアルズは要求しました。私は長いこと黙っていました。長いこと我慢してきました。今こそあなたに申します、よいですか——あなたの叔父は、バサトを全オグズの上に立つベクの中のベクに据えよ、と頼んだのです」

私にはこれは全く寝耳に水の話でした。私にどうしてこんなことが知れましょう?!　私は尋ねました。

「それで我らが父君ハーンはアルズにどう答えたのか？」

ボルラ・ハトゥンの答えはこうでした。

「我が父君ハーンにどんな答えができたでしょう？　我が父君ハーンは老いましたし、往年の力もありませぬ。あなたはなぜ我が父君ハーンにくっついているんですの？」

「バユンドゥル・ハーンは決して老いはせぬ、その力と威光は決して薄れることはない」私は申しました。

「おまえがもう一度そんな言葉を吐くのを聞いたなら……」

「つまり、私が老いた、とボルラは申したのだな？」まるで自分自身に問いかけるように小声でバユンドゥル・ハーンは尋ねた。

はい、我が父君ハーンよ。そのように申しました。どこをとってもボルラは賢い女とは申せません。だが私が叱った後で彼女は黙り、口ごたえを止めました。甘えるような言葉で話し出しさえしました。

「カザン、私のカザン。もしも私があなたのことを強く強く愛していなかったら、果たしてこんなことをあなたに話していたかしら?! アルズはただオグズのベクたちがあなたに反感を持つようになることだけに心砕いているのです。我がベクよ、あなたはこのことをしかと知らねばなりませぬ。この事件のすべては最後に悪い結末を迎えるに違いない、このことをしかと知りたまえ、我がベクよ、内紛が臭います、血の匂いがします」

我がハーンよ、彼女の最後の言葉はいたく私を怒らせました。

「勝手にさせよ」私は申しました。「アルズが戦いを望むなら、戦わせればよい。奴が戦う相手は私――サルル・カザンだ。つまり、オグズから不浄なものたちを一掃するときが来たということだ。内部の敵ほど危険なものはない。奴が誰であろうと、容赦はない」

私がこう言い終えるや否や従士が入ってきて、もう我がハーンに報告した通り、尋ねました。「ベクよ、どこやらの女があなたに会いたいと申しておりますが、名を名乗りません。いかがいたしましょう?」ボルラ・ハトゥンを体よく追い出すのにちょうどよい口実と思い、私は彼をつかまえるとただそのために従士に申しました。「呼べ、何の用事か聞こう」だがボルラ・ハトゥンはそこを去ろうとはせず、従士に申しました。「待ちなさい……名乗らぬとはどういうこと? 彼女に言いなさい、名の無い者にベクは会いはせぬと。自分の名を名乗らせよ」

「ボルラ、やめよ。他人のことに口を出すな、我らが決めることだ」私は言いました。

我がハーンよ、ボルラが私の言うことを聞いたとお思いですか？　とんでもありません！

「行ってボルラ・ハトゥンの言った通りにしろ。名乗らぬ者はここに通すな」私は従士に言いました。

従士は出て行きました。私はボルラ・ハトゥンに頼みました。

「自分の部屋に帰れ、お願いだ、仕事をさせてくれ」

言うことを聞きません。座って従士が戻るのを待ち始めました。従士が戻り、この忌々しい男は次のように言いました。

「我がベクよ、この女は孕み腹の老婆ファティマでした。言うことには、カザンと差し向かいで話さねばならぬことがあると」

我がハーンよ、アラ山が崩れ落ちた方がまだましでした。洪水が始まった方がまだましでした……ボルラ・ハトゥンは氾濫した川のように荒れ狂いました。

「いったい何ですって？」彼女は叫びました。「孕み腹と、その上差し向かいですって？」

「馬鹿な事を言うのはやめろ。孕み腹がそんな大した話ができると思うのか？　私も孕み腹も隠れはせぬ！私は誰にも隠し事などない！　要するに自分の息子の命乞いに来たのだろう。後で、明日にでも来させるように言え……」

「『明日』などもってのほか！　私の言うことを聞きなさい」ボルラ・ハトゥンは従士に命じました。「孕み腹を呼びなさい。よいですか、私のいる前でカザンと話させなさい。私のいる前でです……さもなくば……」

「どういうことだ？」私は言いました。「でなければ――どうしようというのだ?!」

「我が父君ハーンに言いつけます！」またいつもの伝で彼女は脅しました。

「分かった分かった、どうした、我が竈守りよ、我が妻、奥方よ?! 落ち着くのだ」私は引っ込まざるを得ませんでした、我がハーンよ。

いつでもボルラ・ハトゥンは我を忘れるとこの決め台詞を口にするのです。『我が父君ハーンに言いつける!』と。その言葉は私の黒き頭の上に振り上げられた拳のようなものです。口を開けさえすれば『我が父君ハーンに言いつける!』です。片手を挙げさえすると『我が父君ハーンに言いつける!』です。よいですか、彼女は私を、我がハーンよ、あなたの名で脅したのです。私にそれ以上何ができたでしょう?! あなたは、我がハーンよ、私にとって至高の存在です。それにあなたもご存じのはず、ボルラ・ハトゥンがおらずとも、我がハーンよ、私は全霊をもってあなたを敬愛しております。私が誰であったか――多数の中の一人にすぎませせぬ。あなたが私を高い地位につけて下さったのでは? あなたが私をベクの中のベクにして下さったのでは? あなたが私にオグズの軍団を任せて下さったのでは? このすべての歳月、あなたが私の支えであり拠り所であったのでは? 本題に戻ります。

「我が父君ハーンに言いつけます」彼女は申しました。「孕み腹に来させて、今すぐに頼みとやらを話させなさい……」そのようにボルラ・ハトゥンは申しました。

「いや、明日来させよう」今度は私は譲りませんでした、どれだけ言いなりになればよいのでしょうか?!

ボルラ・ハトゥンは最初は激怒するかと思われましたが、突然すすり泣きはじめました。

「私は即刻出て行きます。あなたのお好きなように。孕み腹に来させなさい。好きなだけ差し向かいでいて、心行くまで甘い声で話せばいいでしょう。あなたには何か思い出があるのね。カザン、あなたは私たちの間にあったことすべて、良きことのすべてを台無しにしてしまった。私を二束三文で売ったのよ……ろくでもない女の方がいいんだわ……もちろんあなたはカザンよ! でも私もそんじょそこらの女とは違う、私は

――ボルラ・ハトゥンです、よもやお忘れ?! 私はボルラ・ハトゥン、バユンドゥル・ハーンの娘です。見てらっしゃい!」

　こう言い放つとボルラ・ハトゥンは嵐のごとく出口へと突進し、出て行きました。怒りと忌々しさを私は従士にぶちまけました。

「何を木偶の坊のように突っ立っている?! 忌々しいろくでなしめ、こっそり私にこの……孕み腹が来たことを伝えることができなかったのか? とにかく女を呼べ! 孕み腹を呼ぶのだ! このろくでもない女をすぐに呼べ!」

　従士は慌てて出て行きました。一息ついて私は考え始めました。「さてこの婆、孕み腹は何を訴えに来たというのだろうか? いったい彼女はスパイである彼女の息子をどんな定めが待ち受けているか知らぬ訳があるまい? オグズではスパイに容赦はないことを彼女は知らないのだろうか? 知っている、もちろん知っているはずだ。とすれば、いったい何を私と話そうというのだろう? まさか取引しに来たわけではあるまい。いや、彼女にもっともらしい理由があるとも思えぬ。それとも泣き落しで私の憐れみを買おうとでも? そうはいかぬぞ。まあいい、話をさせてみて、どんなことなのか見定めよう」そう考えたのでした、我がハーンよ。

　孕み腹が入ってきました。すぐに私の足元に身を投げ、嘆き訴え出しました、だが私の心は動かされませんでした。私は黙って涙が涸れ、訴えの言葉が尽きるのを待っていました。

「何の用で来たのだ、老婆よ、何が望みだ?」私はとうとう彼女が黙ると、厳しい声で尋ねました。

「我が父カザンよ、あなたの足元で死ぬために参りました。あなたの慈悲にすがりに来たのです。あなたの正義に訴えるために……英知に……」そのようなことを彼女は申しました。

「いいか、婆さん、回りくどい話を聞く暇はない。おまえの息子が何をしたか、おまえは知っているか？　裏切り者のおまえの息子は我らの敵を利するため、オグズに対してスパイをはたらいた。どんな慈悲をかけられるというのだ？　ただ一人の我が子ウルズはあやうく敵の手にかかって死ぬところだったし、私の母はさらわれ囚われの身となった。我が奥方ボルラ・ハトゥンは異教徒メリクと差し向かいで……」

要するに、我がハーンよ、孕み腹に言葉も選ばずすべてを語ったのです。

「どんな時にも隠された真実がある」私は締め括りに申しました。「今は報いを受ける時で、慈悲を受ける時ではない。いったい、婆さんよ、おまえは我が子の黒い日を予見できなかったのか？　どれだけの禍いを引き起こしたのだ、この忌まわしい悪党は……」

哀れな寄る辺ない女は泣き腫らした瞳を大きく見開きました。

「予見できませんでした、我が主よ。考えもしませんでした。でも今はすべてあなたに頼るしかありません、カザン、あなただけが救えるのです」

「私がだと？　馬鹿者、何をたわけたことを言う。いったい何を喋っているか分かっているのか？　この私が頼りだとは……はっはっは！……」

「あなたが頼りなのです、カザン。あなたは自分でおっしゃった——どんな時にも隠された真実がある、と。私にも隠された真実があるのです。ちょうど二十年、私はこの秘密を胸に収めてきました、誰にも話さないできました」

「それはおまえのことだろう。私には関係ない」

「それが関係あるのです、カザン。今あなたに申し上げる——関係がある、と。私の息子は……」

「おまえの息子がどうした？」

「私の息子はスパイではありませぬ」

「ほほう、たいした秘密だな。この女の息子はスパイではないと……そうするといったい誰がスパイなのか？　俺だとでも言うのか？」私は本気でかっとなりました。

「カザン、いったいあなたは私を忘れたの？」

「黙れ、静かにしろ」私は孕み腹の言葉をさえぎり、四方を見回しました。

「そう、もちろん、カザン、あなたは私を忘れてしまった……でもかつて、私はあなたが愛し、望んだ女だった」

「黙れ、テングリの名に懸けて命じる、口を閉じろ……」

「今ではこの通り私は老いさらばえてしまった。私の家の後ろに小さな谷があった。覚えてる？　庭を大きな黒い犬が駆けていた。バラングチュークという名だった。あなたには、あなたにだけは吠えなかった、もしも忘れていなければ……」

「婆さん、もう止めろ、テングリの名において！　何用で来た？　用件を言え。だが——忘れたか——覚えているか……それが何の違いがある？　忘れなかったとしよう。それがどうしたのだ？　おまえの息子はスパイだった、そしてスパイのままだろう。泣き落しは効かないぞ……」

孕み腹はちょっと黙っておりましたが、それから小声で申しました。

「彼はあなたの子です、カザン」

「おまえのスパイの息子は厳しく罰せられるだろう。何だって?!　何をほざいている？　馬鹿なことを抜かすな……」

「彼はあなたの息子です」孕み腹は繰り返しました。

（私はこっそりとバユンドゥル・ハーンを見て、彼がやっとのことでこみ上げる笑いを堪えているのを見てとった。「やるなファティマよ、おまえは何と悪賢い女だ」きっと彼はそう考え、今それを楽しんでいるのだ。ただ最後に我らが泣くことだけにはならないように、全能のテングリよお守りたまえ！　どうやら事件は最終局面を迎えつつある、決定が下される時が近付いている、その時に――バユンドゥル・ハーンが怒りを慈悲に替えるかどうかはテングリのみがご存じのこと……）

「私の子だと?!　いったいどうして奴が俺の子なのだ?!　『四十人の愛人を持つ孕み腹のファティマ』がおまえの名ではなかったか？」

「母親は誰の子を身籠ったかは分かるものよ、カザン」孕み腹は言いました。

（実際にこの言葉を孕み腹が発したのか、それともカザンが最後にそれを考え付いたのかは分からぬ。だがこの言葉は真に正しい。母親以外に誰が自分の胎に宿した子の父親を知るだろうか？）

「証拠があるのか！」私はそう言ってから戸口に走りより、固く扉を閉じました。

「カザン、長い年月、私はこの秘密を誰にも隠してきたの。秘密はずっと私だけのものだった。時が来たの。秘密はあなたに、あなたにだけ明かされた。カザン、私たちの息子を殺さないで、あの子を破滅させないで、カザン」

私は「どんな証拠があるのだ？」と頑張り通しました。だが私の心は黒い疑惑に苛まれました。とうとう私は言った。

「なぜ今まで私に白状しなかった？」

「そんなことをして何の意味がありましょう？　そう、もしあなたに言ったとしたら何が変わったかしら？　あの子は強い勇士になったでしょう、あなたはあの子をそばに引き取り、武芸百般を教え込み、戦士に育て上げ、狩りや不敵な襲撃に連れて行ったでしょう。でもあの子はそんな生まれつきではない。あの子は口数の少ない静かな子、余計なことは喋りません。尋ねなければ自分からは話しません。よくあの子をご覧になって、カザン、その顔、とりわけ目をよく見て下さい。自分の若い頃を思い出すはず」

我がハーンよ、いずれにせよ、私はこの女の言うことを信じました。実を言えば、我がハーンよ、若い頃のある時私は孕み腹のもとに通っておりました。そして今、私には彼女との息子がいたと分かったわけです。彼女が嘘をつく訳もありますまい。そうなったら私はどうすればよいのか？　分かりません。全能のテングリよ、いったいなぜ私にかような罰を下さるのですか?!　何という災いがこの私の黒い頭に襲いかかったことでしょう?!　誰が私の心臓深く短刀を突き刺したのか？　不幸な私はどうすればよいのか?!

「行け、ファティマ、ここから立ち去れ。明日だ、明日には……明日ベクたちが評定に集まる。どんな手を打てるか様子を見よう。だが今は私を一人にしてくれ。だがよいか！　誰にも言うな……誰にもだぞ！　分かったか？」

ファティマは私の言葉を聞くと答えました。「命にかけて誰にも」そして去りました。

私は意気消沈しました、我がハーンよ。コルクトの警告が思い出されました。覚えているか、コルクト、おまえが言ったことだ。「後悔せねばよいが、カザンよ。有らずもがなのスパイ話におまえは引っかかったのだ」そうです、我がハーンよ、我らはベイレキに絡め取られたのです。他ならぬベイレキが我らに疑惑を吹き込んだのですから。「もっと早く知っておれば……内憂外患に責められている時に、誰もスパイの話を口にしなかったとは！　だがこれからどうしたらいい。奴の無実を評定の場でどう説明し、危地から奴を救い出すか？　私が何を言っても、ベイレキは反対しだすだろうし、おまけにあのアルズが盾突くだろう。どうしたらいい？」孕み腹との密談は、私をこんな難問の前に立たせたのでした。我がハーンよ、これで私の話を終わりにいたします。気高きハーンよ、我が罪の大きさはあなたがお決めになることです。今すぐにでもあなたから死を命じられる覚悟はできております。

カザンはそう言って黙った。

広間を静寂が支配した。みな待っていた。バユンドゥル・ハーンは突然手を打って、からからと笑い出した。ひとしきり笑ってこう言った。

「まあ、あきれたものだ。誰よりも賢かったのはこの孕み腹だったとは……小評定を待ちきれずベクたちを一人ずつ訪れ、そのそれぞれをスパイはおまえの息子だということを信じさせた。見ておれ、明日はアルズも我らに全く同じ話をするだろう、明日みておるがいい、孕み腹はアルズもだましたはずだ。『誰の子を孕んだかは母親が知っている』というわけだ。有無を言わさぬ言葉だ、コルクト、我が子よ、そうではないか？　この言葉を覚えて、記録しておけ……おまえの役に立とう。孕み腹は大した奴よ……残ったのはアルズだ……明日奴も我らを楽しませてくれよう。はっはっは……」

ハーンは再びひとしきり笑うと両手を打った。カザンはハーンの楽しげな理由が分からなかったが、それでもほっと安堵した。ハーンは突然笑いを止め、厳しい声で言った。

「おまえに何の罪があるか知りたいか？　おまえの罪はスパイを、オグズの敵をさらわせたことにあるのではない。奴はもはや我らの間にはおらぬ、どこへやら消え失せた。本当のおまえの罪は、カザンよ、私はおまえに最後に告げよう。明日アルズの審問の後に、おまえたちはみな私の裁定を知るだろう。今は帰るがよい……だがどうしてこんなことになったのか？　どこかの馬の骨とも知れぬ孕み腹が、驚いたことに、いとも容易く屈強な顎鬚を生やした猛者どもを丸めこんだとは！　コルクト、我が子よ、これをどう思う？」

返事を期待してバユンドゥル・ハーンは私に細めた目をひたと向けた。私はそれに耐えられず、うつむき、一言も発せず、赤蕪のように赤くなり黙った。カザンは大いに当惑し、自分の目を私からバユンドゥル・ハーンに移し、音なく唇を震わせた、しかし尋ねたいとは思っても、あえて聞こうとはしなかった……

＊　＊　＊

これでもう何度フセイン・ベク・レレは、シャーの政務殿の戸口に足を運び、そのたびに兵士の百人隊長ラヒムに止められ、中に入れてもらえなかったことか。真実のために付け加えておけば、ラヒムは通すことはしなかったが、しかし政務殿の片隅で待つことは邪魔しなかった。それどころか、尊敬を表すためにラヒムはレレにあれこれもてなしをしていた――お茶や冷たい飲み物を出したり、時には自分自身そばにすわって言葉を交わし、待ちくたびれたレレの時間の退屈を紛らわそうとしていた。従士たちは楡の木陰に絨毯を敷き、肘掛を二つ置いたので、訪問者と百人隊長はくつろいだ姿勢に身を落ち着け、接見の間に出入りする人を見遣りながら、昔語りに花を咲かせ、彼らが目にとまった人をあれこれと批評したりしていた。百人隊長のラヒムは何時間も口をぽかんと開けてレレの話を聞いていた、そしていかにも満足げに興味を失うことなく、質問を浴びせ感謝しながら丁寧なレレの答えを聞いていた。百人隊長は心からこの敬すべき、明らかに高貴な人物の手助けをしたいと思った。だが大臣の下にある身で彼に何ができたろう？　百人隊長は大臣が許さねば何もできないのだ。百人隊長ラヒムは定められた決まりに従って、直接大臣にこの奇妙な訪問者について報告した。

「大臣閣下、ある人が毎日のように朝から政務殿に来て言うのです。『私はシャーに会わねばならぬのだ』と。一日中待ち続け、日が暮れる頃になってやっと立ち去るのです。私がその後をつけるように命じたところ、隊商宿に住んでいるようです。その人はオスマンの方面からやってきたのですが、どう見てもこの土地の我らの出身です。ひどく物知りです。もったいなくも我らが時の主、シャーの若き日の驚くような話を語るのです。宮中の者はほとんど全員の名を知っています。軍の司令官も一人残らず知っています。自分の旅行の興趣尽きない話を聞かせます」

「名はなんという、どこの出身だ？」大臣はただ興味をそそられて尋ねた。

「名はフセイン・ベクです。出身は分かりません」

「それでそいつは世の燈たるシャーに何の用なのだ？」

「シャーご自身にだけ明かす、と申しています。重大な知らせがあると言っております。しかし誰からの知らせかは申しません」

「おまえはまず、誰からの知らせかをしっかりと聞き出せ。分かったら私に知らせるのだ。晩祷の時刻におそらくシャーは散歩から帰っておられる、だから行って仕事をせよ……」

大臣は百人隊長の報告を大して意味あることとも思わず、会話はそこで途切れた。

翌朝フセイン・ベクは、再び政務殿の中庭に現れた。百人隊長のラヒムはいつものように彼を迎えて、しばらく楡の木陰に座って待つように勧めた。百人隊長のラヒムは今日の訪問者がいつもより少し焦っているように感じた。二人は腰を下ろしあれこれとお喋りをしたが、急にフセイン・ベクは尋ねた。

「百人隊長殿、隠さずに教えて欲しい――大臣閣下は私にシャーのみ前に立つことをお許しにならぬのか、それともここには何か別の事情があるのかな？」

百人隊長のラヒムは、実を言えばこの思いがけない質問に少し慌てた。時間稼ぎのためにゆっくりと一口茶を飲み干し、その味をしばらく楽しんだ後でやっと答えた。

「どうしたのですか、あなた、なぜそのようにお考えなのです。大臣閣下はあなたがたの会見が行われることを切望さえしておられるのです。だが、よいですか、我らがシャーは宮殿にはおられません、長い乗馬の散歩に出かけられたのです。そのためお会いできないのです。それに……」

「それに何なのだ、百人隊長よ、話してくれ……」

「もちろん話しますとも、申し上げましょう。あなたは自分の名を名乗られた、それには問題はありません、だがあなたの素性を我らは知りません。考えても御覧なさい、どのようにシャーにあなたを紹介すればよいのですか？『どこの馬とも知れぬ名無しの権兵衛』ですか？　それでは困ります。そうではありませんか？」

フセイン・ベク・レレは考え込んだ。「もしも私が彼に打ち明け、彼の前に本当の私の姿で立ち現われたらどうだろう、あの私もよく知るやくざな大臣は、消え去ったはずのレレが生き返り、現われることを望むだろうか？　もちろん実入りのよい役回りを失うことを望むまい。どうしたらいい？　名乗らずに我が心の主に会うことはできまい。神の御加護を、進退きわまる難しい決断をせねばならぬ……」

「いったい大臣に、シャーに、どこか遠くから来た寄る辺ない受難者が、どうか一目会って一言お話したい、と願っている、と報告してもらうわけにはいかないのだろうか？」フセイン・ベクは尋ねた。

「分かりかねます、報告するか否かは——大臣の権限ですから。私はここでは無力です、分かって下さい。報告できるかもしれません、できないかもしれません」

「オスマンの捕虜の身から逃げてきたのだと報告してもらいたいのだ。チャルディラーンで戦い、捕まり、最近解放されたと」

「どう答えてよいか分かりません、神の御加護を。だが何ですか、あなたは実際にチャルディラーンの戦いに参加されたのですか？」百人隊長のラヒムは尊敬の念を持って話し相手を見た。

レレは口元に髭がやっと生えかけている若者が驚いたのを見て微笑みを浮かべ、答えた。

「会戦で相闘ったのだ……その頃きっとおまえはまだ赤ん坊だったろうな……」

「もちろんです、それは昔のことですもの。私の父は兵士でした、彼に冥福を、チャルディラーンで死にました」

「チャルディラーンに匹敵する戦いはかつてなかったし、これからもないだろう……」

「お願いだから話して下さい！　いろんな人に聞いて回っても、みな話がそれぞれ違うのです。あなたの部隊の司令官はどなただったのですか？」

フセイン・ベク・レレは思わず笑いを浮かべた。その目は輝きはじめた。どう見てもこの若者はレレの口を開かせそうだった。ただ用心せねば、罠ではないか？

「大臣閣下が、おまえに私に色々尋ねるように言ったのではないのか？」

「いえいえ、神かけて違います。我らがシャーの聖名にかけて、我らが全き導師の真の信仰にかけて誓います。ただお話が聞きたいのです。私の父もやはり百人隊長だったのですが、私は全く父を覚えていません、顔も覚えていないのです。だが父の声は今も私の耳に響いております。そう思われるのです……」

若者の目は潤んだ。フセイン・ベクもその目を信じた。一方では彼の心には様々な多くのことが積み重なっていたので、彼は自分の心を癒す口実ができたことを喜んだ。フセイン・ベクは少しずつ話し出した。

「つまりおまえはチャルディラーンに関心があるのだな……それは神が我らから顔を背かれた日だ。おまえは象というものを見たことがあるか？」

「いいえ、ございません」

「私は十年前にチャルディラーンで初めて象を見た。そこでよいか、オスマン軍は大砲を象どもの足に結びつけ、この象たちを整然とした隊列に仕立てた。最初我らの目には、敵の目論みは笑止の沙汰と映った。だが……この象部隊を我らはどうしても破ることができなかったのだ。見事な戦いだった、さながら血まみれの狩猟だった！……おまえは私の部隊の司令官が誰だったか尋ねたな？　今、その問いには答えられぬ。あとでおまえには分かるはずだ。まず教えてくれ、おまえの父の名は？」

「組頭のグルバナリと申しました」

「そうか……組頭のグルバナリか……」レレは鋭い眼差しで若者を見ると一瞬考え込んだ、すると彼の内なる目の前に、すぐに恐れを知らぬ旗手の風貌が蘇った。「ムガニ〔北アゼルバイジャンの一地方〕の出だな、そうだな？」

　ラヒムは茫然自失し、その体に鳥肌が立った。

「その通りです、ご主人さま、その通りです。あなたは私の父を御存じなのですか？」若者の瞳は輝き出し、息が止まった。

「私はこの目でおまえの父親の死を見届けた。おまえの父は旗手だった。落馬するとすぐに矢がその心臓を貫いたのだ。若者よ、他の誰の話も信ずるな、私は見たのだ――息絶えてなおおまえの父は、その旗を手から離さなかった。よいか、誰もその旗を手から奪い取ることができなかったのだ。旗はそのまま、倒れたおまえの父親の体の上にはためいていた」

フセイン・ベクは思わず目を細めた。「よりによって今、思い出に心動かされるとは、どうしたことだ?」そう考えると彼はその手を茶の注がれたコップに伸ばしたが、飲み始めはせずに、コップを手に持ったまま、また思いに沈んだ。

百人隊長のラヒムはうなだれて座っていた。溜息をつくことも憚られた。不用意な一言で、とうとう話し始めたこの見知らぬ男の思考の流れを断ち切ることを恐れたのである。この男の魂には、どう見ても、栄えあると同時に危うい事件と功業についての諸々の秘密が織り合わされて隠されていたからである。ラヒムは、語り手の邪魔にならぬようにと自分の心臓の音を鎮めようとさえした。少し経って――それはラヒムには永遠にも思われたが――フセイン・ベクは物思いから覚めて、自分の話を続けた。

「進め、前に駆けて行け、我が主は戦闘のただなかに突っ込まれた、彼のもとに駆け参ぜよ」衛兵長が叫んだ。

「我がシャーの栄光のために獅子奮迅の働きをせよ! 神よ、神よ」

「私がシャーだ! シャーは私だ!」スルタナリ・ベク・アフィシャールは叫びながらオスマン軍へと突進し、オスマン軍は狼のごとくベクに襲いかかり、シャーから離れた……

「マルバショグル、戦いに出て来い、一騎打ちといこうではないか、おまえの剣さばきを見せてくれ、そこを空けろ、脇へのけ……ほう! シャーは一撃でこの大男を真っ二つにしたぞ! 奴は声を出す間もなく、両手を広げただけでどうと仰向けに倒れた……」

「フセイン・ベク、フセイン・ベク! レレが部隊を率いて救出に駆けつけたぞ、とまれ、退くな。レレ、攻撃を！　前進し攻撃だ！　奴らをシャーの名のもとに切り倒せ。前へ進め！……私について来い、赤頭軍《キジルバーシュ》よ、我が英雄たち、奮え、信仰のための功業を成す時は今ぞ！……」
「レレ、私は……私は……」

「立て、若者よ、今は死ぬ時ではない。おまえのような勇士に、こんなかすり傷は傷でもないではないか……」

「シャーはどこだ、シャーを救うのだ、右翼が破られた、シャーに伝えるのだ、退却のラッパを吹け、退却だ……退くのだ。慌てずに退却せよ、整然と隊列を組んで、足並み揃えて行け。待て、卑怯者、列に戻れ……」


フセイン・ベク・レレが、彼にしか見えぬ点から自分の眼差しを無理に引き離したのがはっきりと見てとれ、そこで彼は話を終えた。

「百人隊長のラヒムよ、まさにこれがチャルディラーンだ。十年たった今でも、私の耳にはあの昔の戦いの響きが聞こえる」

百人隊長のラヒムは深い眠りに落ちたかのように、目を閉じたまま一人ごちた。

「聞こえます、あなたの声が聞こえます、父よ！『我がシャーよ、我がシャーよ……全き導師の名にかけて……左翼が破られました、右翼は大混乱です。お急ぎ下さい、我がシャーよ、すぐに、左翼が壊滅しました、身をお守り下さい……退却の時です……ここから行って下さい、行って下さい……』」

それから二人とも黙った。政所の庭にはただ風が楡の木に葉音を立て、二人をその息吹で騒がせていた。

それから更に——葉群れのざわめきにしつこい雀蜂の羽音が混じり合ったが、風がそれを追い払い、あたりは全くの静けさに満たされた。

　話が途切れた二人はすぐには我に帰らなかった。百人隊長のラヒムはうなだれて座っていた。フセイン・ベク・レレは再びどこからか現われた雀蜂に長いこと気づかず、しつこく蜂が繰り返しレレの額に止ろうとした後で、片手でそれを追い払った。

　百人隊長のラヒムはフセイン・ベク・レレの顔を見る決心がつかなかった、その勇気がなかった。もちろん物知りの人たちの話から、彼はフセイン・ベク・レレの名前は知っていた。そしてやっと今になってラヒムは、自分の前にいる人が誰だか分かったのだ。

「レレ、恐れ多くも我がシャーの名において私をお許し下さい、我が思わぬ罪をお許し下さい」彼は囁いた。

「誰に話しておるのだ、百人隊長ラヒムよ、誰に話しているのだ？」

「あなたにです、レレよ」ラヒムはとうとう頭を挙げ、おずおずとフセイン・ベクの目を見たが、即座に立ち上がり、直立不動の姿勢をとると、どんな命令でも行なう覚悟を全身で示した。

「あなたはレレご本人です。有難いことに、今やあなたは自分の名を隠す必要はありません。みながあなたは亡くなったものと考えておりました、それで私はあなたが分からなかったのです。神に免じて私をお許し下さい」

　レレは長い間若者に答えなかった。それから話し始めた。

「私さえも、よいか、今まで自分を死んだ者と考えていた」レレは我慢できず若者に打ち明けた。「おまえは私の部隊の司令官が誰だったか尋ねたな……」

「不遜な振る舞いお許し下さい、レレ」

「若者よ、私はシャーの部隊におった、シャーの部隊にだ」レレはこのことを隠しようもない痛みと共に言った。

太陽が中天を過ぎた。百人長のラヒムはもはやレレの心を騒がせる勇気はなかった。今日はもう結構です、お引き取り頂き明日来て下さい、とレレを急き立てることはしなかった。脇に立ち遠くから惚れ惚れとうっとりしながらレレを見ていたが、見飽きることはなかった。心の中ではどう大臣閣下に言ったものか、あれこれ思い悩んでいた。「まあ仕方がない、すべてを報告しよう、報告せねばならぬのだから。そうしたら大臣は彼が誰だかわかるだろう。だがもし、大臣がレレの首を切るようなことを考えたら？　それだけでなく、注意せねば、私にその仕事を押しつけるかもしれぬ」こう考えると、百人隊長の心臓は哀しみに締め付けられた。

レレは首を振って若者を呼んだ。百人隊長のラヒムは近づいたが、いつもとは違って傍には座らず、恭しく一礼をした。

「百人隊長よ、おまえに相談があるのだ。どうだ？」

「どうぞ、レレ」

「行方をくらまそうとしながらちょうど六カ月が過ぎ、私は目的に辿り着こうとしてきた。十年間、私はオスマン軍の捕虜として過ごした、だがそれとても、辛苦と喪失において、最後のこの六カ月とは比べ物にならぬ。見たところ宮殿も政務殿もひどく変わってしまった。宮中の者の中に一人として見知った者はおらなかった。大臣はと言えば……彼はよく分からぬ、心を打ち明けぬ、あの頃は彼はまだ……」そこでレレは自分の話を中断し、話題を変えた。「私はと言えば……見ての通りだ。自分の秘密は今のところ……打ち明けたくない。私の我がシャーに対するただ一つの願いは、よいか、我が魂の主が、私にその足元に跪拝し、そのまま死ぬことをお許しになることだ。言ってくれ、そのために私はどうしたらよい？」

こう言ってからフセイン・ベク・レレは黙り、その目を遠くに向け、百人隊長ラヒムの返事を待ち始めた。

百人隊長ラヒムは長いこと考えた末に答えた。

「レレ、あなたは私よりはるかによく大臣がどんな人かを御存じのはずです。何を私があなたに助言できましょう?! 慈悲深き神の御心にすがるばかりです。お許しいただけるのでしたら、もう一度詳しくあなたのことを大臣に報告いたしましょう。今度大臣が何と言うか見ることにしましょう」

「つまり我らに他に方策はないということだな?」

「あるのかもしれませんが、それが分からないのです。というのもシャーが帰られてからは私はここにはおりません。宮殿の夜間警護の監督をしなければなりませんから。それにシャーが帰られてからは、あなたは政所にも宮殿にも三街区以上近づくことはできません。今はすべてがあなたの時代とは違っております……」

「そうだな、分かっておる……その通りだ、我らの時代とは全く違う。ただ一つ変わらぬものがある——できるだけ頻繁に衛兵は変えねばならぬ。衛兵たちが誰と会って何を喋っていたか聞いてみるがいい……私がこの決まりを作った、昔、はるか昔のことだ……ああ、狡猾な世は変わらぬ、仕方があるまい?……」

「変わりませぬ、レレよ。すべてあなたの仰る通りです」

「それでは、私は今どうすればよい——恥辱の悲しみに沈み、そのまま朽ち果てるのか?」レレは苦渋に満ちてあたかも自問するように言った。

「もしもお許しなら、私は大臣と話し合い、彼に真実のすべてを話しましょう。他の方策は我らには全くありません」

「そう思うか? 分からぬ、おまえは正しいかもしれぬ。言って話してみてくれ。言ってくれ、彼はいずれにしろあらゆる手段でシャーに会おうとするだろうし、そうなったら……いや駄目だ、それは言うな、脅しと取られかねない。こう言ってくれ。レレはバフルズの方からの手紙を持ってきていると言っていると、そう言ってくれ。よいか、正確に覚えて、繰り返してみよ。バフルズからの手紙を持ってきた、と」

「あなたの言った通りに致します」百人隊長のラヒムは請け合った。

＊　＊　＊

大臣はまだ自分の耳を疑っており、それゆえ何回となく百人隊長のラヒムに聞き返した。

「その見知らぬ男が自分から自分はフセイン・ベク・レレだと言ったのか?!　自分で言ったのか、それともおまえがそう思うのか?!」

「大臣閣下、自分で申しました。最初は私の推測でしたが、後で自分でそう請け合いました」

「請け合った、請け合った、と。レレ、レレ……神は多くの奇跡を我らに現し給うたが、だがこんなことが……何しろ多くの者がその目でレレの最期を見ているのだから。シャーにもそのことの報告があった……」

大臣は考え込んだ。それから再び百人隊長のラヒムに向かって言った。

「おまえは申したな、バフルズの方からの知らせを持って来たと?」

「その通りです、大臣閣下、そのように申しました」

「そうか……だがなぜこんな時に……」大臣は自分で言葉を止め、そして長いこと黙った。

百人隊長ラヒムはやはり黙っていた。大臣は時折彼の方に物問いたげな眼差しを投げたが、それは何かまだもっと大事なことがあるだろう、と言っているようだった。しかし百人隊長は目を合わせるのを避けて黙り続けるだけだった。

「そうか。ではこうしよう。奴にこう言うのだ――大臣閣下は私の言葉を信じなかった。その上バフルズの名を聞くとひどく立腹された。こうした方がよい。それから付け加えるのだ、大臣閣下は二人だけで会いたがっていると。明日政務殿の私のもとへ奴を連れて来い。おそらくおまえはよく分かったと思うが」

「よく分かりました、大臣閣下、分からぬことがありますものか」

「結構だ。今度は私の言うことをよく聞け、百人隊長よ。もしたとえ一人でも我らの会話を知ったなら、もしたとえ一人であれ、レレは生きている、などと話したら――おまえの命はない。奴の話はどうでもいい。とにかく奴に会ってみればすべてははっきりするだろう。行って私の命じたようにするのだ……」

百人隊長ラヒムは一礼して退出した。一方大臣は長いこと、ほとんど真夜中まで彼に降り懸った気がかりな出来事に思いを巡らせていた。蝋燭が一本溶けかかっていた。大臣は新しい蝋燭に火をつけて考えていた。震える炎を見つめながら考えていた。蝋燭を吹き消し、寝床に着く前の彼の最後の考えはこうだった。「考えるまでもない。疑いもなくレレはチャルディラーンで死んだのだ。神の思し召しだ、この男がフセイン・ベク・レレであるはずはない」

＊　＊　＊

レレが百人隊長のラヒムについて客間に入るや、大臣はすぐに彼の顔が分かった。歩き方だけで大臣はレレだと分かった。大臣は身じろぎしかけ、肘掛に身を持たせかけて寛いだ姿勢で絨毯の上に半ば横になっていた姿勢から、跳び起きんばかりになった。だが百人隊長のラヒムがそこにいたため大臣はそうはできず、すぐに自分の気持ちを抑えて、入って来た男から目を逸らすと、少しの間深い物思いに沈んだかのようにじっと動かずにいた。レレは立ったまま彼を見ていたが、どんな思いが彼の脳裏を去来したかは、彼のみが知るところであった。とうとう大臣は完全に自分を律し、頭を振って百人隊長のラヒムに戸口を示して、出てゆくようにと促した。百人隊長のラヒムが一礼して敷居を跨いだ時に、大臣は彼に言った。

「呼ばれたら来るがよい」

大臣はそのままの姿勢でいた。大臣はいったいレレに対してどう振る舞えばよいのかまだ決めかねていたが、この男がレレであることには疑いもなかった。彼の前に立っていたのは他でもないフセイン・ベク・レレであった——年老いやつれ果ててはいたが、しかしかつてと同じように誇り高く厳しい、シャーのお気に入りであり、シャーの腹心のフセイン・ベク・レレであった。レレの名を口にするだけで廷臣と奴婢、大臣と顧問官の誰もが恐怖に戦き、ある者の髪は逆立つ——そんな時代があった。その雷のような声が響くだけで、多くの者はレレが落ちつくまで姿を隠し、その隠れ家から出て来なかった。そしてそのレレが彼の前に、昔のように立っていた……だが去るものは日々に疎し、だ。誰もがレレはチャルディラーンの戦いで死んだものと思っていた。ところがそうではなかった、生きて無傷で彼は大臣の前に現われ、彼を秘かに嘲笑うかのように見つめている。大臣は時間を引き延ばそうと決心して、そのためにできるだけ無関心な様子で尋ねた。

「おまえはフセイン・ベク・レレと名乗っていた男か？」

彼に返ってきた答えは沈黙だった。

「答えよ。我らはフセイン・ベク・レレは戦死したものと考えておる。おまえは何者だ、どこの生まれの者でどんな目的で私に訴えておるのだ、答えよ」大臣は迫ったが、しかしレレの目を見る気にはまだならなかった。

「そうだ、私はフセイン・ベク・レレと名乗っていたその男だ。それとも大臣よ、おまえは私が分からぬのか？」

「おまえは……どこかフセイン・ベク・レレに似ておる」大臣は起き上がり、レレのすぐ近くに歩み寄った。しばらく二人は顔を向き合わせたまま立っていた。

「大臣よ、どうやらおまえは私が分からぬか、あるいはなお悪いことには私を分かりたくないと見える。どうだ、おまえの記憶を新たにしたらどうだ、もちろんもしおまえにその気があるならの話だが。思い出す、おまえは若者だった、それは我が魂の燈たる主のシルヴァン〔北アゼルバイジャンの地名〕への遠征の前日だった。おまえの父親は宮殿に参内し、何とか私との会見にこぎついた。その頃おまえの父はウズン・ハサン〔イラン白羊朝の君主（在位一四六六－七八）の司令官。その治下、ベネチアやローマ教皇などと頻繁に使節の交換が行なわれた〕に仕えており、彼の書記の一人だった。栄えある都アルダビール〔南アゼルバイジャンの都市でサファヴィー朝の創始者イスマーイール一世の没地〕のギルフラルの街区にあったおまえの家には……」

　ここで大臣は堪え切れずに両手を広げフセイン・ベク・レレを抱きしめかけたが、何かが大臣を推し留め、彼は両手を垂らすと一歩後ずさりし、心をこめてレレを見遣りながら言った。

「レレ、レレ、これはあなただ、もちろんあなただ。私の心は感じておりました。私はあなたの死を信じてはおらなんだ。神に栄光と感謝を！　なんで突っ立っていることがありましょう？　お座り下され、レレ、いやいやここにお座りを。おい、百人隊長！」大臣の心には偽らざる喜びが溢れていた。

　百人隊長ラヒムは直ぐに呼ぶ声を聞いて現われた。

「百人隊長、果物と茶と果汁を持ってくるように言え。急げ、急げ……」

「かしこまりました、すぐに」百人隊長のラヒムはすぐさま状況を飲み込んで嬉しそうに頷くと、両手を自分の目に押し当て、二人に恭しく一礼すると扉の陰に姿を消した。

「話して下され、有徳のシャーの名において、手早くあなたに何が起きたのか話して下され。誰もがあなたは戦死したものと思っておりましたのですから、何が起き、あなたはどこにおり、どこから現われたのですか？」大臣はレレにしきりに肘掛を勧めて尋ね、興味津々レレの話を待った。

「私の話は、語れば長く、込み入ったものになる」レレは身をくつろげて肘掛に体をもたせかけると話を始めた。「私は今も、自分でも分からぬのだ、いったいどうやって神も見離した不幸せなこの私が、チャルディラーンの戦いのような地獄の中で生き永らえることができたのか分からぬのだ。気がつくと私は捕虜の中にいた。タブリーズでスルタンは捕虜を分配し、私はトラブゾンのアブドゥラ・ベク・モミンと言う名の男のものとなった。この男が私をアナトリアに連れて来たのだ。最初は酷く辛かった、傷が頻りに疼いた。それから私が何者か分かると扱いが良くなり、医者まで付けてくれた。アブドゥラ・ベクの官房を任せられ、その蔵書の整理も自分で行うほどになったが、しかしやはり十年というもの私は見張られ続けていた。一年前にアブドゥラ・ベクがこの世を去ると彼の跡継ぎたちは私を留め置こうとはせず、故人の遺言どおりどこへと好きなところへ行くがよい、と私を放免したのだ。それで私はそこを去った。大臣閣下、私はチャルディラーンで死んだ方がましだった。なぜ私が死ななかったのか、私には分からぬ」

従士が果物と果汁を運んできて、低い食卓の上に並べ、出て行った。大臣は自分の手でフセイン・ベクの杯を果汁で満たし少し自分にも注いで言った。「どうかお飲みあれ」フセイン・ベクは物思いに沈んでいて、その思いはここから遠い遠いところにあった。見もせずに杯をとると、一口二口飲み干し、自分の話を締め括った。

「今、私はおまえの助けがいるのだ――我が魂の燈たる主と会う手助けをして欲しい、私は主の足元に頭を下げねばならぬ、もしかしたらシャーは私をお許しになるかも知れぬ。もしも私がシャーの手にかかり死ぬなら、信じてくれ、この世に私より幸せな者はおらぬだろう……」

大臣は注意深くレレの話に耳を傾け、時折頷きながら「まことに神の思し召し」と口を挿むのだった。

「神の思し召しです、レレよ。だがなぜあなたが殺されねばならぬのでしょう?! ズルガダルは結局裏切り者だった、そのことはあなたもきっとご存じでしょう。あなたは裏切らなかった。あなたの剛勇はあまねく世に知れ渡っている。もしもチャルディラーンの苦い敗北が、それまで勝利しか知らなかったシャーの心をどれほど震撼させたか、あなたがご存じなら。彼にはバフルズの方との別れは耐え難いものでした。我らがどれほど彼女の解放のために手を尽くしても、オスマン軍にどれだけ懇願しても無駄でした……あなたは彼女からの手紙を持ってこられたとのこと、百人隊長がそう報告していたが、そうなのですか?」

レレは唇を噛んだ。そう、まさにその通りだ。大臣をレレに会う気にさせたその理由はまさにこの手紙にあったのだ。まあいい、そうさせておこう。ただそれがシャーとの会見の妨げにならねばよいが。もしも今すべてが彼の手に握られているのならどうしたらよい? 一つ考えねば……

「大臣閣下、私はちょっとした知らせを持っておる。それはシャーと私が会った時にお話ししよう。その時に神のお恵みでお聞かせしよう」

「もちろん、もちろんです、レレ」大臣は急いで相槌を打った。「我らがシャーは旅行中です。今日明日にはお戻りになりませぬ。至賢なるシャーが帰られたら、私が直にあなたのことをご報告しましょう、神の恵みあらんことを」

「それならば……」

「そうそう、政務殿に参内なさりませ。しかるべくあなたをおもてなしするように命じます」

「かたじけない」レレは大臣が話を続けるつもりがないことが分かって立ち上がった。大臣もまた肘掛けから立ち上がり、レレを出口まで送り、彼が出て行くと入口を見張っている百人隊長のラヒムに命じた。

「百人隊長よ、客人を送ってその後私のもとに戻って来い。覚えておけ、いつ何時彼が政所に現れようと、彼を客人に相応しく出迎え、もてなすのだ。待っている、すぐに戻って来い」

百人隊長のラヒムは政所の中庭からレレを街角まで送り、そこで尋ねた。「レレ、明日いらっしゃいますか」。レレは「行く」と答えると宮殿から立ち去った。

大臣のもとに戻るとラヒムは大臣が意気消沈しているのに出会った、それだけでなく大臣の顔は暗く、それを隠そうともしなかった。大臣は冷く百人隊長を見て言った。

「できるだけしっかりと扉を閉めろ、傍に坐れ」大臣は命じた。

百人隊長のラヒムはしっかりと命扉を閉めて、大臣の前にしゃがみ、その姿勢のままじっと動かずに大臣の命令を待った。大臣は、まるで初めて見るかのようにおそろしくゆっくりと片手で数珠の玉をまさぐり、言葉を急がなかった。とうとう……


この箇所で再び写本の判読が難しくなった。ただ宮廷でどんな運命がレレを待ちうけるかを推測することだけはできる。彼が熱愛するシャーとの会見を渇望する理由は、蝶が致命的な炎の中に飛び込もうとする本能に似ているとしか言えないだろう。詩人は、このような場合に働く動力は愛の奥深い感情――「エシグ」であると主張する。誰に分かろう？　どんなことを大臣は企んでいるのか？　レレが宮殿に帰還し、ひょっとして再び以前と同じ力を持って権力の頂点に立つことが、大臣に都合が悪かろうことは想像に難くない。それと共に、レレが大臣にその父親を思い出させたのは、故ないことではなかったこともはっきりしている。

何か大臣はレレに大きな借りがあったのだ。もしも――二人の差し向かいの会見の場からも明らかだが――すぐにこの男がレレであると大臣に悟らせるのに軽いほのめかしで十分であったとしたら。続く出来事は、これから見ていくように、あるきわめて興味深い状況から秘密のヴェールを剝ぎとる。レレが現れたことをシャーに告げた大臣は、写本のテキストから判断するに、まるで彼がシャーのある秘密を知っているかのように振舞うのだ。

＊＊＊

……シャーは窓に顔を向け、庭の樹木を見つめ続けていたが、大臣には背を向けて立っていた。大臣は黙っていた、どうすればよいのか、どうシャーに進言すればよいのか分からなかった。シャーは質問を繰り返した。

「なぜ黙っている？　我らはこの……レレをどうすればよいのだ？」

今度のシャーの声にはいつもの彼には似合わぬとげとげしさがはっきりと聞こえた。その上そのとげとげしさはレレにというよりは、むしろ大臣に、その明らかな頼りなさに向けられていた。大臣は敏感にそれを感じて思わず済まなさそうに溜息をついた。

「我が主よ、私に何ができたでしょう？　バフルズの方の名を出して彼はすぐに私を取り込んだのですから……」

「その話はもうよい、バフルズの話はもうたくさんだ。我らは何か策を講じねばならぬ。さもないと……もしもレレが私のことを見破ったら……」

「見破るはずがありませぬ。どうやって見破るのです。だがそれでもひょっとしたら……」

「いや、大臣よ、私はあまりに多くをレレに負っておる、神も照覧あれ、レレには返しようもない恩義があるのだ。この状況から脱することはできぬ。考えるのだ、大臣よ、考えねば……」

「考えておりますとも、至賢なる導師よ……」

「レレ……レレ……私には何かレレが奇跡のように救われたことが信じられぬのだ。彼が死ぬところをその目で見た者たちがいて、彼らの話から、我らはオスマン軍がレレを取り囲み、馬から引きずりおろし、ばらばらに切り刻んだことまで知っているというのに、いったい今になってどうやって彼が五体満足の無傷の姿で現れることができたのだ?……思い出す、シャーと将棋を打っていた時に、レレはよく口をはさみ助言してくれた。『よく盤を見よ、空いた場所があるだろう――ぐずぐずしないでそこに兵を動かせ、そこから急襲を掛けよ……』」過ぎ去った日々が霧のように湧きあがり、シャーの目は思い出に潤んだ。シャーは自分を恥じるように鋭く頭を振った。

大臣は主君の気持ちが変わったのを見て、用心深く進言した。

「私にはレレは何も申さぬでしょう。それは明らかです、我がシャーよ。もしも彼に何か話すことがあれば、ただあなたにだけ明かすでしょう。仕方がない、彼を来させて、どんな知らせを持って現れたかをしかと見極め話を聞きましょう。ひょっとすると本当に何か重要なことを知らせてくれるかもしれぬ……そうでなければ、もし、つまり彼が我らに偽りを申したのなら、至賢なるシャーのお許しを得て我らは方策をみつけましょう……」

シャーは大臣の言葉を遮った。

「おまえが言うように、我らは彼と会わぬわけにはゆかぬ。だが考えても見よ、いったいわたしにバフルズの方からの知らせが必要だろうか?!　ひょっとするとそれはおまえには意味があると?!」

「いずれにしても我がシャーよ、人の目もありますし、いずれにしろ敬すべき廷臣たちもおります。シャーはバフルズの方の運命に無関心ではないと彼らに思わせるのは正しいかと……」

「それでおまえは、いつレレを私のもとに連れて来るつもりだ？」

「わたしは彼に申しました、我らがシャーは遊楽の遠出をされている、と。シャーがお帰りになるのを待ちましょう、と。もしもお望みとあらば今日にでも」

「そうしよう」シャーは決然と言った。「今日なら今日がよい」

「しかしけっしてあなたはレレと二人きりになってはなりませぬ、よいですか。レレは見破ってしまう、絶対に一対一になってはいけません」

「分かった、行こう、神の思し召しでお勤めの時間が来る。お勤めの後で来るがいい。二人きりでか、みなのいるところでか、大した違いはないように見えるが……」

シャーは出て行き、大臣はその後に続いた。シャーの心は乱れていた。それはおそらく、今朝タジリの方が彼を政務殿に行かせたがらなかったから、それが理由かもしれなかった。朝のタジリの方との会話を思い出し、シャーの心は心騒がす予感に疼いた。

……タジリの方は、太陽が空にその場所を占めた頃に寝所に入ってきた。

シャーはもう目覚めていたが急いで起きようとはせず、床の中でぐずぐずしていた。タジリの方は寝床に近づくと言った。

「我がシャーよ、起きて下さい、もう時間です。ご覧になって、陽ももう大分前に昇りました。何かお食べになって、それからお好きなだけお眠り下さい」

「タジリの方、おまえか？」シャーは床の中で心地よげに伸びをすると、寝ぼけ眼で愛妻を見た。

「私です、我が主よ、私です。お起きになられますか、それとも？　私が思うに、何か口にされる時間ですわ、その後お好きになされませ。ここに食事を運ばせますか？」

「いや、少し待て。何か今日のおまえはいつもと違うように見えるが」

「つまらぬことです……」

「だがそれでも言ってくれ」シャーはクッションに片肘をついた。彼の眠気は完全にさめた。シャーはタジリの方は何か言いたいことがあるような気がした……何かが彼女の心を押しひしいでいるような……「どうしたのだ？」シャーは尋ねた。

シャーは自身も、実のところ不安な夜を過ごしたのだった。夢が時々突然襲い来て、また思いがけなく中断し、再び眼前に広がったと思うと、それからまた再び飛び去って行った。固く閉じられた瞼の裏で眼球は緊張して回転していたが、それはまるで存在の彼岸で起きているある劇の情景が、次々に絶え間なく交代してゆくのを夢の中で見つめているようだった。何度かシャーは目が覚め、むさぼるように水を飲むと、また頭を枕におろした。「タジリの方に何があったのだ？」シャーは我を忘れ不安に駆られて、自分の愛する妻の顔を覗き込んだ。彼の不安は膨らんだ。

「恐れ多くも我がシャーよ、昨夜良くない夢を見たのです、とても嫌な夢を……」

タジリの方の告白はすぐにシャーに激しい真剣な興味を引き起こした。「このような時の女の勘は、我らよりも強いものだ」シャーはそう思って言った。

「話してくれ。どんな夢を見たというのだ？」

タジリの方は瞼を閉じたが、それはその夢を再び見たかのよう、その夢が再びその翼の影で彼女の瞼に触れたかのようであった。シャーは我慢できなくなった。

「おまえに聞いておる。どうしたのだ？　答えを待っておる」

「夢に見たのです」タジリの方は震える声で話を始めた。「わたしは……あなたが私を捨てる夢を見ました。あなたははるか彼方に出発され、私を一人残していったのです。それから私はあなたの声を聞きました、その声は第七天の高みから届き私に呼びかけました。あなたの声は私に尋ねました。『おまえは下界で忘れてしまったのか？　なぜぐずぐずしておるのだ？　ここに、私のところに来るのだ、ここは何という美しさに満ちていることか、ここにいるのはみなおまえを愛した魂ばかりだ』そうあなたはおっしゃいました。私は尋ねました。『愛する方、我が魂の燈よ、なぜ私を捨てて独りにしてしまわれたのですか？』あなたは答えられました。『聖なる祖師の名において急ぐのだ、おまえはその下界で何を見出したのだ？　我らが場所はここなのだ——祖師のそばだ、急げ……急げ……』そこで突然私は目が覚めました。今日あなたは人前に出てはなりませぬ、私の心がそう告げております、私をお信じ下さい。お願いです、ここにいて私の目の前から離れないで。できるならば私が自分であなたのお世話を申し上げますから」

「あの方は全く同じ言葉を語った。『ここにいるものはみなおまえを愛した魂ばかりだ』あの方にも同じ声が聞こえたのだ。今度はあの方ご自身がタジリに呼びかけ、自分のもとに呼び招いておる」そう考えると雷に打たれたようにシャーは思わず身じろぎした。タジリの方はそれには気付かなかったが、それは彼女が目を落として囁き続けていたからだった。

「神よ、神よ、どうか我らへのお怒りを鎮めたまえ……聖なる祖師の名において我らより災いを除きたまえ……慈悲深き神よ、その慈悲を与えたまえ……」

「それから何を夢に見たのだ？」

「それからあなたが私から走り去るのを見ました。誰も何物もそれを押しとどめることはできませんでした。駆け去って行かれ、みなここに取り残されました。あなたは私と共にいるようで、でもいないようなのです。あなたは私のもののようで、そうではないような……私の心臓は悲しみに張り裂けんばかりでした」

「それから、それから何を見たのだ？」シャーは胸が苦しくなった。

「神よ、あなたの僕たちより災いを除きたまえ——それ以上は何も見ませんでした。行かないで、それがどうしたというのです、今日政務殿には行かないで。仕事は逃げは致しません。国は滅びは致しません。それに、今日は私にあなたの詩を読んではくれないのですか？　今晩は詩の夕べにいたしましょう」

「詩を作っている暇はない。重大な事件が起きたのだ。もちろん私は行かねばならぬ」苛立ってシャーは答えた。

「我がシャー、我が瞳の光よ。私の心は胸騒ぎを感じております。何か良くないことが待ち受けております。あなたは顔色まで変わられました。何があっても出かけようとされる。これは不吉の前兆です。あなたは心を離れないさし迫った仕事を振り払うことができない。もう私はあなたをどこにも行かせません。お願いです、せめて今日だけは出て行かぬと約束してはくれますまいか。なぜならあなたは……なぜならあなたは真の信仰の唯一の砦であり、あなたは我が国の唯一の支えだからです。いいでしょう、言いたくはありませんでしたが、今申しましょう——夢の最初に私は恐ろしい情景を見たのです。黒雲が半月を呑み込み、おぞろしく大きな禿鷹どもが、怯えた大地の上を我が物顔に舞い飛んでおりました。これは悪い徴です、とても良くないことの、我がシャーよ……今日は私と一緒にいて下さい。お願いだからどこにも行かないで、行かないで……」

タジリの方は堪え切れずに泣き伏した。シャーは彼女の涙には目をくれなかった。床から起き上がった。

「行け。私はどうしても行かねばならぬ。神の恵みあらば、晩にまた会おう。その時におまえに新しい詩を読んでやろう」そう言いながらシャーは身支度を始めた。

「今読んで下さい、よいでしょう？　今すぐ読んで……」タジリの方は望みを捨てなかったが、涙は滝のようにその頬を流れた。

「今はだめだ。晩になったら私を待て。帰って来て読んでやる。あとでだ。帰って来たなら必ず……」

タジリの方は突然泣きやみ、シャーの前にひれ伏すと、両手で固くシャーの両足を抱きかかえた。

「行かせませぬ。たとえ殺されようと行かせませせぬ」

「離せ、タジリよ！」シャーは彼女の両手を自分の足から振りほどき寝所の出口へと向かった。立ち止まって言った。「何と言ったかな？　彼方ではみなおまえを愛した魂ばかりと?!　そうだ、もちろん、彼方ではみな私を愛した魂ばかりだ、神の恵みで……」

そう言うとシャーは出て行ったが、政務殿の敷居を越える時までも、その耳にはタジリの方の号泣が聞こえていた。

＊　＊　＊

……その夜、真夜中を過ぎた頃、私は輝光石のもとに着いた。空の月は天上のいつもの道をほとんど辿り終えていた。私の心臓は胸で張り裂けんばかりだった。バユンドゥル・ハーンの宮殿から休みなく私は馬を走らせ、馬にも自分にも息つく暇を与えなかった。我がハーンの許しを得てクルバシュは厩から一番足の速く頑丈な馬を選んでくれたのだ。

「輝光石よ、この世の石の中で最も美しい至賢の石よ。どれほどの間、私があなたから遠く離れていたか分かりません、だがもうこれ以上あなたと離れてはいられぬことは分かっています。明日は何かが起こるべくして起こるでしょう、だが何がどうなるかは——私には分かりません、未来を知るのはただただテングリと、もうひとりあなたしかおりませぬ、おお輝光石よ……もうすぐバユンドゥル・ハーンの怒りがあなたの僕の上に耐えられぬ重さで襲いかかるのを感じます、おお輝光石よ……ハーンがことの内幕を明らかにした後では別の結末を予想することは難しい。ただあなただけは御存じです、私が行ったことはすべてオグズの安寧を願ってのことであり、未来の不安が私を衝き動かしたのだということを。ハーンの心に慈悲を吹き込みたまえ、彼の正しい怒りを吹き払いたまえ、彼の心の中に慈悲と憐れみの聖なる鳥に巣を編ませたまえ。彼の我らへの、彼のそしてオグズの子らへの、全能のテングリを讃える我らへの愛が冷めざらんことを……」

こう言いながら私は輝光石を抱きしめそのまま石の隣にもたれてうずくまった……多くの時が流れ私の目を忘我の眠りが満たした……私はひどく疲れていたので、いったいいつ私が眠りに落ちたのかさえ分からなかったのだ……

コルクトの語りはここで再び途切れている、だがひょっとしたら途切れてはいないのかもしれぬ、というのも、それに続くテキストには何らかの省略があるとみなす根拠を見出せないからである。もっと正確に言えば省略はあるかも知れぬし、ないかもしれぬ。省略があるとすれば、省略されたテキストはおそらくはコルクトの思案を内容としており、写本の基本的なプロットとは直接関係がない、つまり何らかの情報の脱落はない、ということだ。もしもそうならば、それに続くテキストは先行する部分のそのままの続きではないにしても、その論理的な継続であることは——明らかである。ここで判読できぬページの上に、初めて何か奇妙な字の歪みが浮かび上がる。注意深く見つめていると、その輪郭は何か非現実的な生き物の輪郭を帯びてくる。青空に浮かぶ雲を長いこと見つめているとこのようなことがよく起こるものだ——いつも雲がありとあらゆる動物の輪郭に見えてくるのだ。歪んだ文字のひとつがとりわけ私の注意を惹いた。私がそれに目を凝らすと、その歪んだ文字は私の見ている前ではっきりとした人の影となったが、どうしてもそれを現実の何かの対象に同定することができなかった。なぜか私の目の前に若い東洋学者の娘の姿が浮かび上がり、かなり長い間その姿が消えず、はっきりとした姿のまま残っていた。それから私はその文字の歪みから目を逸らしたが、頁の上にまたそれを見出そうとした時には、歪んだ字も東洋学者の娘の影も見つけることができなかった……

……朝早く、まだ遠くから、私はハーンの宿坊で人々が右往左往するさまを見た。あるものは急馬から降り、あるものはもう顔を洗っているかと思えば、またあるものは露天の草上に陣取り、下僕どもの運んできた酸乳やら水やらを飲んでいた……私は悟った——アルズが現れたのだ。それも一人でも、二、三人の従者と共にでもなく、大勢の従者を連れていた。外オグズの者の中に私はエメンの姿を認めた。さらにデリ・ドンダルの姿も、デリ・ガルヂャルの姿もあった。アルプ・リュステムもいた。そのほかにも多くの同じように栄えあるベクたちを私は見た。彼らに近づくと私は急いで然るべく挨拶をし、答礼を聞いた。アルズ・コジャは好機をとらえ、私の片手を取ると脇に連れていった。

「コルクトよ、御機嫌いかがかな?」歩きながら彼は尋ねたが、それから囁き声になった。「どう思う、なぜハーンは我らを呼び出したのだろう? ひょっとすると大遠征でも考えていらっしゃるのか、知らぬか?」

「アルズよ、いかなる遠征もない。ハーンはおまえにいくつか聞きたいことがあるように私には思える。おまえにだけだ。だがあの者たちはなぜ現れたのだ？」私は栄えあるベクたちの方を向いた。

ちょっと離れたところにクルバシュが立って、絶えず我らの方を見ていた。私は今やっと彼に気付き、私が余計なことを言わぬように見張っていたことをすぐに知った。私たちの目が合うや、クルバシュはすぐに私に近づき、どうやら私の最後の言葉を聞いたものとみえ、それゆえ言った。

「ようこそみなの衆。コルクト、ベクたちのことは心配に及ばぬ。アルズ、おまえのベクたちに遠慮せぬように言ってくれ、道中疲れたろうし、腹も減ったろう。今すぐみなに十分な食事と飲み物を与えよう、私についてきてくれ」

栄えあるベクたちはクルバシュについて広々とした園亭に向かったが、そこには既に選り抜きの食事が並んだ食卓が待っていた。バユンドゥル・ハーンの気遣いに心からの謝意を表すと栄えあるベクたちは宴を始めた、彼らの食欲は底無しだった。少し立ってクルバシュは、部外者に聞こえぬように小声で私とアルズに言った。

「我らはもう行かねばならぬ。ハーンがお待ちかねだ。栄えあるベクたちには好きなように飲み食いさせて、彼らに気づかれぬようにそっと来るのだ」

アルズと私、クルバシュは中庭の中ほどに出て行き、ハーンの宮殿へと向かった。

「ここで少し待つように、私はハーンに取り次いで来る」クルバシュはそう言って、私とアルズの二人を敷居に残したまま扉の陰に消えた。

「どうもみな気に入らんな、コルクトよ、よくことの次第が見えぬ……」私を見るなり考え深げにアルズは言った。

「何が心配なのだ？　おまえがハーンに呼び出されるのは初めてでもあるまい？　それとも評定に一度も加

わらなかったとでも？　あれこれ心配するな、万事問題なしだ、アルズ」私は言った。

具合よくここにクルバシュが現れ、入るように、と我らを招いた。我らは御座所に入った。入った瞬間、私はすぐにはバユンドゥル・ハーンがその人だと分からなかった。驚きに打たれて私はハーンに見入った、おお偉大なるテングリよ、私にはそれと分からなかったのだ——私の目の前にいるのがバユンドゥル・ハーンその人なのか、それとも別の誰かがその場所に座っているのかが。これがあのハーンなのか？　バユンドゥル・ハーンは金糸織の晴れ着を身に着け、高い玉座に誇りと威厳をもって坐り、その眼は輝き、その顔を威力と威光が照らし出していた。一晩でハーンは驚くほど若返ったので、共に居並ぶ我らがみな老人に見えるほどだった。

アルズ・コジャは跪いた。立ち上がらず、そのままバユンドゥル・ハーンのもとに這い寄り始めた。ハーンの中のハーンは彼から目を離さなかった。アルズの一挙手一投足を見定めていた。私は然るべく一礼するとすぐに自分の場所に向かい、坐るとそのまま指示を待ってじっとしていた。

バユンドゥル・ハーンに近づくと、アルズはまだ跪いたまま、丁寧な口調で話しだした。

「栄えあるバユンドゥル・ハーンよ。すべてのハーンの上に立つハーン、全オグズの望みと支えよ。あなたが私を呼ばれたのでここに参りました、呼び出しに遅滞なく参上いたしました。いかなる命令でもお下し下さい、私自身、そして外オグズのすべてのベクが不惜身命、その剣により、自らの揺るぎなき忠誠を証すでしょう」アルズはこう言うとうなだれてハーンの返答を待った。最初少し黙っていたハーンは、このように話し始めた。

「アルズ、宮殿によく来たな、おまえに会えて嬉しいぞ。おまえの栄えあるベクたちにも会えて、欣快至極だ」

「ベクたちはハーンに敬意を表するためにやって参りました、もしもお許しが出ますなら、バユンドゥル・ハーンの手に接吻させていただこうと」アルズは答えた。

「あっぱれな心根よ。ベクたちに私の祝福を伝えてくれ。心行くまで宴を楽しむように、ベクたちには時間は十分ある。ところでアルズよ、おまえは何のために呼び出されたか知っておるか?!」バユンドゥル・ハーンは尋ねた。

「いえ存じません、我がハーンよ。聞いておりません。参内するように命じられただけですので」アルズは答えた。

「オグズである事件が起きた。私はそれを知った。この事件は私の気に入らなかった。それはアルズ、おまえにもいくらか関わることなのだ、それで呼び出した」

「我がハーンよ、何事が起きたのですか?」アルズは聞いた。

「今に分かる、急ぐでない。そこに来い」バユンドゥル・ハーンはアルズに身振りで彼の場所を示して言った。「取りあえずそこに座るがよい、話は長くなりそうだ。クルバシュ、ベクたちを然るべくもてなしたな?」

「心配召されるな、我がハーンよ。立派なベクたちは満足して、盛大に宴を続けております」

「結構だ、クルバシュ。座っておまえも自分の場所につけ」

クルバシュはアルズ・コジャの後ろに回り込み、その背後にしゃがみ込んだ。アルズはクルバシュの前に足を組んで胡坐をかいた。バユンドゥル・ハーンは二、三度私の方に鋭い眼差しを投げるとその言葉を続けた。

「さて話はこうだ。私の話を聞け、アルズ。私は密告を受けた。それによるとオグズにスパイが現れたと言うのだ。よいか――オグズにスパイだ！　密告は偽りではなかった。カザンが盛大な狩りに出かけた時、わざとのようにスパイが現れた。ベキルが足の骨を折った、またわざとのようにスパイだ。ベイレキが攫われた――スパイの仕業だ。全オグズが卑劣なスパイの悪業に苦しんだ。スパイは厳しく罰せねばならぬ。それがどうだ？　スパイはもちろんカザンに捕らえられ、穴に閉じ込められた。おまえもその中にいたはずだが、栄えあるベクたちが評定に集まった。おまえたちはそこでどんな決定をしたのだ。『奴は無実だ』だと。スパイは放免され、姿をくらました。どういうことなのか、アルズ、説明してはくれまいか？　全オグズへの見せしめとしてもう二度とこのようなことがないようにこの不敬の輩を四つ裂きにし、切り刻まねばならなかったはずだ、そうだな？　おまえたちはそうしなかった。そこでおまえの話を聞きたいのだ。おまえは、スパイを母親のもとに返し行かせるべきだ、と言った者の中にいたのか、確かなところが聞きたいのだ。それとも我らの知らぬ何か特別な事情があったのか？　アルズ、どうなのだ？」

アルズ・コジャはいつも人並み外れて物分かりがよかったが、この時もすぐにことの次第を飲みこんだ。バユンドゥル・ハーンの言葉を聞き終わり、一呼吸置くとアルズは次のように答えた。

「バユンドゥル・ハーンよ。スパイの話はもとをたどれば昔にさかのぼることと思し召せ。スパイの話は、よいですか、カザンとベイレキがでっちあげたのです。二人の本当の狙いは私だったのです。私はある時内オグズから奇妙な不愉快な知らせを受け取りました。それによれば、いずれ知ることになろうが、オグズにスパイが現れた、だがスパイの糸を引いているのはアルズだ、とカザンが至る所で言いふらしている、ということでした。我がハーンよ、考えても見て下さい、いったいなぜこの私が、この老年まで生きながらえ、外オグズの中で然るべき、有無を言わさぬ権威を持つこの私が――私の言葉に逆らえる者は一人もおりませぬ――あなたが率いたあらゆる襲撃と遠征にいつも参加したこの私が、この……カザンを捕虜の身から救い出すために全オグズを立ち上がらせ、メリクの兵士らの護りを木っ端微塵にしたこの私が、もう一度申し上げます、いったいなぜスパイを放ち、オグズに歯向かわせる必要がありましょうか?! 我がハーンよ、真面目に取り合うまでもない笑止千万のことです！ 私は別の話をいたしましょう、お聞き下さいませ。よいですか、カザンは私を自分の敵と宣言したのです。私の妹の息子は自分の叔父を敬わず、私を立てようとも一切せず、私の息子たちを認めようともせず、かてて加えて外オグズの者たちの誰の言うことも聞こうとしませぬ。我がハーンよ、あなたに私が受けた恥辱のいちいちを数え上げることはしますまい、それは長くなりますし、悲しむべきことです。今ではもうオグズの者は誰でもこのことを知っております。これが、なぜ私がためらうことなくカザンのあらゆる言葉と意向に逆らうかの理由です。そこにまたこの……ベイレキが絡むのです。いったい奴は何者か？ 私はベイレキを全く知りませぬ。奴は我らの娘の一人を嫁に取りました。ハーンももちろんご存知でしょう、我らはバイビジャンの娘のバヌチチェキを奴に嫁がせ、親族となりました。ところが奴はカザンの顔色を窺い、カザンの言うことに何でもかんでも――正しいことにも間違ったことにも――考えもなしに賛成するのです。そのベイレキがカザンにスパイの話を吹き込んだのです。そしてその後でぐるになってバユンドゥル・ハーンの目の前で私に汚名を着せようと企んだのです。スパイの件を私になすりつけようと決めたのです。魂胆は単純です――ハーンは調べ、厳しくアルズを罰し、内オグズと腹を立てた外オグズが衝突する、そうなれば……」

アルズの話のこの場所で、バユンドゥル・ハーンは、私がしかと書き留めているか否かを確かめたい様子で鋭い目を私の方に向けた。私が一生懸命書き留めているのを見ると、身振りでアルズを押し留めた。次のように言った。

「アルズ、おまえはおまえとカザンの関係は全く別の話だと言った。いったいどんな話なのか話してはくれぬか？　聞いてみたいのだ」

アルズはその場で体を動かし、姿勢の具合を正しながら、やはり横目で私の方を見、その時初めて、私が彼の言葉をすべて書き取っているのを見てとった。だが自制して、しばらく黙った。再びバユンドゥル・ハーンに向かって言った。

「バユンドゥル・ハーンよ」アルズは言った。「その本当の理由は私自身にも正確には分かりませぬ。奴に対してどこに私の非があるか、どんな罪を犯したというのか——分かりませぬ。誰かに教えて貰いたいぐらいです。それゆえ、我がハーンよ、お許しが頂ければ私はこのことすべてをどう理解しているかをあなたにお話しいたしましょう、結論はハーンご自身でお下し下さい」

「分かったぞ、アルズ、それが正しかろう」バユンドゥル・ハーンは寛大にアルズの言葉を受けた……


（アルズはそもそもの昔から話を始めた。カザンの幼年時代、青年時代について生き生きと詳細に語り、彼の婚礼について細かく述べた。しばらくするとバユンドゥル・ハーンはアルズに助言した。「これらの話はどれも必要ない、スパイには関係ない話だからな」「コルクトよ、おまえは」バユンドゥル・ハーンは私に言った。「必要な場所だけ残して、残りはみな書いたものから抹消しろ」私はすべてバユンドゥル・ハーンの言った通りにした。そのためにアルズ・コジャの話の記録は完全には残らなかったのである）


アルズは言った。

「バユンドゥル・ハーンよ！　あなたはカザンの私に対する憎しみの理由がどこにあるかをご存知ですか？」

「いや知らぬ」バユンドゥル・ハーンは興味をそそられて答えた。

「よいですか、その理由は私の息子バサトが独眼鬼に打ち勝ったことにあるのです」

「本当か？」バユンドゥル・ハーンはいかにも心から驚いて見せたので、私でさえハーンがこのことを知らなかったのだ、と思ったほどだった。

「本当のことです。私をお信じ下さい。原因はバサトにあるのです。お尋ねしたいものですが、何かバサトがそのような……けしからぬことをしたでしょうか⁈　もちろんハーンは、何も、とお答えになるでしょう。バサトが全オグズを避けがたい破滅から救ったのではなかったでしょうか⁈」

「救ったとも、アルズ、それは我らの誰もが知っておる。本題に戻るがよい」バユンドゥル・ハーンはやんわりと言った。

「私はことの核心をお話ししようとしております、ハーンよ。私の言うことをお聞きになって下さい、ハーンにあってはすべてが明らかになるでしょう。どこにスパイ事件の真相があるか、なぜカザンとベイレキが外オグズに背こうとするのか——そのすべてをあなたにお話しいたします」

私は今度ばかりは我らがバサトの話を避けては通れぬことを悟った、それゆえ我慢して気持ちを抑えた。どうやらバユンドゥル・ハーンもこの話は避けて通れぬと思ったようで、我らの誰もがアルズの話を聞こうと耳を澄ました。

アルズ・コジャは話を始めた。


ハーンもご存じのことでしょうが、独眼鬼がその恐ろしい軍勢を率いて我らの領内に侵入し、外オグズの土地を貫き流れるセレメ川の水を堰き止めたのです。独眼鬼の軍勢は数知れませんでした。誰も、彼らがどこから現れたのか、どのような氏素性の族なのか知りませんでした。聞いたこともない言葉を喋り、見知らぬ神々に祈っておりました。私はこの招かれざる客が何を求めているのか、何が望みなのか知るために人を送ることにしました。このために私はアルプ・リュステムと私の副官を何人か遣わしました。それだけでなく、軍勢の数、彼らの士気、武器や弾薬の量、できれば彼らの戦法などをよくよく見極めてこい、と命じました。要するに彼らは出立しました……帰ってくるとアルプ・リュステムは私に次のような話をしました。「我がベクよ」アルプ・リュステムは言いました。「これは蛮族です、このような族は生まれてこの方、今にいたるまで見たことがありません」

「それでむこうの頭目と合って話をしたのか？」私は尋ねました。

「会いました、我がベクよ。頭目が自ら我らを呼んだのです。分かったことは、頭目は我らに大いに関心を持っているということで、ありとあらゆる質問を我らに浴びせました」アルプ・リュステムは答えました。

「奴らの狙いは何なのだ？　長いこと我らの土地に住みつこうというのか？」私は尋ねました。

「我がベクよ、彼らの軍勢はセレメ川の水を堰き止めようとして、岸辺に驚くほどの数の石を、岩を砕いています。合図を待っていました。アルズ・ベクよ、彼らは我らから水を奪うつもりです」

「そんな前代未聞のことを？　そんな戦法をとろうというのか？　まともな戦士がそのようなことをしてよいものか？」私はそう言うと栄えあるベクたちを評定に集めました。コルクトも呼び出しました。彼は呼ばれると真っ先に現れました。

　私が評定の口火を切りました。

「栄えあるベクたちよ、状況はこういうことだ」私は始めました。「野蛮な独眼鬼に率いられた数知れぬ軍勢が我らの領内に侵入し、自分をそこの住民だと申し立てておる。彼らの天幕は果てしない平原を覆い尽くした、だが最悪なことは彼らが絹の道《シルクロード》を封鎖してしまったことだ、隊商はもはやオグズの領内を通ることができぬのだ。我らの使者は空手で戻ってきたし、アルプ・リュステムは彼らの真の目論見については何も知ることができなかった——余所者どもはその狙いを隠している。一つだけははっきりしていることがある——オグズの頭上に大きな災いが降りかかったのだ。我らはみなこのことをしかと知らねばならぬ。我らはどうすべきか、栄えあるベクたちよ、意見はどうだ?! アルプ・リュステムによれば、余所者どもはセレメ川の流れを変えようとしている。テングリよ、どうかそのようなことのなきように! もしも奴らがそんなことをすれば、すべての望みを全能のテングリにかけるしかない。おまえたちの意見はどうだ、栄えあるベクたちよ。軍勢を集めて野人の独眼鬼との戦いの準備に入るか、それとも爺婆や女子供が必ず我らに向ける『無益な戦いをなさるのか?』という問いの答えを探すべきか?」

栄えあるベクたちは口を揃えて叫びました。「戦いとうございます、敵と戦いましょう。独眼鬼との戦いを指揮して下さい。アルズ・コジャよ! アルズは——我らの首領、あなたが我らの頼みです」

我がハーンよ、我らが評定を終えようとした時、従士の一人が知らせを持ってきました。「セレメ川の支流のひとつが干上がりました」。栄えあるベクたちは意気消沈いたしました。最初に立ち直ったのはエメンでした。

「このことすべてをバユンドゥル・ハーンと内オグズに伝えねばなりませぬ」エメンは申しました。「この戦争は外オグズの運命にのみ降りかかったわけではありません。我らだけがこの川の水を飲んでいる訳ではありません。今日我らに水がなくなれば、明日は内オグズの者たちも耐えがたい渇きに苦しむのです」エメンはそう言いました。

そこで我らは、ハーンよ、急使に馬を走らせ、この知らせを一つはあなたに、もう一つはカザンに送りました。我ら自身はといえば、散会して戦闘の準備に入りました。

翌日の朝早く、外オグズの栄えあるベクたちは、武装した親兵たち、武器を持たぬ従士たちを先に立たせ、干上がったセレメ川の川床を独眼鬼の陣営の方に進みました。後で分かったことですが、スパイどもが我らの動きを追っておりました。川床に沿って上流に進み、我らはブズルセル川の岸辺に出ました。そこで卑劣な敵は川が急にカーブしたところに作った堤を一気に崩し、激流がもとの川床に流れ込み、我らに襲いかかりました。我らは流れの渦に巻き込まれ木端微塵となり、そのまま下流の外オグズの境にまで押し流されました。この奔流の中で多くの者が死に、岸の岩に激突し手足を失ったものも数知れませんでした。独眼鬼とはそういう奴だったのです。自分の戦士を一人たりとも失うことなく、奴は我らの軍勢を殲滅することができたのです。

翌朝我らは新しく軍勢を集めました。この時は別の戦法をとることにしました。独眼鬼の背後に回ることにしたのです。隊商の通る踏み分け道を避けて、我らはカズルク山の山並みを通って行きました。独眼鬼は、後で分かったのですが、この時も遭遇に備えておりました。奴の軍勢はもう昨日の場所で我らを待ち受けておりました。我がハーンよ、戦闘が始まりました。自慢ではありませぬが私は数多くの戦闘を経験して参りました。だがこのような戦いは思い起こすことができませぬ——放った矢は彼らにはじき返され、我らの剣は奴らの頭を打ち砕くことができませんでした。頭の先から足の先まで彼らは鎧に覆われておりました。彼らの馬さえもが鉄の甲冑をつけておったのです。要するに、我がハーンよ、恐ろしい戦闘が勃発し、一方は勝利し、他方は屠られたのでした……

（これは覚えておくべきだ。アルズ・コジャの言葉は恐ろしいが刃のように正確だ——「恐ろしい戦闘が勃発し、一方は勝利し、他方は屠られた……」）

我がハーンよ、我らは叩き伏せられました、列を乱して退却し、血塗れの戦場に戦死者を放り出し、みな命からがら逃げ帰ったのです。

再び栄えあるベクたちが私のもとにやって参りました。「これからどうしたらよいでしょう？」そう尋ねました。

「バユンドゥル・ハーンからの、カザンからの返事は受け取ったのですか？」エメンが尋ねました。

「いや、まだ受け取ってはいない」私は答えました。

「すぐに新たに急使を送って、現状のすべてを話させねばなりません。ハーンの中のハーンに何か策を講じてもらわねばなりませぬ。今日外オグズが災いに沈み、それが内オグズの明日の運命ならば、全オグズから何が残るのですか？」バイビジャン・メリクがそう言いました。

バイビジャン自身は独眼鬼との戦いには加わっていませんでした。娘の婚礼準備でそれどころではなかったのです。バヌチチェキをベイレキに嫁がせることになっておりました。早晩二人は婚礼の天幕に入ることになっていたのです。

「ベクよ、まずあなた自身が息子らと出陣するべきでは？　後でバユンドゥル・ハーンが我ら外オグズを士気が充分でない、と責めかねぬ」私はバイビジャンをたしなめました。

「アルズよ、おまえの息子のバサトも軍勢に加わってよいのではないか」バイビジャンは私にそう応じました。

「もっともだ。明日にも私の息子たちに全軍と共に出陣させよう」

私は外オグズの栄えあるベクたちに、朝集合するよう命じました、しかし夜中に早くも悪い知らせを受け取ったのです。我がハーンよ、カザンが我らに自分の目論見を知らせることなく、独眼鬼との戦いに内オグズを率いて出陣したのです。だが隊商路が二つに分かれるところでの最初の戦いで打ち破られ、退却を余儀なくされたのでした。恐慌をきたし、列を崩してベクたちはめくらめっぽうに逃げました。ある者は内オグズのもとに逃げおおせたが、ある者は外オグズの者たちにかくまってもらおうと、我らのもとに逃げてきました。カザン本人にその夜私は会いませんでした。彼の弟カラギョネに会いました。彼を家に連れていきました。彼は片手に軽いけがをしており、従士たちが傷に薬を塗り、包帯でしばりました。

「俺の言うことを聞け、カラギョネよ、おまえたちが我ら抜きで敵を打ち破ろうと決めた時、いったい何を当てにしていたのだ？　やくざ者め、まさかおまえたちに、一緒に独眼鬼と戦おうという私の提案が伝わっていなかったはずもあるまい？」私は怒りをカラギョネにぶちまけました。

「カザンは言ったのだ。『俺は独眼鬼の軍勢を易々と打ちのめしてやる、俺にとってはそれは野生の驢馬を狩るようなものだ。いったいそのために外オグズの軍勢が必要だと言うのか?!　自分たちで盛大な狩りをやろうではないか。獲物はみんな当然我らだけのものだ』そう言って我らを呼び集め、我らはよく考えもせずにカザンの後に従ったのだ」

「待ち伏せにあったということだな？」

「そうだ、待ち伏せだ。多くの者がほとんど即死した。アルズよ、おまえは今までこんな軍勢と一度でもぶつかったことがあるか？」

「いや一度たりともない」

「俺もこんな軍勢は見たこともない。これから我らはどうしたらいい？」

「カザンを探さねば。一緒にバユンドゥル・ハーンにご相談しよう」

「言われる通りにしよう」カラギョネは答えました。

我ら二人はカザンを探し始めました。彼はもう内オグズの領内に来ており、家で休んでおりました。従士たちが彼に取り次ぎました。「あなたの叔父アルズとあなたの弟カラギョネが来ております」カザンは我らのもとに出てきましたが、打ちのめされた様子でした。その顔はひどく黒ずんで、目はきょろきょろと動き落ち着きませんでした。カザンはやはり同じ問いかけを私にしました。

「アルズよ、おまえは多くの戦いで切り合いをし、軍勢を引き連れて遠くトラブゾンまで遠征した、おまえと一緒に肩を並べて戦ったこともあった。言ってくれ、おまえはあんな軍勢とぶつかったことがあるか？」

「一度もない」私は答えました。「だがおまえも言ってくれ、なぜ一人だけで敵に向かって行ったのだ？私はおまえに私と合流して一緒に出陣しようと提案したはずだ。どうしたのだ？」

「もし私が知っていたら……だがこの……独眼鬼におまえたちの誰かは会っているのか？」カザンは尋ねました。

「アルプ・リュステムが会っている。我らは彼を独眼鬼と話をつけるために遣わしたのだ」

「いったい独眼鬼とはどんな奴なんだ？」カザンは興味を示しました。

「テングリにかけて誓うが、分からんのだ。とにかく大男で、石臼さえ手玉に取るらしい」

「本当か？」

「そういう話だ……」

「それでは我らはいったいどうすればよい？」カザンはもう一度考え込んで尋ねました。

「我らに何が残されている？　全オグズを挙げて立ち上がるのみだ。馬に乗れ。馬を走らせ、すぐにバユンドゥル・ハーンのもとに参内するのだ。我らを救える者がいるとしたら、それはハーンただ一人だ」私はそう言いました。

覚えていらっしゃるでしょう、我がハーンよ、私とカザンはあなたのもとに参内しました。長いこと話しあいました。それからあなたはコルクトを呼びました。コルクトが現われました。我がハーンよ、あなたはコルクトにこうお命じになりました。

「コルクトよ、すぐに独眼鬼のもとに行くのだ。奴に言え、オグズは平和に折り合いをつけたいと願っておると。奴の条件を言わせよ。おまえたち、栄えあるベクたちよ、その間に大きな戦いに向けて準備をするのだ。そして誰も独断専行は許されぬ。慎重に行動せねばならぬ。力を蓄えるために時間を稼がねばならぬ。独眼鬼の条件を知ることが重要だ。私はトラブゾンへ、グルジスタンへ人を送り、話をつけるつもりだ。オグズだけでは独眼鬼には太刀打ちできぬ。コルクトが帰るのを待とう。あらゆることを考えて、それから最終判断を下そう」

我らは各々自分のもとに帰りました。コルクトは私と共に出発しました。栄えあるベクたちが集まり、我らはバユンドゥル・ハーンの言葉を伝え、彼らは同じようにハーンの決定を支持し、みなの目がコルクトにそそがれました。

「コルクトよ、生きて無事に帰られよ」彼らは言いました。「我らは貢物を出す用意はある、ただ我らに水を返すようにしてくれ。老人老婆、女子供たちが渇きに呻いておる。まもなく大声で叫びだすことだろう……」

そんな門出の言葉に伴われて、我らはコルクトを独眼鬼との交渉に向かわせたのでした。こうして、我がハーンよ、コルクトが、我らの方から独眼鬼のもとに遣わした数えて二人目の使者となりました。既に申したように、最初の使者はアルプ・リュステムでした。

コルクトは我らを長くは待たせず、すぐに戻って参りました。彼がもたらした知らせは恐ろしいものでした。余所者たちは、我がハーンよ、血も凍るような条件を持ち出したのです。彼らが言うには、我らに毎日羊を一群れずつ、その上人を二人ずつ差し出せ――我らの首領である独眼鬼が彼らの心臓を食するのだ、と言うのです。我がハーンよ、彼らは食人鬼だったのです。我らは長いことこの恐ろしい条件について思いをめぐらせました。他に仕方がありませんでした。条件を飲むことにしました。貢物についてはことはすぐに運びました、我らの羊に不足はありませんでした。だが独眼鬼は毎日二人ずつの人身御供を要求していました――これは無理な話でした。長いことあれこれ詮議し、喉が涸れるまで議論し、最後に各戸から一人ずつ人を差し出すこととしました。奴隷や捕虜のいない家では息子か娘を差し出さねばなりませんでした。我がハーンよ、オグズには呻きと泣き叫ぶ声が満ち溢れ、天を衝くかと思われるほどでした。しばらくたつとどの家も貢物を差し出し、順番は振り出しに戻り、また繰り返しとなりました。人々は住み慣れた土地から離れようとさえしましたが、だがどこへ！　一方では私の副官たちが、他方では独眼鬼の軍勢が道を塞いでおりました。この軍勢はいるはずのない場所に突然現われることができました――瞬きする間に目の前に戦闘隊形を組んだ軍勢が現われるのでした。私の息子クヤン・セルジュクは我慢できずに自分のもとに血気盛んな向こう見ずな若者を雲霞のように集めて、独眼鬼の陣営を襲撃しました。私の瞳輝く息子は戦死しました、恐怖のあまり心臓が裂け、戦場に散ったのです。

ここで私のところにコルクトが現われました。「バサトを説き伏せねばならぬ。私には分かる、心に感じるのだ」彼は言いました。「バサトただ一人が独眼鬼を打ち破る力を持っている」

「それもよかろう」私は言いました。「だがどうやって？　私はあいつがどこにいるのかさえ知らんのだ。どこかの森の茂みに入り込み狼たちと仲良くしておる。聖なる雌獅子を母と呼んでおる」

コルクトは申しました。

「それがどうした？　見つけだし、私のところに連れて来さえすればよい。私が自分で話をつける」

我らは何が何でもバサトを見つけだし、家に連れて来い、と命じて副官や従士らを四方八方に遣わしました。彼らは苦労して探し回り、間もなくバサトは我らの前に現われました。

「我が父ベクよ、私をお呼びになりましたか？」

「呼んだぞ、我が子バサトよ。おまえは周りで今何が起きているか知っておるか？」

「存じません、父上。誰も何も私に申しておりません」

我慢できずにコルクトが割って入りました。

「バサトよ、敵が黒雲のようにオグズの頭上に襲いかかったのだ。我らの兵士たちは敵を打ち破ることができぬ。多くの栄えあるベクたちがこの敵の手にかかって死んだ。我らは恐ろしい恥ずべき貢物を奴に支払っている。一日に二人の人間の心臓をこの貪欲な食人鬼は食らうのだ。自分の息子や娘を失わなかった家はない。おまえはどう思う？　私は奴に会った。こいつは独眼鬼という巨人だ。だがおまえに比べれば何ということはない。おまえなら、いや、ただおまえだけが奴を退治できるだろう」

「私は行きません」バサトは言いました。

「いったいなぜだ？」私たちは問いただしました。

要するに、我がハーンよ、ことは面倒になりました。その時ちょうどクヤン・セルジュクが出陣したところでした。我らはクヤン・セルジュクの名を出すことで、やっとバサトを説き伏せたのでした。

「もしも髪の毛一本でもクヤン・セルジュクの頭から落ちたなら、その時は戦いに行きます」

クヤン・セルジュクが戦場に散った後、バサトはたちまち別人のようになり、甲冑を身に着け勇士たちを集め、出発しました。三日三晩バサトの消息はありませんでした。斥候を送りましたが帰って来ず、もう一人送った斥候は死にました。私とコルクトは居ても立ってもいられず、何人か腹心の者を連れ、テングリの名を唱えつつバサトを探しに出発しました。まもなくカズルク山の裾野をセレメ川が囲むように流れている場所に来ました。真昼でしたが、あたりは常ならぬ静寂に包まれておりました。もしも別の時に我らがここに現れたなら、敵の待ち伏せに遭わずに済んだでしょうか？　待ち伏せに遭っていたでしょう。だが今は……すべてが以前の平和な時のようでした。鳥のかしましい囀り以外には何も真昼の静寂を乱すものはありませんでした。我らはもう少し先に進みました。ゆるい勾配の丘の上に独眼鬼の陣屋があるはずでした。ここにも人っ子一人おりません。我らは急いで馬を目立たぬ場所に隠し、こっそり丘の頂上に登りました。我がハーンよ、我らは何を見たでしょう？　遊牧民たちは遊牧を止め移住していました、それが我らの見たものです。天幕や幌馬車はずたずたになり、竈はこわされ、家々は煙もなく燻っていましたが、セレメ川の対岸ではどこやらの人々が流れを堰き止めていた堤を取り崩し、石を脇に集めておりました。

「コルクトよ、どう思う、あれはどこの者たちだ？」私は尋ねました。

「アルズ・コジャよ、ご馳走して貰わねばな、あれは私たちオグズの者たちだ、つまりバサトが独眼鬼に打ち勝って、今彼らはオグズに水を飲ませようとしているのだ」コルクトは答えました。

「それではいったいバサトはどこにいるのだ？」私は尋ねました。

「おまえは自分の息子が見えんのか？　ほら、あの木陰で豪傑のように眠っているのが見えないか？」コルクトは大きな木の方を手で差し示しました。

もう一度見ると、我がハーンよ、見えました。そうです、それは我が子バサトでした。こんもりとした楡の木陰に横になり、休息を取っていました。喜びが私の中で笑いとなって爆発し、幼子の様にその場で叫び出し、飛び跳ね出しました。それから私たちは楡の木を目指して丘から駆け降りました。バサトは我らの叫びを聞きつけ起き上がり、我らを見ると飛び起き、然るべく挨拶をしました。それから尋ねました。

「父上、私は独眼鬼の首を刎ねました、私の兄クヤン・セルジュクの仇を取りました。私に御満足ですか？」

「おまえを抱かせてくれ、我が子よ、接吻させてくれ」私はバサトを胸に抱きしめ、口づけましたが、唇は噛みませんでした。

（アルズはそう言ったのだ――「口づけたが、唇は噛まなかった」と。どれほど泣き、苦い涙を流したか、「クヤン・セルジュク」の名をどんな呻き声で口にしたかは一言も言わなかった。我らは辺り一帯を晩までしらみつぶしに探したが、どれほど探してもクヤン・セルジュクの遺骸を見つけることができなかった）

コルクトはバサトに尋ねました。

「勇士よ、一部始終を話してくれ。いったいどうやって独眼鬼に打ち勝ったのだ？　奴の忌まわしい軍勢はどこに消えたのか？」

バサトはコルクトに答えました。

「コルクトよ、話をするほどのことではありません」バサトは言いました。「この独眼鬼は恐ろしい巨人などでは全くありませんでした。奴は魔術を使っていたのです。独眼鬼は魔法使いでした。そんな話を聞いたことはありますか？」

「本当か？　それで奴の魔力とはいったいどんなものだったんだ？」コルクトは興味津々でバサトに尋ねました。するとバサトは次のような話を始めました。

奴はいろんな姿に変身して私を惑わしました。川が急に曲がっているあたりから、私はつけられていることを感じておりました。丘の麓で斥候どもが我らを取り囲み、我らを皆殺しにしようとしました。「待て」私は言いました。「私は闘いに来たのではない、私は独眼鬼に贈り物として贈られてきたのだ」斥候どもは長いことためらっていましたが、とうとう私と仲間たちを自分の陣屋へと連れて行きました。「独眼鬼に話がある。我らを連れて行け」するとそこに独眼鬼が自ら現れました。貧相なみすぼらしい小男でした。声は甲高く、手は短く、脇には木刀をぶら下げ、その先を地面に引き摺っていました。独眼鬼の隣には通訳が手持ち無沙汰な様子で控えており、彼の言葉を私に伝え、私の言葉を彼に伝えていました。独眼鬼は小さい手を広げ、取り囲んでいる者たちに向かって言いました。

「見てみろ！　また一頭、犠牲の子羊をオグズの連中が送って来たぞ」独眼鬼は大声で叫び、折れ曲がった掌を打ち鳴らしました。それからしげしげと私を見ると、満足げにふむと言い、その指で私の胸を突いて言いました。「この若者は中々男前だな、俺は気に入った。何でも言ってみろ。話があるとか言ってたな」

「私の望みは」私は言いました。「おまえと剣で戦うことだ。おまえが勝てば私を食うがいい、もしも私の方が勝ったら、ここから全軍を率いてとっとと出て行き、もう二度とここに現れるな」

「おまえが……この俺と？　おまえはいったい俺が誰だか分かっているのか？　俺の途轍もない力を聞いたことがないのか？」独眼鬼はまたとめどなく甲高く笑いました。まわりの手下どもはそうだそうだと言うようにげらげら笑いました。

「おまえの力が俺の力に比べれば屁でもないことを明かして欲しいか？」私は独眼鬼に言いました。

「多くのおまえの仲間たちがここで死んでいった。おまえは勇敢だ、俺はそれが気に入った。おまえを一目見て、俺はおまえが気に入ったと言った。おまえとの一騎打ちは承知した」独眼鬼は言いました。「だが聞け、俺にも条件がある。もしも俺が勝っても殺しはせぬ。おまえを俺の奴隷にして俺に仕えさせ、俺を楽しませてもらうぞ……どうだ？」

「異存はないぞ」私は答えました。

「闘技場を準備しろ！」独眼鬼は取り巻きの者たちに命じました。

闘技場と彼らが言っていたのは陣営の真ん中にある、だだっ広い輪でした。私はこの輪の中に入れられました。「勇士の着物を脱がせろ、生まれたままの姿にしろ」独眼鬼は命じ、手下どもはすぐに私を丸裸にしましたが、私にマントをくれ、私の剣は取り上げませんでした。独眼鬼は大きな勝ち誇った声で「讃えよ、褒め讃えよ」と叫びながら輪の中に入り、彼の軍勢は我を忘れて自分たちの首領を褒め称えました。私は考えました。「もしもこんな大軍が喜んで彼に服従しているとしたら、いったいどんな力がこの貧弱な体に潜んでいるのだろう？」自分の運命をテングリに任せて、私は戦いの準備にかかりました。剣を振り上げて独眼鬼に突進しましたが、そこで私の手足が一瞬にして麻痺したのを感じ、その場から動けなくなりました。一方独眼鬼の方は私の方を見遣りもせず、耳をそばだてようとさえしません。輪に沿って歩きまわり、自分は笑い声を立てながら見物人たちを笑わせ喜ばせています。全能のテングリよ、私はいったいどうなったのでしょう？　なぜ私の体はすくんでしまい、身動きもできないのか？　なぜ私の剣は私の言うことを聞かなくなってしまったのか？　なぜこの貧弱な小男は私の方を見ないのか？　考えをめぐらしていると、突然ちょうど目の前に独眼鬼が見えました。奴は自分の短い木刀で私の目を狙いました。その瞬間私に体の自由が戻り、私は息を吹き返し、奴の一撃をかわしました。独眼鬼は再び輪に沿って、宴会の道化のようにおどるような足取りで声をあげて笑いながらゆっくり歩き回り出しました。私の目の方は、その陣営のはずれで光っている二つの眼に気付きました。この二つの眼は丘の麓に来襲者どもが設けた屠殺場の方から私を見つめていました。その眼差しは私に注がれ、私を引き寄せようとしていました……最初私はその目が分かりませんでした、だがその後で気がつきました。それは私の母、聖なる雌獅子だったのです。ここで雌獅子は私を見つけたのでした。

力が私に戻りました、ところが私の前に立っている独眼鬼に突進しようとするや、これはどうだ、独眼鬼はおらず消え失せ、その代わりに私の目の前に立っていたのは……誰だと思います？

「誰なんだ？」声を揃えてコルクトと私は尋ねました。

あなたを見たのです、父上。あなたが私の目の前に立っていたのです。私はやっとのことで剣を引っ込めましたが、危うくあなたを切り倒すところでした。

居合わせた者たちは大笑いし始め、私は最初は狼狽しましたが、それからひどくじりじりしました。

「父上、ここで何をなさっているのです？」私はあなたに尋ねました。

「おまえに加勢するために来たのだ、息子よ」そうあなたは答えましたが、その声はあなたのものではなく、独眼鬼の甲高い声でした。そこで私は悟りました、私の前にいるのはあなたではなく、これは独眼鬼が自分の魔力で私を惑わし、あなたの姿を取っているだけなのだ、と。私も独眼鬼から目を話さずに輪に沿って歩きはじめました。見ていると独眼鬼は旋風のようにぐるぐると回り始めました、そして地に潜ったかあるいは天に消えたのか――よく分からぬのですが、私の目から消えました。独眼鬼の軍勢は剣と槍とで自分の盾を打ちたたき、蛮声を張り上げて叫び出しました。恐ろしい騒ぎが耳を聾せんばかりでした。だが私は知っていました――不思議な二つの目が私を見守り、今度も同じ方法で合図を送ってきました。「急ぐでない」その言葉が頭に閃きました。「すべてに時あり。もし定められているのなら、その死を独眼鬼は自分の短い木刀で受けるだろう。時を待て」突然背後に何かの動きを感じて、さっと私は振り向きましたが、そこに見たのはハーンの娘、細腰の美女ボルラ・ハトゥンでした。私は恭しく一礼し尋ねました。

「奥方様、なぜこんなところにおられるのですか、戦場は散歩の場所ではありませぬ、もしもの事がないようになるべく遠くに居られて下さい。まさかの不幸に見舞われぬとも限りません。私は独眼鬼を探しているのです。あなたと出会いはしませんでしたか？」

私の言葉を聞いて独眼鬼の軍勢はまたいっせいに大笑いし、彼らは口を揃えて「ハイ、ハイ」と自分たちの首領を囃し立てました。ボルラ・ハトゥンはといえば、しなを作って肩を揺らし輪に沿って歩いて行きました、時折立ち止まって指を鳴らしながら、ベリーダンスを踊りつつ戦士たちを大喜びさせました。「全能のテングリよ、いったい彼女はどうなってしまったのか？」私はそう思いましたが、すぐに今度はボルラ・ハトゥンの口から届いた甲高い独眼鬼の声を聞きました。

「ここにいらっしゃい、若者よ、おまえは私に一目惚れしたのでしょう、私もあなたが好きになったわ。ぐずぐずしないで急いで、急いで私の父上に頼みなさい、私をくれるように、すぐに仲人を立てて、私の父上ハーンのもとに送って。ぐずぐずしていると私は別の男のものになってしまうわよ、別の男と婚礼の床に入り、あなたは嫉妬の炎に苦しめられるでしょう……私のところに来て、来て私に口づけて、そうすればあなたも私の熱い接吻を受けるでしょう……バサト、バサトよ、勇士の中の勇士、美丈夫のバサト、見目麗しく心にかなう人、急いで、勇士よ、私の父もとに行き、父上に私を下さいと頼んで、私をあなたの妻にして、私はあなたの竈を守り、あなたの寝床を熱い私の体で暖めましょう。接吻し愛撫し息の止まるほど抱きしめましょう、私の吐息であなたを蘇らせてあげる、ここに来て、私のところに来て、若者よ！……何をぐずぐずしているの？」

ボルラ・ハトゥンの、ということは独眼鬼の言葉に私の頭は混乱し、一声叫ぶと彼女の幻に突進しました。忌まわしい敵を掴んだと思いましたが、擦り抜けられ、ボルラ・ハトゥンの姿はみなの目の前でまた独眼鬼になりました。両手を広げ、甲高い声を立てながら、独眼鬼はまた再び勝ち誇って輪に沿って歩みました。するとまた屠殺場の方から私の頭に声が響きだしました。「急ぐな、慌てるな、しっかり待て、奴に手の内をすべて出させて、その魔力が衰える時を待つのだ。好機を逃すな、奴から奴の魔力のもとが離れたら、その時こそ、すぐに迷わずそれを掴み取れ。だが今は……急ぐな、私の言うことを聞くのだ、私の目を見よ、必要な時に私はおまえに『行け！』と叫ぶから」聖なる雌獅子はその目でこのような考えを吹き込み、私の意気と意志を固めてくれたのです。

突然私は目の前にあなたを、コルクトを見ました――あなたは胡坐をかいて、手には何か奇妙な――サーズとも剣ともつかぬものを持ち、それを奏でていましたが、音はしないのです。軍勢にはこれが気に入りませんでいた。不満げに喉を鳴らして叫び口笛を吹きならしました。独眼鬼は「ちょっと待て」というように彼らを押し留めるかのような合図をすると、その場から雲間に届くかと思われるほど飛び上り、空で宙返りをすると地面に降り立ったのですが、その時何になったと思われますか？

「何になったんだ？」コルクトは尋ねました。

私の目の前にいたのは恐ろしい、巨大な身の丈の、厚い赤毛に包まれた一つ目のキュクロポスでした。奴は着地するや横に傾き地面にどうと倒れました。それからやっとのことで四つん這いになり、まわりを手探りしだし、信じられぬというように軍勢が泣き叫ぶ中、輪に沿って這い始めました。だが独眼鬼の剣、短い木刀は脇に転がっていました、どうやら奴が宙返りをした時に落としたものと見えます。聖なる雌獅子は約束の合図をくれました。「行け、若者よ、時が来た、木刀を掴め、それを手から離すな」間髪入れず私は剣に飛びつき、それを掴むと手に握りしめました。それは何の変哲もない、荒削りの棒に柄を打ち付けたものでした。

キュクロポスはやっとのことでその馬鹿でかい図体を引き摺りながら、甲高い声をあげていましたが、最初張り詰めていたその声は次第に弱々しくなって行きました。軍勢は悲鳴を挙げた後、黙ってしまいました。宙返りした時に、独眼鬼は手から自分の魔力の源泉を放してしまい、今となってはどうあがいても自分の前の姿を取ることができないのでした。木刀を振り上げつつ、私は埃にまみれて這いまわる巨人の周りを回り始めました。私は急がずに聖なる雌獅子の合図を待ちました。その合図が来ました――「行け、若者よ、この忌まわしい妖怪の首を切り落とす時が来た」

私は前に突進し、木刀で忌まわしい妖怪の太い首筋に打ち込みましたが、それはまるでバターを鋼の剣で切り分けるような感触で、大した苦労も感じませんでした。奴の頭はキャベツのように胴体から離れて地面を転がりました。独眼鬼は一声叫び声をあげて、凍りついたように動かなくなりました。私は独眼鬼の頭髪を掴んで持ち上げ、私の頭上に振り回しました。私は兄クヤン・セルジュクの仇を取ったのです。だが父上、私が死んだ頭から目を逸らした時に見たものと言ったら……

我がハーンよ、バサトの最後の言葉に私は血も凍る思いでした。コルクトその人さえも青ざめました。バサトは続けました。

「心配めさるな、父上、何も恐ろしいことは起きませんでした。ただ私は、独眼鬼の全軍勢が最後の従士に至るまで消え失せ、瞬く間に蒸発し、大勢がいた陣営は人気が無くなり、残ったものはただ、あなた方がご覧になっているものばかりという有様を見たのです……父上、今ではいったい彼らが本当にいたのかどうか分からないぐらいです！」

私たちは今一度まわりを目を凝らして見回しましたが、本当に独眼鬼の無数の軍勢は跡形もなくいなくなっていました。

「バサトよ、独眼鬼の死骸はいったいどこだ？」

「聖なる雌獅子が引き摺ってゆきました」バサトは答えました。「これが奴の剣です」

バサトは我らに地面に転がっている小さな木刀を指さしました。私たちはそれを見ましたが、見ているうちにそれはさらに小さくなり、みるみるうちにもっと小さくなり、全く目に見えなくなり、とうとう土と混じり合い、塵となって消えてしまいました。

「それでは父上、家に戻りましょうか？」バサトは私に尋ねました。「クヤン・セルジュクの魂も喜ぶことでしょう」

「帰ろう、息子よ、獅子の子よ、戻ろう、この日を寿ごう」

副官と従士たちは河口を塞いでいた石を取り除きました。閉ざされていたセレメ川の水は今放たれて、山の急流のごとくその干上がった川床に勢いよく注ぎ込み、オグズの方へと流れて行きました。川の水は、我がハーンよ、我らより先にオグズに届きました、家に戻ると、我らは老いも若きも外オグズのすべての者が、ひざまずいて明るい水面に見入っているのを見たのでした。

（かつて私はもうバユンドゥル・ハーンにこの話をしていた。私は我がハーンにバサトの秘められた願いとアルズの歎願を隠さなかった。問題はアルズがバユンドゥル・ハーンの娘、美人の誉れ高いボルラ・ハトゥンを自分の息子バサトに妻合わせたかった事だ。「バサトはオグズを大難から救った、ボルラ・ハトゥンはバサトの嫁になるべきです、盛大な婚礼の祝宴を催しましょう」私はよく知っているが、ボルラ・ハトゥンもバサトに一目惚れしていたのだ。しかしバユンドゥル・ハーンは反対した。いわく――「森の獅子の巣穴で育った野人は我が娘に相応しくない。それはありえぬ。娘にはサルルの息子カザンが嫁に欲しいと言ってきておる、私はカザンに娘をやるつもりだ」。断られたアルズはがっかりした。バサトは再び森に戻り、長いことそこから出てこなかった。その後カザンの婚礼の際に二人は和解した。だがカザンがベクたちのベクに選ばれた時、内オグズと外オグズとが一堂に会して宴席についたことがあった。私は思った――「アルズがハーンに実現しなかった息子の婚礼について言い出さねばよいが。そうなったらまずいことになる」。アルズがバユンドゥル・ハーンに息子の縁談を断られたことを恨みがましく言わなかったのはよかった。どうやら有難いことに、アルズは彼にとって痛い話題に触れようとしなかったのだ）

バユンドゥル・ハーンはもうこれまで何度独眼鬼の話を聞いたことか分からなかったが、しかし今もアルズの話を注意深く聞いていた、一度も言葉や身振りで遮ることなく、我慢強く話が終わるのを待った。ちょうど正午にアルズはその話を終えた。バユンドゥル・ハーンはしばらく黙って窓を眺めていたが、それからクルバシュに向かって言った。

「クルバシュ、今日はもう十分だ。行くがよい、三人とも休むがよい。晩になったらアルズを待つ。私にはアルズにまだもう一つ聞きたいことがあるのだ。アルズが答え終わったら、ふさわしい贈り物を与えて送り出し、家に帰らせるがよい。アルズの栄えあるベクたちにもふんだんにみやげを持たせよ。さあ行け、栄えあるベクたちよ、休むがよい、どうだ、さぞかし疲れたことだろう？　休んでからまた後で来るがよい」

言い終わるとバユンドゥル・ハーンは玉座から立ち上がり、内殿へと向かった。我らは――先頭にクルバシュ、それに続いてアルズ、最後に私という順で――中庭に出、しばらく黙ったまま楡の古木の下に立っていた。宴に興じているベクたちの叫びや笑い声が、中庭の反対側の端にある木造のあずまやの中から聞こえてきた。我らはそこに向かったが、ちょうど宴もたけなわであった。

内オグズのものも外オグズのものも入り乱れていた。従士や端女らが絶え間なく木造のあずまやへ次々と新しい食事と飲み物を運び入れていた。我ら三人は宴席に近づくと、シェルシャムサッディンが栄えあるベクたちの注意を一身に集めているのを見た。

「食べられる」あるベクたちは断言した。

「食べられないな」別のベクたちが言い返した。

「どうしたんだ、栄えあるベクたちよ、何を言い争っている？」クルバシュが尋ねた。

シェルシャムサッディンが口一杯に肉を頬張って、見張った目を回しながら座っていた。答えることもできなかった。外オグズの栄えあるベクの一人でタルスザムィシという者がいて、彼がシェルシャムサッディンに代わって答えた。

「エメンとカザンが口論になったのだ。エメンは、シェルシャムサッディンは一人で羊一匹まるごとは食べられぬ、と言い張り、カザンはといえば、もし四つに分けたら食べきれぬだろうが、六つに分けたなら優に食べおおせる、と言った。見ろ、今、焼き串で羊を丸々一匹焙り、六つに分けたところだ。どう思う、食べきれるか、食べきれぬか？」

　クルバシュはからからと笑った。

「食べおおせるにきまっておる。若い頃シェルシャムサッディンは冗談に当歳の子牛を丸々食らったことがある。羊一匹ごときを食らえぬはずがない、コルクト、そうだろう？」

　シェルシャムサッディンは最後の力を振り絞り噛んでいたが、汗は滝のように彼の赤黒い顔を流れ、胸と背をしとどに濡らしていた。彼は両手で肉片を口に突っ込み黙々とそれを噛み続けていたが、その合間に張りつめたしゃがれ声で時々叫んでいた。「我が主カザンよ……あなたを敬愛するがゆえ……あなたの栄光のため……この羊を食い尽くします……」

　宴会はこんな陽気な雰囲気で和気あいあいと続いていた。我らも少し食事をとると立ち上がり、楡の木蔭へと戻った。その我らのもとに、カザンがその息子ウルズと共に近づいた。ウルズは丁寧に目上の者たちに挨拶し、遠慮がちに脇に寄った。若者の礼儀正しさが栄えあるベクたちの気に入り、彼らはウルズを褒めちぎりだした。ウルズはそれに答えてみなに一礼すると失礼させていただきます、と言った。私はこっそりウルズのあとを見守った。ウルズは厨の前で立ち止まり、誰かを待ち始めた。間もなくきれいな端女が現われ、二人は長いこと何か語り合っていたが、それからあたりをこそこそ窺い、二人の従士が積み上げたばかりの新しい薪の山の陰に隠れ、その脇をすり抜けると、厨の周りを通って視界から消えた。「有難いことに小僧っ子も大きくなったものだ」私はそう思った。

　カザンはアルズに尋ねた。

「アルズよ、ハーンはおまえに何を尋ねたのだ？　教えてくれ」

　アルズは答えた。

「何も大したことは聞かれなかった。外オグズの者たちの機嫌を知りたがっていた。それからハーンはもう一つ尋ねた——いったいおまえたちに何の咎があって、カザンはおまえたちを略奪の祝いの日に招待しなかったのか？」

「で、いったいおまえは何と答えたのだ？」

「『存じませぬ』と答えた。それから言った。『カザンは自分が正しいと思うように振る舞っております。他人の言うことを聞く耳を持ちません』と。それから言った。『内オグズの者たちを外オグズに歯向かうようにそそのかしております』と」

「そう言ったのか？」カザンは愕然とした。

「その通り！」アルズは明らかにカザンに喧嘩を売っていた。

「待て、待て、栄えあるベクたちよ、ちょっと待て」クルバシュが割って入った。「葡萄酒はいかがかな？」

クルバシュが、いつものように命令を待って少し離れて立っていた二人の従士に合図をすると、二人は駆け寄った。

「葡萄酒をもってこい」クルバシュはそう言って、付け加えた。「最近トラブゾンから送られてきたやつだ」

二人の従士は一礼し、命令を実行しに駆け出した。

「コルクト、葡萄汁のことを覚えているか？」クルバシュが屈託なくからからと笑った。私も笑いを抑え切れなかった。カザンとアルズは笑いの理由を問いただし、私はあの出来事を彼らに話して聞かせた。栄えある二人のベクはクルバシュの機知に驚き、褒めそやした。そこへちょうど従士たちが来て、赤葡萄酒を杯になみなみと注ぎ我らに差し出した。

「クルバシュ、正直に言ってくれ、バユンドゥル・ハーンの本当の目的は何なんだ？」アルズ・コジャは杯を干し、唇から血のように滴る葡萄酒の滴を拭いながらクルバシュに尋ねた、それからクルバシュの返事を待たず、気になったのか私に向かって尋ねた。

「コルクトよ、いったいあそこで何を書き続けているのだ？」

「ハーンが、私に我らの発した言葉一字一句を書きとめるようにと仰ったのだ」

「本当か？」アルズ・コジャはびっくりした。

「その通りだ」私は答えた。

「今までそんなことは目にしたこともない、おまえは見たことがあるか」アルズはカザンに尋ねた。

「いや、私もそんな話は聞いたこともない」カザンは答えた。

クルバシュはあたりを見回し目を細め、それから言った。

「栄えあるベクたちよ、葡萄酒を飲み干して出掛けよう。ハーンを待たせてはならぬ」

「行こう、ベクたち。時が来た」アルズが立ちあがった。

カザンは我らを見送る以外になかった。

そして我らは前と同じ順序で――先頭にクルバシュ、次にアルズ、最後に私が――御座所に入った。バユンドゥル・ハーンはもう自分の玉座に座を占めており、我らにそれぞれ自分の席に着くように命じた。

我らは広間を通り、胡坐を組んで座った。バユンドゥル・ハーンはしばらく自分の顎鬚をしごいていたが、それから話を次のように切り出して始めた。

「アルズ、おまえは話し、私は聞いた。私にはおまえにもう一つ聞きたいことがある、その答えを聞きたいのだ」

「ハーンよ、お命じ下さい」アルズ・コジャは動揺し始めた。

「アルズよ、カザンのもとでの評定の前に、おまえは孕み腹のファティマという女に逢った。おまえにファティマは何を語り、おまえは彼女に何を話したのだ？　話してくれ」

アルズは慌てた。それからうなだれて虚ろな声で言った。

「バユンドゥル・ハーン。これは女との個人的な話です。スパイのこととは関係ありません」

「つまり、話さぬというのか？」

「話しません」

「それならば私が話してやろうか？」バユンドゥル・ハーンは声を荒げた。

「どうしたらよいかは、ハーンが一番よくご存じです」アルズは絶え入るような声で言った。

「孕み腹がおまえのもとに現われ、『ただ一人の私の子にお慈悲を』と泣きながら呻いた。『父親が生きているのに、あの子はみなし子なのです』とかき口説いた。『俺にそれが何の関係がある？』おまえは言った。『おまえの息子は張本人だ、罰は避けられぬ』。すると孕み腹はおまえの足元に身を投げ、吠えるように訴え始めた。『よいか、アルズよ』女は言った。『あなたは紛れもなく、私の不幸な息子の父親なのです、息子は私たちの青春の忘れ形見なのです。私の家の後ろには小さな谷があった――覚えてる？　私の犬の名はバラグチュクだった――忘れていない？　でも忘れてしまったわ、私のバラグチュクがあなたに吠えたかどうだったかだけは。すっかりは思い出せない――ある人には吠えて、誰かには吠えなかった、私のバラグチュクはそんな犬だった……』アルズよ、おまえは狼狽した。『やめろ、黙れ』おまえは言った。『カザンはあなたを略奪の祭りに招かなかった、あなたを軽んじて会おうともせず、恥をかかせたのです。カザンはあなたの息子を滅ぼそうと企んだのです。カザンを許さないで、勇敢な私のアルズよ』。そう孕み腹は言ったのだろう」

（バユンドゥル・ハーンの言葉を聞きながら、アルズ・コジャの顔は見る間に黒ずみ、彼にはこの広い我らの世界が狭くなった。落ち着きなく顎鬚をむしっていたが、目を上げようとしなかった。すべてがバユンドゥル・ハーンの言う、まさにその通りだったのだ。ハーンは、孕み腹がアルズに対して他の栄えあるベクたちと全く同じように振舞ったことに気が付いていた。私はといえば、このことを知っていた。全能のテングリよ、助けたまえ、他ならぬこの私が孕み腹に教え込み、私が彼女を唆し、そうさせたのだから。今はハーンもこれを知っていた）

「これがハーンの言葉とも思われません。ハーンよ、孕み腹があなたのところに来たのでは？」アルズ・コジャは尋ねた。「ファティマが私を裏切ったのだ」

「怒りを鎮めよ、アルズ。よいか、短気はいつも道を誤る。そのようにオグズの問題を決することはできぬ。スパイが誰であろうと、然るべき罰を加えねばならなかった。オグズの見せしめのためにだ」バユンドゥル・ハーンは答えた。

アルズ・コジャはは自分の怒りを鎮めた。

「すべてハーンの仰った通りで御座います。私に何ができたでしょう？　痛いところを孕み腹は突きました。いずれにしろ私の息子なのです。『テングリはクヤン・セルジュクを召した、代わりにテングリは彼をくれたのだ』そう私は考えました。ハーンよ、私は多くの辛い目に遭いました。私の息子の一人は独眼鬼の手にかかって死に、もう一人はご存じのように森から出てきません、無理やり家に連れ帰ってもその甲斐なく、いつも森を見つめています、隙あらばまた茂みに駆け込んでしまうでしょう。そこにまたこのカザンです。いったい私がこのスパイ騒動にいささかでも関わりがあるでしょうか？　ハーンご自身でお考えになって下さい。誰がこのスパイの話をでっちあげたのか？　ベイレキ以外にはあり得るでしょうか？　あの恐ろしい試練の時にベイレキはどこにいたでしょうか？　オグズの頭上に、黒雲のごとくあの呪わしい魔法使いの独眼鬼が襲いかかった時、母親たちが泣き叫びながら、自分たちの子らをあの忌まわしい食人鬼の犠牲に捧げていた時——ベイレキはどこにいたでしょう？　あなたに伺いたいものです、ハーンよ。もしもお望みならば申しましょう。ベイレキは自分の誘拐をでっちあげ、バイブルドに逃げ込み、ベクたちに助けを求めたのです。そして今や誰も彼に尋ねません——どこから、どうやって、誰からスパイのことを知ったのか。と。ハーンよ、あなたの正義は大きい。あなたはけっして臣下の名誉と誇りを踏み躙ったことはありません。なぜならあなたはハーンの中のハーン、偉大なるシャーマンの子カムガンの息子だからです。カザンが無辜の子羊のごとく可愛がるベイレキとは何者でしょう？　カザンとベイレキの二人も嫉妬しているのです、よいですか、黒い妬みで我が息子を妬んでいるのです」

バユンドゥル・ハーンは案じ顔に見えた。長いこと黙ったまま、口を閉ざしたアルズに見入っていた。とうとう尋ねた。

「そのことすべてをおまえはどこから知ったのだ？　バイブルドにスパイを潜ませているのか？」

「バイブルドに私のスパイはおりません。我らはバイブルドからカズルク山を越える峠に向かっていた隊商を襲いました。多くの者を捕虜にし、この隊商に加わっていた者がすべてを話してくれたのです」

「クルバシュよ、誰かこの隊商について知らせた者があったか？」バユンドゥル・ハーンはクルバシュに問いただした。

「知らせた者はありません、ハーンよ」

「戦利品の二割を受け取ったか？」

「受け取っておりません、ハーンよ」クルバシュは答えた。

「受け取っておらぬ……」まるで自分自身に言うようにバユンドゥル・ハーンは言った。

（バユンドゥル・ハーンはことを荒立てようとはせず、一言もアルズを責めなかった。いかなる襲撃もバユンドゥル・ハーンの許しなしには行えず、しかも襲撃が成功した際に戦利品の五分の一をハーンに納めないことはオグズでは犯罪とみなされていたにもかかわらず、である。バユンドゥル・ハーンが隊商のことを尋ねたのはただ一つの目的からであった——彼はアルズの高慢の鼻をへし折りたかったのだ。私には分かっていた、以前からハーンは、この隊商への勝手な襲撃のことを知っていた）


アルズは飛び起きたが、クルバシュがそれを制した。憤怒で狭まった目でアルズはクルバシュを、それからバユンドゥル・ハーンを見、大きく息を吐き力を抜くとまた自分の場所に座った。

バユンドゥル・ハーンは変わらぬ調子で話を続けた。

「アルズよ、我らに話してはくれまいか、もちろん忘れていなければの話だが。どうしておまえはバサトをベクたちのベクにしてくれと私に頼みに来たのだ？　バサトはちょうど独眼鬼を退治したばかりだった。それでおまえは、他ならぬバサトがベクたちのベクにならねばならぬと考えた。私はといえば、おまえに『それはならぬ』と言った。だがおまえはいつもの狩りの際にまたこの話を持ち出し、外オグズの栄えあるベクたちのいる前で言った。『バユンドゥル・ハーンは自分の方から私の息子をベクたちのベクにするのを嫌がった、だが時が来れば、力ずくでも……』おまえは……」

写本はここで途切れている。ここで写本が途切れていることで、実際何かきわめて重要なことが闇に、しかも永遠の闇に覆われてしまった。バユンドゥル・ハーンの問いにはアルズに結びついた諸々の問題の核心があったのだ。実際にアルズはバユンドゥル・ハーンを脅したのだろうか？　だがもしそうでないならば？今では我々はもうけっして真実を知ることはできない。いずれにしろ、バユンドゥル・ハーンの忍耐は賞賛に値する。ただ写本の最後で、バユンドゥル・ハーンの秘められた目論見が明らかになった時にのみ、この忍耐がいかばかりのものであったことを正確に知ることができよう。また再び、東洋学専攻の娘の何も言わず咎めるような顔が私の眼前に浮かんだ。

「……なぜカザンは狩りに出かけたのでしょう？　このカザンの狩りがオグズにどんな災禍をもたらしたことでしょう？　敵が襲い掛かり、歯の細かい櫛のように故郷を蹂躙し、罰されることなく去りました。敵は我らの女や娘たちを攫い、捕虜にし、子供や老人も容赦しませんでした。カザンの生みの母も囚われ、妻と息子も囚われました。そのすべては、カザンが、然るべき護りもつけずにオグズを後にしたことが原因です。私は、狩りの前に私はせめて街道には関所を設けるべきだと詰め寄りましたが、カザンは一笑に付し、自分のことでもないのに口出しするな、と言い放ちました。私は申しました。『カザン、旅は難しい長いものになる、どんなことが起きぬとも分からぬ、おまえは何しろグルジスタン全域を横断することになるのだから。残った軍勢の長として誰を立てようというのだ？』我がハーンよ、カザンが私に何と答えたとお思いですか？」

「アルズ、カザンはおまえに何と答えたのだ？」バユンドゥル・ハーンは聞き返した。

『『おまえは統率者には立てぬ』カザンはこう言いました。『我が子ウルズを立てる、おまえはあてにしない』と。我がハーンよ、カザンは公正ではありませぬ、間違っている。もしもカザンが私を軍勢の統率者に立てたなら、オグズはこんな不幸を被ることはなかったでしょう。カザンの息子は若く、敵の顔さえ見たことがありませぬ。剣を手に取ったこともないような連中の一人です。要するに何が何でもカザンは私を立てたくなかった。バユンドゥル・ハーンよ、カザンは正しい道を踏み外しました。多くの侮辱を私はカザンから受けました。よいですか、私の堪忍袋の緒も切れたのです。カザンは誰と事を構えているかを忘れたのです、私がアルズだということを忘れたのです！……構わぬ、また決着をつける時があるでしょう。よいですか、外オグズのすべてのベクが私の味方です」

「ベイレキもおまえの味方か、そうなのか？」バユンドゥル・ハーンはいつものように目を細めてみせてアルズを見た。

「ベイレキが何だというのです?!　ベイレキは我らの仲間ではありません。ベイレキは内オグズの者です。奴の父親はバイビュレでした……」

「だがベイレキはおまえたちと縁を結んだではないか？　バイビジャン・メリクは外オグズの旗手ではないか？　バヌチチェキはバイビジャンの娘ではなかったか？」

アルズはしばらく考えてから次のように答えた。

「バユンドゥル・ハーンよ、その通りです、ベイレキは我らの仲間に入れてもいいかもしれません。だが奴は我らの側にではなく、カザンの側についております。そうでなければ奴は我らを侮辱しなかったでしょうし、スパイの話を私の誇り高い名に擦り付けなかったでしょうし、狩りでベキルにあんな喧嘩を吹っ掛けなかったでしょう……」

「アルズよ、アルズよ……おまえは私に今日のオグズの中の反目に目を開かせるべきではなかった。オグズは仲間割れし、ばらばらだ、ところが私はそれを知らなかった。アルズよ、アルズよ、おまえは気高い戦士だった、名誉ある勇士だった、おまえは真っ直ぐな心の賢者だった、そのおまえがどうしたのだ？　おまえは気でも狂ったのか、青二才どもとつるんだりなどして、気がふれたのか？」

私はバユンドゥル・ハーンの言葉を聞いていたが、その瞳に深い悲しみを見た、これほど落胆した我らがハーンを見たのは生まれて初めてだった。アルズは黙ったが、その前に小声で独り言のように小声で呟いた。

「これはみんなカザンのしたことだ。悪いのはただカザンだ、罪あるのはカザンだ、全能のテングリよ、あなたの威光に免じて我らを許したまえ……」

バユンドゥル・ハーンはもはや一言も発しなかった。座ったまま目を両の掌で覆い、黙っていた。それから手を動かして我らを行かせた。クルバシュ、アルズ・コジャ、そして私は黙って中庭に出た。アルズ・コジャはは我らに別れも告げず、副官を呼び、暗い声で命じた。

「我らの者たちを集めよ、帰るぞと言え」

外オグズの栄えあるベクたちは馬に鞍をつけた。アルズに倣って彼らもやはり一言も発さず馬に拍車をあて、正門から走り出ると、ギュノルタジを後ろにして去った。その後ろ姿は霧と混じり合い、見えるのは霧ばかりとなった。アルズ・コジャはバユンドゥル・ハーンに腹を立てた、ハーンは彼を止めようとしなかった、彼の顔を立てなかった。全能のテングリよ、我らを暗澹たる日々からお守り下さい、アーメン。

＊　＊　＊

シャーはまだ政務殿に近づいてはいなかったが、もう遠くから「我が老師！……至賢なる導師！……私があなたへの犠牲とならんことを！……我が命があなたへの捧げものとならんことを！」という叫びがあたりに響き渡り、シャーの耳元に響いていたタジリの方の号泣をいっそう強くかき消していった。政務殿の中庭で彼は急いだ、馬の背峰の毛を叩き、手綱を馬丁に渡すとあたりを見回した。多勢の人が政務殿の中庭の外に残されていた。もちろんここに望む者全員を通すことはできなかった。

大臣はぺこぺこお辞儀しながらシャーに近づいた。

「恐れ多くも、我が主よ、どうぞお入り下さい」彼は言った。

シャーは頭を下げたまま、じっとしている大臣の頭越しにこんもりした楡の木の方を見た——木陰に一人で立っている男を見た時、まるで彼の心臓のどこかの血管が破れたかと思われた。シャーは一瞬立ちすくみ、それから震えながらうずく胸に息を吸い込み、黙って政務殿に入って行った。

衛兵は政務殿の中に、シャーの後からは大臣だけを通して、入口を閉めた。廷臣たちと下僕たちは中庭に残ったが、散ることなく、あるかもしれないシャーの命令を待っていた。

シャーは玉座の自分の場所につき、しばらく思いに沈んで、数珠のエメラルド色の球を思いに沈んでまさぐっていたが、それから大臣を目で呼んで、小声で言った。

「私はあれを見た、木の下に立っていた。あれを連れてこい、この……件は長引かせるわけにはいかぬ」

「シャーよ、ひょっとしてヴェールをつけられますか？」やはり小声で大臣が尋ねた。

「いや、いらぬ、大臣よ、このままのほうがよい。すぐにあれを呼べ」

しかしどういう訳かすぐにシャーは考え直して言った。「そうだな、ヴェールをつけよう」、そして玉座の背後からヴェールを引っ張り出すと、それで自分の顔を覆った。

大臣は一礼して外に出た。整列していた衛兵たちは政庁殿への出入り口で動かなくなった。大臣は目で百人隊長のラヒムを探した。ラヒムは大臣が衛兵の中に彼を見つける前に、自分から彼の前に現われた。

「百人隊長、あの男はここに来ておるか？」大臣は口をほとんど動かさずに言った。

「ここに来ております、大臣閣下」百人隊長は答えた。

「行って、奴をそっとここに連れて来い。余計なことは喋るな、分かったな？」

「かしこまりました！」百人隊長のラヒムはまっしぐらに中庭に出て行き、楡の木に向かった。

レレは木の下に立ちながら、狂ったような胸の動悸を抑えようとしていたが、無駄だった。レレは、シャーが彼に気付いたのに、その素振りを見せなかったことを確信していた。「もちろんシャーは私を見た。見て私だと分かった。シャーは気付かないような振りをした。ひょっとすると大臣がまた何かシャーに言ったのか、神よ恵みを。シャーが私の顔から目を逸らした時、私は心臓が胸から飛び出て、ばらばらになるかと思った。なぜシャーはあのような振る舞いをしたのだ?! だが考えてみれば、衆人環視の中で他に何ができただろう?! シャーが私を呼び寄せ、抱きしめてくれるなどと考える方が愚かだ。私にはシャーが尋ねてくれるだけで十分なのだ――おまえはチャルディラーンでなぜ死ななかったのだ、なぜ今まで生きていたのだ、と。そうすれば私は生きてはいない、この場で死ぬ。だがもしも彼が、我が魂の燈がそれを聞いてくれなかったら、聞いてくれなかったなら。私にとっては地下室の刑吏たちのもとに放り込まれた方が百倍ましだろう、もしもこの問いかけが聞かれなかったなら……聖なる祖師の名においてあなたに祈ります、慈悲深い寛大な神よ、その僕を助けたまえ……」

百人隊長のラヒムがほかならぬ自分の元に向かって来るのを見て、レレの心臓は罠にかかった鳥のように打ち始めた。一言言う間もなく近づいた百人隊長の表情から、レレはシャーが彼を自分のもとに来させようとしていることが分かった。

「行きましょう、フセイン・ベク、行きましょう」百人隊長のラヒムはレレにぴったり近づいて言った。

「あなたをお待ちです」

レレは落ちついた様子で、無言でラヒムの後に続いた。政務殿の戸口に大臣が二人を待っていたが、大臣は舐め回すような目でレレを頭の先から足の先まで眺めまわし、その後になって初めて、口をほとんど噤んだまま百人隊長のラヒムに囁いた。

「おまえは戸口に立ち、誰も通すな、呼ばれるまではおまえも立ち入るな」

百人隊長のラヒムは「かしこまりました」と言って一礼した。大臣はレレに向かって言った。

「レレよ、あなたの願いは聞き届けられます。お越し下さい」彼は言った。「真の信仰の砦、国の礎たる我らがシャーが、あなたにお会いしたいと仰っています。どうぞ……」

最初に大臣、レレがそれに続いて中に入った。百人隊長のラヒムは二人の背後でぴったりと扉を閉めた。

大臣は儀礼的なお辞儀をしながら然るべき距離をおいて玉座に近づき、柔らかい声で言った。

「恐れ多くも、かけまくもかしこき我が魂の燈たるシャーにご報告させて頂いたように、かの方フセイン・ベクが、あなたの幸多き足もとにひれ伏さんとやって参りました」

シャーはその目を小さな卓の方へ向けた、そこには二又の燭台に据えられた二本の蝋燭が静かに燃えていた。シャーは物思いに沈んでいたが一言も発さなかった。静寂が訪れた。大臣はレレを振り返った。フセイン・ベクはじっと動かずに戸口に立っていた。かなり長い時間が経ってから、大臣はもう一度シャーにためらいがちに呼びかけた。

「恐れ多くも、フセイン・ベク・レレが尊顔を拝しに来ております」

シャーはそれまで見ていた場所からとうとう目を離し、レレの方を見て冷たく言った。「もっと近くに、こちらに寄れ」シャーはそう言っただけだった。

レレは薙ぎ払われたように跪き玉座に這い寄った。

「我が師……我が主……恐れ多くも……我が師……我が主……恐れ多くも……」

レレの口が発したのはこの言葉だけだった。玉座の足下に辿り着くと、レレは自分のシャーの足もとにひれ伏した。その頭にはただ一つの問いかけが渦巻くばかりだった。「レレよ、なぜおまえはチャルディラーンで死ななかったのか？　なぜチャルディラーンでおまえは死ななかったのだ？　なぜなのだ？」

シャーはひれ伏したフセイン・ベク・レレを一瞥すると命じた。

「立て、立つのだ、レレよ」

レレは命令に服さず叩頭を続けた。そこでシャーは自ら玉座から立ち上がられた。レレに近づき、号泣に引きつり震えている肩を両手で掴み、彼を立たせた。シャーとレレは向かい合って立った。だがレレの顔は相変わらず下を向いていた。

シャーの声には鋼のような鋭い調子があった。

「また会えてよかった。あの恐ろしい戦闘を生き抜いたとは天晴れだ。聖なる始祖は、きっと我らの祈りを聞き届けたもうたのだ……アッラーに栄光あれ……」

レレにはすぐにはシャーが語ったことの意味が分からなかった、だがその意味が分かった時、レレは全身を震わせた。ほとんど気を失いかけたレレは危機に瀕していた。大臣はレレに劣らず震撼とさせられながら、ちらりとこの異常な出会いの場面を見た。が、その唇には従順な微笑が浮かんでいた。「こうしてシャーはレレと会見されたのだ。レレは宮殿にもどる。レレは再び権力を握る。それなら少しでもありうるレレの復譬から身を護れるようにしなければ」シャーの最初の言葉には重みがあった。シャーの振る舞いを高く評価して、大臣は心の中で唱えた――「至高の主よ」、だが口ではシャーの最後の言葉を繰り返した。

「アッラーに栄光あれ、創造主を讃えよ……」

レレはといえば、生きた心地もなく立っていた。一瞬のうちに全世界が、彼の全人生、すべての苦難と喪失、受難と獲得、戦争と平和な日々、愛顧と愉悦、愛と妬みが彼の心を包んだ闇に覆われ、あらゆる意味を失った。その次の瞬間、彼の心の闇を稲妻が切り裂き、その耐えがたい輝きの中にレレは剥き出しの恐怖に戦く秘密を見た。すべてがレレには明らかになった。

だがシャーはもう一度繰り返した。

「レレよ、おまえに会えてどんなに私が嬉しいか分かるか。おまえが死なず生き残ったのは本当によかった。何を突っ立っておる、近くに座って、我らに話してくれ、どういう運命のいたずらで、どこを彷徨い、どこに姿を隠し、どうやってここまで辿り着いたのだ。黙っていないで話してくれ、祖師のためにも、お願いだから我らの気を揉ませないでくれ……」

レレはやっとのことで考えをまとめ、しゃがれ声で、まるで自分自身に向かってのように言った。

「私が生き残ったのはよかった？……何だって？……」

レレはそれまでうなだれていたが、そう言ってから突然それまで上げることができなかった頭をぐいと上げると、シャーの顔をひたと見詰めた。それはシャーの顔を覆っていたヴェールを眼光であわや焼き尽くすかとも思われる眼差しだった。それからレレの胸から呻きが漏れたかと思われ、その呻きは囁きに変わったが、隣に立っていた大臣はそれを聞き取ることができなかった。

「おまえは……おまえはシャーではない。おまえはシャーではなく――奴隷だ」

シャーはわずかに後退りした。震える両手を目に押し当て、唇だけを動かして「黙れ」と言った、それからさっと大臣に向き直ると押し殺した声で命じた。

「大臣、ここから出ていくのだ、すぐに外に行け、すぐにだ！」

「我がシャーよ……」大臣はシャーに思い直させようとした。

「駄目だ。行け。聖なる始祖の名においてぐずぐずするな。出て行けと命じているのだ。私はフセイン・ベクと二人だけで話さねばならぬのだ」

大臣は後退りし一礼して出て行った。そして広間には二人が——シャーとフセイン・ベク・レレが残った。

シャーは重い息をつき、やっとのことで言葉を吐いた。

「レレ、どうしたのだ？　私はおまえを慶んで迎えた、それに何の恥ずべきことがある？　レレ、おまえは落胆しておる、よく分かる。とにかく座れ……」

レレはその場から動かなかった、ぴくりとさえしなかった。しゃがれ声で繰り返した。

「おまえはシャーではない」

そして自分に言い聞かせるようにもう一度繰り返した。

「もちろんだ、おまえはシャーではない」

「レレよ、思うに、そんなことを……言うものではない……」シャーは哀れっぽい声で言った。

レレはすすり泣いた。

「我が魂の燈に何があったのだ、我が心の主はどこへ行かれたのだ？」レレは涙を堪えたが、それはレレには余程の努力が要った、だがやっとのことで自分を抑えた。「哀れな三文詩人よ、おまえはシャーに何をしたのだ？　私はおまえが分かった。私はおまえが分かったぞ」

「分かったというか？」シャーもまた我に返り声を荒げた。「結構だ、それではヴェールも我らには不要ということだな」

そう言うとシャーはその顔からヴェールを取り、投げ捨てた。

「さあどうだ？　ヴェール無しの方がよく分かるか？」そう言うと彼は自分の顔をレレの目に近づけ、レレによく見えるように頭を左右に回し出した。

「私はヴェールをつけていてもおまえが分かった。おまえはもちろんおまえだ、哀れなへぼ詩人だ。声だけでもおまえは分かる。おまえは私を騙せはしない」

「やめろ、黙れ」シャーはとうとう激怒した。「身の程を知れ！　時代が違う。今は私がシャーだ。私が一言言うだけで……指を動かすだけで……よいか、私が目配せするだけでおまえをどうにでも……」

レレは下顎をぐいと上げ肩を伸ばした。シャーは終わりまで言えなかった、心が耐えられずにレレの前に跪いた。

「レレ、レレ、神も照覧あれ、全能の神に、聖なる祖師の墓にかけて誓う、レレよ、私に罪はない。シャー自らが私にこうさせたのだ……」

「おまえたちはシャーに何をしたのだ、背教者よ?!　言え！」レレは彼の言うことを聞いてはいなかった、レレは自分の問いに対する答えを要求していた。

「為されたことすべてはシャーご自身がなされたことなのだ、レレよ……分かってくれ……」

レレは我慢できずシャーの言葉を遮った。

「へらず口を叩くな、奴隷め。シャーに何が起きたのだ？　生きておられるのか？……真実を言え、いいか迫害者よ、真実をだ！」

シャーは背筋を伸ばすと、もはやレレを見ることなくその前を通り、玉座の足元に座ると虚空に向かって問いかけた。

「レレよ、おまえはチャルディラーンを覚えているか？」

レレの血は凍りつくかと思われた。

「なぜ聞く？　いったいチャルディラーンが忘れられようか?!」

「戦闘の前におまえが私に言ったことを覚えているか？　忘れてはいないか？　おまえは私に甲冑を身に着けるように命じた」

「それがどうした？」

「私は甲冑を身につけた。これから私の話を聞いてくれ。おまえ自身が望んだことだ。だから今から私の話を聞け。覚えているか？　おまえは戦闘に向かった。シャーがおまえを右翼に送った。シャーご自身は天幕の中に残られたが、心配でそこにじっとしていられなかった。我慢できずシャーは戦闘のただなかに突進し、戦いの渇きを癒すと、また天幕に戻られた。だがもう一度敵の戦列に切り込んだ時は、覚えているか、巨人マルバショグルを真っ二つに切り裂いたのだ！　シャーの剣はまるでバターにナイフを入れるがごとく、あの豪傑の胴体に切り込んだ！　おまえは右翼で戦っていた。私は天幕の隅に穴をあけて、そこから戦闘を見守っていた。私に外に出るなと厳しく言い渡したのはおまえだった、おまえは私にその場を動くなと命じたのだ。シャーが今一度戦闘から戻ると、私は血がシャーの鎧から滴っているのを見た。傷を受けたのだ、我が魂の燈は。私はこのことはまだ誰にも話していない、おまえが初めてだ……私に喋るように言ったのだから、どうか今は話を聞いてくれ、レレよ、耳を傾けてくれ……」

私はシャーに駆け寄って言った。

「我がシャーよ、血が滴っております、神の思し召しを、軽い傷を負っておられます」

「どこに血が出ているか分からぬ」シャーは私を退け、体を探り出し、片手を鎧の下に探り入れたが、引き出したその手は血に濡れていた。「掠り傷じゃ」

「鎧をお脱ぎにならねば。傷に薬を塗りましょう」

「駄目だ、ならぬ」シャーは仰った。「後でだ。血は止まったようだ。心配するな。私は聖なる始祖の息吹を浴びている。私には何も起こらぬ」

勇気を振り起こして私はシャーに懇願した。

「我がシャーよ、恐れ多くも、お許し頂きたいのです、私を戦闘でのあなたの影武者にして下さい、私にあなたの名において戦う大いなる名誉をお許し下さい。私のどこが他の者より劣っていましょう？　なぜ天幕の中から戦闘を見ているだけなどという、こんな罰を受けねばならぬのです?!」

「駄目だ。天幕から出るなど考えるな。いったい何の騒ぎだ？　何だ、何が起きた？」シャーは騒ぎを受けて出て行ったが、私は天幕の中からすべてを聞いていた。

騎馬の衛士長がシャーに伝えた。

「我が主なるシャーよ、左翼が破られそうです」

「何だと？」シャーは激怒した。「すぐにハリル・スルタン・ズルガダルを探せ、左翼に急がせよ」

再び怯えた衛士長の声が聞こえた。

「我がシャーよ、恐れ多くも……」

「何だ、ぐずぐずするな。どうしたのだ？」

「我がシャー、ズルガダルが裏切りました、ズルガダルが逃走いたしました、我がシャーよ」

「逃走した？　卑劣な裏切り者め。奴の父も裏切り者だったが、奴自身も裏切り者だったとは。馬をとばしウスタジル・アブドゥッラ・ハーンを見つけよ。奴に左翼を支えさせるのだ。大至急だ。行け」

そこに別の衛士が駆け付けた。

「我がシャーよ、我がシャーよ、右翼が！……右翼が崩れそうです、我が主よ……」

「右翼が……」シャーは衛士に向き直って言った。「おまえは、おまえは自分で右翼に馬をとばせ、衛兵全員をかき集めるのだ、私もすぐに追いつく……」シャーは衛士長に命じた。

兵士たちは馬に乗って駆け去った。シャーは踵を返すと天幕の中に入った。混乱した様子でしばらく何か考えながら歩き回った。突然私に振り向いて言った。

「近くに寄れ」

私は近づき跪いた。これからシャーが何かとても大事なことを話すのだ、と感じた。シャーはもう一度注意深く心配げに私を見ると言った。

「私の言うことをよく聞き、言うことをすべて覚えておけ」

「畏まりました……」

「口を挿まず聞け、ただ聞くのだ……」

息を殺して私はシャーの言葉を聞いた。おお神よ、諸々の世界の守護者よ、どれほどの憂いがシャーの声には溢れ、どれほどの忍び難い悲哀がその目に溢れていたことか。私はシャーが仰ったことすべてを一語一語繰り返して語ることはできぬ、我が魂の燈たるシャーの語った言葉の意味はこのようなものだ。

「最後の攻撃の時、手負いの馬は私を地上に放り出した。すぐに背教者の兵士どもが私を捕まえた。そこにおまえも知ってのあのスルタナリ・ミルザ・アフィシャールが、剣をかざして現れ、彼らに突進し、大声で『シャーは私だ、シャーは私だ！』と叫び出した。兵士らを自分に引き付け私に息をつかせようとしたのだ、もしもあれがいなかったら……私の言うことを聞け。もし幸運にもスルタナリが生き延びたなら、自分の救い主に惜しみなく褒美を与えよ。あれはおまえを救ったのだ、覚えておけ。ズルガダルの方は、おまえももう聞いたように、もしもおまえが奴を捕まえたら極刑に処せ」

私は耐えられなかった、目が回り、シャーが何を言っているかが分からなかった。私にどんな指示を与えているのか、「あれはおまえを救ったのだ」とは、「自分でズルガダルを罰せ」とは?!

「我が魂の燈よ、これはいったい……お許し下さい、だが私には何も分かりませぬ。無窮の神のおかげであなたはご無事でお元気でおられます。戦闘の後でご自身でお考えのことを実現されるでしょう、神の恵みを……」

シャーは突然激怒した。

「口を挿むな。私の言うことを聞くのだ、そして私の言葉を永遠におまえの記憶に刻むのだ。時間は残されていない。今日の戦闘はほとんど終わった。そうだ、この戦いは終わったのだ。始祖はその顔を私から背けた。私は始祖に対して重い罪を犯したに違いない。そういうことだ……我らに残された時間はほとんどない、おまえのガウンを脱ぐがよい」

私は古ぼけたガウンを羽織っていたが、その下にはシャーと全く同じ服を着ていた。私はこのガウンを肩から投げ捨てた。

「そうだ……」シャーは今一度しげしげと私を見た。「おまえは私だ、私でしかない。さあよいか、芝居を打つ準備はいいか？　準備はできているようだ。今日の戦闘は終わりを迎えつつある。明日になれば国のすべてはおまえのものになる。何も言うな。奴隷よ、口を挟むな、と言ったはずだ。口を挟むな、我がシャーよ。私はおまえに広大な国を与えるのだからな。確かに傷ついてはおる、しかし……その先はおまえの仕事だ……」

私は自分が抑えられず、シャーが息を継ぐのを見て、またあえて彼の言葉を遮った。

「我がシャーよ、我らは誰を欺くのですか？」

「我らは誰をも欺かぬ。内なる隠れた真実は多くの者たちにはいかなる意味も持たぬ。すべては外に見える本質の中にあるのだ。これを肝に命じておけ」

「私は……私は怖い」

「怖がることはない。誰も怖がることはない。本当の恐怖の瞬間が訪れたら、怖がっている暇などない。おまえの命は定められた日と時に燃え尽きる。何を怖がることがある？」

外で再び絶望的な叫び声が大きく聞こえた。衛士の一人が近付くと、入口のすぐそばで言った。

「我がシャーよ、お急ぎ下さい、我が軍はかろうじて持ちこたえております、みなあなたをお待ちしております、そこから出てかけがえのない御命をお守り下さい、もう逃げねばなりません……」

「今行く、どうかもう少し持ち堪えてくれ……」シャーは衛士に叫び、再び私に向き直って言った。「どうだ、見ただろう、私は国を守れなかった、国の災いを除くことができなかった。私は消えねばならぬ。その訳は聞くな。ただ言っておく、天からの声があったのだ。『おまえを愛した魂はすべてここにいる』その声はそう言った。それは聖なる祖師の声だった。『だがなぜあなたはこの地上で私を助けて下さらなかったのですか？』恨みがましく私は尋ねた。『愚か者よ、おまえは地上でどんな良いものを見たのだ？　おまえは自分の為すべきことをすべてしおおせたではないか。ここに、ここに来るがよい。ここでみなおまえを待っている。ここにいるのは、みなおまえを愛した魂たちだ……』それゆえ私はぐずぐずしておられぬのだ。おまえも私のことは忘れよ。神の御加護によって私は考えたことを行う——すぐに戦いの真っ只中に飛び込むのだ、神の恵みを……私は跡形もなくなるだろう。剣が振り上げられ、頭は首から離れ……心配するな、私の体は誰にも見つけられない、それとは見分けられぬ」

「レレは、レレはどうなったのです？」最後の頼みの綱として私はおまえの名前にすがったのだ、レレよ。

「駄目だ。よく聞け。レレは死んだ。レレは消えた。栄えある死を受けたのだ、レレは天国におる、神の恵みを」

ここまでシャー、すなわちヒズルの話を聞いていたレレは息を殺し、我慢できなくなって、目から滝のように涙を流し呻き始めた。

「いや、我が魂の燈たるシャーよ、無垢無謬の我が導師よ、私は死にはしませんでした。卑劣なレレ、不徳なるレレ、下賤なレレは、栄えある死など受けませんでした。おお神よ、私を打ち砕きたまえ、殺し、この世の無常から救いたまえ、おお神よ、あなたの慈悲にすがってお願いいたします、私を殺したまえ……」

ヒズルはレレの呻きに注意を向けず話を続けた。

「レレは死んだ」シャーはそう言った。「誰もすり替えには気付かぬ、大胆に人前に出て行くがよい。ぐずぐずせずにここから駆けて行き、山の中に入れ、いいか、おまえの家臣たちがおまえを待っている。もうおまえにこれ以上言うことはない。すべておまえは私以上に知っている。行け……」

外からの物音と叫び声が強くなった。オスマン軍の砲弾が天幕のほとんど隣で炸裂した。恐ろしい轟音がとどろいた。そして地獄の炎があわや天幕を焦がすかと思われた時、シャーはこれを最後に励ますような微笑を浮かべ、私を見た。それから、その顔は恐ろしげな、今までに見たことのない表情に変わり、天幕の後ろの壁に近づくと、ある小さな板を動かし、開いた暗い穴に無理矢理体を押し込み、そして永遠に私の目の前から消えた。

この瞬間、天幕に衛士長が押し入り、遠慮もなく私を抱きかかえて外に出た。慣れない光に私は目が潰れたかと思ったほどで、明るい陽光を避けるために両手で目を覆った。しばらく待って手を顔から離し、うなだれた。馬には鞍が置かれ、待ち切れずに蹄の音を立てていた。我らは鞍に飛び乗った。その瞬間私はすべての怖れと疑いを忘れ、自分を本当のシャーだと感じた。私はシャーなのだ。そしていつもシャーだった、と私は思った。あたりを見回し、怯えている百人隊長に私は尋ねた。

「モハメド・ハーン・ウスタジルはどこだ？　デフ・スルタン・ルムルはどこだ？　喇叭手たち、太鼓手たちを呼べ、攻撃喇叭を吹かせよ……」

「我がシャーよ、もう遅うございます、今は攻撃の時ではありませぬ」衛士長は祈るように胸の前で両手を合わせた。「お命を守らねば、主よ、急ぎましょう。もうみな退却しました。我らだけが残っているのです。恐れ多くも、早くしないと手遅れになります……」

もはや私の言うことを聞かず、衛士長は私と自分の馬を鞭で強く一打ちすると、馬は跳び上がり駈け出した。我らの後からは衛士たちが駆け出し、その数は十人から十五人くらいだった。

ヒズルは顔から汗をぬぐい、立ち上がると、その足元にずっと自分が座っていた玉座を振り返った――ヒズルは全く平静に見えた――そしてレレのもとに近寄って言った。

「レレ、レレよ、神かけて、我らの導師の思い出にかけて誓って言う、真実は私がたった今おまえに話したことの中にある。よいか、私にはいささかの罪もない。彼の聖名にかけて誓うが……」

レレは息を殺して立ち、そのまま立ち続けていた。音も立てなかった。

「レレ……」ヒズルは再び恐る恐るレレに話しかけた。「私の言うことを聞いているのか？　私はおまえに話しているのだぞ、我がシャーの聖名にかけて……」

レレの胸から長く引き伸ばされた呻き声が迸り出た。

「我がシャーの尊名がおまえを打ち砕くがいい、奴隷め。十年間だ。この十年の長きにわたって、この世にこの唾棄すべき私の生よりも愛した方は、この世に既にいなかったのだ、ただあの方に会いたかったがゆえに、またあの方に会いたいと抑えがたく思い続けたがゆえに、私は囚われの身で生き抜くことができたのに。十年もおまえは……シャーとなっていた……おお神よ、なぜあなたは私を、私がこの下賤の身を村から宮殿へと引きずってきた旅の途上で焼き尽くしてくれなかったのです?!　おまえはこの私が創り出したものではないか。それがシャーだと！　信じられぬ、おまえは本当にシャーなのか?!　おまえはとっくに死んでいたはずなのに……おまえは……」

レレはそう言い終わらぬうちに、目にもとまらぬ速さで帯の中から小さい短刀を引き抜き、それをヒズルの心臓に柄まで突き刺した。

「くたばれ、卑劣漢め。報いを受けよ。おまえに罪はないというのか?!　それならこの私がおまえの最大の罪だ」レレの瞳から炎が噴き出した。

ヒズルはよろめきだしたが、まだしばらくは両足で立っていられた。大きく息をつくと片手で胸を押さえ、ゆっくりとその体は沈んで行った。彼の頭に最後に浮かび、途切れたのは「タジリの方が言ったことは正しかった、言うことを聞いておれば……」という思いだった。

それからヒズルは絨毯の上にどうと倒れ、動かなくなり息を引き取った。

レレはしばらく嫌悪と共に倒れた詩人の体を見ていたが、それから身震いすると、しげしげと部屋を見回した。レレはためらわずにすぐ、玉座の右手の壁を覆っていた絨毯に近づき、一息で絨毯を蛇腹から引き剥がした。彼だけが知っている小さな壁の出っ張りを目で探すと、力まかせにそれを押した。壁はゆっくりと彼に向かって動き始め、レレは脇によって耳を澄ました——扉の向こうはあいかわらず静かだった。壁はとうとう止まり、ゆっくりとその軸を中心に回りだし、レレの前に秘密の抜け道が開けた。足で階段の段を探ると、そこに踏み出す前に、壁の内側に小さい取っ手があるのを手で探り、それをぐいと引いた。そして壁が元通りに引っ込み始めたのを確かめると、さっと暗いトンネルに姿を消した。壁はレレの跡を一つも残さず元通りの位置に戻り、レレは消えた。政務殿に人気が絶えた、もしも血塗れの不幸なヒズルの死体を勘定に入れぬのなら。

＊＊＊

大臣は扉を少し開け、最初こわごわ中を覗いたが、中で起きたことを見てとると、さっと扉を閉めた。そのすぐ後に今度は確信を持って扉を開いて中に押し入り、床に横たわっているシャーの体に取りすがった。

「我がシャー、我がシャー、誰がいったい恐れ多くもあなたに手を挙げたのですか……どうされたのです、我が主よ?!」彼は叫んだ。

シャーの死体を仰向けにすると、大臣はシャーの胸に柄の根元まで突き刺さっている血塗れの小さい短刀を見た。恐怖に大臣の瞳は両目から飛び出しそうになったが、何も言わずに黙ってしまった。注意深く四方を見回し始めた。立ち上がると床に放り出された絨毯に近づき、しばらくその脇に佇むと長い間剥き出しの壁を眺め回し、それからその壁に触れかけたが思い直し、それから扉に寄るとそれを開き、百人隊長のラヒムを広間の中に入れた。

「入って、ここで何が起きたか見るがいい。もはや我らのシャーはおらぬ……」悲痛な声で大臣は言った。

百人隊長ラヒムの膝はがたがた震えだし、力の抜けた足を動かし玉座の前へ進んだ。シャーの遺体を見てラヒムはほとんど気を失いかけ、意味不明の言葉をつぶやき出した。死者の前に両膝をつき、ラヒムはそのまま動かなくなった。大臣はあてどなく広間を歩き回り、震えながら数珠の球をまさぐりつつ、とめどなく「慈悲深き、慈愛深きアッラーの御名により」と唱え続け、どうすべきかを必死で思い巡らせていた。

「ここに誰か余所者が入ってきたか?」大臣は突然百人隊長ラヒムの前に立ち止まると尋ねた。「誰も入れてはならぬ、と私はおまえに言っておいたはずだ！　誰がここにいたのだ?!」

「ここに?」百人隊長ラヒムはいくらか気を取り直したが、しかし口を動かすのもやっとの様子で答えた。

「私はここには誰も通してはおりませぬ。だが……シャーは御一人ではなかったはずです、あなたご自身が……」

「慈悲深き、慈愛深きアッラーの御名により……」大臣は祈りの言葉をほとんど叫ぶように唱えながら、再び広間を右往左往し始めた。

「しかしシャーと一緒に……もう一人おりました……誰か……フセイン・ベク・レレが……間違いなくフセイン・ベク・レレがおりました。彼はシャーとおりました。どこへ彼は消えてしまったのでしょう?」百人隊長は話し続け、あたりを見回し出した。

「馬鹿者、何を戯言を言っておる？　それとも恐怖で気が触れたか？　木偶の坊め、ここにいったい私とおまえ以外に誰かいたはずがなかろう？　扉は一つ、窓には格子がはまっておる。いったいそれは誰のことだ？　フセイン・ベク・レレだと？　かつてそのような者がいた、敬すべき人物で我らがシャーの腹心の家臣であった……ほかならぬそのレレはチャルディラーンの戦いで死に殉教者となった。シャーは何事につけても故人を頼みにしていた。みなが彼の剛勇に一目置いていた。いったいなぜおまえはフセイン・ベク・レレのことを思い出したのだ?!　どうも私にはおまえの様子が気に入らぬ……」

百人隊長はとうとう混乱した。何を言えばよいのかわからなかった。大臣は何の話をしているのか、何が言いたいのか?!「なるようになれ、すべてはアッラーの思し召しだ」百人隊長ラヒムはそう思い、立ち上がるとこう大臣に言った。

「アッラーの名にかけて私は何も存じません。どう考えてよいかさえ分かりません。アッラーにかけて私を信じて下さい、大臣、私は本当のことを申しているのです。そうです、この広間で何かが起きました、声が聞こえてきたのです、それからどうやら何かの騒ぎが起きました、私は訳が分からず、それであなたの後に続きました。恐ろしい声でした。そのひとつは私の父の声によく似ていました。父は混乱して叫んでいました。『我がシャー、我がシャー、右翼が……』間違いなくそれは私の父の声でした。だがひょっとしたら、ひょっとしたら、やっぱり私の気のせいだったのでしょうか？　私の父はチャルディラーンで死にました。旗手でした……旗手が右翼にどんな用があったのか？……」

大臣はもうとっくに百人隊長の話を聞いていなかった、彼は完全に自分の考えに没頭していた。とうとう百人隊長がまだ恐怖に震えているのに気づいて言った。

「もうやめろ、落ち着け。退け、故人のそばに長くいてはならぬ。待て、こうしよう——行って、全員を政務殿の中庭に集めよ。だがまず窓を開けよ」

　窓は固く鍵が閉じられ、鉄の格子戸が嵌められていた。

「こわせ、聖なる祖師の名において格子戸を破るのだ！」

　恐怖に駆られて百人隊長ラヒムは力まかせに格子戸を引っ張ったので、すぐに格子戸は根こそぎ引き抜かれた。ラヒムはそれを脇に投げ捨て、鎧戸を開けた。大臣は窓に身を乗り出し、百人隊長に命じた。

「ぐずぐずするな、全員を窓の下に集めよ、私は自ら彼らにこの悲報を伝える。行くのだ。いや待て、ここに来い」

　大臣は百人隊長を死者のもとに近づけた。大臣は片手を短剣に伸ばし、一息にそれをヒズルの胸から引き抜き、絨毯で短剣の刃から血を拭い取った。「これを持って行き、誰にも見られぬように隠すのだ」短剣を百人隊長に渡しながら大臣は命じた。それから殺されたシャーの体を然るべく整えた。

「命じられたことをやれ」大臣は自分にともなく百人隊長ラヒムにともなく言った。「シャーが病死したとみなに知らせねばならぬ。誰もシャーに手を挙げることは許されぬ、シャーが殺されることはない。それはありえぬ。不治の病に冒されておられたのだ。アッラーがシャーを召されたのだ。ここには誰もいなかった。誰も、我ら以外には誰もここには立ち入らなかった。ラヒム、分かったか？　誰もだ……けっして……今は行け、命じられたことをするのだ。全員を窓の下に集めよ。よいか、全員をだ、全員に集まらせるのだ。長老も弟子たちも衛士も托鉢僧も――つまり全員をだ。ぐずぐずするな、行け……」

　百人隊長ラヒムはまるで凍りついたようになっていたが、今突然その緊張を解き、泣き崩れるとそのまま御座所から駆け出て行った。大臣は咎めるような眼でラヒムを見送ると、できるだけ目立たぬように遺体の傷を隠し、その体の姿勢を絨毯の上で整えた。佇んだ後もう一度注意深く辺りを見回し囁いた。「アッラーよ、安息を与えたまえ。慈悲深き慈愛深きアッラーの御名と共に」そして意を決して窓に近づいた。中庭からは既に不安に戦く声や泣き声が聞こえてきていた。廷臣や奴婢たちがびっしりと輪になって百人隊長ラヒムを取り囲んでいた。みるみるうちに政務殿の中庭は人で埋まった。「我が老師、我が主、恐れ多くも……ああ……何が起きたのです?……」といった叫び声や呻き声は次第に高まってゆき、天へと昇って行った。大臣はしばらく人声に耳を傾けていたが、それから「アッラーよ!」と囁くと、腰のところまで窓から身を乗り出した。大臣が手を挙げると騒めきと叫びは瞬時に途切れ、ただあちこちで押し殺した啜り泣きが聞こえた。

大臣は大きな教え諭すような声で話し出した。大臣の演説の最中に時折、泣き崩れ掻き口説く声が空に舞い上がり途切れて行った。

「みなの者! 我らが天蓋が崩れ落ちた……我らの運命は苦い号泣と大いなる悲しみだ、不幸な我らに災いが下った……喪を発する! 国をあげて喪に服するのだ! 我らが魂の燈たるシャー、無垢無謬の導師、我らが企図と犠牲の誓いの源、偉大なる君主イスマーイール・イブン・ヘイダル・イブン・ジュネイド・サファヴィーは、本日、ヒジュラ暦九三〇年七月《ラジャブ》の二十七日に突然我らとこの無常の世を捨てられ、聖なる祖師の大いなる庇護のもと天国へと昇られた。シャーの功業は永遠に生き続けることであろう。シャーご自身に我らは限りなきアッラーの慈悲を願おう、なぜならアッラーのみがシャーに赦しを与え、永遠の安息を与えられるからだ……」

大臣はその弔辞を終えた時、その胸から悲しみの嗚咽が迸ったことにも、その目から涙が滝のようにまず顔に流れ、そこから顎髭へと伝ったのも、それらすべてが号泣に終わったことにも気づかなかった。

政務殿の中庭にはそれに応えるように会衆の哀泣が響き渡った。多くの者は耐え難い悲しみに気を失い地にひれ伏し、多くの者はその心を捉えた痛みと絶望の叫び声を表して胸を打っていた。都の全住民がそこに集まっていた。宮殿の中庭には立錐の余地もなかった。人は我さきに人の上によじ登ろうとしていた。黒、緑、赤の布地を巻き付けた旗や、キジルバシュのターバンと帽子が風に舞い、人々の動揺と悲しみは一瞬ごとに強まっていった。「我が老師たるシャーよ、あなたはどこに行ってしまわれたのか、我らがかけがえなきシャーよ、我らを見捨て、みなし子にしないで下さい、恐れ多くも我が導士よ、帰ってきて下さい……」群衆は叫んでいた。

この悲哀に満ちた調子で、シャー・イスマーイール一世について物語るテキストはここで途切れ、終わっている。この叙述のテーマそのものは、事実上ここで終わっている、あるいはいずれにせよ、終わったものとみなしうる。ここに描かれた出来事は実際にあったことで、未知の作者の想像力の賜物ではない、とは誰もけっして断言はできまい。一方でまた、その逆が真実だと断言する者もいまい、とも思われるのだ。チャルディラーンで死んだシャー・イスマーイールとチャルディラーンの戦いの後、さらに十年国を治めたシャー・イスマーイールとの間には本質的な違いがある。その違いは、シャー・イスマーイール自身とその影武者ヒズルが人間として似ていないという、ただその一点にあるだけだ。私自身は「欠落ある写本」のこの叙述――あるいはより正しくはこの「真実」を、信じたい。少なくもこの真実は多元世界のある出来事を描き出しているからである。誰が自信を持って、我らの世界の出来事は写本に描き出されているのと同じようには起きていない、と断言できようか？

暗くなった。私は明かりをつけた。どうやら建物の中には私以外には誰もいなかった。どうやっても、私は写本を読み続けることができなかった。長いこと私は黄ばんだ写本のページに見入っていたが、それから立ち上がり明かりを消すと、部屋に鍵を掛け、研究所の建物を後にした。

＊　＊　＊

アルズ・コジャは自分の部隊を引き揚げて帰途に着いた。ハーンの宿坊には瞬く間に人気が無くなった。クルバシュとカザンは楡の木の下に身を落ち着けた。私は二人に近寄り、そのそばに立った。カザンが言った。

「クルバシュ、どうやらアルズはバユンドゥル・ハーンに腹を立てたようだな。コルクト、おまえも見ていただろう？」

「腹を立てたな」クルバシュはカザンの言ったことを認めた。「だがアルズ・コジャは我らがハーンにではなく、よいか、自分自身に腹を立てたのだ」

「もはや奴には腹を立てる相手もおらぬ、その通りだ」カザンは満足してアルズへの悪口を抑えられなくなった。「アルズの傲慢は計り知れぬ、天と地の間にも収まらない。我らはみな奴に返しようのない恩義がある、というわけだ。だが奴の焚火の燃え差しからのぼる煙がひどく鼻を突く。これだけでことは収まらんだろう。クルバシュ、どうだ？」

「様子を見よう、いずれ分かるだろう。慢心をテングリは好まぬ」クルバシュはカザンに答えた。「ということは我らも気に入らぬ、ということだ」

（私はこの表現が気に入った！　クルバシュはうまいことを言ったものだ――「慢心をテングリは好まぬ、

だから我らも気に入らぬ」。言葉は少ないが、しかしすべてに深い意味が込められている）

「私はハーンのところに行って来る、まだ何かご指示があるかお聞きしてくる、おまえたち栄えあるベクたちは、ここで私を待っていてくれ」クルバシュは立ち上がり、我らを置いていっさんに駆け去った。

私はカザンと共に胡坐を組んで楡の木の下に敷かれた絨毯の上に坐った。

地から湧いたかのように二人の召使が現れた。

「何をお召し上がりになりますか？」二人が尋ねた。

「コルクトよ、何か食べたいか？」カザンは私に向かって尋ねた。

「いや」私は答えた。

「私も腹は減っていない。酸乳《アイラン》でも飲むか？」カザンは横目で私を見た。

「飲もう」私は賛成した。

カザンは召使たちを見た。二人は一礼して消えた。

カザンは言った。

「シェルシャムサッディンは死んだように眠っておる、へとへとになって、どうにか羊を丸ごと平らげたのだ。よいか、もしも四つに分けたら食べおおせなかったろうが、六つに分ければ食べられるのだ。だがその後が苦しい。昔の年ではないしな……」

その後でカザンはがらりと話題を変えた。

「ハーンはきっとお疲れだろう。どう思う、ハーンは晩に我らの……この件を続けられたいのだろうか？」

そう尋ねた。

「分からぬ。有り得ぬことはない。私自身は疲れた、気力はない」

カザンは目を細めて私を見た。

「コルクトよ、テングリの名にかけて教えてくれ、バユンドゥル・ハーンの面前でアルズはひどく私の悪口を言っただろう？　それとも？　きっと私の影を縦横に鞭打ったのだろう、そうではないか？」

「たくさん喋ったな。気の済むまで影を鞭打った」私は言った。

「私の予感だが、アルズは私から離れることはあるまい。私にはどうでもいいことだ――私を鞭打とうが、私の影を鞭打とうが。だが構わぬ、このカザンはそんな小細工で勝利者になったわけではない……コルクトよ、どう思う、宮殿の門の前に内オグズの老若の女どもを集めてはいけないか？　私についてのしの言葉を……バユンドゥル・ハーンにかけて貰うために。ひょっとすると我らのハーンは気に入るかも知れぬ……」

「いや、絶対にだめだ、それはハーンの気には入らぬ。おまえは気をもまず、望みを捨てるな。すべてうまくいく」私は言った。

「コルクトよ、どう思う？」気の収まらぬカザンは言った。「ハーンはアルズを信じただろうか？」

「さて、ハーンがアルズを信じたか信じなかったか、どうやって私が知ることができる？　誰がバユンドゥル・ハーンの秘められた考えを推し測ることができよう⁈　そのためには少なくもハーンの目を見なければならぬが、おまえも見ての通り、私はずっとただ書き続けていただけだ。見えたものはといえば、ただハーンの足ばかりだ。それ以外は時々ハーンが足指を動かしているのを見ただけだ」

「それはハーンが怒っている時だ。私は知っている、ハーンが黙って足の指を動かしている時、それは必ずハーンがひどく立腹している時だ」カザンは物思わしげに言った。

「そうかもしれぬ。だがこの件は終わりにしよう、すべては全能のテングリの慈愛にすがるしかない」

「アーメン！」

召使が酸乳《アイラン》を運んできた。我らは喜んでそれを飲み干した。クルバシュがいつものように突然宙から湧いたかのように現れた。

クルバシュの様子から、今度は彼に格別な用事はないことが見てとれた。クルバシュは言った。

「ハーンはお二人にしっかり休むようにと命じられた。明日朝から我らの仕事を続けることにしよう」

我らはほっと溜息をつき、まだその後もあれこれ話をし、ついでにシェルシャムサッディンの胃袋の力についての栄えあるベクたちの議論のことを思い出しながら、長いこと楡の木陰に座っていた。

「ウルズは来なかったか？」クルバシュはカザンに尋ねた。

「ここに来ていた。おまえが選んでくれた馬が気に入ったようだ。我が祖父ハーンに有難う御座います、武運長久をお祈りしております、と伝えてくれるように言っておった」

夕べの時刻は飛ぶように過ぎ、夜となった。月は気づかぬうちにちょうど楡の梢の上の輝く輪の中に自分の場所を占めた。星は見えず、暗い天蓋は青い光を照り返していた。

「コルクトよ、おまえのコブズ〔弾き語りに用いられる二弦の弦楽器。その高く張られた弦はそこを押さえても棹に届かず、風を切るような音を出す〕はどこにあるのだ？」カザンが私に尋ねた。

「我がベクよ、コブズはない、持ち合わせておらぬ。今はコブズを奏でる時ではない、分かるだろう」

「それはそうだが、それでも……私はあえてことのついでに聞いてみたのだが……どうだろう」カザンはあたりを見回した。「もし楽の音がなく、言葉も尽くされたのなら、栄えあるベクたちよ、我らはもう寝に行くべきでは？　おまえはいざ知らず、私はひどく疲れた」

「その通りだ」私は言った。「もう夜も遅い。寝る時間だ、栄えあるベクたちよ」「私にはまだ山ほど仕事が残っている」

「おまえたちは休むがいい」クルバシュは奴婢や奴隷たちがひしめいている厨の方を見た。

立ち上がると我らは互いに「御機嫌よう」「さらば」と挨拶を交わし、各々自分の部屋に散った。私は床に横になって眠りかけたが、すぐに私の眠りは手負いの獣のように私から逃げ出し始めた。時折私は眠りをとらえたが、それよりも夢が私の手からすり抜け、遠く先に逃げ出してしまう方が多かった。眠りをあきらめた私は観念して心を騒がせている主題について考えを巡らせ始めた。「ハーンは全員の話を聞いた。知らねばならぬことのすべてを知った。もはや誰も残ってはいない。つまり、明日にはすべてが決着する。明日だ、明日には我らはハーンの決定を聞くのだ。テングリの慈愛にすがるばかりだ。我らを守りたまえ、テングリよ、至上の慈愛を賜る神よ、オグズを護りたまえ、アーメン」こういったことを考えつつ私は薄暗い夢の中に入ったが、熟睡はできなかった――雄鶏が時を作る声が、新しい日の始まりを告げた。太陽はもう昇っていた。すぐに床から起き身づくろいをするとクルバシュを待った。最初に現れるのはほかならぬクルバシュであることを知っていたからだった。

その通りだった。クルバシュが来て、私は彼と中庭に出ると、楡の木陰に向かった。今日は早くから山の頂から降りてきた朝霧が、ギュノルタジを白いヴェールで包んでいた。カズルク山から涼しい風がハーンの宿坊に吹きつけていた。カザンの姿は見えなかったが、クルバシュに彼のことを聞く気にはならなかった。召使が急いで卓布を広げ、我らは手早く朝食を取った。クルバシュは「時間だ」と言い、我らは立ち上がり、宮殿へと向かった。

バユンドゥル・ハーンは、早起きしてどうやらとっくに御座所にいて、我らの到着を待っていたようだった。我らは恭しくハーンに挨拶し、ハーンはそれに愛想よく答え、それから我らはそれぞれいつもの場所に座った。私は筆と紙を広げ速記の準備をした。バユンドゥル・ハーンは私が準備しているのを見ると言った。

「コルクト、我が子よ、おまえはこの何日か書き通しできっと疲れたことだろう。筆と紙を脇に置け、速記する必要のない話をおまえとしたい」

私は緊張した。だがバユンドゥル・ハーンの声に怒りや叱責の気配を感じなかったので、安心した。脇に筆と紙を置くと、私は全身を耳にした。今度はバユンドゥル・ハーンはまずクルバシュに向かって言った。

「クルバシュ、おまえは自分の仕事にかかれ、我ら二人にさせてくれ。私はコルクトと二人きりで話したいのだ。カザンに用意しておくようにあらかじめ言っておけ——コルクトとの話が終わり次第、次はカザンの番だと。それからシェルシャムサッディンがどうしているか、あのやくざの子のやくざ者が生きているか、それともくたばったか見てこい」

シェルシャムサッディンのことを口にした時、バユンドゥル・ハーンの唇はぴくりと震えた、彼はもちろん昨日の口争いのことを知っていたのだ。

「コルクト、我が子よ、もっと近くに座れ」バユンドゥル・ハーンはクルバシュが出て行ってから言った。

私はその言葉に従った。バユンドゥル・ハーンは長いこと私を眺め回していたが、その後で尋ねた。

「どうだ、コルクト、我が子よ、我らがこの……スパイについての確かな話を聞くことができそうな者は残っているかな？　いるか、いないか？　答えよ」

「我がハーンよ、誰も残ってはおりませぬ。この件に関わりのある者すべてから話を聞きました」私はうなだれて小声で答えた。

「いや、コルクトよ、おまえの答えは正しくない。一人残っておる」

「偉大なるハーンよ、それは誰でしょう？」私は尋ねたが、バユンドゥル・ハーンの答えを聞いて呆然となった、ハーンはこう言ったからだ。

「おまえだ。コルクト、我が子よ、おまえ一人が残っている、そうではないか？」

私は黙っていた、目を挙げる勇気がなかった、私の胸で心臓は張り裂けんばかりになり、冷汗が滝のように背を流れ、すぐに私は全身びっしょりになった。

しかしバユンドゥル・ハーンの声には相変わらず怒りの色はなかった。ハーンは思いがけず両手を打つと、からからと笑った。

「まったく、このやくざ者どもをまんまと騙しおおせたとは、あの孕み腹の婆さんも大したものよ！」ハーンは気のすむまで笑うとそう言った。

私は耳の付け根まで真っ赤になり、穴があったら入りたい気持ちだった。どうかバユンドゥル・ハーンの嫌疑が、今朝急にかかった霧のように、またすぐに晴れてくれればよいのだが。

「コルクト、我が子よ、さあおまえの番だ。腹を割って話し合おうではないか。どうだ？」ハーンはやっとのことで笑いをこらえ、今度はその鋭い目を細めて私を見た。

「結構です、偉大なるハーンよ」無駄に時間を長引かせたくなく、私はハーンの申し入れを受けた。「その通りです、私の番です。我がハーンがお聞きになりたいことすべてを喜んでお話しいたします。ご安心下さい」

「コルクトよ、孕み腹をそそのかし、ベクたちのもとに差し向けたのはおまえであろう？」バユンドゥル・ハーンは私に尋ねた。

「はい、偉大なるハーンよ、私がそそのかしました」私は答えた。

「いったいなぜそんなことをしたのか、説明してくれ。それともおまえは孕み腹と何か関係があったのか?」

「ございました。かつて私は近道を逸れ、回り道をしてこっそり彼女の家に通ったことがございました。哀れなあの女に情けをかけたのです。我が罪を、天上のテングリよ、地上ではあなた、ハーンよ、どうかお許し下さい、神の恵みを」

「そうか……おまえの答えは気に入ったぞ。正道から外れず、ありのままを語った」注意深く私を見ながら、満足げな声でバユンドゥル・ハーンは言った。

しばらく黙ってからバユンドゥル・ハーンは新しい問いを投げかけた。

「おまえは大いに私の審問の役にたってくれた、分かるか? この事件についてのおまえの考えを教えてくれ。おまえはどう思う、なぜ私はこの取り調べを企てたのか?」

私はしばらく考えていた。バユンドゥル・ハーンは私に答えを急がせず、辛抱強く待っていた。深い溜息をついてから私は答えた。

「偉大なる我がハーンは、全オグズへの見せしめとして厳しく罰するために、スパイの共犯者を暴きだそうとされました」

「ほう、そうか?」バユンドゥル・ハーンは意味ありげな笑みをその唇に浮かべて私を見た。「そう思うのか?」

「はい、我がハーンよ、そう考えます」

「コルクト、我が子よ」バユンドゥル・ハーンは言った。「私はこのことは取り調べのはるか前から知っておった、おまえがそれに感づいていないはずはあるまい?」

（もちろん私の推測は間違っていなかった。ハーンが行ったのは審問などでは全くなかった、ハーンは我らを試したのだ。ハーンの真の目的はただ彼のみが知っているのだ）

「コルクトよ、おまえは正しかった。すべてをあらかじめ私は知っていた」また今度もバユンドゥル・ハーンは私の考えを読んだ。「私の真の目的は、よいか、スパイとは全く関係がない。私の真の目的は、おまえだけに言うが、オグズをその内部から崩そうとする、やくざの子のやくざを暴きだすことだった。コルクト、我が子よ、この問題への解答を私は探していた。よいか、そしてその答えを確かに私は見出した」

私は息をすることも恐れていた。我らを飲み込んだ深い沈黙を破ることを恐れたのだ。

「どう思う？　この張本人の悪党は誰だろうか？」バユンドゥル・ハーンは尋ねた。

（またハーンは私を試している。我らは二人とも知っている……だが、まさに「我らは二人とも存じています」と答えるべきか？　駄目だ。アルズの名を出すべきか？　これも駄目だ。ではいったい誰の名を……誰を挙げれば良いのか?!「誰の名も出すな」私の血の中に輝光石の声を私は聞いた。「名は言うな。ハーンはすべてをもう決している。ハーンはおまえから答えを待ってはいない。ハーンは自問自答しているのだ。ハーンの邪魔をするな」輝光石は私を諭し、私は黙り、ハーンの質問には答えなかった）

「コルクト、我が子よ、自分でも考えてみよ。誰に聞いてもアルズの名をあげる。私にはアルズは気に入らぬ。なぜアルズが私の気に入らぬか分かるか？　理由はいくつもある。おまえもその目で見ておることがある——アルズただ一人が、自分と孕み腹との関係を取り沙汰されるのを拒んだ」

「まさにその通りでした」私は言った。

「そうだ、まさにそうだった。だがおまえはカザンをどう思う？」バユンドゥル・ハーンはそう尋ねて、私からの答えを待って口を閉じた。

私は狼狽した。

「カザンですか？ カザンは内オグズの砦であり、希望ではありませんか、バユンドゥル・ハーン」

「そうだ、その通りだ、だがカザンこそが、全オグズの体を内側から食い破ろうとしている獣なのだ。驚いたか？ どうやら驚いたらしいな。それでは私の話をよく聞け。すべてをおまえに説明しよう。他の誰にも話さぬ。おまえに、おまえだけに話すのだ。私の言葉が役に立つ時が来る、私には分かる。コルクト、我が子よ、考えても見よ、狩りに出かけるのに全軍を率いていく意味がどこにある？ もしも意味があったとしてだ、なぜ残った者たちの首領に自分の叔父であるアルズを立てなかったのか？ 狩りの前にアルズはまっとうな質問をした。『長く遠い旅路につかれる際に、誰を自分の代理として残すのか？』と。カザンはどうしたか？ 残った者たちの首領として自分の息子を、まだ乳臭い少年を立てて、アルズを侮辱したのだ。そのことでアルズを自分に歯向かわせることになったのだ。そうではないか？ アルズはカザンに次ぐ第二位の地位を望んだ。カザンは許さなかった。カザンは言った、それはあり得ぬ、私はおまえの話は聞きたくない、と。どうなったか？ 敵は歯の細かい櫛のように我らの土地を蹂躙した。その後で大きな戦争になった。これがすべてだ。さらに先がある。国境からベキルを呼びよせた、「おまえを素晴らしい狩りと盛大な祝宴でもてなしたいのだ」と言ってだ。その素晴らしい狩りはどうなった？ 今度はカザンは何をした？ ベキルにこの招待を受けたことをひどく後悔させた。騎手であるベキルではなく馬を褒めたのだ。それでベキルにひどく恥をかかせた。それがすべてか？ その通りだ。そしてその後はどうなった？ ベキルは仕方なく期待外れの空手で家に帰り、オグズから離反しようと考えた。あわや我らに背くところだったのだ。だが思いとどまり、狩りへと出かけた。ところが突然ベキルは足を折る。ベキル一人に抑えられてきた敵にとってはもっけの幸いだ。それでどうなった？　また戦争だ！　これはみな、カザンのせいなのだ、コルクトよ、カザンだ……分かったか?!

それだけでなく、このやくざの子のやくざは習わしに背いて、略奪の祭りに外オグズの者たちを招待しなかった。何の理由が？　もし知っているのなら教えて欲しい。私もどう考えてよいか分からぬ。大した理由があるようにはどうしても思えん。そうベクたちのベクが望んだのだ！　そんなことがありえるか？　ありえるかどうか、おまえに聞きたい。コルクト、おまえに聞きたいのだ！　ありえないぞ、コルクト、我が子よ、ありえぬ。絶対にありえぬ」

バユンドゥル・ハーンは黙った。苦しげな息遣いの中、ハーンはやっと息を継いだ。ハーンの顔色は興奮で赤くなった。ハーンは窓の方に向き直ったが、庭の花壇を見て気持ちが和らいだようだった。しばらく心和ませる静寂に耳を澄まし、それから言葉を続けた。

「私はもうカザンのその他の功業については語らぬ。母は囚われ、奥方も囚われ、息子も囚われた……このやくざの子のやくざはただ母親だけを返すように頼みこんだ。自分の妻と息子はあきらめた。どうやら戦術と言うことらしい……小さい子供でもそんな小細工で騙せはせぬ。それにこれがベクたちのベクの手管か、どう思う？　しかも私、ハーンはカザンに、オグズを無防備なままにおいて狩りに出かけることを許したか？　おまえに聞いておる、コルクトよ。黙っておるな。私はカザンに許しを与えなかった、それによいか、カザンも許しを請わなかった、それは確かだ。

それにここでまたベイレキに色目を使っておる、奴なしでは一歩も進めぬ。何があの二人をかくもしっかりと結び合わせているのかは知らぬ。そしておまえの話を聞くまでもなく、私は奴がどんな男か分かっていた。あいつは我が娘ボルラ・ハトゥンと火遊びを企てた。コルクトよ。おまえは今だかつて賢い女というものに出会ったことがあるか？　私はないぞ。当歳の雌牛が雄牛を見て垂涎して痩せ細って行くように、ボルラ・ハトゥンはバサトの名を口にするだけでうっとりしておった。今度はバサトのことでアルズに復讐しようと目論んだ。もっとも、いったいこの件に関してアルズのどこが悪いのか私にはとんと分からぬが。私の娘ボルラとバサトの結婚を拒否したのはこの私なのに。まあ、それはどうでもよい。ボルラはアルズを自分の敵と決め付けた——それでこの件は終わりだ。カザンにはこのことは分からぬ、ベイレキにもだ。いったい奴らに、そして我ら男たちの誰に、女というものが分かろうか、もしも女が知恵ではなく、我らの知らぬ何かによって動かされているのとするならば。あのカザンとベイレキは自分たちが誰よりも賢い、と思っている。ベイレキはどうだ？　家には薔薇の蕾のような奥方がおる。見目麗しいバイビジャンの娘だ。ところがどういう訳か家に奥方を放り出し、酒池肉林を渡り歩いておる。

このやくざの子のやくざはきっと我らの浅はかな娘を誘惑する前にさえ、遊びを止めないに違いない。馬鹿なシェルシャムサッディンから聞く前に私はこのことを知っていた。我らの課題はオグズの安寧を護ることだ。アルズはオグズを脅かしておる。ベイレキは、よいか、私の家を脅かしている。私が艱難辛苦のうちに創り上げたオグズは、私がその由緒ある家筋によってその名を高めたこの家は、内オグズも外オグズも、全オグズが、老いも若きも、最も大切な宝として敬うに相応しいものなのだ。自分の家を敬うこと——これこそがこの困難な時代にあって我らが生き抜くための喫緊の条件なのだ。自分が自分とその家を敬わなかったらどうして余所からの尊敬を勝ち得ることができようか?!　トラブゾンのメリクがバイブルドから聞いた話としてベイレキのことを私に教えてくれた。いかなる地下牢も、いかなる捕虜も、いかなる困窮もなかった。あれは子供のための作り話だ。ベイレキはバイブルドに客分としていた、しかも主賓として歓迎されたのだ。このやくざの子のやくざはバイブルドの娘を誘惑した、生娘だったこの娘は哀れにも身も心もベイレキに捧げ、『ベイレキが私の婚約者です、ベイレキは私を嫁にする、と約束しました』と繰り返して、結婚話を断り続けた。約束の婿を見届けることなく、彼女の父母は亡くなった。一方このやくざの子のやくざはバイブルドに、まさに、独眼鬼と対峙していたオグズで彼を必要としていたその時に、現れたのだ……よいか、今日でなければ明日にでも、オグズの頭上に大きな取り返しのつかない災いが降りかかる。我らはどうすべきか？　何か方策を考えねばならぬ時が来た。外オグズの者たちはもう歯を剥き出しておる。アルズは恥辱をそのままにしてはおくまい、内乱を引き起こそうとしているのがアルズだ。それにカズルク・コジャの様子が最近怪しくなってきた。デュズミュルドから解放されてから、アルズのところに頻繁に出入りするようになった。それは誰もが知っている。二人が何を語らっているのか、何の準備をしているのかは、私も、その他の誰も知らぬ。カズルク・コジャは外オグズの者だ、アルズと同じ生まれだ。かつて外オグズの顔を立てるため、奴を宰相にしてやった。だが今では奴はアルズに仕えている……」

（全能のテングリのおかげで、バユンドゥル・ハーンは触れなかった、ベイレキにバイブルドに行くように仕向け、奴が誘拐されたことにするようにアルズに知恵をつけたのは誰か、という問題には。アルズはすぐにベイレキに愛想を尽かし、奴が独眼鬼との戦いに加わることを望まなかったのだ。そういうことなのだ……）

「コルクトよ、そういうことだ。だがおまえは『スパイだ、スパイだ』と繰り返しておったが、この哀れなスパイにいったい誰が興味を持つのだ？　すべては我ら自身の身内が問題なのだ。コルクト、我が子よ、すべてはカザンに問題がある」

そう言ってバユンドゥル・ハーンは深い溜息をつき、長いこと黙り込んだ。私はあえてその沈黙を破ることができず、うなだれて思いに沈んだ。「これで我らがハーンの真の目的が明らかになった。オグズで誰が何を考えているのか？　オグズの致命傷はどこにあるのか？　なぜ騒乱の瀬戸際にある全オグズの群れ同士の絆が毫毛より細くなってしまったのか？　その罪は誰にある？　バユンドゥル・ハーンはいたずらに言葉を弄する人ではない。カザンはこれらの件の張本人とされた。ああカザン、カザンよ……もうどうすることもできぬ……私は無力だ。頼みの綱はただハーンの慈悲あるのみ、おお輝光石よ……」

「コルクト、我が子よ、私の言うことをよく聞け。カザンは私の婿だ、私は奴の咎に見合うような罰を加えることはできぬ。どう思う？」

「我がハーンよ、その通りです。もしもカザンを罰したらオグズは最終的に分裂することでしょう。戦いが始まり、終わりも見えぬでしょう……」

「その通りだ。それではどうしたらいい？」バユンドゥル・ハーンは尋ねた。「戦いが始まる前に終わり、後腐れのないようにせねばならぬ。我らには別の張本人が必要だ」

「ハーンよ、その張本人はおります」私は言った。

バユンドゥル・ハーンは目を細めて私を見た。

「そうです、偉大なるハーンよ。もしも張本人がアルズになれば、ことは収まりますか？」

「コルクトよ、もしも奴に罪があるならば、罰は免れない。だがどうやってアルズに罪を着せられよう？　何を突き付けても奴は言い逃れをするだろう。そしてその後自分の周りに外オグズの者たちを集め、馬鹿げたことを喋り立て、我らに敵対させるだろう。これまた戦いになる。アルズには許しがたい罪を犯して貰わねばならぬ。アルズはまだそれは犯していないのだ……」

「だがもしも犯したなら？」私は尋ねました。

「何をアルズが……犯せるのだ？」バユンドゥル・ハーンの目が光り始めた。「私に向かって剣を抜くとか？」

「我がハーンよ、もしもアルズが許しもなく正しい裁きもなく誰かを……ベクの誰かを……殺したら、その者は罰せられますか？」

「罰せられる！」バユンドゥル・ハーンはためらうことなく答えた。「裁きも許しもなく人を殺せば厳しく罰せられよう」

「我がハーンよ、もしもアルズが罰せられ、全オグズが彼から離れれば、内オグズと外オグズの戦いは未然に防げましょうか？」

「防げる！」バユンドゥル・ハーンはこの問いには決然と答えた。

「それではアルズにこの罪を犯させねばなりませぬ」

バユンドゥル・ハーンは黙ったまま私の話の続きを待っていた。私は続けた。

「そうです、偉大なるハーンよ、犠牲が必要です。その死すべき者は、アルズのもとにカザンと和解するように勧めに行かねばなりませぬ」

「それからどうなる？」バユンドゥル・ハーンは膝を乗り出した。

「我がハーンよ、それから、アルズが罪を犯します、彼がその使者を……殺すのです。その後で全オグズがアルズを裁き、罰します。これですべてがおさまるでしょう」

「本当にそう思うか？」バユンドゥル・ハーンは声を低めた。「誰が犠牲となるか、もう決めたのか？」

私はためらわず、迷いもせずに、ごく小さな声で、ほとんど声を立てずに未来の犠牲者の名を告げた。

〔『デデ・コルクトの書』によれば、その犠牲者はベイレキである〕

バユンドゥル・ハーンは注意深く、しげしげと私を見た。ハーンの瞳の底なしの深みに未来の犠牲者の名を見極め、私はハーンが昔から、はるか昔から、スパイの話のはるか前から、自分でその名を決めていたことを知った。「ハーンはすべてをしくみ、前もってすべてを計算に入れ、正確にそれを実現した、おまえはただ犠牲者の名を言えば良いだけだったのだ」そういう考えが言葉と私の頭に浸透し、私の胸に刻まれた。どこからこの考えはやってきたのか？　もちろん、輝光石が私にこの言葉――考えを吹き込んだのだ、それ以外にそれを吹き込むものは、もはや何もない……

「コルクトよ、この世のものはすべて移りゆく。我らはこの世に入ってゆくが、その世界がまた我らを滅ぼすのだ。我らが住む世界、死の世界……すべてはあらかじめ運命によって決せられ、運命は誰をも大地の中に隠す、秘密は秘密の中に収められ、秘密によって隠される……おまえは自分でこの件を片付けられるか？」バユンドゥル・ハーンは率直に尋ね、率直な答えを待った。

「バユンドゥル・ハーンよ、我らの世界は古い」私は輝光石が私に密かに囁いた通りに答えた。「この世にあって秘密を守るということができるかどうか、我がハーンよ、私には分からぬ、確信が持てません。私は何者となったのでしょう、全オグズの諸々の秘密の、唯一人の守護者ですか?!　我らが考えたことはすべての秘中の秘とならねばなりません。私はそれを自分の心の中に葬り去りましょう。だが我らの老いさらばえたこの世を請け合うことはできませぬ。なぜなら世界とは人のようなもの――今日あったとしても明日にはないのです。我らの世界は、それが永遠に消え去るとしたらいったい誰に秘密を伝えられるのでしょう？」

「ただおまえの秘密だけでおおごとになったな」バユンドゥル・ハーンは言った。「だが、コルクト、我が子よ、おまえが心配している世界は全く古くなどはない。若い、生まれたてなのだ、我らの世界は……」

「その通りです、我がハーンよ。しかし……お言葉ではありますが、私には思われるのです、我らの世界は、経験でき、また経験されえぬことのすべてを既に経験している、と。既に石弓に代わって銃が考え出され、もはや次に考え出すものとてありません……」

「我らの世界は若い。望みなく若い。人の命の終わりは死が測り取る。我らの世界には果てがない、我が子よ、つまり我らの世界は死を知らぬ。よいか……誰がこのことを私に打ち明けてくれたか分かるか？　分からぬな。よく聞け……我が父だ！　我が父がこの秘密を私に語ったのだ。忘れるでない！……我が父は偉大なるシャーマンだった、目を細めて父は見ていた、父にしか見えぬ彼方を長いこと見つめていた。そして父が何を私に語ったか分かるか？　話してやろう、すべてをおまえに話してやろう。よく聞くのだ、おまえの役に立とう……我が父は、偉大なるシャーマンはこう言ったのだ……」

……もう何日目になるだろうか、地震の後生き残った人々は大いなる呻き声と共に死者の体を探し集め、それを並べ、それから力を振り絞り、腐臭鼻を突く死体を、ガンジャの北の郊外に昔からある、広大なサブジカル墓地へと運んで行った。そして間もなく埋葬の場所もなくなり、新しい墓にぶつからずに歩むことさえできなくなった……そして墓場の上空には数えきれぬほどの大小様々な鳥たちの群れが輪を描き、それが再び人々の心に恐怖を呼び起こすのだった。この恐怖は地震を奇跡的に生き延びた占星術師が鎮めた。この占星術師は都の住民の信頼をとうに失っていたが、今は自信ありげに叫んでいるのだった。「これは死者の罪なき魂たちが、安息を求めてまだしばらく飛び回っているのだ、飛び回るのに疲れたら、我らのもとから飛び去るであろう……」

後書き、あるいは全き未完の刻印

東洋学専攻の娘との約束に従って、私はＡ－２７／７３３の番号のついた「欠落ある写本」を直接彼女に、あるいは、一階の入口の右手にある写本臨時保管所の窓口に返さねばならなかった。なぜか分からなかったが、しかし突然私はこの娘ともう一度会いたくなった。これが最後だと思いつつ写本を箱の中にきちんと収めながら、彼女のことを考えていると、まるである考えが私の脳髄を弾いたかに思われ、思わず身じろぎした。「私はもはや彼女に二度と会わないだろう。たとえ公開捜査をしたとしても彼女を探すことは無意味だ――私にとって彼女は消えたのだ、飛び去ったのだ、行方知れずになったのだ……」

私は外套を羽織り、彼女が私に残した写本を筆写したノートをつかむと、写本を収めた箱を小脇に抱えて、空いた手で戸を開け、一歩踏み出したが、危うくその東洋学専攻の娘とぶつかりそうになった。彼女に箱を渡して私は安堵と平静の入り混じったものを感じた。敬意と感謝が入り混じった、型通りの私の挨拶を聞き終わると、東洋学専攻の娘は全く顔色も変えずに、自分の方にしっかりと箱を引きよせたが、いっこうに立ち去ろうとしなかった。私はどうしても彼女に何か私に聞いて欲しかった、私は写本について考え、感じたことすべてを彼女に伝えたかったのだ。だが彼女は黙っていた。立ち去ろうともせず、話そうともせず、ただ立って私がこれを最後に出てゆくのを待っているようだった。

この馬鹿げた事態をどうにかしようと、娘と私は黙ったまま出口へと歩み、彼女はどうやら写本の臨時保管所へと向かう様子で、我々はここから完全に出て行こうとしていた。私は「欠落ある写本」がそこで途切れたバユンドゥル・ハーンとコルクトの会話をまた思い起こしていた。年老いたバユンドゥル・ハーン！若きコルクト！　そして二人の間には丸々一つの世界があるのだ！　年老いたハーンの新しき世界と若きコルクトの古き世界、そこでコルクトが語った通り、「石弓に代わって銃が考え出され、もはや次に考え出すものとてない……」。突然私の頭に浮かんだのは、ハーンとコルクトがそれぞれ自分の世界に属する相手と会話していたのではないか、ということである。バユンドゥル・ハーンの世界には自分のコルクトがおり、コルクトの世界にはそれとは全く別のバユンドゥル・ハーンが存在していた。彼らはお互いに共通の一つの空間の中に存在していたわけではなかった……ひょっとしたら、この若き女性東洋学者にも自分の世界があるのだろうか、彼女は私の前を進んでいたが、その際も私の動きをいちいち確かめるかのようにヒールの音を立てながら歩いていた。それはまるで私がこの写本の入った箱を、ということは、この痩せぎすの風采の上がらぬ彼女自身を、何かで脅かしている、という風情だった！　私は彼女の世界では何者なのだろう？なぜ私はほかならぬ彼女の影を、無意味な文字の歪みの中に見たのだろう、そして私が彼女と戸口でぶつかった時に、彼女の表情はなぜあの影をありありと思い起こさせたのだろう？　彼女はわざと会話を避けていた。思うに、女性研究員の表情は、できるだけ早くここから出て行ってほしいと思う時に、ここの研究員がみな浮かべる共通の表情だったのだ。それならば彼女とどんな会話も交わせるはずがなかった。

私自身は思案せねばならなかった——シャー・イスマーイールについてのテキストとコルクトについてのテキストの間に、入念に隠されているにせよ、何らかの関連、何らかの照応があるのか？　もしもあるとしたら？　もしもないとしたら？　ひょっとしたら彼女に尋ねるべきか？　いやそれには及ばぬだろう。もし尋ねたら決めつけられてしまうにきまっている。私は——そんな野心は毛頭ないのだが——学位論文か、さもなくば研究論文のようなものを書こうとしているのだ、と。今も我々の背後から数千の見える目と見えない目があらゆる隅と隙間から我々を見ている、と私は確かに感じた。いったいこれはどんな扉なのか、その影はまるで……我々はもう広い階段を降りていた。彼女が前で私がその後に続いた。

こうしてこの建物に自発的に自分を拘禁した三日間が終わった。あと二、三分ですべてが過去のことになろうとしている。私は、仰々しくないにしても、ふつうの「御機嫌よう、お元気で」くらいの丁寧な挨拶ぐらいはしておこうと考え始めたが、ところが驚いたことに、彼女は全く私などいなかったかのように、振り返りもせず、頭をこちらに向けることもなく、階段から降りるとまっすぐ写本臨時保管所へ滑り込むように消えた。そして扉をばたんと閉めた……まるでこの奇妙な娘が私の途上にはいなかったかのようであった……消えていなくなってしまった……

私は外に出た。一瞬、彼女と共に、彼女が私にくれた二冊の厚いノートも消えてしまったように思われた。私は慌てて外套のポケットを上から叩いた——ノートはそこにあり、私はほっと溜息をついた。どう考えても私のすべての疑惑に終わりが来たようだった。そうだ、おそらくすべては、すべてが終わるように終わるに違いないのだ。どうやら未完結性は「欠落ある写本」に関連したものすべてに、既にその刻印を残していた。そうだもちろん……これからの計画について思いめぐらせながら、私は夕べの町を歩いていた。家までの道のりはまだ長かった、と突然、私は東洋学専攻のあの娘が私に小声で言った言葉を思い出した……

訳者あとがき

現代アゼルバイジャンの作家カマル・アブドゥッラの小説『欠落ある写本』はユニークな文学作品である。ユニークであるというのは、この作品が『デデ・コルクトの書』という十五世紀に纏められた中世アナトリア語の民族叙事詩を素材にした現代小説である、という点にある。しかしこの作品は単なる歴史小説ではない。この小説はいうならば虚構の中世叙事詩を文学的想像力によって現代に生き生きと蘇らせた、いわば一種の歴史心理推理小説なのだ。我が国の読者にとって最も分かりやすいアナロジーは芥川龍之介の「藪の中」であろう。「藪の中」の素材は『今昔物語』所収の一説話だが、これを基に書かれたこの作品は、検非違使の前で証言する複数の登場人物の独白の並列によって構成されている。一方、『欠落ある写本』は、バユンドゥル・ハーンの前で繰り広げられる、オグズの武将たちの審問が速記者デデ・コルクトによって筆記され、そのかたわらシャーマンでもあるデデ・コルクトが自ら知りえた真実をハーンに語る、という基本的構成を取っている。

小説は、小説家自身に擬せられた作者が、バクーの古文書館で新しい未知の写本を発見した、という場面から始まる。彼が発見した写本は、デデ・コルクトという語り手が一人称でオグズの内乱寸前の状況をリアルに語る内容だった。この写本に語り手として登場するデデ・コルクトは、中世アナトリアに伝えられた叙事詩『デデ・コルクトの書』の登場人物であると同時に、この叙事詩の作者に擬せられる吟遊詩人であり、シャーマンである。

幸い『デデ・コルクトの書』は菅原睦・太田かおり両氏の訳で日本語に訳されており、平凡社の東洋文庫の一冊として出版され、読むことができる（『デデ・コルクトの書——アナトリアの英雄物語集』菅原睦・太田かおり訳、平凡社、東洋文庫七二〇、二〇〇三）。この叙事詩については菅原氏と林佳世子氏がその邦訳に詳しい解説を付しているので、詳細はそちらに譲り、本書の理解の助けになる範囲でこの中世チュルク叙事詩について解説をしておこう。

『デデ・コルクトの書』はアゼルバイジャンと中央アジアのオグズ族の間で生まれた史詩（デスタン）の一つであり、現在のトルコ、イラン、アゼルバイジャン、ジョージアにまたがる地域が主な舞台である。十五世紀末に東アナトリアで古アナトリア・トルコ語で書き記されたが、その起源は十世紀まで遡れる、とされる。韻を踏んだ散文体による当時の民衆口語で書かれている。全体として一つの構成をもちながら、それぞれに独立した十二の話から成り立ち、古いトルコ族の生活や習慣を伝えている。トルコ文学史上の傑作と言われ、ドレスデンとヴァチカンの図書館に写本がある。中世アナトリア語で記されたこの叙事詩はアゼルバイジャン人にとっても重要な民族叙事詩であり、この叙事詩の登場人物の多くがこの小説に登場している。『デデ・コルクトの書』に描かれるオグズ族は、内オグズと外オグズの二つの支族で構成されているが、

『デデ・コルクトの書』は最後の第十二章「内オグズに外オグズが叛いてベイレキが死んだ物語を語る」において、内オグズと外オグズの対立がもたらした内乱のエピソードで終わる。

この第十二話について、訳者の菅原氏は、「物語の本文からは、外オグズがカザンに叛いた本当の理由が何であったのか必ずしもはっきりしない」と指摘し、「語り手の側に『オグズの内紛』という事件の詳細を語ることに対するある種の躊躇があったかのようである」と述べているが、『欠落ある写本』が目指しているのは、この謎の文学的解明である。作者カマル・アブドゥッラは同じテーマを戯曲『スパイ』においても取り上げており、この謎の解明になみなみならぬ関心を抱いていた。また、カマル・アブドゥッラは『デデ・コルクトの書』の研究者としても知られ、研究書『秘められた「デデ・コルクト」』をものしており、それはトルコ語にも翻訳され評価されている。

『デデ・コルクトの書』では、民族叙事詩の常として、登場人物の心理は描きこまれない。従ってこの作品に登場する人物たちが、お互いにどのような葛藤を抱えて、内乱に至るほどの愛憎をお互いに蓄えていったかは、見えてこないのである。この過程を作者カマル・アブドゥッラは文学的想像力を駆使して生き生きと描きだす。そのために作者は『デデ・コルクトの書』の作者に擬せられている、吟遊詩人にしてシャーマンであるデデ・コルクトを語り手として設定した。というのもオグズの武将たち相互の心理的葛藤をつぶさに知るのは、この小説の主人公、デデ・コルクトをおいてないからである。シャーマンでもあるデデ・コルクトは自在に他人の夢に入り込むことができ、他人の未来を見通すこともできる。

もう一人の主人公は、オグズの長たるバユンドゥル・ハーン。こちらも『デデ・コルクトの書』の重要な登場人物である。物語はオグズにスパイが現われ、捕らえられた、という通報があったことから始まる。しかもそのスパイが放免されたと伝えられる。内オグズと外オグズの対立からオグズの統一は崩壊寸前だったが、この状況下でのスパイ騒動が、物語の発端である。

これがきっかけでバユンドゥル・ハーンの面前で、オグズの名だたる武将が次々に召喚され、審問が始まる。スパイは誰で、それをどのように取り扱ったのか。最初にバユンドゥル・ハーンの娘婿であるサルル・カザンの審問が始まる。

審問において証言するのは、バユンドゥル・ハーンの娘ボルラ・ハトゥンの婿サルル・カザン（この二人は共に内オグズに属す武将である）、カザンとの軋轢を抱える勇士ベキル、サルル・カザンの母方の伯父で外オグズに属するアルズ・コジャである。アルズとカザンは、アルズの息子で独眼鬼を退治した英雄バサトをめぐって確執がある。審問の間にコルクトが語る物語、訪れたバユンドゥル・ハーンの娘でサルル・カザンの妻ボルラ・ハトゥンとベイレキの妻バヌチチェキの証言、自ら出頭したカザンの腹心の部下シェルシャムサッディンの証言などがはさまれる。その審問の過程で、登場人物相互の間に複雑な心理的軋轢があったことが次第に明らかになってゆく。

ハーンの前でなされる証言の中に繰り返し狂言回しとして登場するのは、スパイの母親の「孕み腹」という名の女で、彼女は武将たち一人一人にスパイは実はおまえの子だ、と告げる。そのことで、スパイとして捕えられた若者は殺されることなく追放される。

審問と、その間に交わされるハーンとコルクトの会話によって次第に明らかになるのは、そもそもスパイは存在せず、それはコルクトが、武将たちの確執の根源をあぶり出し、それを解消するために作りだした虚構であり、孕み腹に、審問に呼び出された武将一人一人にスパイはおまえの子だったと言え、とそそのかしたのもデデ・コルクトであったという事実である。作者の謎解きの一端がそこにある。

テキストの中に挿入され、並行して進行してゆくもう一つの物語がある。サファヴィー朝イランの創始者イスマーイール一世のエピソードである。彼はアゼルバイジャンに支配権を確立し、一五〇一年にタブリーズを首都としてサファヴィー朝を創始した。イスマーイール一世は一五一四年にセリム一世のオスマン帝国軍とチャルディラーン草原で闘い、破れる。物語は、この戦いでイスマーイール一世は戦死し、彼の影武者として育てられた詩人ヒズルがその後シャーとして君臨した、という歴史的虚構を基にしている。イスマーイール一世は実際にハタインの筆名で多くの詩を作ったが、その大部分はアゼルバイジャン語によるものだった。このことによってイスマーイール一世はアゼルバイジャン文学の歴史に大きな位置を占めることになった。イスマーイール一世は一五二四年に亡くなるが、この小説では、シャーの腹心の部下で、影武者のヒズルを探し出したレレがこの年に捕虜の身から帰還し、帝位についたヒズルを殺害する、という結末となっている。

バユンドゥル・ハーンの審問と、シャーの分身ヒズルの物語は平行して進行し、緊張を増しながら、悲劇的な終末へとむかってゆく。『欠落ある写本』のこのような文学的構成と、登場人物たちの生き生きとしたリアルな描写によって、カマル・アブドゥッラは中世オグズ族の叙事詩『デデ・コルクトの書』を、現代アゼルバイジャン文学として生き生きと蘇らせることに成功したのである。

本書はカマル・アブドゥッラのアゼルバイジャン語の小説『欠落ある写本』の、ワギフ・イブラギモグルによる原作者監修のロシア語訳からの翻訳である。このロシア語訳〈Неполная рукопись〉は二〇〇六年にモスクワの「フロニキョル」社から「現代散文シリーズ」の一冊として出版された。副題の「デデ・コルクトの失われた書」は訳者が読者の理解のために付したものである。著者から翻訳を慫慂されて、引き受けてから十年あまりが立ってしまい、原作者のカマル・アブドゥッラ氏には大変ご迷惑をかけてしまった。出版が遅れたのは、チュルク学者でもない私には、『デデ・コルクトの書』を下敷きにした本書の内容の理解に時間がかかったことと、昨今の出版事情が、本書をすぐに出版できる状況になかったことの二つが原因である。出版を快諾して下さった水声社社主、鈴木宏氏、面倒な編集作業を引き受けて下さった板垣賢太氏に心からの謝意を表したい。本書が日本におけるアゼルバイジャン文学紹介に何ほどか寄与できたとすれば、訳者としては望外の喜びである。

翻訳にあたっては、『デデ・コルクトの書』と共通の登場人物の表記は、読者の便を考え、概ね平凡社版『デデ・コルクトの書』の邦訳で採用されているものに従った。

最後になるが、本訳書を恩師である故加藤九祚先生のご霊前に捧げることをお許し頂きたい。私事にわたるが加藤九祚先生は、四十年前に私が大阪の国立民族学博物館に助手として赴任する際に、ロシア語のスタッフとして一面識もない私を推薦して下さった。私はこの職場で自分のライフワークとなったスラヴ比較民族学研究をスタートすることができた。現在の私があるのも加藤九祚先生のおかげである。

加藤先生は、シベリア・中央アジアの民族学と考古学を専門としていらしたが、その生涯の最期までたゆまず研究を続けられ、昨二〇一六年の秋に、ウズベキスタン仏教遺跡の発掘現場で九十四歳で亡くなられた。最後まで現役を貫かれた生涯であった。頭の下がる思いである。

アゼルバイジャンは北カフカースの西端、カスピ海に面するイスラーム国家で、民族的にも中央アジアのチュルク系諸民族、現在のトルコなどと深い文化的繋がりを持つ。中央アジアのみならず、カフカースにも並々ならぬご関心を寄せられていた加藤先生に本訳書を不肖の弟子からの最後の恩返しとさせて頂きたいのである。

二〇一七年七月

伊東一郎

著者／訳者について——

カマル・アブドゥッラ（Kamal Abdulla）　一九五〇年、バクー生まれ。アゼルバイジャン科学アカデミー言語学研究所より博士号。二〇〇〇年からバクー・スラヴ大学学長兼言語学科教授。現在、アゼルバイジャン言語大学学長。著書に『秘められた「デデ・コルクト」』（バクー、二〇〇六）、主な小説に、『魔術師の谷』（ヨコタ村上孝之訳、未知谷、二〇一三）がある。

伊東一郎（いとういちろう）　一九四九年、札幌市生まれ。現在、早稲田大学文学部教授。専攻、ロシア文学、ロシア音楽文化史、スラヴ比較民族学。主な著書に、藤沼貴編『ロシア民話の世界』（共著、早稲田大学出版部、一九九七）、『マーシャは川を渡れない』（東洋書店、二〇〇一）『ヨーロッパ民衆文化の想像力』（共著、言叢社、二〇一三）が、主な訳書に、ミハイル・バフチン『行為の哲学によせて／他』（共訳、水声社、一九九九）、『ラフマーニノフ歌曲歌詞対訳全集』（恵雅堂出版、二〇一七）がある。

装幀——宗利淳一

欠落ある写本——デデ・コルクトの失われた書

二〇一七年一〇月二〇日第一版第一刷印刷　二〇一七年一〇月三〇日第一版第一刷発行

著者——カマル・アブドゥッラ

訳者——伊東一郎

発行者——鈴木宏

発行所——株式会社水声社

東京都文京区小石川二—七—五　郵便番号一一二—〇〇〇二

電話〇三—三八一八—六〇四〇　FAX〇三—三八一八—二四三七

郵便振替〇〇一八〇—四—六五四一〇〇

URL: http://www.suiseisha.net

［**編集**］横浜市港北区新吉田東一—七七—一七　郵便番号二二三—〇〇五八

電話〇四五—七一七—五三五六　FAX〇四五—七一七—五三五七

印刷・製本——精興社

ISBN978-4-8010-0279-1

乱丁・落丁本はお取り替えいたします。

フィクションの楽しみ

二五〇〇円
バルバラ　アブドゥラマン・アリ・ワベリ　二〇〇〇円
石蹴り遊び　フリオ・コルタサル　四〇〇〇円
モレルの発明　アドルフォ・ビオイ＝カサーレス　一五〇〇円
テラ・ノストラ　カルロス・フエンテス　六〇〇〇円
古書収集家　グスタボ・ファベロン＝パトリアウ　二八〇〇円
リトル・ボーイ　マリーナ・ペレサグア　二五〇〇円
連邦区マドリード　J・J・アルマス・マルセロ　三五〇〇円

これは小説ではない　デイヴィッド・マークソン　二八〇〇円
ライオンの皮をまとって　マイケル・オンダーチェ　二八〇〇円
神の息に吹かれる羽根　シークリット・ヌーネス　二二〇〇円
ミッツ　シークリット・ヌーネス　一八〇〇円
メルラーナ街の混沌たる殺人事件　カルロ・エミーリオ・ガッダ　三五〇〇円
暮れなずむ女　ドリス・レッシング　二五〇〇円
生存者の回想　ドリス・レッシング　二二〇〇円
シカスタ　ドリス・レッシング　三八〇〇円

〔価格税別〕